DUMONT

In Muriels Elternhaus lebt mittlerweile Colin Sydney mit seiner Familie, einer der alten Nachbarn von ihr und ihrer Mutter Evelyn. Vor allem ihn und die Sozialarbeiterin Isabel Field macht Muriel für die Geschehnisse von vor zehn Jahren verantwortlich. Der verheiratete Colin und Isabel waren einst ein Liebespaar. Beide sind aus den Auseinandersetzungen mit Muriel und Evelyn nicht unbeschadet hervorgegangen. Isabel gab damals nicht nur Colin, sondern auch ihren Beruf auf, während Colin in seine trostlose Ehe zurückkehrte. Mittlerweile haben sie angesichts pflegebedürftiger Eltern, renitenter Teenager, schwangerer Töchter und fremdgehender Ehemänner längst resigniert. Dagegen ist Muriels Energie ungebrochen. Auch wenn sie sich selbst als verrückt und dumm bezeichnet, legt sie eine bemerkenswerte Kreativität an den Tag, um Rache zu üben. Bei den Sydneys schleicht sie sich als grell geschminkte Putzfrau Lizzie ein; bei Isabel pflegt sie deren Vater im Altenheim als selbstlose, arme alte Mrs Wilmot. Ihre Rollen spielt Muriel so gut, dass keiner sie erkennt – vielleicht auch deshalb, weil jeder die Ereignisse von damals vergessen will. Erschöpft vom alltäglichen Wahnsinn, ahnen sie nicht, dass sie längst nicht mehr allein über ihr Leben bestimmen.

HILARY MANTEL

IM VOLLBESITZ DES EIGENEN WAHNS

Roman

Aus dem Englischen
von Werner Löcher-Lawrence

Von Hilary Mantel sind bei DuMont außerdem erschienen:

Wölfe

Falken

Brüder

Der riesige O'Brien

Die Ermordung Margaret Thatchers

Von Geist und Geistern

Jeder Tag ist Muttertag

Der Hilfsprediger

Oktober 2017
DuMont Buchverlag, Köln
Alle Rechte vorbehalten
© Hilary Mantel 1986
Die englische Originalausgabe erschien 1986 unter dem Titel
›Vacant Possession‹ bei Chatto & Windus, London.
© 2016 für die deutsche Ausgabe: DuMont Buchverlag, Köln
Umschlaggestaltung: Lübbeke Naumann Thoben, Köln
Umschlagabbildung: © plainpicture/Elektrons 08
Satz: Angelika Kudella, Köln
Gesetzt aus der Garamond Pro und der Finnegan
Druck und Verarbeitung: CPI books GmbH, Leck
Gedruckt auf säurefreiem und chlorfrei gebleichtem Papier
Printed in Germany
ISBN 978-3-8321-6427-0

www.dumont-buchverlag.de

Für Gerald

»… und so geht es, man wird nicht besser, aber anders und älter,
und das ist immer ein Vergnügen.«
Gertrude Stein

»Werden wohl sich diese Gebeine wieder beleben?«
Ezechiel 37:3

Zehn Uhr abends, es regnete und war sehr dunkel. Ein Mann ging die Straße hinunter und pfiff *Santa Lucia*.

Muriel Axon stand allein am Fenster ihres Zimmers, eine gedrungene, wenig ansehnliche Frau von vierundvierzig Jahren. Sie war in eine Bettdecke gehüllt und hielt ein gekochtes Ei in der Hand, ihr Abendessen. Die Schieferdächer schimmerten nass im Licht der Laternen, der lang gezogene Bogen der Autobahn wand sich hell erleuchtet um die Stadt, und im Schatten der Mauer gegenüber sträubte eine Katze ihr Fell. In der Ferne erhoben sich schwarze Bergrücken.

Muriel grub ihre Fingernägel in die warme Eierschale. Essmanieren interessierten sie nicht, sie waren reine Zeitverschwendung. Sie begann das Ei zu pellen und verzog dabei leicht das Gesicht, steckte die Zunge in die gesalzene, kalte Höhlung und probierte gemächlich. Das Zimmer hinter ihr war dunkel und erfüllt von dem leisen Schaleknacken. Sie saugte und überlegte. Muriels Gedanken unterschieden sich ziemlich stark von denen anderer Leute.

Sie hörte, wie sich unten die Haustür öffnete. Ein schwacher Lichtschein fiel auf den Weg zur Straße, und schon erschien ihr Vermieter, Mr Kowalski, und schlurfte die paar Schritte zum Tor. Er blickte die Straße hinauf und hinunter. Da war niemand. Eine Weile stand er so da, den runden Kopf zwischen die Schultern gezogen, drehte sich, grunzte und kam zurück. Sie hörte die Tür zuschlagen. Es war Viertel nach zehn. Mr Kowalski schloss die Riegel, drehte den Schlüssel zweimal um und legte die Kette vor.

KAPITEL 1

»Ich frage mich, wer der neue Hofdichter wird«, sagte Colin Sidney, als er zum Frühstück hinunterging. Von seinen Mitbewohnern in Haus Nummer 2 an der Buckingham Avenue kam keine Antwort. Auf halber Treppe hielt er kurz inne und sah aus dem kleinen Fenster auf das Dach seiner Garage und den Garten des Nachbargrundstücks hinaus. »Also wer?«, murmelte er. Sonst gab es nichts zu sehen, nur ein paar am morgendlichen Acht-Uhr-Himmel dahinjagende Wolken, die vielleicht etwas Sonnenschein versprachen, darunter dicht gedrängt grüne, tropfende Bäume. Mittsommer. Colin ging weiter und zupfte an seiner Krawatte.

Hinter ihm bereiteten sich die drei jüngeren Kinder auf ihren Tag vor. Er hörte Schreien und Fluchen, Türen wurden zugetreten. Das Radio plärrte, und gleichzeitig lief eine Platte. Acid Raine and the Oncogenes ließen die Wände mit ihrer aktuellen Hitsingle erbeben. »Ted Hughes?«, fragte er. »Larkin?«

Es gab vielleicht noch eine Gnadenfrist von zehn Minuten, bis die Kinder die Treppe heruntergestürmt kamen, über ihr Frühstück herfielen, den täglichen Kampf gegeneinander fortführten und ihre Eltern beleidigten. Colin betrachtete sich im Dielenspiegel. Er wünschte, Sylvia würde das Ding umhängen, damit nicht jeder Tag mit dieser Konfrontation begann. Vielleicht sollte er sie darum bitten. Ihn von sich aus umzuhängen kam nicht infrage. Er hatte seine Zuständigkeitsbereiche, Einrichtungsfragen gehörten nicht dazu.

Er sah einen Mann von dreiundvierzig Jahren mit hellblauen Augen und lichtem Haar, dessen gutes Aussehen, wie er sich sagte, mit den Jahren etwas verblichen war. Aber nein, die Schönheit von Kurtisanen verblich, Lehrer verschlissen höchstens. Er sah eine gewisse

Hilflosigkeit, in der Familie wie draußen im Alltag, einen Mangel an Stärke, moralisch wie körperlich. Angesichts des Krachs oben im Haus tröstete er sich mit einem Zitat: »Sie verhunzen dich, deine Mum und dein Dad / Vielleicht wollen sie es nicht, aber sie tun's.«

Sylvia war bereits in der Küche. Er glaubte, ihre spezielle Müslimischung wie einen Steinschlag in eine Schüssel stürzen zu hören. Doch stattdessen stand sie mitten im Raum, den Kopf in den Nacken gelegt, und sah nach oben, als er hereinkam.

»Was für eine Schweinerei«, sagte sie. Die Decke und das obere Drittel der Wände waren nach dem Feuer gestern mit einer schmierigen, schwarzen Schicht überzogen. Lizzie, die Putzhilfe, war aus der Diele hereingekommen, und da hing er, stinkender, wabernder Rauch. Zum Glück hatte sie Geistesgegenwart bewiesen, sonst wäre es noch weit schlimmer gekommen.

»Ich verstehe nicht, warum der Ruß so fettig ist«, sagte Sylvia. »Wir braten doch nie etwas.« Sie zog die Hose ihres Trainingsanzugs ein Stück höher. »Die Küche muss ganz neu gestrichen werden, und die Diele wahrscheinlich auch.«

»Ja, schon gut«, sagte Colin und ging zum Tisch. Er war es leid, über das Feuer zu reden. »Kann ich ein Ei haben?«

»Das geht auf deine Kappe«, sagte Sylvia. »Du hattest diese Woche schon zwei, und du weißt, was der Arzt sagt.«

»Ich denke, ich bin ausnahmsweise mal leichtsinnig.« Colin öffnete den Kühlschrank. »War Sohn Alistair eigentlich zu Hause, als es brannte?«

»Wenn ja, gibt er es nicht zu.«

»Er ist der Grund für die meisten Katastrophen im Haus, oder? Und ich sage dir ...« Er unterbrach sich. »Wo ist ein Topf für dieses Ei?«

»Wo er immer ist, Colin.«

»Ich sage dir, dass ich die Anstreicherei diesmal nicht übernehme.« Er drehte den Wasserhahn auf. »Entweder macht Alistair das, gegen Bezahlung, wenn nötig, oder wir holen jemanden.«

Sylvia nahm eine Orange aus dem Bastkorb auf der Arbeitsfläche. »Ich verstehe nicht, warum du es nicht machst.« Sie warf die Orange von der rechten in die linke Hand. »Du hast doch bald Ferien.«

»Richtig. Ich habe einen Tag Sommerferien, dann geht es mit dem Stundenplan fürs nächste Jahr los.«

Sylvias Blick folgte ihm durch die Küche. »Willst du Brot?«, fragte sie.

So, wie sie in ihrem hellblauen Trainingsanzug durch die Küche lief, war Sylvia kaum für die Mutter von vier Kindern zu halten. Suzanne, die Älteste, war jetzt achtzehn, und ihre Mutter hoffte auf den Tag, da sie jemand für Schwestern hielt. Die Sache mit Sylvias Alter, sie war unerklärlich. Mit zwanzig hatte sie wie vierzig ausgesehen, als alle Mädchen in der Straße wie ihre Mütter hatten sein wollen. Der Jugendkult war an ihr vorübergegangen. Mit dreißig hatte sie immer noch wie vierzig ausgesehen, füllig und mit schweren Brüsten, das Haar gebleicht und mit Haarlack aufgeplustert wie am Tag ihrer Hochzeit.

Doch dann, Colin konnte nicht genau sagen, wann, hatte sie aufgehört, älter zu werden, hatte die Kontrolle übernommen, sich einen Gymnastikanzug gekauft und war schüchtern in einen Aerobic-Kurs im Gemeindesaal gegangen. Sie hatte sich an den Rand gestellt, zugesehen und verlegen versucht, die dicken Schenkel unter den Händen zu verbergen. In der darauffolgenden Woche hatte sie sich eine Kassette mit Discomusik gekauft und zu tanzen angefangen, war über die Teppichböden getrapst und hatte die Glasböden im von ihrer Mutter geerbten Porzellanschrank zum Klingeln gebracht. Der Porzellanschrank war rausgeflogen und durch einen mit Holzböden ersetzt worden.

Nun trug sie das braune Haar in kurzen, dauergewellten Locken, die, wie Shane, ihr Friseur, dachte, das Feste, eher Harte in ihren Zügen abfingen, war hager und hielt diszipliniert und eigenwillig Diät. Was das Geistige anging, hatte sie einen Kurs an der Open

University belegt. Und nachdem sie so viel Gewicht verloren hatte, kaufte sie ständig neue Kleider, winzige T-Shirts und knallige Baumwollröcke, billig und leger. Ihr Denken folgte dem gleichen Muster. Colin schien es, dass sie sich von den gängigen Vorstellungen und Ideen vor allem die zu eigen machte, die seine Selbstachtung untergruben und ihn sich höchst unbehaglich fühlen ließen.

Wie schön wäre es, wenn sie eine Arbeit hätte, dachte Colin. Er war stellvertretender Rektor, und sie schlugen sich so durch. Es gab sogar ein paar Dinge, die sie sich leisteten, wie ihre Putzhilfe Lizzie Blank zum Beispiel (dienstags und donnerstags). Aber die Kinder aßen und aßen, ließen das Licht brennen, das Wasser laufen, mussten eingekleidet und verhätschelt werden, brauchten Geld fürs Schulessen und den Bus und verlangten immer mehr, für Neonfarben und Handschellen und all den anderen Kram, den man auf einem Acid-Raine-Konzert nun mal trug, wollten ihre eigenen Spezialdiäten, Unkostenbeiträge für Schulausflüge und ein Zelt, damit sie im Sommer im Garten schlafen konnten. Sie wollten ekelhafte Videos und Claire, das war beruhigend, nahm er an, eine neue Pfadfinderuniform. Jede Marotte kostete Geld. Vielleicht hingen sie sogar an der Nadel. Mehr kosten konnte es auch nicht. Wenn er die Kontoauszüge überprüfte, hatte er jedes Mal das Gefühl, aufgefressen zu werden, Monat für Monat, von innen heraus.

Aber dummerweise gab es keine Jobs. Nicht für jeden, und sicher nicht für Sylvia. Sie besaß keinerlei berufliche Qualifikation, hatte nach der Schule nichts weiter gelernt, und zudem schien die alte Sylvia noch zu oft durch. Sie wurde hitzig, wenn sie verschiedener Meinung waren, und fiel unter Druck auf die Weisheiten der Wurstfabrik zurück, in der sie vor ihrer Heirat gearbeitet hatte.

Colin nahm sich einen Teller und stellte ihn auf den Tisch. »Und?«, sagte er. »Was hast du heute vor?«

»Das Bürgerbüro, von zehn bis zwölf.« Sylvia schälte ihre Orange. »Später trifft sich das Komitee. Wir überlegen, ob wir ein Frauenhaus gründen wollen.«

Da brodelte etwas Unterdrücktes in Sylvia, das sich nur dadurch befriedigen ließ, dass sie sich in die Angelegenheiten anderer Leute einmischte. Vor der Geburt ihrer Jüngsten, Claire, hatten sie in einer großen Siedlung mit reichlich Tratsch gewohnt, einiges davon ziellos, anderes intrigant. Der Umzug in die Buckingham Avenue hatte dem ein Ende gesetzt. Hier gab es diese Art Klatsch nicht, die meist älteren Leute führten zurückgezogene, ruhige Existenzen. Hohe, intakte Zäune sorgen für gute Nachbarn, hatte er gesagt, als sie vor neun Jahren eingezogen waren. Sylvia sah das nicht so, und in ihrem vierzigsten Lebensjahr entdeckte sie die Sozialarbeit mit Gemeindeaktionen, Gemeindeprotesten und Organisationskomitees für sich. Falls Alistairs aufblühende Vergehensbilanz ihr nicht die Chancen verdarb, würde sie wohl noch Friedensrichterin werden. Das war eine große Veränderung, aber durchaus erklärlich. Die Kinder brauchten sie nicht länger, und ihre Ehe war keine anhaltende Aufmerksamkeit wert, ging einfach immer weiter und passte auf sich selbst auf. Nach zwanzig Jahren kann man keine Leidenschaft mehr erwarten. Da reicht es, mehr oder weniger gut miteinander umzugehen.

Colin stand am Herd und betrachtete sein Ei, das benommen im schaumig auslaufenden Weiß tanzte. Wie lebendig hüpfte es zum Rand des Topfes und schlug dagegen. Er nahm einen Teelöffel, versuchte es zu beruhigen und verbrühte sich die Finger im aufsteigenden Dampf. Er spürte, wie Sylvia ihn beobachtete. Ihrer Meinung nach fehlte ihm der gesunde Menschenverstand, aber er hatte auch nie etwas anderes behauptet. Trotzdem, er war clever und hatte seine Fähigkeiten. Auf seinem Gesicht lag der gewohnte Ausdruck angespannter Verträglichkeit, Gutwilligkeit und Nervosität, gebettet in leichtes Unbehagen.

»Wir sind immer noch beim Benoten der Prüfungen«, sagte er und versuchte das Ei mit einem zufällig in der Schublade gefundenen Teesieb aus dem Wasser zu fischen. »Ich muss dreihundert Zeugnisse unterschreiben, und heute Morgen kommen die Leute von der Gewerkschaft. Man sollte denken, sie lassen die Sache bis nach den Ferien ruhen, aber nein.«

»Gibt es einen Streik?«

»Nun, sie reden darüber.«

»Meine Sympathien haben sie.«

»Meine auch, ich will auch mehr verdienen, aber es macht die Leitung einer Schule verdammt schwierig.« Er seufzte und kümmerte sich wieder um sein Ei.

»Was machst du da eigentlich?«, sagte Sylvia. »Warum stellst du das Ei nicht in einen Eierbecher und setzt dich damit an den Tisch? Willst du damit die Lauderdale Road hinunterrennen?«

Colin setzte sich, stellte seine Ei-Ruine vor sich hin und griff nach der Zeitung. Draußen hatte es aufgeklart, und die Morgensonne schien angenehm durch die doppelt verglasten Fenster. »Ich muss immer an *Gullivers Reisen* denken, wenn ich ein Ei esse«, erklärte er seiner Frau. »Weißt du …« Er brach ab, machte große Augen und griff nach der Zeitung. »Großer Gott, Sylvia. Das Yorker Münster ist abgebrannt. Sieh dir das an.« Er hielt ihr die erste Seite der Zeitung hin. Unter der Schlagzeile *Nachthimmel im Schein lodernder gotischer Pracht* prangte da ein vier Spalten breites Foto, das südliche Querschiff des Münsters in Rauch und Flammen.

»Da regnet's nie, sondern es schüttet immer gleich«, bemerkte Sylvia und warf einen Blick zur Zimmerdecke. Sie hielt ihren Joghurtbecher schräg und leerte ihn sorgfältig mit ihrem Teelöffel. »Wie witzig. Lizzie hat gestern einen Tagesausflug nach York gemacht. Ich frage mich, ob sie es mitbekommen hat.«

»Das passierte um halb zwei nachts.«

»Schade. Sie verpasst nicht gerne was.«

»Großer Gott, das war keine Touristenattraktion«, sagte Colin. »Das ist eine nationale Tragödie. Der Schaden beläuft sich auf vier Millionen Pfund.« Er ächzte.

»Nimm's nicht persönlich.«

»»Es dauerte fast drei Stunden, den Brand unter Kontrolle zu bekommen‹«, las Colin vor. »Zwar konnte verhindert werden, dass die Flammen auf den Turm übergriffen und die berühmten Buntglasfenster des Münsters ernsthaft beschädigten, die alten Deckenbalken des Querschiffs und die Putzgewölbe sind jedoch nur noch ein schwelender Haufen auf dem Boden der Kathedrale.‹«

»Dein Ei wird kalt«, sagte Sylvia. »Ich hätte gedacht, du würdest es essen, nachdem du dir so viel Arbeit damit gemacht hast.«

»Ich hab den Appetit verloren. Du scheinst nicht zu begreifen, was für ein Verlust das für unser kulturelles Erbe ist.«

»Nicht für deine Arterien.« Sylvia warf den Joghurtbecher in den Abfalleimer, öffnete einen der Schränke und holte alles für das Frühstück der Kinder heraus. Inmitten seiner selbstlosen Trauer spürte Colin, wie sich Groll in ihm regte. Sie tut immer noch alles Mögliche für sie, aber nichts mehr für mich. »Wie hat es angefangen?«, wollte sie wissen.

»Ein Blitzschlag, denken sie. Sie zitieren einen Priester, der sagt, es sei ein Fingerzeig Gottes.«

»Warum das?«

»Wegen des Bischofs von Durham. Er wurde letzten Freitag im Münster geweiht. Du weißt schon, seine kontroversen Ansichten zur Wiederauferstehung. Ich dachte, du wärst auf dem Laufenden, wo du doch neuerdings mit unserem Pfarrer auf so freundlichem Fuß stehst.«

»Francis redet nicht viel über die Kirche, mehr über Gemeindeprojekte.« Sylvia wühlte in der Besteckschublade. »Wenn Gott den Bischof von Durham nicht mag, warum hat er ihn dann nicht selbst erwischt, und das gleich am Samstagmorgen?«

»Da würde ich dir zustimmen«, sagte Colin. »Das kann es eigentlich nicht sein.« Er drehte die Zeitung um, auf die letzte Seite, wo es mehr über den Brand zu lesen gab. »›Im Kampf gegen die Flammen war Gott auf unserer Seite‹«, las er. »Wie geht's übrigens dem Sohn des Pfarrers? Ist er aus dem Jugendknast raus?«

»Er war nicht im Gefängnis. Er ist in einer Erziehungsmaßnahme und leistet Sozialarbeit.« Sylvia griff nach einer Scheibe Toast und ihrem Messer. »Weißt du, was Francis sagt?«

»Pass auf, das ist Butter, was du da nimmst«, sagte Colin.

»Oh, genau!« Nachdenklich legte sie den Toast auf ihren Teller. »Er sagt, Austins Spritztouren mit geklauten Autos gehen auf den tiefen Drang zurück, sein wirkliches Ich zu ergründen, indem er verschiedene Motoren sammelt und ausprobiert.«

»Du meinst, es ist der Fehler des Pfarrers, weil er ihn nach einem Auto benannt hat?«

»In gewisser Weise schon, jedenfalls denkt Francis, dass Austin das so sieht. Indem er die Autos zu Schrott fährt, versucht er die mechanistischen Fantasien loszuwerden, die ihn in Besitz genommen haben, und so sein Überleben als menschliches Wesen zu sichern. Es ist eine Art von Ausleben. Francis' wirkliche Sorge ist allerdings, dass Austin selbstmörderische Neigungen haben könnte, weil er die Autos doch derartig zurichtet.«

»Lieber Himmel«, sagte Colin. »Ich wusste nicht, dass man sich umbringen kann, indem man Klebstoff schnüffelt.«

»Es kann dein Gehirn beschädigen.«

»Woher will man das wissen?«

»Francis macht sich große Sorgen. Mit Hermione kann er nicht darüber reden. Sie denkt, das ist alles so, weil sie ihn nicht in ein Internat geschickt haben.«

»Ich zweifle nicht daran, dass der Junge bald schon von zu Hause wegkommt, und zwar auf Kosten des Steuerzahlers. Wie er da diesmal wieder rauskommen konnte, ist mir ein Rätsel.«

»Er ist nicht ›rausgekommen‹. Sozialarbeit ist eine angemessene Option.«

»Mir wäre lieber, er wäre weggesperrt. Weg von unseren Kindern. Wie kann ein Pfarrerssohn nur solch ein Halunke werden?«

Es war keine Zeit, das weiter zu erörtern, weil die Kinder hereingestürmt kamen, Karen und Claire in ihren Schuluniformen und der Junge in einer Art Strampelanzug aus ausgebeultem Baumwollstoff, in den hier und da Löcher geschnitten waren, durch die seine Haut zu sehen war. Die Mädchen ließen sich auf ihre Stühle fallen.

»Heute Abend sind die Pfadfinder«, sagte Claire, ein pummeliges Mädchen, das die Hände nach allem Essbaren ausstreckte, »und ich habe meine neue Uniform noch nicht, Mum.«

»Okay, ich kümmere mich darum.« Sie wusste, die Pfadfinderuniform hatte was Konformistisches, Pseudo-Maskulines, wenn nicht sogar Paramilitärisches, aber sie vermutete, dass das im Vergleich zu vielen anderen Dingen, die ihre Kinder unternahmen, ziemlich harmlos war.

»Du solltest sie mal sehen«, sagte Karen. »Sie sollte nicht so viel wachsen, das ist ordinär. Der Rock reicht ihr noch grade mal über den Hintern. Das ist Kinderpornografie.«

»Schluss jetzt«, sagte Colin.

Claire stopfte sich ein Stück Toast in den Mund. »Bald fangen die zwei Wochen Pfadfinder-Tee an. Da muss ich Familie und Freunden mindestens fünfzig Tassen Tee kochen. Und für jede Tasse gibt es eine Note.«

»Wenn du mir einen schimmligen Tee machst«, sagte Alistair, »kipp ich ihn in den Ausguss.«

»Ich habe Benotungsbögen«, fuhr Claire fort. »Darauf müsst ihr ankreuzen, wie mein Tee ist, ausgezeichnet, sehr gut oder gut.«

»Was, wenn's Hexenpisse ist?«, wollte Alistair wissen.

»Ich wünschte, du würdest den Tisch verlassen, Alistair, wenn du so redest.«

»Ich sitz doch gar nicht am Tisch, oder? Ich steh hier und kuck zu, wie ihr euer Zeugs wie die Schweine in euch reinstopft.«

»Soll er doch verhungern«, sagte Karen. »Der ist doch komplett unterentwickelt, rachitisch oder so was.«

»Alistair hat ganz gewiss keine Rachitis«, sagte Sylvia.

»Er ist so'n Winzling, und deswegen ist er auch so'n übles kleines Großmaul. Das hatten wir in Psychologie.«

»Vielleicht ist er ein Pygmäe«, sagte Claire, »und kann nicht anders.«

Alistair riss ein Stück Küchenpapier ab und putzte sich heftig die Nase, zerknüllte das Papier und warf es nach Karen. Es landete vor ihr auf den Korkfliesen.

»Passt bloß auf«, sagte Sylvia, »Lizzie verschwendet ihre Zeit und mein Geld nicht damit, hinter euch herzuräumen.«

»Ich will nicht, dass sie hinter mir herräumt«, sagte Alistair. »Sorg dafür, dass sie nicht in mein Zimmer geht.«

»Sie kann da gar nicht rein. Du hast doch deine Tür immer abgeschlossen.«

»Was machst du eigentlich da drin?«, fragte Colin.

»Schwarze Magie«, sagte Karen. »Er und Austin. Austin klaut Gewänder und Zeugs von seinem Dad, und dann feiern sie Schwarze Messen.«

»Ich würde dich mit einem Fluch belegen, dass du noch mehr Pickel kriegst«, sagte Alistair, »nur ist da leider kein Platz mehr.«

»Das sind also deine Pläne für heute, dich einschließen und eine Schwarze Messe feiern?«

»Yeah«, sagte Alistair. »Und all die schöne Sonne verpassen.« Er schlurfte aus der Küche. Sylvia sah ihm hinterher.

»Ich mach mir Sorgen«, sagte sie.

Colin blätterte eine Zeitungsseite um. »Das ist immer noch besser, als wenn er zu den Jungen Konservativen ginge«, sagte er.

»Du nimmst nie was ernst.«

»Oh, doch.« Er sah von den Nachrichten über das Inferno auf. »Ich habe nur ständig mit Kindern zu tun, da erschreckt mich das nicht.«

»Ja, aber Alistair ist dein eigener Junge.«

»Richtig, und das erschreckt mich schon. Manchmal.« Aber er kannte Hunderte Kinder, die Alistair in nichts nachstanden, Hunderte, die weit schlimmer waren, asoziale Schulschwänzer aus kaputten Familien. Ihre Familie war noch intakt und knirschte nur ein bisschen unter der Belastung. Die Kinder, mit denen er tagtäglich zu tun hatte, wurden in aller Regel nach einer kurzen Rebellion zu lebenslangen Jasagern. Sie hatten komische Frisuren und darunter dumpfe, konformistische kleine Hirne.

»Ich wünschte, du behieltest sie bis zum Ende des Schuljahrs in der Schule«, sagte Sylvia. »Ich wünschte, er ginge nicht.«

»Was würde passieren, wenn er bliebe? Würde er Oxford und Cambridge im Sturm erobern? Mit seinen Noten?«

»Hör schon auf«, sagte Sylvia und rührte in ihrem Müsli. Sie trainierte sich darin, langsam zu essen, und legte den Löffel sogar zwischendurch ab, was ihren Worten etwas Unechtes verlieh. »Hör auf mit deinem kleingeistigen Schulmeister-Sarkasmus.«

»Macht er dich wütend?«

»Er langweilt mich.«

»Er ist unser einziger Selbstschutz, jetzt, wo sie die Prügelstrafe abgeschafft haben.«

»Ich glaube nicht, dass du deinen Job wirklich wertschätzt, Colin. Du hast ihn über.«

»Ich hab genug«, gab er zu.

»Alistair war so ein heller Kopf.«

»Das sagen alle Eltern.«

Sylvia stand auf und trug das Geschirr zur Spüle. Ihre Orangenschale lag verlassen auf dem Tisch, ein langes, von den Händen einer geübten Diäthalterin produziertes, geringeltes Stück. Colin betrachtete es interessiert. Mit so was kann man wahrsagen, dachte er. Für alle, die neugierig genug waren, lag die Zukunft in einfachen häuslichen Dingen versteckt, in Schlüsseln und Teeblättern. In einer Orangenschale finden sich Buchstaben, die dir sagen, was wichtig ist in deinem Leben. Er konnte ganz deutlich ein großes I erkennen.

Sofort erfüllte ihn ein Gedanke, den er kurz hin- und herwendete und für unwillkommen erklärte. Er wollte sich nicht näher damit beschäftigen und vertrieb ihn. Sein Puls stieg leicht an, er senkte den Blick und stellte die Kaffeetasse ab. Der Gedanke kam zurück, ohne große Eile, und umschloss sein Denken wie ein Band. Er war Sylvia ein paar Monate in seiner langen Ehe untreu gewesen. Seine Affäre mit Isabel Field lag Jahre zurück, und er hatte sie auch seit Jahren nicht mehr gesehen, doch der Körper trägt seine eigenen Erinnerungen mit sich und abergläubische Gedanken nagen an einem. Auf dem Tisch wird ein Buchstabe sichtbar, Horoskope werden konsultiert. Der Blick einer Fremden auf einem Bahnsteig lässt das Herz kurz aussetzen.

Doch dieser Teil seines Lebens war vorüber. Isabel war jung, die Beziehung zu ihr aufwühlend gewesen und hatte ihn zu verschlingen gedroht. Sie war Sozialarbeiterin gewesen, voller durchdachter Gefühle, immer auf der Suche nach der tieferen Bedeutung in allem. Quälend. In der Erinnerung sah er ihre Trübnis, ihre Skrupel und die Probleme, die sie mit ihren Klienten hatte. Spürte den Schock ihrer Berührung, Haut auf Haut, Mund auf Mund, ihren schneller werdenden Atem in der Dunkelheit des geparkten Autos. Er hatte ihr nichts zu bieten gehabt, nur das, was sie auch von einem anderen Mann bekommen konnte, und zwar auf angenehmere Weise. Sylvia hatte nie etwas davon erfahren. Sie hatte nicht bemerkt, was für einen inneren Kampf er da mit sich auszufechten gehabt hatte, dachte er.

Es war schon richtig so, und am Ende hatte ihr unwissender Körper die Schlacht entschieden. Am ersten Weihnachtstag 1974 hatte Sylvia ihm eröffnet, dass sie wieder schwanger sei, und er hatte auf Isabel verzichtet, damit Claire geboren, drall und dreist werden und ihre Pfadfinderabzeichen ergattern konnte.

Es war ein schlechtes Jahr gewesen. Die Schuldgefühle, die Unehrlichkeit, die hoffnungslosen Monate nach dem Bruch. In letzter Zeit dachte er unwillentlich wieder öfter an Isabel. Es lag etwas in der Luft, etwas Drohendes, Störendes, ohne dass er hätte sagen können, woher es kam oder was es war.

»Du bist ja völlig woanders«, sagte Sylvia und klapperte mit dem

Geschirr in der Spüle. Sie kam zum Tisch, nahm die Orangenschale und warf sie in den Abfall. »Du kommst zu spät, wenn du noch länger so da hockst.«

Colin sah auf die Uhr. »Großer Gott, zwanzig nach acht.« Er warf die Zeitung auf den Tisch. »Sieh dir das an, über das Münster. Es ist fürchterlich.« Er griff nach seiner Jacke und lief zur Tür. »Kommt, Kinder. Bis dann, ich bin gegen sechs wieder da.«

Ich sollte, dachte Isabel, ja, ich sollte tatsächlich anfangen, es aufzuschreiben. Alles, was mir in Bezug auf mein Leben vor zehn Jahren im Magen liegt. Ich sollte es aufschreiben, nur habe ich keinen Stift.

Isabels Gedanken bewegten sich dieser Tage langsam voran. Sie war jetzt vierunddreißig, das Nachdenken sollte ihr nicht solche Mühe bereiten, und sie sollte nicht so schrecklich aussehen. Vielleicht machte ihr eine finstere Vorahnung zu schaffen. Das musste es sein.

Selbst wenn sie ein Stück Papier zur Hand gehabt hätte, ihr fehlte der Stift. Als Sozialarbeiterin hatte sie immer einen Stift dabeigehabt und war, bis zu einem gewissen Grad, organisiert gewesen.

Im Moment war sie nicht organisiert. Sie waren gerade umgezogen und hatten noch nicht ausgepackt. Da bin ich wieder, sagte sie sich, wo ich aufgewachsen bin und mein Berufsleben begonnen habe. Wo ich meine erste Liebesaffäre hatte. Wenn man das denn so nennen konnte.

Es ist nicht fair, dachte sie. Ich wollte nie hierher zurück. Ich könnte Colin im Supermarkt treffen, seine Schwester Florence. Vielleicht auch Sylvia. Ich habe Sylvia zwar nie gesehen, habe aber das Gefühl, dass ich gleich wissen würde: Sie ist es. Aus Instinkt, wenn du so willst. Frauen, die sich einmal ein und denselben Mann geteilt haben, können sich wahrscheinlich wittern.

Was ist mit diesem Einkaufszettel? Sie drehte ihn um. Die Rückseite war frei, also warum nicht? Die Hauptsache war, anzufangen, um sich von den Gedanken zu lösen, die ihr unablässig durch den Kopf gingen. Sie durchsuchte ihre Handtasche und fand tatsächlich einen Kugelschreiber, setzte sich an den Küchentisch und atmete tief durch. Ja, ich könnte den Sidneys *en famille* begegnen, dachte sie. Aber auch auf meine alte Klientin Muriel Axon könnte ich treffen. Das wäre schlimmer.

»Vor zehn Jahren wohnte ich in dieser Stadt, arbeitete für das Sozialamt und war mit Colin zusammen. Ich wohnte zu Hause bei meinem Vater, mehr gab es in meinem Leben nicht. Aber ich hatte diesen Fall, und über den möchte ich schreiben. Muriel Axon, Nr. III/73/0059. Alles an diesem Fall plagte mich – und tut es noch heute.

Muriel Axon und ihre alte Mutter Evelyn wohnten in der Buckingham Avenue 2, in dem Teil der Stadt, wo die Leute große Gärten haben und für sich bleiben. Gleich nebenan, aber ums Eck in der Lauderdale Road, wohnte Colins Schwester, Florence Sidney. Bis ganz zum Ende haben wir diese Verbindung nicht gesehen. Warum sollten wir auch? Als ich Colin kennenlernte (wir schlichen uns heimlich in einen Pub, wo uns, wie wir hofften, keiner kannte), redeten wir nicht über seine Schwester und darüber, wo sie wohnte, und auch nicht über meine Klienten und wo die nun wieder wohnten. Aber hätte ich es gewusst, hätte ich Florence Sidney nach ihren Nachbarinnen fragen können. Und eine Art … Aufklärung bekommen können.

Aber dann weiß ich wieder nicht, ob ich tatsächlich eine Aufklärung gewollt hätte. Ich hatte Angst vor dem, was im Haus der Axons vorging. Später, als es vorbei war, als Muriels Mutter unter der Erde lag und Muriel selbst in einer geschlossenen Abteilung war, stand das Haus zum Verkauf, und Colin schlug zu. Er wollte etwas Größeres und neben seiner Schwester wohnen. Er hat es billig bekommen.

Ich habe ihn davor gewarnt. Bei der gerichtlichen Untersuchung habe ich ihn getroffen und gesagt, ich würde da nicht wohnen wollen. Ich habe ihm klarzumachen versucht, dass in dem Haus schreckliche Dinge passiert waren. Er wollte nichts davon wissen, und mehr als das alles andeuten konnte ich nicht. Ich konnte ihm nicht darlegen, was ich mir vorstellte. Es hätte abergläubisch und verrückt geklungen, und er dachte bereits, dass ich nicht richtig ticke. Zu dem Zeitpunkt war es mit uns schon vorbei.

Und letztlich war es nur ein Haus und eine leere Hülle, als keiner mehr dort wohnte.

Ich nehme an, ich werde schon erfahren, wie es Colin geht. Es ist eine kleine Stadt. Sie sind überall, denke ich, die alten Kollegen, die alten Klienten, die alten Liebhaber. Natürlich bestand immer das Risiko, da Jim immer seiner Karriere hinterherzieht. Wer im Bankgeschäft ist und schon relativ jung in eine Führungsposition will, der muss mobil sein. Ich wäre lieber in Manchester geblieben.

Aber ich konnte keinen triftigen Grund benennen, warum wir nicht zurückkommen sollten. Keinen, der Jim überzeugt hätte. Er gibt sowieso nicht viel auf meine Meinung. Was verständlich ist. Ich heule ständig, breche in Tränen aus, falle um und verliere alles Mögliche. Als wir heirateten, habe ich auch in der Bank gearbeitet. Ich dachte, es wäre ruhig und unkompliziert. Heute sitze ich nur zu Hause herum.

Ich tauge zu nichts, sagt Jim. Er fragt sich, was mit mir los ist. Ich grüble den ganzen Tag.

Also habe ich mir gedacht, ich könnte ein Buch schreiben, verstehst du, über den Fall Axon und so weiter, und das könnte ich an die Sonntagszeitungen schicken, damit alle kapieren, wie Sozialarbeit funktioniert und warum da so viel böse danebengeht. Wie du Fälle kriegst, mit denen du nicht zurechtkommst, wie sich Klienten gegen dich verschwören und die äußeren Umstände offenbar auch. Wie es dir dein Privatleben kaputtmacht und wie du hinterher dastehst, wenn es zur Katastrophe gekommen ist.«

Das sollte als Vorwort reichen, dachte sie. Ich kann das Ganze

Bekenntnisse einer Sozialarbeiterin nennen. Sie war lange über die Einkaufsliste hinausgeraten und hatte das Papier benutzt, in das die Teekanne eingewickelt gewesen war. Der Ausguss war abgebrochen, aber das machte nichts, Tee wurde bei ihnen sowieso kaum getrunken. Ich kaufe mir später eine richtige Kladde, dachte sie, auf dem Weg zum Wein- und Spirituosenladen.

Es war halb ein Uhr mittags, als Sylvia vom Bürgerbüro nach Hause kam. In der Diele rief sie: »Hallo, Lizzie, alles in Ordnung bei Ihnen?« Das laute Geklappere aus der Küche bedeutete, dass ihre Putzhilfe kräftig bei der Arbeit war. Was für ein Luxus, wenn sich jemand um die Putzerei kümmerte. Sie sagte sich, dass sie die Hausarbeit hasse, obwohl sie doch während des Großteils ihres Ehelebens ihr Stolz, ihre Freude und ihre Zuflucht gewesen war.

Auf dem Weg nach oben wurden ihr die Füße in den gestreiften Turnschuhen schwer, und sie gestand sich ein, dass sie müde war. Erst die Zankerei am Frühstückstisch, die immer so eine Strapaze war, und jetzt schwirrte ihr der Kopf von Sozialversicherungsvorschriften und unbeantworteten Fragen zum Rechtshilfesystem. Es war ruhig im Haus. Sie ging ins Schlafzimmer, trat sich die Schuhe von den Füßen und legte sich aufs Bett. Mit geschlossenen Augen döste sie fünf Minuten dahin, eingehüllt in die Mittagshitze, dann plötzlich riss sie ein schrilles Klingeln aus dem Schlaf und ließ sie hochfahren. Der verdammte Herd, die Uhr, dachte sie, ist mal wieder von selbst losgegangen. Warum stellt Lizzie den Lärm nicht ab? Mit klopfendem Herzen tappte sie zur Tür. Öffnete sie, das Klingeln brach ab. Sie seufzte. Ich mache mich besser an die Schubladen, dachte sie. Lass das Essen ausfallen. Bei diesem Wetter brauche ich nichts.

Sie wusste, wenn sie mit der untersten Schublade anfing, würde sie die Fotoalben finden, sich damit aufs Bett setzen und sie durchblättern. Seit Ewigkeiten hatte sie das nicht mehr getan. Sie hatte nicht genug Zeit für sich. Lizzie war ein Segen, wenn sie auch etwas komisch war. Aber man stellte eine Putzfrau ja nicht wegen ihres

Aussehens oder Modebewusstseins ein, oder weil man sich gut mit ihr unterhalten konnte. Eine Putzfrau musste ehrlich sein, selbstständig und anpacken können. Lizzie erinnerte sie daran, wie sie selbst in dieser Welt hochgekommen war, und entfernt auch an jemanden, den sie vor ihrer Heirat gekannt hatte, eines der Mädchen aus der Schweineschulter-Truppe.

Sie lehnte sich in die Kissen. Hochzeitsbilder, Babybilder. Eine grinsende Suzanne im Kinderwagen in dem briefmarkengroßen Garten ihres ersten Hauses. Suzanne wohnte nicht mehr bei ihnen, sie studierte in Manchester Geografie. Dann Alistair, im selben Kinderwagen, wie er düster unter seiner Wollmütze hervorguckt. Er hatte immer noch die gleiche finstere Miene, allerdings mit mehr Zähnen. Karen, zwei Jahre alt, mit einer Schaufel im Garten. Da noch einmal, etwas älter, mit herabhängendem Mund schwingt sie auf dem wackligen Gartentor hin und her. An und im alten Haus hatte alles gewackelt, getropft und nicht viel getaugt. Es war eine echte Bruchbude gewesen. Kein Wunder, dass sie hierher in die Buckingham Avenue gewollt hatten, auch wenn das Haus zu Anfang in einem vernachlässigten und deprimierenden Zustand gewesen war.

Der Umzug war ein Glücksfall gewesen. Claire war unterwegs gewesen, und sie hatten mehr Platz gebraucht. Aber wie konnten sie sich mehr leisten? Normalerweise hätte sie nie an die Gegend um die Lauderdale Road gedacht, all die großen, allein stehenden Häuser, viel zu düster waren sie und zu teuer. Colin war hier aufgewachsen, und seine Schwester Florence, die nie geheiratet hatte, wohnte noch im Haus der Familie. Der Vater war tot, und Florence hatte die Mutter in ein Heim gegeben. Eines Tages dann hatte sie angerufen und gesagt: »Das Haus von den Axons ist zu verkaufen, gleich um die Ecke, das mit dem Garten, der an unseren grenzt. Ihr solltet da mal nachfragen.«

»Was?«, hatte Sylvia geantwortet. »Das Haus, in dem diese beiden sonderbaren Frauen gewohnt haben? Das bricht doch zusammen.«

»Es wird billig zu haben sein«, hatte Florence gesagt. »Erschwinglich, und ihr könntet es aufmöbeln.«

Natürlich hatte sie über Florence' Motive geargwöhnt. Sie war besitzergreifend und wollte ihren Bruder im Haus nebenan haben, gleichsam in Rufweite, wenn eine Sicherung auszutauschen oder ein Abfluss verstopft war. Trotzdem ... schon aus Neugier hatte Sylvia den Makler angerufen.

»Es muss tatsächlich grundlegend renoviert werden«, hatte ihr der Mann bestätigt, »aber die Substanz ist ausgezeichnet. Und natürlich liegt es hervorragend. Fußläufig zu Geschäften und Schulen ...«

»Ich kenne die Gegend. Warum ist es so billig?«

Der Mann hatte die Stimme gesenkt und war vertraulich geworden. »Zu viel kann ich dazu nicht sagen, es ist eine etwas traurige Geschichte. Die alte Frau ist gestorben, und ihre Tochter, sie ist nicht ganz richtig ... Verstehen Sie, was ich meine? Sie ist im Krankenhaus.«

»Sie meinen, man hat sie in Verwahrung genommen?«

»Die alte Mutter ist plötzlich verstorben, es hat eine Untersuchung gegeben. Es stand in der Zeitung, im *Reporter*.«

Sie hatte nicht gesagt: Mein Mann war da, als es passiert ist. Das war nicht von Bedeutung. Aber sie hatten sich gefragt, was mit der jungen Axon geschehen war. Nicht, dass sie die beiden Frauen wirklich gekannt hätten. Die Axons hatten zu der Art Nachbarn gehört, die man mitunter ein Jahr lang nicht sah. »In welchem Krankenhaus ist sie?«

»Das kann ich Ihnen nicht sagen. Verstehen Sie, Madam, die beiden lebten ganz für sich und mochten keine anderen Leute um sich. Deshalb haben sie kaum was instand gehalten. Na ja, zwei Ladys, das war zu erwarten. Aber es ist ein entzückender Besitz.«

»Also gut. Wann können wir es uns ansehen?«

Sie hatten es gemeinsam besichtigt. Florence hatte vorn am Tor auf sie gewartet. »Und?« Sie war ängstlich darauf bedacht gewesen, dass Colins Entscheidung nicht von der unangenehmen Geschichte beeinflusst wurde, die sich ein paar Wochen zuvor im Haus abgespielt hatte. Colin hatte Florence eines späten Nachmittags besucht, glücklicherweise, wie sich herausstellen sollte. Als er auf ihre Bitte hin durch ihren im Dämmerlicht liegenden Garten gestapft war, um nach einem lockeren Stück Dachrinne zu sehen, war etwas sehr Merkwürdiges geschehen. Aus einem Fenster im oberen Stock der Axons hatte eine junge Frau gewunken und um Hilfe gerufen. Sehr seltsam, aber Colin hatte nicht gezögert. Florence hatte staunend zugesehen, wie er durchs Gebüsch gebrochen war und gegen die Hintertür gehämmert hatte, bereit, sie einzutreten. Kaum hatte er es ins Haus geschafft, war er nach oben gelaufen, um die Frau zu befreien. Mrs Axon hatte ihm nachgesetzt, doch dabei war ihr etwas zugestoßen. Wie sich später herausgestellt hatte, war es eine Herzattacke gewesen. Sie war gestürzt. Colin hatte noch versucht, sie künstlich zu beatmen, ohne Erfolg. Und die junge Frau? Es war eine Sozialarbeiterin gewesen, die einen Hausbesuch gemacht hatte. Die alte Dame hatte sie ins Gästezimmer gelockt und eingeschlossen. Gott allein wusste, was da sonst noch in der Buckingham Avenue 2 vorgegangen war. Würde Colin das Haus wollen?

»Nun«, hatte er vorsichtig gesagt, »es ist billig und verlangt einige Arbeit.« Er hatte geglaubt, dass er möglicherweise von den letzten Bewohnern hinterlassene Schatten würde vertreiben können. »Wir könnten ein paar von den Bäumen fällen und mehr Licht hereinlassen.«

»Ja«, hatte Sylvia gesagt, »dann könnte Florence in unseren Garten sehen, oder?« Sie hatte nicht unbedingt begeistert geklungen. Aber die Bäume mussten weg, genau wie der ganze Müll der Axons und das kleine Glashaus mit den schmierigen, gesprungenen Scheiben und den dahinfaulenden feuchten Zeitungen und Kartons, das der Makler einen »Wintergarten« genannt hatte. Was da alles gemacht werden muss! Aber denk an die Möglichkeiten …

Also hatten sie eine Anzahlung gemacht, Colin hatte den Anwalt angerufen, und ein paar Wochen später waren die Verträge unterzeichnet worden. Ihre Ehe war eine einzige Abfolge von Turbulenzen, der Hauskauf das Einzige, was glattgelaufen war.

Sylvia wandte sich wieder ihren Alben zu.

Wie sich die Fotografien verbessert hatten. Anstelle der eselsohrigen, mit zunehmendem Alter braun anlaufenden Bilder von früher gab es heute schöne randlose, seidenmatte Abzüge. Da stand sie vor der Tür ihres neuen Hauses, den Arm bei ihrem Mann eingehakt. Florence musste das Foto gemacht haben. Das Haus hinter ihnen sah aus wie der Set für einen Horrorfilm. Wie hässlich das Buntglas in der Haustür war, und dazu die großen Büsche, die alles verdunkelten. Das Gebälk verrottete, die Fallrohre der Dachrinne waren in beklagenswertem Zustand, und die beiden Gestalten, die da vor dem Haus standen, sahen kaum besser aus. Colin muss über neunzig Kilo gewogen haben, dachte sie. Sieh dir nur den Bauch an, wie er ihm über den Gürtel hängt. Und dieser dämliche Ausdruck auf seinem Gesicht.

Ihr eigener Anblick war auch nicht direkt tröstend. Der enge Rock (so kurz, das kann doch nicht modisch gewesen sein?) betonte ihre breiten Hüften und die stämmigen Beine. Ihr Körper hatte sich noch nicht von der Schwangerschaft erholt. Sie hielt Claire auf dem Arm und linste künstlich lächelnd über das dick eingewickelte Baby in die Kamera. Ihr Haar war zu einer strohgleichen Masse verblichen. Hatte sie nicht gewusst, dass die Toupiererei und der Haarlack es ruinierten? Aber schlimmer noch: War ihr nicht aufgefallen, dass das schon seit Jahren sonst niemand mehr machte?

Zweifellos, dachte sie, waren wir in der Fabrik hinter der Zeit zurück. Wir wussten es nicht besser. Sie gewährte ihrem früheren, jüngeren Selbst ein nachsichtiges Lächeln, wie es sich für das Ausgehen am Freitagabend zurechtmachte und sich die helle Haut schrubbte, bis auch noch der letzte Geruchsfetzen von tierischem Fett, Natriumphosphat und Fließbandschweiß verschwunden war.

In eine Wolke aus Yardley-Parfüm und das Herz zum Hüpfen bringende Erwartungen gehüllt, ging es zum wöchentlichen Tanz. Sylvia, die tolle große, schöne Babypuppe. Im Sieben-Uhr-Zug hatte sie Colin kennengelernt.

Es war ein fürchterliches Foto, warum nur hatte sie es behalten? Sylvia zog es aus den Fotoecken und legte es auf den Nachttisch. Jetzt klaffte da eine freie Stelle im Album, ein Zeugnis ihrer Eitelkeit. Und da war sie wieder, ebenfalls vor dem Haus Nummer 2, die Arme vor der Brust verschränkt. Der Garten war komplett umgegraben, und das Holz am Haus hinter ihr glänzte leuchtend weiß. Ein ganzes Jahr lang hatte sie sich daran abgearbeitet. Es war eine zermürbende Plackerei gewesen, mit schweren Eimern die Leiter hinauf und wieder hinunter, ein Knochenjob, aber es war ein großes Haus. Und das Grundstück bot Platz genug für den Anbau, um den sie es am Ende noch ergänzten, was ihnen ein viertes Schlafzimmer und eine weit geräumigere Küche verschaffte. Das war der große Vorteil des Hauses: dass es so viele Möglichkeiten bot. Doch um wie viel leichter wäre das alles gewesen, wäre ihr Umzug nicht ausgerechnet mit Colins Krise zusammengefallen. Natürlich hatte es da eine Freundin gegeben, wobei Colin annahm, dass sie nichts davon wusste. Er hatte sich so komisch verhalten, war so abgelenkt gewesen, dass es selbst für ihn nicht mehr normal gewesen war. Zu viel getrunken hatte er, wann immer sich die Gelegenheit geboten hatte. Zu Hause hatten sie kaum Alkohol, dazu reichte das Geld nicht. Die Benzinrechnungen hatten atemberaubende Höhen erklommen. Wohin war er gefahren? Am Ende hatte er in ein Röhrchen pusten müssen und den Führerschein verloren. Seine kleine Affäre hatte sich in Nichts aufgelöst. Das war offensichtlich, oder? Er war schließlich immer noch da. Sie war immer noch da. Alle beide waren sie noch da.

Sylvia sah auf die Uhr. Zehn nach eins. Sie ließ die Alben aufs Bett gleiten, gähnte, reckte sich, stieg aus ihrem Trainingsanzug und warf ihn in den Wäschekorb. Sie ging ins Bad, wusch sich und putzte sich heftig die Zähne. Zurück im Schlafzimmer, wandte sie den Blick ab, um ihr halbnacktes Ich nicht im Spiegel des Frisiertischs sehen zu müssen. Ihre Schenkel, ihr Bauch, aber was konnte man nach vier Schwangerschaften erwarten? Wenn sie damals gewusst hätte, was sie heute wusste … Sie zog ihre weite Baumwollhose an und holte ein T-Shirt aus der Kommode, auf dem in schwarzen Buchstaben »Kindergärten sind unser Recht« stand. Mit einer Hand fuhr sie sich durchs Haar und ging nach unten.

Lizzie Blank, die Putzfrau (ein deutscher Name, nahm Sylvia an), stand an der Spüle und wrang schmutziges Wasser aus einem Lappen. »Alles in Ordnung, Lizzie?«, fragte Sylvia.

»Alles Ordnung, Mrs S?«

Sylvia ging zum Kühlschrank, holte ein Salatblatt heraus und knabberte daran, während sie ihre Haushaltshilfe betrachtete. Der Anblick von Lizzie Blank musste alle Frauen trösten, die sich davor fürchteten, ihr gutes Aussehen zu verlieren. Bizarr, das war der einzig treffende Ausdruck für sie.

Lizzie Blanks Alter war nur schwer zu schätzen. Ihr Kloßkörper besaß keinerlei Taille und wurde von pflockförmigen Beinen getragen. Das platinblonde, verfilzte Haar erreichte eine Höhe, wie es Sylvias selbst zu ihren besten Zeiten nicht getan hatte. Zwei kleine Schnörkel in Form eines Fleischerhakens ragten steif an jedem Ohr nach außen, und ihr großes, ziemlich ausdrucksloses Gesicht war so mit Make-up überzogen, dass sich kaum erkennen ließ, wie es in natura aussah. Die schwarz umrandeten Augenlider hatte sie leuchtend türkis ausgemalt, und wie viele falsche Wimpern sie trug, konnte Sylvia nicht sagen. Die violetten Lippen standen in keinem Verhältnis zu Lizzies tatsächlichem Mund, die fettig glänzende Farbe reichte weit über seinen Rand hinaus, sodass es bei der kleinsten Zuckung ihrer Wangenmuskeln schon aussah, als lächelte oder schmollte sie. Die Lippen waren unablässig in Bewegung, die Augen blieben mehr oder minder tot.

»Wie war die Reise?«, fragte Sylvia.

»Okay. Eine dachte, es gäbe Esel. Wir hatten mal welche auf einer Tagesfahrt.«

»Ich glaube, die gibt es nur am Meer.«

»Ich verstehe nicht, warum. Ich meine, sie schwimmen doch nicht.«

Sylvia war verblüfft. »Sagen Sie, Lizzie, tragen Sie eigentlich eine Perücke?«

Lizzie lächelte nur. Sylvia begriff, dass die Frage vielleicht zu persönlich war. Wobei, dachte sie, wenn es wirklich eine ist, müsste sie eigentlich von Zeit zu Zeit auf ihrem Kopf etwas verrutschen. Ich muss sie nur genau genug beobachten.

Sylvia öffnete den Kühlschrank ein zweites Mal, holte eine halbe Salatgurke heraus und schnitt sich eine daumendicke Scheibe ab. Sie hob sie an die Lippen. »Übrigens, Sie haben nicht versucht, Alistairs Zimmer zu putzen, oder? Ich wollte es Ihnen sagen. Ich nehme an, er hat die Tür abgeschlossen.«

»Das Gästezimmer?« Lizzie sah sie an, vielleicht erstaunt, aber ihr Gesicht wich so sehr von jeder Norm ab, dass es schwer war, darin zu lesen.

»Es ist Alistairs Zimmer, kein Gästezimmer. Seit wir eingezogen sind, ist es das.«

»Ich nenne es das Gästezimmer.«

»Vielleicht war es das früher, vor uns. Auf jeden Fall brauchen Sie sich nicht darum zu kümmern. Sein Vater wird ihn selbst sauber machen lassen, wenn die Ferien anfangen.«

»Einige Zimmer taugen nicht zum Saubermachen. Einige Zimmer werden nie sauber.« Ihre Stimme klang womöglich übertrieben verhängnisvoll. Sylvia schob es darauf, dass sie ihrer Kunst mit Hingabe nachging, und das war eigentlich ein gutes Zeichen.

»Ich habe mich gefragt, ob Sie noch anderswo putzen würden.«

Lizzie säuberte gerade die Spüle mit Bleiche und schüttelte den Kopf, ohne innezuhalten.

»Es ist nur, weil die Frau des Pfarrers jemanden für ein paar Stunden sucht.«

»Haben Sie gesagt, Sie könnten mich empfehlen?« Lizzie wandte ihrer Arbeitgeberin ihr breites, flaches Gesicht zu. Die rougebedeckten Wangen glühten tiefrosa durch ein Übermaß an kreideweißem Puder.

»Ich habe Ihren Namen erwähnt, ohne etwas zu versprechen.«

»Bin nicht interessiert, Mrs S.«

»Ich habe ihr gesagt, dass ich nicht weiß, für wie viele Leute Sie schon arbeiten.« Sie biss in ihre Gurkenscheibe. »Sie sind ein bisschen ein Mysterium, Lizzie.«

»Ich kann nicht noch einen Job annehmen.« Lizzie schloss die Flasche Bleichmittel wieder. »Ich arbeite nachts.«

Sie beugte sich vor, um die Flasche unter die Spüle zu stellen, und präsentierte Sylvia ihr ausladendes Hinterteil.

»Tja, ich dachte, ich könnte zumindest fragen. Ich fahre jetzt besser zu meinem Komiteetreffen. Kann ich Sie irgendwohin mitnehmen?«

Lizzie nahm die große Plastikschürze ab und hängte sie hinter die Küchentür. »Das ist zu nett von Ihnen, Mrs S. Sie sind eine gute Frau. Ein Engel, sollte ich sagen.«

Mit einem verdutzten Lächeln ging Sylvia ihr Portemonnaie holen. Bizarr, genau. Wobei Lizzie Blank als Einzige auf die Anzeige im *Reporter* geantwortet hatte. Die dunkelviolette, genaue, ausländisch aussehende Schrift hatte Sylvia auf eine … nun, eine Ausländerin vorbereitet, eine Person mit merkwürdiger Aussprache und einer seltsamen Art, Toiletten zu putzen. Lizzie schien nicht unbedingt eine Ausländerin zu sein, aber vielleicht kamen ihre Eltern aus einem anderen Land. Vielleicht stammte sie aus einer komischen Familie. Sie scheint eine gutherzige Seele zu sein, dachte Sylvia, und auch willig, auch wenn sie ziemlich verschwenderisch mit den Putzmitteln umgeht.

Sie ging zurück in die Küche. Lizzie Blank war jetzt in ihrer Straßenkluft, einer Art Dirndlrock, rot und blau, und einer Leoparden-felljacke. »Es überrascht mich, dass Ihnen die Hitze nichts aus-macht«, sagte Sylvia und zählte ihr Geld ab. »Hier, meine Beste.« Lizzies falsche Nägel blitzten auf, und die Scheine verschwanden in einer ihrer Taschen.

»Diese Jacke ist mein Stolz und meine Freude«, sagte sie. »Und wie meine Mutter immer sagte: Wer schön sein will, muss leiden.«

Lizzie zog ein golddurchwirktes rosa Chiffontuch aus der Tasche, ging vor in die Diele und band es sich vor dem Spiegel sorgsam um.

»Fertig?«, sagte Sylvia und winkte mit dem Autoschlüssel. »Sie sa-gen mir, wo's langgeht.«

Verdammt, dachte sie, ich hab mich wieder vollgestopft, dabei wollte ich das Essen ausfallen lassen.

Sie fuhren bergab Richtung Innenstadt. Da links, dann rechts, sagte die Reinemachfrau und leitere sie in das Straßenlabyrinth südlich der Autobahnauffahrt. »Das Viertel hier soll bald schon ganz ab-gerissen werden«, sagte Sylvia. »Dann kommen alle drüben nach Hadleigh Way in ein Hochhaus. Wie finden Sie das?«

»Okay.«

»Aber es zerreißt die ganze Nachbarschaft.«

»Es ist nicht mein Viertel. Ich bin hier nicht geboren.«

»Verstehe. Trotzdem, das Leben in einem Wohnsilo wird Ihnen nicht gefallen.«

»Das macht mir nichts. Da kann man Sachen vom Balkon wer-fen.«

Sylvia sah kurz zu ihr hin und richtete die Aufmerksamkeit wie-der auf die Straße. Sie verringerte das Tempo. Kleine, braune Kin-der spielten in der Julihitze am Bordstein, knieten kurzbehost in der Gosse und schossen zwischendurch hinaus auf die Straße. Hier wuchs kilometerweit nicht ein einziger Grashalm, und der Hoch-sommer trieb es auf die Spitze. Die Fugen im Pflaster trockneten aus, die Mülltonnen begannen zu stinken, und aus den schmalen

Gassen zwischen den Häusern trieb der dumpfe Geruch kalten Schweißes und verdorbenen Essens. Ein dürre, fuchsrote Katze schlief auf dem Dach eines Kohlenschuppens, die Beine von sich gestreckt, die Augen fest gegen das gleißende Licht verschlossen. Kein Baum, kein Schatten. »Die Menschen aus ihrer gewohnten Umgebung zu reißen«, sagte Sylvia. »Man sollte denken, wir wüssten es mittlerweile besser.«

»Hier ist es. Eugene Terrace.«

»Wo genau?«

»Hier ist schon gut.« Lizzie öffnete die Tür und machte sich daran, ihren aufgeblähten Körper vom Sitz zu hieven, drehte sich zur Seite und warf die Füße in Richtung Bordstein. Ihr Fußkettchen glitzerte in der Sonne. Als sie endlich draußen war, beugte sie sich noch einmal herab und sah durch die Beifahrertür.

»Tausend Dank, Mrs S.« Sie schwitzte heftig unter dem Leopardenfell, fettige Flecken brachen durch ihren Gesichtspuder. Lizzie erweckte den furchterregenden Eindruck kurz bevorstehender Auflösung, als wäre bei Madame Tussauds ein Feuer ausgebrochen.

Sylvia wich vor dem grinsenden Gesicht und starken Geruch zurück. »Wohnen Sie da, über dem Laden?«

»Ganz oben. Ist vorübergehend. Ich wohne da bei einem Freund, der hat ein Zimmer übrig.«

»Bis Donnerstag dann.« Sie sah zu, wie Lizzie zur Seitentür des fliegenverseuchten Eckladens watschelte. Ich frage mich, was sie meint, wenn sie sagt, sie arbeite nachts. Könnte sie eine Prostituierte sein? Sicher nicht, so einen grotesken Geschmack hat keiner. Lizzie blieb stehen und suchte in ihrer Tasche nach dem Hausschlüssel. Sie hatte etwas Unwirkliches an sich, als wäre sie eine Puppe oder eine Zeichnung, die sich von der Seite eines Buches gelöst hatte. Da plötzlich begriff Sylvia mit schrecklicher Klarheit, woher ihre Mischung aus Abscheu und Faszination rührte, die merkwürdige Nähe, die sie diese Kreatur hatte einstellen lassen. Sie sah sich selbst in ihr, sah die Sylvia Sidney von vor zehn Jahren mit der maskengleichen

Schminke und dem Wabbelspeck einer Muttersau. Die tolle, große, schöne Babypuppe. Ihr wurde schlecht, und sie griff nach dem Schaltknüppel.

Lizzie Blank, sonst bekannt als Muriel Axon, drehte den Schlüssel im Schloss und betrat den trostlosen Flur von Mukerjee's All-Asia Emporium.

KAPITEL 2

Mukerjees Warenbestand türmte sich links und rechts im schmalen Flur, Tomatencremesuppe in Kartons zu jeweils drei Dutzend Dosen, Schachteln mit vorgekochtem Reis, dazu Deosprays, Zahnstocher und Lavendel-Möbelpolitur. Dazwischen schrillbunte Brötchenkisten. Muriel schob sich seitlich zwischen den Vorräten durch, drückte sich ihre Tasche vor die Brust und stakste im Dunkeln nach oben. Sie stellte fest, dass sie das Passwort wieder vergessen hatte, und so trat sie gegen die Tür, bis von drinnen ein schwaches »Christ ist auferstanden« kam.

Der Raum war voller Schatten. Staub wirbelte durch die Luft, und die Sonne wurde von einem vergilbten Papierrollo draußen gehalten. Muriel ging zum Fenster und ließ es in die Höhe schnappen. Das Geräusch, das es dabei machte, klang wie das Davonhuschen einer Rattenfamilie. Sie blickte auf die Dächer von Außenklos und Kohlenschuppen hinaus.

»Beweg die Hufe«, riet sie dem Mann auf dem Bett.

Es war Emmanuel Crisp, ihr Freund und Mentor, ihr alter Kumpel aus der langen Zeit in der geschlossenen Abteilung. Emmanuel Crisp, der gerne so tat, als wäre er ein Pfarrer, und der deswegen in Verwahrung genommen worden war. Er war ein lästiger, schwieriger Irrer, der ständig massive Injektionen brauchte, wohingegen sie, deren Vorgeschichte weit schlimmer war, niemandem irgendwelche Mühen bereitet hatte. Immer ordentlich, sauber und fügsam, wenigstens nach den ersten Jahren.

Crisp schlug eine Hand vor die Augen als Schutz vor der Sonne.

»Hallo, Muriel. Ich hab mir schon gedacht, dass du es bist, so wie du gegen die Tür trittst.«

»Ich heiße nicht Muriel. Ich bin Lizzie Blank.«

»Aber eigentlich bist du Muriel, oder?«

»Manchmal. Heute bin ich Lizzie Blank, weil ich meine Perücke aufhabe, oder, und geschminkt bin?«

Crisp musterte sie. »Es ist wunderbar, wie du dich veränderst.«

»Ich muss meinen Job machen«, sagte sie grimmig.

Emmanuel legte sich zurück aufs Bett. Er war ein erschöpfter, grünlich-blasser Mann mit einem kieksigen Kichern. Der Tagesausflug nach York hatte ihn ermüdet. Es war ihr bestes Treffen mit alten Freunden gewesen, seit man sie aus dem Fulmers Moor Hospital geworfen und sich selbst überlassen hatte.

»Sholto hat's gefallen«, sagte Muriel. »Er hatte keinen Anfall, das war nur die Aufregung, davon ist ihm schlecht geworden.«

Crisp unterdrückte ein Gähnen. Er hob seinen langen Körper an und setzte sich auf. »Hast du meine ausgeschnittenen Artikel?«

Muriel holte die Zeitungen aus der Tasche und warf sie auf den Tisch. »Es ist heiß hier drin.« Sie zog sich die Perücke vom Kopf und ließ sie auf den *Daily Telegraph* fallen, stülpte sie dann nach kurzem Überlegen über ihren Ständer, einen gesichtslosen Kopf aus weißem Styropor, den sie auf Crisps Kommode stehen hatte. Das hier war nicht ihr Zimmer, sie hatte ein eigenes, aber alles war für ihre Bequemlichkeit ausgerichtet.

»Und?«, fragte sie Crisp.

Emmanuel hob den Blick, befriedigt. »»Höhere Gewalt««, las er vor. Muriel sagte: »Soll ich Fish and Chips holen?«

»Ich kann nichts essen. Ich bin zu aufgeregt.«

»Wie du willst. Ich hab bei meinem Arbeitgeber gegessen. Sie sind nicht zu erfreut über das, was ich in ihrer Küche angestellt habe.«

»Das kriegen sie von der Versicherung zurück«, sagte Crisp ganz in seine Lektüre vertieft. »Nur Ketzer haben keine Versicherung.« Er lächelte beim Lesen. Muriel gähnte und kratzte sich den juckenden Schädel.

»Ich zieh mich um«, sagte sie. »Guck nicht zu, Crisp.«

Sie zog sich die Leopardenfelljacke aus und hängte sie in den Schrank, trat sich ächzend die Schuhe von den Füßen und tauchte unter das Bett auf der Suche nach den flachen, offenen Sandalen, die Muriel trug, hob den Rock und machte die schwarzen Strümpfe los. Crisp sah unter den Augenlidern hervor zu, wie sie sich die roten Stellen rieb, wo sich die Strumpfhalter in ihr blauweißes Fleisch gedrückt hatten. Sie zog sich die Bluse über den Kopf, ließ sie auf den Boden fallen und löste mit einem Grunzen den schmerzvoll ausgestopften Büstenhalter. Muriels unter Lizzies Hülle zum Vorschein kommender Körper wirkte flach und mager. »Gib mir ein Handtuch«, sagte sie zu Crisp, und er sah zu, wie sie sich Lizzies Mund abwischte und die grellen Wimpern abnahm. Fünf Minuten später war Muriel zurück, mit ihren fast farblosen Augen und dem kurzen, dunklen Haar, das langsam grau zu werden begann.

»Kriegst du eine multiple Persönlichkeit?«, fragte Crisp.

Sie sah ihn an. »Du weißt, wer ich bin«, sagte sie.

Sie zog Muriels Rock an und dazu eine Bluse aus indischer Baumwolle, die in der Taille mit blauen Blumen bestickt war. Sie ist mit ihren Gedanken woanders, dachte Crisp. Sie plant, was sie draußen auf der Straße machen will. »Bleib hier«, sagte er. »Wir könnten den Nachmittag zum Studium der Psalmen benutzen.«

»Vergiss es«, sagte Muriel. »Wo ist meine Sammeldose?«

»Die Wiederauferstehung ist eine Tatsache.«

»Ich habe nie was anderes behauptet. Versuch nicht zu streiten.«

»Weißt du, es war nicht das erste Mal, dass das Yorker Münster gebrannt hat. Jonathan Martin, 1829, als geistesgestört beschrieben. Emmanuel Crisp, 1984, die rechte Hand Gottes.«

»Du redest wie ein Irrer. Willst wieder eingeliefert werden.«

»Was, wenn ich einer bin? Wir tun alle so, als wären wir jemand, der wir nicht sind. Besonders du, Muriel.« Sie ging in Richtung Tür.

»Lass mich nicht allein. Ich bin ganz kribbelig.«

»Und was sollen wir machen?«

»Bleib ein wenig hier. Du kannst mit mir reden, wenn du willst.«

»Worüber?«

»Über dein Leben. Ich könnte dir die Absolution erteilen, Muriel.«

Sie zögerte und kam zurück. »Was ist das?«

»Die Vergebung deiner Sünden.«

»Was heißt vergeben? Das ändert nichts. Im Übrigen sündige ich nicht.«

»Dann deine Verbrechen. Ist eine nette Sache.«

»Aber ich erinnere mich nicht gerne, Crisp. Es regt mich auf, an meine Mutter und alles zu denken. Ich würde dir ja helfen, aber dann tut's mir hinter den Augen weh.«

»Tut dir nur gut. Bist eine bösartige Alte.«

»Und was ist mit dir? Du brennst Kirchen nieder.«

»Ich tu es für Gott.«

»Ich tu alles für mich, aus Spaß. Ich tu, was mir gefällt.«

Aber die unwillkommene Erinnerung hatte schon eingesetzt, und das alles andere als undeutlich und schwach. Vor zehn Jahren war sie eine Frau mit einer Mutter und einem Kind gewesen. Das Baby hatte sie erst seit ein paar Tagen gehabt, ihre Mutter war immer schon da gewesen. Beide hatte sie sich vom Leib geschafft, 1975, und nur Stunden danach hatte sich ihr Leben komplett geändert. Der Zufall hatte sie in eine lange Abfolge von Geschehnissen gezwungen, die sie am Ende hierher gebracht hatten, wo sie jetzt war. Und dann sagen die Leute, Verbrechen zahlen sich nicht aus! Ihr ging es heute besser denn je, das alles war nur Gerede, um sich zu trösten. Vor jenem dunklen Februarnachmittag, als die Sozialarbeiterin oben im Haus geschrien hatte, war sie nichts als ein Mädchen gewesen, das noch zu Hause wohnte, seit vierunddreißig Jahren mit seiner Mutter in der Buckingham Avenue 2.

Mutter war keine einfache Frau. Sie war Vermieterin und Gefängniswärterin in einem und pflegte etwas, das sie »Wir bleiben unter uns« nannte und das eine genaue Planung und schlechte Manieren verlangte, und wenn jemand an der Tür klingelte, hatte Muriel sich hinten ins Haus kauern müssen. Es war nicht das Alter, das Mutter so hatte werden lassen, es war ihre Strategie. Schon als Muriel noch in die Schule ging, hatte Mutter am Tor auf sie gewartet, sie beim Kragen gepackt und nach Hause gezerrt.

Das war Muriels Leben, Tage, ganze Wochen hatte ihre Mutter sie morgens nicht aus dem Haus gelassen, hatte sie in ihrem Zimmer eingeschlossen oder ihre Schuhe versteckt. In der St. David's School in der Arlington Road wurde über sie geredet, und was da geredet wurde, war alles andere als schmeichelhaft. Sie kippelte auf ihrem Stuhl, spielte mit ihren Fingern. Sie wollte nicht schreiben, konnte es nicht, hatte es nie gelernt, vergessen, wie es ging. Kaum, dass die Klingel ertönte, rannten die Kinder aus der Klasse und stritten und kämpften auf dem umgitterten Asphalt. Muriel stand da, sah zu und rieb sich den Arm über dem Ellbogen, der vom Zupacken ihrer Mutter ständig mit blauen Flecken übersät war. Sie leckte Rost vom Geländer. Eisen auf ihrer Zunge, Salz, Eis. Sie schlug mit den Fäusten um sich. Bald war dieser Teil ihres Lebens vorbei. Mutter behielt sie zu Hause.

Die Straßen, sagte Mutter, waren gefährlich für ein heranwachsendes Mädchen. Es gab Angriffe, Schwängerungen, Diebstähle. Sie schaffte es, dass sich Muriel die Haare aufstellten. Irgendwann kam ein Mann ins Haus und stellte Fragen. Sein Name war Mr Hutchinson, er hatte die Befolgung der Schulpflicht zu überwachen. Mutter konnte ihn einen Monat lang abwimmeln, doch am Ende ließ sie ihn herein. »Sind Sie Mrs Evelyn Axon?«, fragte er, sah Muriel in der Küche auf einem Hocker sitzen und nannte sie »mein Liebes«. Mutter sah ihn höhnisch an. Auwei, mein Liebes, sagte sie, ist sie keine umwerfende kleine Irre, ein Schafskopf, ein Trampel, ist sie nicht genau das, was Sie für Ihr auserlesenes Konservatorium suchen, Sir? Mr Hutchinson hatte einen Pappordner unter dem Arm, den er sich mit einem Schritt weg von Mutter vor die Brust seines beigefarbenen Mantels hielt. Das führte dazu, dass er mit dem Rücken vor der Tür des kleinen Anbaus stand, verwirrt drehte er sich um, griff nach der Klinke, fand sich im Mulch von Pappe und alten Zeitungen wieder, die da im Winter auf dem Boden verstreut lagen, und atmete die nasskalte Anbauluft ein. Spinnweben klebten auf seiner Brille. Muriel auf ihrem Hocker fing laut an zu lachen.

Nachdem sie Mr Hutchinson aus dem Anbau geholt und zur Haustür hinausgebracht hatten, nahm Mutter Muriel beiseite und sagte: Dummheit ist besser als Heldenmut. Tölpelhaftigkeit ist die beste Verteidigung. Später waren noch ähnliche Besucher gekommen, und ihnen erging es ähnlich, wenn sie es denn überhaupt bis ins Haus hinein schafften. »Die Wohlfahrt« nannte Mutter sie. Es hatte eine Zeit gegeben, da Mutter Muriel, nur um ebendiese Wohlfahrt bei Laune zu halten, einmal in der Woche in einen Bus hatte steigen und zu einem Behindertenunterricht fahren lassen. Da saß sie mit anderen in einem Raum, immer vier an einem Tisch. Sie schnitten Formen aus Filz aus und nähten sie mit groben Stichen auf anderen Filz. Sie bekam dünne Streifen Rohr und verflocht sie zu Körben, und währenddessen redete sie mit niemandem, hielt die Lippen geschlossen und verschanzte die Augen hinter der dicken Brille, die die Wohlfahrt ihr besorgt hatte. Kurz darauf wurde der Filz wieder weggenommen, und es gab Tee und Kekse.

Monate vergingen, und die Ergebnisse der Freiheit wurden sichtbar, woraufhin Mutter sie wieder zu Hause behielt. Jahrzehnte hatte sie eingesperrt zu Hause gesessen, jetzt saß sie mit der Masse ihres schwangeren Leibes da. Wo hast du es dir eingefangen?, hatte ihr Freund Sholto sie einmal gefragt, und sie hatte, an den Krankenhauszaun gelehnt, zurückgedacht und hinaus in die Welt geguckt. Ich bin ihnen entwischt, sagte sie. Mutter brachte mich zur Tür, und ich bin den Weg runter, um die Ecke, da lag ein Hund, der Foxterrier, der da jeden Donnerstagnachmittag lag, und ich hab ihm einen Tritt verpasst. Dann bin ich weiter, hab gewartet, und als ich den kleinen Bus kommen sah, bin ich umgekehrt und in die andere Richtung gegangen.

Ich bin ihnen entwischt, sagte sie. Ich bin durch den Park spaziert, hab in die Abfalleimer geguckt, war im Sommerhaus und auf den Schaukeln. Ich hätte in meinem Unterricht sein sollen, zum Körbeflechten und Gemeinschaftssingen, aber ich war im Park. Und dein Beau, fragte Sholto, hatte der 'ne kleine Fiedel? Das war einer mit einem Beruf, sagte Muriel, er hatte einen schönen Tweedmantel und ein paar Kreditkarten.

So ist es passiert, sagte sie klangvoll zu Sholto.

Sholto konnte ein Geheimnis bewahren. Er rollte ihr eine Zigarette, sie rauchte sie und dann gingen sie zum Abendessen. Das Cafeteria-System war noch ganz neu. Sie nahmen sich ein Tablett, stellten sich an und bekamen Baked Beans und weißen Fischauflauf. Einige Leute arrangierten Formen und Muster damit, aber Muriel hatte keinen Sinn dafür. Über die Vergangenheit zu reden, brachte sie aus der Fassung: die Kälte und Unbehaglichkeit, Mutters Tyrannei, kein richtiges Essen, die muffigen, unbeleuchteten Zimmer im Haus und die Wand dunkler Bäume draußen. In der Buckingham Avenue war es so still, dass man den Staub hören konnte und das Rascheln von Mutters sterbenden Gedanken in ihrem Schädel. Weihnachten 1974, Mäuse in den Küchenschränken, zwei Weihnachtskarten fielen durch den Briefschlitz. Miss Florence Sidney kam mit einem Teller warmer Mince Pies. Muriel musste den Mund halten. Der Duft zog die Treppe hoch und brachte ihre Kiefer zum Schmerzen. Mutter wies Miss Sidney zurecht, flößte ihr einen selbstgebrannten Whisky ein, stieß ein »Frohe Weihnachten« aus und warf sie gleich wieder aus dem Haus. Einer von Miss Sidneys Pies fiel vom Teller, als sie nach draußen eilte, fiel auf den staubigen Parkettboden der Diele und zerbrach. Muriel kam nach unten und legte einen Finger in das dampfende goldene Innere und probierte es. Evelyn vertrieb sie und schob sie nach hinten ins Wohnzimmer. Sie sagte, sie solle die Hände davon lassen. Am nächsten Tag war alles weg.

Mutter hatte den kleinen Ölofen umgestoßen und stöhnte, wenn ihr beim nassen Wetter Knie und Hüften wehtaten. Sie hatte Muriel die Karten von der Wohlfahrt weggenommen und verbrannt, und sie hatte ihr verboten, im Garten zu spielen, weil sie Angst hatte, die Nachbarn könnten sie sehen und der Wohlfahrt melden, in welchem Zustand sie war. Mutter hatte Angst vor den Nachbarn. Sie hatte Angst vor Geistern und Wechselbälgern. Sie jammerte, wenn sie den Flur hinuntergehe, würden kleine Krallen an ihrem Rock ziehen, kleine Teufelskrabben ohne Körper, die geräuschlos zwischen ihren Füßen herglitten.

Eine Zeit lang hatte sie Geld damit verdient, für die Nachbarn Séancen zu veranstalten. Mrs Sidney, die Mutter der Pie-Bäckerin, war einmal gekommen, um mit ihrem toten Mann zu sprechen, aber Mutters Fähigkeiten hatten sie so erschreckt, dass sie komisch geworden und kurz darauf weggebracht worden war. Selbst vom anderen Ende der Stadt kamen die Leute. Einmal war eine Frau aus Crewe angereist und hatte ein Paket Sandwiches mitgebracht, in fettdichtem Papier, damit sie die Zugfahrt überstanden. Ganze Nachmittage hatte Mutter vorne im Salon verbracht und düstere, einsilbige Gespräche mit den Toten geführt, so wie es den Leuten gefiel. Abends, mit dem Geld in der Tasche, kicherte sie, ging in die Küche und schaltete den Wasserkessel ein. Einmal entstand auf dem Weg in die Küche eine schwarze Panikwand vor ihr und versperrte den Weg. Muriel, die unten auf der Treppe saß, sah, wie Mutter nach Luft schnappte, wie sie eine Faust hob und gegen die Wand trommelte, an ihr kratzte, sah, wie sie die Füße hob und in der dicken Luft mit etwas rangelte. Wie ein Tanzbär trat und wand sie sich in ihrer großen, schweren Strickjacke.

Es ging vorbei. Ich hatte einen Aussetzer, sagte Mutter. Das ist das Alter.

Später bedauerte Mutter, dass sie die Séancen veranstaltet hatte. Das Haus mit den zwei Empfangsräumen und drei Schlafzimmern auf dem großen Eckgrundstück war voll von dem, was sie heraufbeschworen hatte. Überall drängten und drängelten sich die zähnebleckenden Toten, gestrandete Seelen pfiffen in den hohlen Mauern, halb belebte Leichen unter den Steinplatten draußen. Das Zimmer, das sie das »Gästezimmer« nannten, hatte seine besonderen Bewohner. Augen- und ohrenlos machten sie sich durch Schlurfen bemerkbar, durch das Rasseln ihres Atems, ein und aus. Aber sie hatten keine Lungen. Es seien bösartige Absichten, sagte Mutter, die darauf warteten, mit Körpern verbunden zu werden. Ahnungen von Toten, die auf Fleisch hofften.

Mutter war jetzt siebzig Jahre alt, müde, erledigt, mit dunklen Ringen unter den Augen. Sie hatte versucht, etwas Geld zu verdienen, und wurde nun dafür bestraft. Niemand kann uns helfen, sagte sie. Niemand wird es je tun. Sie waren auf sich gestellt und gingen nie aus, weil sie Angst vor dem hatten, was im Haus geschehen mochte, wenn sie nicht da waren.

Muriel konnte sie vor sich sehen, wie sie damals gewesen war, sah das Puddinggesicht über dem Kittel. Tage vergingen, ohne dass sie ein Wort sagten.

Sie spürte eine Bewegung in sich, sehr merkwürdig. Mutter sagte, du bist besetzt. Es würde ein weiterer stummer, hässlicher Nichtsnutz werden. Muriel hatte das Gefühl, dass er bereit war, aus ihr herauszuplatzen, und sie dabei sterben würde. Mit dem Tod kannte sie sich aus, sie glaubte, dass ihre kleinen Gedanken dann aus ihrem Kopf verschwinden, auf dem Boden des Gästezimmers herumrollen und Staub ansammeln würden.

Mutter holte Bücher aus der Bibliothek, Erste Hilfe, und als das Baby geboren werden wollte, holte sie ihre Lesebrille hervor. Sie tat im Zimmer herum und fluchte, lief mit einer Taschenlampe durchs Haus und leuchtete in alle dunklen Ecken. Muriel hatte die ganze Zeit Schmerzen und spürte, dass da was herauskam.

Am nächsten Tag war Mutter müde. Sie machte kein Hehl daraus, sie hatte gehofft, dass ein besseres Kind geboren würde, doch es war ein übel stinkender Balg, der gierig wegtrank, was er kriegen konnte, eine unbeherrschte Kreatur mit einem beunruhigenden Charakter. Er hatte ein merkwürdiges Gesicht, das Muriels in keiner Weise glich, und schrie unablässig wie ein in einen Schuppen gesperrtes Tier. Ich fürchte, es ist schlimmer, als ich gedacht hatte, sagte Mutter.

Am dritten Tag kam sie damit heraus: Es ist kein Mensch. Es ist ein Wechselbalg, Muriel, man hat dich betrogen.

Aber Mutter wusste immer eine Lösung. Sie hatte eine Theorie, und die lautete: Tritt bestimmt auf, lass dir nichts bieten und sorg dafür, dass du dein Menschenkind zurück bekommst. Aber wie?

Geh ans Wasser, an einen Fluss. Nur war da keiner, nicht ohne in den Bus zu steigen. Zum Glück gab es den Kanal, und der würde es auch tun. Lass den Nichtsnutz, den Wechselbalg davontreiben, und vielleicht bekommst du das andere zurück. Die Methode wird empfohlen.

Als sie das hörte, hatte Muriel gelacht. Das hat mir die Wohlfahrt nicht verraten, sagte sie, und von ihr erfährst du Dinge. Zum Beispiel?, wollte Mutter wissen. Zum Beispiel über zusätzliche Beihilfe, Ermäßigung der Miete. Mutter gab ihr eine Ohrfeige. Es ist probiert und getestet worden, sagte sie. Extreme Krankheiten verlangen extreme Heilmittel, kennst du das Sprichwort nicht? Muriel sah, wie Mutters Gesicht bebte, sie war am Rand der Verzweiflung. Sie hatte Angst vor dem Wechselbalg und wollte ihn nicht im Haus haben. Ich könnte die Obrigkeit anrufen, sagte sie, und euch beide einsperren lassen.

Natürlich wusste Mutter mehr als Muriel. Sie hatte jahrelange Erfahrung, mit den Lebenden wie den Toten. Also gut, sagte Muriel. Sie war überredet.

Und so kam der Tag, den Austausch zu versuchen. Es war ein rauer Wintertag, und die Luft roch nach Erde und Wasser. Sie gingen über die Felder zum Ufer des Kanals, ohne einer Menschenseele zu begegnen. Sie stellten den Karton vorsichtig aufs Wasser, den Karton mit dem Baby darin. »Alles oder nichts«, sagte Mutter. Das Baby gab kein Geräusch von sich, es schrie schon lange nicht mehr. Sie hatten eine Decke über sein Gesicht und die Klappen des Kartons gebreitet. Das war nicht grausam, nur eine Vorsichtsmaßnahme. Mutter wusste, was sie tat, und erlaubte keine Einmischung.

Unten im Wasser war eine schleimige Masse, die Muriel interessant fand. Sie steckte die Hand hinein und zog sie wieder heraus. Mutter gab ihr ein Taschentuch, damit sie sich abtrocknete. Sie beobachteten, wie sich der Pappkarton voll Wasser saugte und leicht dahinschaukelte. Es gab kein Anzeichen eines Austauschs.

Die beiden Babys waren in Muriels Kopf schon lange kaum mehr auseinanderzuhalten, unterkühlt, verkümmert, zum Leben eines Wechselbalgs verdammt, hatten sie über die Jahre fast alles Menschliche verloren. Der Karton kippte im Wasser und war bald nicht mehr zu sehen. Die Tage waren kurz, und unter den Bäumen gab es nicht viel Licht. War es ein Junge oder ein Mädchen?, fragte Sholto. Ich weiß nicht, antwortete Muriel, es ist so lange her. Dort am Ufer des Kanals hatte sie ein leises Nagen in sich verspürt, das sie Bedauern nannte, oder war das erst später? Das Kind war alles, was sie hatte, und jetzt ertrank es. Es stimmte, sie wusste nicht viel, aber es war möglich, dass sich alles, von der Sache im Park angefangen, anders hätte entwickeln können. Ihr Bedauern galt nicht dem Kind, schließlich kannte sie es ja kaum, aber vielleicht sich selbst. Sie fragte sich einen Moment lang, wie es kam, dass sie selbst noch lebte – dass ihre alte Mutter sie nicht hergebracht und davontreiben lassen hatte, weil sie hoffte, im Austausch für sie ein Menschenkind zu bekommen. Aber sie schob den Gedanken beiseite und wischte sich die mit Glibber überzogene Hand am Ärmel des Wintermantels ab. Sie hatte Hunger. Mutter sagte: Es hat nicht funktioniert. Es war Zeit, nach Hause zu gehen, die Dunkelheit senkte sich rasch über die Felder.

Sie kamen nach Hause. Es war erst fünf Uhr, fühlte sich aber wie mitten in der Nacht an. Die Glühbirne in der Diele war kaputt. Ihr Magen knurrte. Als es an der Tür klopfte, sagte Mutter, das ist wieder der Gasmann, ich denke, früher oder später müssen wir ihn hereinlassen. Sie gab Muriel einen Stoß zwischen die Rippen und sagte, sie solle sich ins Hinterzimmer verziehen. Mach schon, sagte sie.

Als Evelyn die Tür aufmachte, war da aber nicht der Gasmann. Es war Miss Isabel Field von der Wohlfahrt. Die Frau hatte sich seit Monaten nicht sehen lassen.

Mutter hatte kurz ihre Deckung aufgegeben und wusste wahrscheinlich, dass sie dafür bezahlen würde. Aber erst versuchte sie, ihren Irrtum auszubügeln, lächelte der jungen Frau nett zu und brachte sie die Treppe hinauf. Muriel lehnte hinten an der Tür, atmete und lauschte, und kaum, dass Mutter Miss Field im Gästezimmer hatte, schlug Mutter die Tür zu und schloss ab. Muriel trat in die Diele. Sie setzte sich auf die Treppe, die Knie ans Kinn gezogen, und hörte, wie Miss Field litt. Wie sie schrie! Wie sie gegen die Tür hämmerte! Gegen das Fenster! Sie würde das Glas zertrümmern, mit der bloßen Hand, wenn sie nicht aufpasste.

Als es dann auch hinten am Haus zu klopfen begann, fuhr der Teufel in Muriel, und sie sagte sich, gut, jetzt sieh mal zu, Mutter, traute sich nur nicht, es laut auszusprechen. Der Klang der Worte und das Hämmern kreisten und hallten in ihrem Kopf, während sie in ihren Schlafzimmerpantoffeln zur Hintertür tappte.

Es war eine Invasion. Ein Mann platzte ins Haus und schrie. Mutter verfolgte ihn, schrie ebenfalls und versuchte ihn festzuhalten, ganz weiß im Gesicht, in ihre Strickjacke gehüllt und so schnell sie konnte. Der schwitzende Mann rannte die Treppe hoch. Ihre Mutter hinterher, und schneller, als sie gucken konnte, lag sie am Fuß der Treppe auf dem Boden. Muriel stand hinter der vorderen Tür und sah zu ihr hin.

In der Diele waren jetzt Miss Florence Sidney, die Mince Pies buk, Miss Sidneys Bruder Colin und die Wohlfahrtsfrau, Miss Isabel Field. Miss Field sagte, sie gebe ihren Beruf auf. Das war zu viel, sagte sie, von einer Verrückten in ein Zimmer gesperrt zu werden, wenn du nur einen Hausbesuch machen willst. Sie zitterte und weinte ein bisschen. Miss Sidneys Bruder kniete sich hin und legte sich auf Mutter. Heißhungrig drückte er seinen Mund auf ihren. Mutter reagierte nicht, es war schon eine Ewigkeit her, dass ein Mann sich so um sie bemüht hatte. Nach ein paar Minuten stemmte Colin Sidney sich auf die Knie hoch, wischte sich den Mund ab und sah Mutter an, die zwischen seinen Beinen lag. Er hob eine Faust und boxte ihr gewaltig auf die Brust, zweimal, dreimal. Muriel sah genau zu und war so enttäuscht wie er, weil Mutter nichts zu spüren schien. Er gab schnell auf, kam wieder auf die Beine, redete und keuchte. Sie hat sich an mich gehängt, sagte er, als ich die Treppe hochwollte. Wie eine Irre haben Sie gegen die Tür oben gehämmert, Miss Field. Ich habe sie abgeschüttelt, mehr nicht, und sie ist weggerutscht und hat den Halt verloren. Ruhig, Colin, sagte seine Schwester Florence, ruhig. Colin, der Krankenwagen kommt, niemand macht dir einen Vorwurf. Es war richtig, dass Sie mich da rausgeholt haben, sagte Miss Field, ich habe gespürt, wie mir was am Rock gezogen hat. Sie zitterte. Colin zog seine Jacke aus und hängte sie ihr um die Schultern. Nehmen Sie die, Miss Ääh …, sagte er. Field, sagte sie, wie das Feld. Der Sieger auf dem Feld, murmelte Muriel, und sie sahen sie einen Augenblick lang an, nicht sicher, ob sie etwas gesagt hatte.

Als Miss Sidney hinausging, um zu telefonieren, wandten sich der Bruder und die Sozialarbeiterin einander zu und taten so, als wäre sonst niemand da, weder Muriel in ihren Schlafzimmerpantoffeln noch ihre Mutter auf dem Boden. Die beiden kannten sich, ihre Blicke trafen sich, dann ihre Hände. Es hätte Muriel nicht überrascht, hätten sie sich schon mal zu was im Park getroffen. Sie nahm der Sozialarbeiterin ihre schlanke Taille und das blasse, hübsche Gesicht übel. Sie selbst war noch ganz aufgebläht von der Schwangerschaft, doch das wusste die Sozialarbeiterin nicht. Das mit dem Baby hatten sie für sich behalten. Das war ihre persönliche Sache gewesen, die sie auf ihre eigene Weise gelöst hatten.

Miss Sidney kam zurück und wandte sich an Muriel. Hör zu, Muriel, sagte sie, reg dich nicht auf, was wir brauchen könnten, wäre eine Decke, um deine arme, alte Mum zuzudecken. Lass sie zittern, dachte Muriel, sah aber, dass sie es nicht tat. Der Groll eines ganzen Lebens stieg in ihr hoch. Lebten andere Menschen auch so? Sie hatte keine Ahnung. Die Sozialarbeiterin sagte, das Haus sei die reinste Leichenhalle. Sie beugte sich über Mutter, und mit ihrer schmalen, weißen Hand drehte sie deren Kopf zur Seite. Niemand gibt Ihnen die Schuld, sagte sie zu Colin Sidney, sie hatte einen Herzinfarkt. Mutters Gesicht hatte eine merkwürdig fleckige Farbe. Sie wirkte erstaunt.

In den letzten Momenten von Mutters Leben war sie, Muriel, die Treppe von unten hochgekommen, und als Mutter ausglitt, wegrutschte, mit der einen Hand nach dem Geländer und mit der anderen sich an die Brust griff, hatte sie die Finger hinten in Mutters Jacke gekrallt, sie beim Genick gepackt und rums, rums gegen die Wand geknallt, weswegen Mutter, als sie starb, so überrascht aussah.

Muriel konnte sich nicht erinnern, dass je so viele Leute im Haus gewesen waren, seit der Beerdigung ihres Vaters nicht. Damals war sie noch ein Kind gewesen und hatte sich gewundert, warum Clifford Axon nicht hinten im Garten begraben werden konnte, neben dem Anbau, aber ihre Mutter sagte Nein, sie wolle ihn nicht auf dem Grundstück haben. Dreißig Jahre war das her, und das Leben würde sich jetzt ändern. Mitten in ihre Überlegungen hinein fing ihr Magen an zu knurren. Mord macht hungrig, dachte sie, warf einen letzten Blick auf ihre Mutter, ging in die Küche und schnitt sich eine Scheibe Brot ab. Sie durchstöberte die Schränke und fand ein Glas mit roter Marmelade. Das alte Miststück, dachte sie, die hat sie für sich behalten. Es war noch eine Menge da, das Glas war noch drei viertel voll. Muriel nahm ein Messer aus der Schublade und verteilte die Marmelade sorgfältig auf dem Brot, dick und bis ganz an die Ränder. Colin Sidney kam herein, und sie bot ihm einen Bissen an, doch er schien keine Lust darauf zu haben. Sie konnte hören, wie sich die Sozialarbeiterin wieder übergab. Draußen fuhren Autos vor, und Männer in Uniform brachten Evelyn weg.

Bald nach den Vorkommnissen verließ auch Muriel das Haus. Sie begriff, dass sie für ein paar Jahre weggehen würde, um sich vom Leben mit ihrer Mutter zu erholen. Eine Frau namens Tidmarsh holte sie ab. Sie legte eine Plastiktasche mit Muriels persönlicher Habe in den Kofferraum, den beiden Kitteln, die Mutter ihr aus ein paar alten Vorhängen genäht hatte, und verschiedenen anderen Dingen aus Schubladen und Schränken. Muriel sah zu dem Haus zurück, in dem sie ihr bisheriges Leben verbracht hatte, und verspürte ein schreckliches Gefühl von Unvollständigkeit, als wäre etwas Wichtiges für sie in einem der Zimmer zurückgeblieben. Sie griff nach dem Arm der Frau, damit sie noch einmal umkehrte, doch die schüttelte sie ab und schrie, dass es gleich einen Unfall gebe. Woher sollte Muriel das wissen? Sie war noch nie mit einem Auto gefahren, nur mit dem Minibus.

Mutter hatte ihr immer damit gedroht, dass sie, wenn sie nicht tue, was man ihr sage, bei den anderen Nichtsnutzen enden, dass man sie wegbringen und vergasen würde. Einmal haben sie es schon gemacht, sagte Evelyn, und die ganze Welt profitiert von dem Beispiel. War es jetzt so weit? Sie empfand nichts, sie wusste nicht, wie es sein würde, vergast zu werden. Sie sah aus dem Fenster auf die vorbeiziehenden Fabrikmauern, und ihr Kopf rollte gegen die Scheibe und vibrierte mit dem Auto.

Es war ein milder Frühlingstag, aber die Frauen auf den Straßen waren immer noch in dicke Wintermäntel gepackt. Sie schoben Kinderwagen vor sich her, die Köpfe gegen den Wind gesenkt. Sonnenlicht tupfte das Glas einer Bushaltestelle. Fabriktore und Ladenzeilen wichen Doppelhäusern mit weiß gestrichenen Zäunen und Gärten mit hübsch blühenden Büschen. Ein rotes Wohnviertel zog sich seitlich eine Anhöhe hinauf. Bald waren sie auf dem Land. Miss Tidmarsh kurbelte ihr Fenster herunter, und der Geruch von frischem Gras erfüllte das Auto. Sie fuhren durch ein Tor auf einen von riesigen Hecken überschatteten Kiesweg. Wolken flogen über die Windschutzscheibe. Das Auto schob sich weiter vor, in den vor ihnen liegenden Sommer. Vögel kreisten über den Feldern.

Das Haus selbst, das zerfallende graue Herzstück, lag zur Straße hin ausgerichtet und überragte die Felder. Kieswege führten davon weg, links und rechts gab es Blumenbeete. Verschiedene Autos parkten auf dem Gelände, ein Krankenwagen, es gab ein paar Wellblechbaracken, Schuppen und eine Gruppe neuer Gebäude aus Metall, lackiertem Holz und Flachglas. Dahinter wieder Felder und ein Gürtel dunkler Bäume. Über der Erde lag ein dünner Nebelschleier, die Luft war feucht.

Das Auto hielt, und Muriel kletterte hinaus. »Moment«, rief Miss Tidmarsh. Sie fasste sie beim Ellbogen, was Muriel an Mutter erinnerte.

An den Wegen standen kleine Wegweiser: Hunniford Ward, Greyshott Ward, Beschäftigungstherapie. Muriel hatte nicht die Zeit, sie alle zu lesen, trotzdem konnte sie weit besser lesen, als sie alle dachten. Sie reckte den Hals und schaute über die Schulter zurück. »Kommen Sie weiter, meine Liebe«, sagte die Frau. Meine Liebe, zum zweiten Mal jetzt schon. Das hatte Mutter nie gesagt, nur »du nutzloser Trampel«. Nutzloser Trampel und meine Liebe, die Bedeutung war dieselbe.

Drinnen im großen Haus liefen sie über kalte Fliesen. Eine andere Frau kam aus einem Zimmer, sie trug einen blau-weiß karierten Kittel mit einem elastischen Gürtel und einen Papierhut. »Oh, hallo, Miss Tidmarsh«, sagte sie. »Wie geht es uns heute? Haben Sie eine neue Kundin für uns?«

Sie musterte Muriel auf eine ganz besondere Weise, so als sähe sie direkt durch sie hindurch, erfasste alle Ränder und Vorsprünge und schätzte Größe und Form ab. Sie verlagerte ihr Gewicht leicht verlegen von einem Fuß auf den anderen und nestelte an ihrem elastischen Gürtel. »Wir sollen demnächst in Zivil arbeiten«, sagte sie. »Was halten Sie davon?« Miss Tidmarsh antwortete etwas. Muriel sah sich in der Eingangshalle um und hinauf zur Decke. Die Schwester fragte: »Wie wäre es mit einer Tasse Tee?«

»Das wäre toll«, sagte Muriel.

Die Schwester sah sie komisch an. »Nicht Sie, meine Liebe. Die Patienten bekommen ihren Tee um halb elf, den haben Sie verpasst.«

»Dann nehme ich Kaffee«, sagte Muriel. »Marmelade, Schokolade, Rindsroulade, Roastbeef, Cornflakes und Ovomaltine.« Miss Tidmarsh lachte.

Sie folgten den Hinweisschildern mit dem Wort »Aufnahme«. Die Station hatte dreißig Betten. »Das ist Ihr Schrank, das Ihre orange Bettdecke, das Ihr Bettvorleger, und hier werden Sie wohnen. Und dann, meine Liebe, in ein, zwei Wochen, wenn der Doktor mit uns gesprochen hat, ziehen wir um.«

Muriel setzte sich auf die orangefarbene Decke. »Mein Kopf tut weh«, sagte sie. Die Schwester nahm ihr Kleid. Sie nahm ihre Unterhose. Und gab ihr ein dünnes Baumwollhemd.

»Tragen Sie keinen Büstenhalter?«, fragte sie. Muriel schüttelte den Kopf. Die Schwester lächelte. »Wir wollen doch nicht schlaff werden, oder?«

»Ich weiß nicht, wovon wir sprechen«, sagte Muriel. »Unser Kopf tut weh.«

»Wir wollen doch nicht unverschämt werden. Das lernen wir schnell genug, meine Liebe. Haben wir keine Pantoffeln?« Muriel schüttelte noch einmal den Kopf. »Sie müssen Ihren Besuchern sagen, sie sollen welche mitbringen.«

»Bekomme ich Besuch?«

»Ihre Familie wird kommen, nicht wahr, meine Liebe?«

Muriel überlegte. Baby: tropf, tropf. Mutter. Sie schloss müde die Augen. Mutter sagte immer, sie würde sie heimsuchen.

»Ich spreche mit Ihnen, meine Liebe«, sagte die Schwester scharf. Muriel schlug sich mit der Hand vor den Kopf. »Das wird nicht helfen«, sagte die Schwester. »Ich darf Ihnen nichts geben. Nicht, bevor der Doktor Sie gesehen hat.«

»Wann wird das sein?«

»Bei der Visite. Morgen.«

Als sie gegangen war, setzte sich Muriel aufs Bett und ließ die Füße baumeln. Sie untersuchte sie, dort am Ende ihrer Beine, die dicken roten Zehen. Seit Mutters Tod hatte sie viel geredet. Vorher waren Tage ohne ein Wort vergangen. Wochen, Monate. Bis auf die Reime. Mit denen hörte sie nicht auf, sie mochte sie. Sie waren das Einzige aus der St David's School, woran sie sich noch erinnerte. Backe, backe Kopfschmerz, der schüttelt das Herz, heile, heile Mäuschen, bleib in deinem Häuschen. Heulen würde sie nicht, das war ihr zu viel. Stattdessen kratzte sie sich die Knie. Vor dem Fenster war ein Rollo heruntergezogen, und die Station lag im Halbdunkel. Sie spürte, wie sie die Wände umschlossen – wieder sicher. Zurück im Gefängnis ihres Körpers, zurück im Gefängnisalltag mit seinen Bildern, Gerüchen und Geräuschen, dem knurrenden Magen, den knackenden Fußgelenken, dem stetigen Klopfen des Herzens.

Der Erste, den Muriel kennenlernte, war Sholto. Er stand auf dem langen Korridor und versperrte ihr den Weg, ein finsterer, schmutziger kleiner Kerl mit O-Beinen. »Bist du verrückt? Oder dumm?«, wollte er wissen.

»Beides«, erwiderte Muriel, ohne zu zögern.

»Willkommen in der Elitetruppe.« Sholto sprang vor und schüttelte ihr die Hand.

Landleben. Die Vögel weckten sie um vier Uhr morgens. Sie kämpfte sich aus ihren Träumen und schlug die Decke zur Seite, stellte die Füße auf den kalten Boden und stolperte mit gesenktem Kopf zum Fenster. Blasses, milchiges Licht und ihr eigenes blasses Spiegelbild. Die Züge verschwommen, formlos, unter Wasser. Sie rieb sich mit der rechten Hand über das Nachthemd und dachte an die klebrigen grünen Algen.

»Kommen Sie, meine Liebe, zurück ins Bett«, sagte eine Stimme hinter ihr. »Was stehen Sie um diese Zeit auf? Haben wir unsere Pille nicht geschluckt?«

Muriel nickte. »Ich habe sie genommen.«

Frühmorgendliches Aufwachen, sagte sich die Schwester, ein Zeichen klinischer Depression. »Zurück ins Bett«, sagte sie.

»Die verdammten Quietscher in den Bäumen«, murmelte Muriel. Sie sah die Schwester an.

»Um halb sieben ist Aufstehen«, sagte die Schwester. »Nicht um vier. Wir müssen uns einen festen Rhythmus angewöhnen.« Sie sah, wie Muriel mit der Hand über das Nachthemd rieb. Eine Zwangsstörung, sagte sie sich. Ticks.

Die medizinische Überwachung hier draußen auf dem Land unterlag Dr. Battachariya, einem fülligen kleinen Mann mit dicken Augen wie enttäuschte Rosinen, die in sein goldenes Gesicht gepflanzt waren. Sie schrie, als er sie untersuchen wollte.

»Sie haben ein Baby bekommen, Muriel?«, fragte er scharfsinnig. Ein ungehobelter, ungezogener Kerl, der mit seinen Gummihandschuhen in ihr herumspionierte.

Sie murmelte etwas.

»Wo ist der kleine Wicht?«

»Bei meiner Mutter«, sagte sie.

Die erste Woche ging vorbei. Wer war jetzt verrückt? Wer war böse? Wer war dumm?

Waren sie einmal rotgesichtig, gesprächig, voller Leben und Trugbilder gewesen, hatten die langen Jahre mit Largactil und Schlafstationen sie ausgehöhlt und passiv werden lassen. Waren sie tollpatschig, unzulänglich und verloren gewesen, hatte die Zeit sie scharfsinnig gemacht und die zahllosen kleinen Tricks des Anstaltslebens gelehrt. Den Ärzten gegenüber verhielten sie sich frisch-fröhlich gleichgültig, die ihrerseits mit gesenktem Blick, leiernden Stimmen und verlangsamtem Denken dasaßen.

Der Tagesraum. Die Leute sitzen in vinylbezogenen Sesseln. Keines der Möbelstücke hat eine Ähnlichkeit mit den Möbeln draußen. So was würde niemand in seinem Haus haben wollen. Kiefer mahlen und kauen auf nichts. Zigarettenrauch windet sich in die Höhe. Meine Mutter ist gestorben … Ich hatte diesen Unfall … Ich habe mir die ganze Nacht Sorgen gemacht, weil ich meine Hausaufgaben nicht gemacht hatte … Brumm, brumm, brumm. Fragen sind bedeutungslos, wenn du nicht ruhig in deinem Sessel sitzen kannst. Wie Schmeißfliegen wirbeln sie dir im Kopf herum. Brumm, brumm, brumm. Ich hatte keine Ahnung, dass es so viel Abscheulichkeit in der Welt gibt … Ab da war nichts mehr zu essen im Haus … Ich wusste, dass er ein Messer hatte … Ich wusste, wenn ich mir zu schlafen erlaubte, würde ich die Nacht nicht überleben. Jeden Abend gibt es in den Sechs-Uhr-Nachrichten eine spezielle Mitteilung für mich. Die Leute starren mich an, sobald ich einen Fuß auf die Straße setze. Jemand hatte meine Brille kaputt gemacht / ein Feuer gelegt / mich denunziert, brumm, brumm, brumm. Marilyn Monroe hat meine Sozialhilfe geklaut. Ich bin ins Café gegangen, bis ich kein Geld mehr hatte.

Können Sie mir zehn Städte nennen? Können Sie mir den Namen des Premierministers nennen? Manische Bewegungen, dazu getrieben, die Korridore hinunterzulaufen, laufen, laufen, Hände fliegen um Gesichter und Ohren.

Sie müssen doch ein paar Gefühle in Bezug auf sich selbst haben? Starren. Ein langsames Schütteln des Kopfes. Die Schultern starr, der Blick starr, Gesicht und Haare grau. Eine gewisse Starre in der Haltung, sagt der Doktor. Anscheinend negativistisch. Seit wann haben wir Sie jetzt hier? Keine Antwort.

Ein affektbedingtes Problem … halb aggressiv … schizophrene Erregungszustände … eine ausgeprägte Denkstörung. Wie wäre es mit einer kleinen Spritze? Sie haben doch keine Angst vor einer Spritze?

Das waren Muriels beste Freunde: Sholto und Emmanuel Crisp. Dann noch die Mitläufer Philip und Effie. Erst war Muriel eine verlorene Seele, irrte durch den Tagesraum, rieb sich waschend die großen, roten Hände und vermisste merkwürdigerweise ihre Mutter. Die schnatternde, nörgelnde Evelyn mit ihren kleinen Tricks, um Verfolger und Spione abzuwehren. Sie hatte ihr durchaus ein paar Dinge beigebracht, und wenn Muriel sie nicht vermisste, woher kam dann das leere Gefühl, das sie mit sich herumtrug? Im Übrigen legte sie einen kleinen Garten der Verbitterung und Spekulation an und wässerte ihr Unkraut in den frühen Morgenstunden, wenn sie trotz ihrer Schlaftablette mit weit offenen Augen dalag und in die Dunkelheit starrte. Die Wohlfahrt tat Dinge für die Leute, erfuhr sie, gab ihnen Geld, damit sie draußen leben konnten, gab ihnen Gasöfen und Schuhe. Ihr hatten sie nie etwas gegeben. Selbst wenn Evelyn sie hereinließ, schwatzte sie herum und sagte, dass kein Mangel herrsche. Sich normal zu geben war eine große Anstrengung für Evelyn, und diese Anstrengung mündete in manchen Streit, wenn die Wohlfahrt wieder weg war. Manchmal sagte sie sich jetzt, Mutter sollte hier sein, nicht ich, in dieser einfachen Heimstatt, um ihre Laufbahn als Wahnsinnige zu pflegen. Ihr wurde gesagt, dass sie auf der Suche nach der Wahrheit über Leben und Tod ihrer Mutter deren Körper aufgeschnitten, hineingesehen und die Innereien herausgeholt hätten. Das stellte sie sich mit einiger Befriedigung vor.

Jetzt, da sie mehr über andere Menschen und deren Leben wusste, fragte sie sich oft, ob ihr Verbrechen nicht irgendwie vermerkt werden sollte. Sie konnte jetzt richtig lesen, und es gab ein bei ihren Freunden äußerst beliebtes Buch, in dem praktisch alles unter der Sonne Denkbare aufgeschrieben war, über County-Kricket, Nonstop-Tanzen, und das alles schien ihr weniger interessant als die eigene Geschichte. Sollte sie alles aufschreiben?

Sholto riet zur Vorsicht. Hat man das Baby gefunden?, fragte er. Nein, sonst säße sie im Gefängnis. Also war es noch im Kanal, steckte im weichen Schlick auf seinem Grund, von grünen Ranken erdrosselt, gefangen unter verrostenden Bettfederwracks und Kühlschränken. Er bot an, Emmanuel Crisp dazu zu konsultieren, der mit seinen Verbindungen zur Kirche ein Experte in allen Leichenfragen war.

Emmanuel dachte nach. Ein Torfmoor konserviert alles, sagte er. Das steht nicht infrage. Matsch, weicher Schlick, stehendes Wasser. Dazu ein Kanal: sicher mit Säure im Wasser. Babyknochen sind kaum etwas – »Aber vielleicht, Muriel, gibt es ein Skelett.«

Sholto stellte mehr Fragen. Wurde sie für den Tod ihrer Mutter verantwortlich gemacht? Nein. Man ging von keiner Fremdeinwirkung aus, warf Crisp ein. Konnte sie mit den Zweifeln umgehen, auf die ihre Behauptungen stoßen würden? Sie waren pingelig, die Verleger dieses Buches, einfache Behauptungen überzeugten sie nicht, vielleicht wollten sie, dass sie das Ganze unter Testbedingungen noch einmal wiederholte. Ein Kind kannst du noch kriegen, sagte Sholto und zwinkerte dabei anzüglich, damit sie kapierte, worauf er hinauswollte, aber keine zweite Mutter. Behalte es für dich, riet er ihr. Tatsache ist, Muriel, dass du nichts beweisen kannst.

»Das könnte ich schon«, sagte sie. »Wenn ich die Knochen fände.«

Crisp war ein großer Mann, bleich und kantig. Er hatte die Lippen eines übergenauen Gottesfürchtigen und einen kalten Blick. Sein Haar türmte sich wie eine Wollschlange auf seinem Schädel. Wo bekam er nur seine Stehkragen her?, wollte Sholto wissen.

»Kleiderspenden«, sagte Crisp kurz angebunden.

»Ich selbst habe Anfälle«, erklärte Sholto. »Crisps Leben war anders. Er war mal Kirchendiener in Sankt Peter.«

Crisp räusperte sich. »Ich habe Dinge offen gelassen, die geschlossen werden sollten.«

»Was für Dinge?«

»Meinen Hosenladen. Später einen Gashahn.«

»Er ist einer von denen, die nicht wissen, was über sie gekommen ist«, sagte Sholto. »Er hat's überlebt, und ich soll es erzählen. Es stand im *Reporter*: ›Sexbestie Küster: Der Pfarrer spricht.‹«

»Hast du je von einer Falle gehört?«, fragte Emmanuel Crisp. »Sie war ein *agent provocateur*, so nennt man das. Sie sagte, sie komme vom Fraueninstitut. Sie wollte ins Chorgestühl und das Instrument sehen.«

»Du weißt, dass du sie falsch verstanden hast«, sagte Sholto hartnäckig. »Mit Absicht hast du das.«

»Sie hat meinen Ärmel berührt.« Er erschauderte. »Ich bete oft für sie.«

»Der Pfarrer hat sich nie für ihn eingesetzt. Er ist weg.«

»Er ist tot«, sagte Crisp. »Oder sollte es sein.«

Sie trafen sich im Tagesraum. Es war ein neuer Ansatz, Männer und Frauen zu vermischen. Der Herbst war gekommen, doch im nächsten Jahr, sagte Effie, würden sie sich draußen treffen, da waren sie ungestörter. So Gott wolle, fügte Philip fromm hinzu. Emmanuel führte sie ein, zwei Strophen *Die Kirche steht gegründet*, dann hörten sie auf. Es gab Tee.

Es folgte eine Zeit beträchtlicher Längen. Der Winter senkte sich über die Felder. Sie stand am Fenster vom Greyshott Ward und sah zu, wie der Regen dagegenpeitschte. Es war ein Jahr, bevor sie mit einer ganzen Herde schwatzender Mitpatienten in einen offenen Bus gesetzt und zum Einkaufen in die Stadt gekarrt wurde. Die Fahrt dauerte eine halbe Stunde, und die Spannung wuchs mit jedem Kilometer. Sie gingen in einen Süßigkeitenladen und in ein Geschäft für Haushaltswaren, wo sie sich Brotkästen ansahen und sagten, welche Farbe sie sich aussuchen würden, wenn sie eigenes

Brot hätten. Sie sah sich um und war sehr versucht, stahl am Ende aber rein gar nichts. Hinterher, auf der Station, wurde sie für ihr gutes Benehmen gelobt.

Sie bekam besondere Sachen für den Ausflug, aus einem Karton im Schwesternzimmer: ein blaues Hauskleid mit sechs Knöpfen und einen etwas engen Regenmantel. Zurück auf der Station gaben sie ihr wieder ihren alten Kittel. Eine Schwester stand daneben und wartete, dass sie ihr die Ausgehkleider wegnehmen konnte. Als sie das Kleid auszog, hatte es nur noch fünf Knöpfe. Die Schwester ließ ein »Tss, tss« hören und pfiff ganz leicht durch die Zähne. Das war etwas, was nur die Schwestern durften – wenn ein Patient es tat, wurde er ausgeschimpft. Die Schwester nahm Kleid und Mantel und warf beides in den Karton. »Komm schon, zieh dich an, lahme Sau«, sagte sie. »Das musst du schon selbst tun.« Muriel sah, wie das Kleid und der Mantel verschwanden und der Karton weggebracht wurde.

Sie setzte sich aufmüpfig aufs Fußende ihres Betts, machte: »Tss, tss«, wiegte den Kopf langsam hin und her und sah zum Himmel. Sie beobachtete andere Leute, stahl ihnen ihre Gesichtsausdrücke, übte sie ein und vergrößerte so ihr Repertoire. Ich war niemand, als ich hierherkam, dachte sie, noch ein paar Jahre, und es lässt sich nicht mehr sagen, wie viele Leute ich bin.

Effie war oft Ihre Majestät, die Königin. Sie machten mit und stellten sich an der Stationstür auf. Effie trug eine rosa Plastik-Badehaube, die ein lange vergessener Besucher einst von draußen mitgebracht hatte, und hielt allen mit dem süßesten Lächeln die Fingerspitzen hin.

»Und wie lange sind Sie schon in Fulmers Moor?«

»Zehn Jahre, Ma'am.«

»Ist das so? Da müssen Sie viele Veränderungen miterlebt haben.«

Zwischen ihren offiziellen Verpflichtungen saß Effie oft da und sah die Wand an, und von Zeit zu Zeit ließ ein Gefühlskräuseln ihr Gesicht erschaudern. Sie hob die Hand, um es festzuhalten, sprang auf und lief hektisch zur nächsten Schwester. »Ich will mein Largactil«, jammerte sie. »Ich will mein Modecate. Ich will meinen Fentazin-Sirup.« Ruhiggestellt lehnte sie sich an die Wand und war wieder völlig gelassen. Nur ein Zucken des Auges, ein winziges Parkinson'sches Erbeben der Gliedmaßen zeigte, dass sie noch lebte.

»Ich mache hier niemandem etwas vor«, sagte Crisp gereizt. »Ich erliege lieber einer Selbsttäuschung. Ich hoffe, eine öffentliche Person zu werden«, erklärte er Dr. Battachariya. »Ich hoffe, man ernennt mich zum Botschafter in St. Petersburg. Oder zum Präsidenten der Bank von England.«

Dr. Battachariya saugte an seinem Stift. Er befragte ihn genau. »Was ist der Unterschied zwischen einer Leiter und einer Treppe?«, sagte er.

Crisp lächelte. »Eine Leiter ist eine Folge tragbarer Abstufungen«, sagte er, »entweder aus Metall oder Holz, manchmal auch aus Stricken. Sie besteht aus zwei Seitenteilen mit dazwischenliegenden Stufen, ›Sprossen‹ genannt. Sie ist ein Mittel des Aufstiegs, wie eine Treppe. Aber eine Treppe, nach dem gleichen Prinzip konstruiert, hat eine feste innere Struktur. Nehmen wir der Erläuterung halber einmal an, Sie wären ein Fensterputzer, und einige ehrlichere Männer als Sie und ich, Dr. Battachariya, verdienen ihren Lebensunterhalt tatsächlich auf diese Weise, dann könnten Sie die Leiter mit etwas fester Schnur aufs Dach Ihres Autos binden und sie so transportieren, was auf keinen Fall mit einer Treppe möglich wäre.«

Dr. Battachariya spielte mit seinem Kugelschreiber. Er war entschlossen, ein Haar in der Suppe zu finden. »Denken Sie nicht, dass Ihre Erklärung etwas überkompliziert ist?«, sagte er. Crisp lächelte wieder. Sein trockenes, abwesendes, geistliches Lächeln.

Muriel kam zu ihm. »Crisp, gib mir ein Buch«, sagte sie. »Ein Buch mit Predigten. Irgendwas.«

»Wofür willst du ein Buch?«

»Ich will Wörter. Ich brauche mehr Wörter. Ich bin mit Absicht dumm gehalten worden. Ich will Wörter wie du.«

»Hör zu«, sagte Effie scharf, »das hier ist das verdammte Savoy. Wisst ihr, was wir hatten, wo ich zuletzt war? Keine Türen in den Toiletten, Entschuldigung. Einen Zahnputzbecher für siebzehn Schwachsinnige. Crisp, du hast einfach keine Ahnung.« Sie fasste sich und fügte noch hinzu: »Balmoral ist kein Stück besser.«

Am nächsten Tag drehte Effie durch. Sie konnte sehr ausfällig werden, wenn sie nicht königlich angesprochen wurde, rannte schreiend und fluchend über die Station und hinaus auf den Korridor.

»Ich brauche kein Krankenhaus«, rief sie. »Ich brauche keine Schwestern. Ich mag ja blöde sein, aber nicht krank. Warum muss ich jeden Morgen um halb sieben aufstehen? Weihnachten, an meinem Geburtstag, am offiziellen Geburtstag der Königin und jeden verflixten Sonntag? Ich sollte aufstehen, wann ich will, und mir ein Tässchen Tee kochen.«

Zwei kräftige männliche Pfleger fassten Effie bei den Armen und brachten sie zurück nach Greyshott. Sie zogen sie mit sich und stritten mit ihr. »Und wie würdest du dein Frühstück kriegen, wenn du aufstehst, wann es dir passt?«

»Ich bin nicht zum Frühstücken hier. Ich könnte mir selbst was machen.«

»Nichts würdest du kriegen. Und wenn wir dich nicht aus dem Bett holen, wer sagt dann, dass du überhaupt aufstehen würdest? Was würde dich davon abhalten, den ganzen Tag im Bett liegen zu bleiben?«

Sholto stand in der Nähe, kratzte sich den Kopf und sah zu.

»Die Patienten für die Schichten«, sagte er, »oder die Schichten für die Patienten?«

Sie warfen Effie aufs Bett, zogen die Wandschirme um sie herum, und einer der Pfleger, das Gesicht rot angelaufen und schwer atmend, starrte Sholto an. »Schaff deine verdammte hässliche Fresse hier weg, Sholto Marks«, bellte er ihn an.

Effie sank in sich zusammen. Sie brach in Tränen aus, und ihre Brust hob und senkte sich vor Entsetzen über ihren Ausbruch.

Ich habe einen Psychiater getötet … Ich habe die Füllung aus der Puppe geholt … Sie haben Schießpulver durch meinen Briefschlitz geworfen … auf der Straße vor meinem Haus gesungen … Da kam ein merkwürdiger Brief, in Scarborough abgestempelt.

Philip kannte das Geheimnis fortwährender Bewegung. Puff, puff, puff. Ich bin ein Traktor. Ich bin ein Centurion-Panzer. Ich bin ein glänzend roter, neuer Flymo-Luftkissenmäher. Sonst ganz vernünftig, ölt Philip seine beweglichen Teile jeden Morgen.

Crisp schreibt es dem Niedergang des Glaubens zu. Du kannst es hören, sagt er zu Philip, der zur Nachtruhe in die Garage fährt: die Melancholie des lange zurückgehenden Brausens. In früheren Zeiten hätte Philip vielleicht geglaubt, von einem Teufel besessen zu sein, der Trend geht in diesem Jahrhundert jedoch zu Strahlenangst, Bomben im Schädel und dem In-Besitz-genommen-Werden durch Maschinen.

Ich bin ein innerer Verbrennungsmotor, sagt Philip.

Nach ein, zwei Jahren wurde Muriel wütend. Sie ging ans Ende der Station, wo der leitende Pfleger in seiner kleinen Plastikzelle saß. Er hatte helle Haare, war streitlustig und saugte immer an seiner Unterlippe. Sein Bizeps wölbte sich rosa unter den kurzen Ärmeln des Kittels. Er las seine Rennwagen-Zeitung.

Als er Muriel sah, schlug er die Zeitung zu und legte sie zur Seite.

»Ah, schau an, Jane Fonda«, sagte er. Muriel wusste nicht, warum er sie so nannte. Er tat es immer. Er wirkte freundlich, veranlagt war er nicht so.

»Ich habe eine Frage«, sagte sie.

Der Pfleger zündete sich eine Zigarette an. »Na, dann schieß mal los.«

»Kann man mich nicht wie einen normalen Menschen behandeln?«

Ich sorge mich wegen allem. Wegen was? Wegen der Bombe. Was denken Sie, was mit Ihnen geschehen wird? Ich bleibe im Krankenhaus, dann sterbe ich. Sie waren schwer betrunken, richtig? Warum sind Sie in den Pub gegangen? Meine sündige Natur. Wann haben Sie zuletzt etwas gegessen? 1952.

Ich bin vor Elend tot. Drinnen tot. Hier gibt es Mörder, Mörder in der Nacht. Früher trugen sie Uniformen, damit man sie erkannte, aber jetzt erkennt man sie nicht mehr. Mörder in der Nacht. Lizzie Borden. Ruth Ellis. Constance Kent.

Lizzie, dachte Muriel. Später konnte sie sich nicht mehr an ihren Zunamen erinnern. Lizzie Blank.

Wie würde Ihnen ein neues Leben gefallen?, fragten sie Muriel eines Tages. Wie würde Ihnen ein neues Leben gefallen, in dem sich die Gemeinde statt der Anstalt um Sie kümmert?

Wenn Muriel sich im Spiegel betrachtete, begriff sie, dass sie sich veränderte. Sie war eine Frau von vierzig, von fast dreiundvierzig. In Ruhestellung war ihr Gesicht leer und ausdruckslos, doch ein innerer Befehl genügte, um es in Gang zu setzen und Ausdrücke anzunehmen, die für die Menschen um sie herum annehmbar waren. Ihre »Grimassen« nannte Muriel das. Das Nicken und Lächeln, das konzentrierte Zusammenziehen der Brauen, das verwunderte Starren. All diese Ausdrücke beherrschte sie mittlerweile.

Wenn du ihre Sprache und Logik kennst, kannst du die Funktionsweise der Menschen verstehen. Du kannst die richtigen Knöpfe drücken und bekommst die Reaktion, die du willst. Du musst die Vorurteile einbeziehen: Das Gute schlägt das Böse, und die

Liebe gewinnt alles. Dass zwei und zwei vier ist und die Ursache der Wirkung vorausgeht. Auch wenn du weißt, dass die Welt so nicht funktioniert. Ganz und gar nicht.

Das Krankenhaus veränderte sich auch. Es kamen neue Schwestern, die auf ihre Art milder waren, wenigstens während des ersten Monats oder so. Die Patienten blieben sich selbst überlassen und durften auf dem Gelände herumwandern, während Crisp ihnen Vorträge zur Eschatologie hielt. Crisp freute sich auf den Tag einer baldigen, weltlichen Befreiung. Es war so viel zu tun. Die Kirche war in einem furchtbaren Zustand, und die Generalsynode – wo würde man eine größere Ansammlung von Atheisten finden? – hatte den Zugriff verloren. Die Kirchengemeinden schrumpften, Pfarrämter wurden in Gästehäuser umgewandelt, und Dekane wohnten in Etagenwohnungen. Frauen wurden in geistliche Ämter aufgenommen. Könntet ihr euch, fragte er, Effie in einer sakramentalen Rolle vorstellen?

Crisp hatte seine eigenen Sorgen, aber auch die Gedanken der anderen wandten sich mehr und mehr der Welt draußen zu. »Ich lerne, Essen zu machen«, sagte Muriel zu Effie.

Effie lachte. »Hör auf. Essen kommt aus den großen Containern in der Kantine.«

»Oh, ist das so?«, sagte Muriel leidenschaftlich. »Das zeigt nur, wie wenig du weißt. Als ich noch zu Hause war, da hab ich Essen von meiner Mutter gekriegt, Eier, Gemüse, die Art Quatsch, Erbsen aus der Dose. Woher, denkst du, kriegen die Schwestern ihr Essen, wenn sie nach Hause gehen?«

»Sie wohnen hier«, sagte Effie. »Oder? Hier wohnen wir doch alle.« Sie verfiel in Schweigen und beschäftigte sich damit, die Wand anzustarren.

Emmanuel ging als Erster. »Das Sozialamt wird helfen«, sagten die Ärzte. Emmanuel hielt eine kurze Rede und dankte ihnen für die jahrelange Unterstützung als Kirchengemeinde. Sie sangen einige seiner Lieblingskirchenlieder, und er schüttelte allen die Hand. Er kehre, sagte er, über die Straße zurück, die ihn vor etwa zehn Jahren hergebracht habe. Als gäbe es einen Weg hinunter von Golgatha. Er hob den Blick. Ein herbstlicher Sonnenstrahl vergoldete seine wächserne Nasenspitze.

»Die Dinge haben ihr Herz verloren«, sagte Sholto. Er trat hinter einen Stein und grub die Hände tiefer in seine Taschen. »Er wird unseren Geist trüben, der Versuch, normal zu erscheinen.«

Sie wanderten über das Gelände, jetzt weniger an der Zahl. »Denkst du, du bestehst?«, fragte Sholto sie. Er sah sie aufmerksam an. »Du könntest es schaffen, Muriel. Ich könnte es schaffen, wenn ich nicht stürze und zu schäumen beginne. Crisp sicherlich. Aber Effie ... niemals.«

»Immerhin, Muriel«, sagten sie. »Überlege nur, was wir dir alles beigebracht haben. Du kannst für dich einkaufen. Du kannst dein Wechselgeld zählen. Du weißt, wie man telefoniert.« Muriel nickte. »Wir finden etwas für dich«, sagten sie. »Eine hübsche kleine Wohnung mit einer Aufsicht. Du wirst dein eigener Herr sein und kannst kommen und gehen, wie es dir gefällt.« Sie tätschelten ihr die Hand. »Du bekommst alle Unterstützung. Der Sozialarbeiter wird anrufen und dich besuchen. Und du weißt, wie du dir etwas zu essen machst.«

Muriel dachte: Wenn ich rauskomm, komm ich raus, die Aufsicht soll's versuchen, zehn kleine Sozialarbeiter, draus back ich einen Kuchen.

Sholto sagte: »Wenn du hier herauskommst, sollte dein Ziel sein, so weit wie möglich wegzukommen von all den Leuten, die dich wie eine abnormale Person behandeln. Du musst an einen Ort, wo keiner dein Gesicht kennt. Du willst nicht lauter Leute um dich haben, die sagen, ach, wisst ihr, von der dürft ihr nicht zu viel erwarten, die kommt von *da*. Du willst keine Leute, die sich wegen der kleinsten Peinlichkeit an die Stirn tippen. Von all dem willst du weg. Neu anfangen. Nach deinen Taten beurteilt werden.

Wenn du dich von der Wohlfahrt unterbringen lässt, erzählen die deinen Nachbarn, sie sollen ein Auge auf dich haben. Willst du so ein Leben? Alle machen Fehler, doch solange sie dich beobachten, kommen deine sofort in die Akten. Du willst doch wie alle anderen behandelt werden, oder? Willst in der Menge verschwinden und nicht, dass sie in der Bibliothek auf dich zeigen, weil du die Idiotin mit den Anfällen bist. Willst nicht, dass die Leute ständig kommen, um dir zu *helfen*. Scheiß auf sie, sage ich. Wenn ich mit Schaum vor dem Mund in der Gosse liegen will, sollte das meine Sache sein. Wofür sind Gossen da?«

Hin und wieder kam ein einzelner Brief. Geschichten von draußen drangen herein. »Crisp läuft frei herum«, sagte Sholto bitter.

»Ich dachte, du wolltest von niemandem was, Sholto?«

»Nein, tut er auch nicht«, sagte Effie scheu. »Aber eine kleine Wohnung hätte er schon gerne.«

»Philip hat eine Sozialwohnung gekriegt«, sagte jemand.

»Wie gefällt sie ihm?«

»Er hat sich aufgehängt.«

Sholto war ein sehr verständiger Mann, weise, hellsichtig und bereit zu allem, nur an den Tagen nicht, an denen er auf dem Boden saß und sich den Kopf hielt. »Was sie wollen«, sagte er, »ist ein fortdauerndes Festessen, Wohnungen, Schwestern, Jobs, Tageszentren. Aber wenn du all dem aus dem Weg gehst, hast du keine Schwierigkeiten. Die sind nicht genug, um alle zu besuchen.«

»Die machen den Laden hier zu«, sagte Effie. »Was wird dann aus mir? Wo soll ich hin? Was wird aus meinem Bettvorleger? Er ist alles, was ich besitze.«

»Sie geben dir Geld«, sagte Muriel.

»Natürlich hab ich die Zivilliste.« Effie fasste neuen Mut. »Ich werde euch alle besuchen, alle.«

Hunniford Ward wurde geschlossen. Effie verzweifelte, heulte wie wahnsinnig und raufte sich die Haare. »Hör zu, wir bleiben in Verbindung«, sagte Sholto. Er drückte ihr die Hand. »Ich und du, Muriel und Reverend Crisp. Wir machen Ausflüge zusammen. Wir reiten auf Eseln und so. Wir mieten einen kleinen Bus und fahren an interessante Orte.«

Effie putzte sich die Nase, leicht getröstet. Am nächsten Tag kam sie angerannt, mit leuchtendem Gesicht, so voller Leben hatte man sie seit 1977 nicht erlebt, als sie eine Putzfrau angezündet hatte. »Giuseppe ist zurück«, rief sie, »der aus Hunniford rausgeflogen ist. Wenn du's da draußen nicht magst, nehmen sie dich zurück. Giuseppe mochte es nicht.«

Als er wieder trocken war, gingen sie Giuseppe besuchen. »Ich war in London«, sagte er. Sein pummeliges Gesicht war zitronengelb, seine Finger spielten auf der Bettdecke Melodien. »Ich ging in ein Hotel. Da waren Frauen in dem Hotel«, er bekreuzigte sich, »das waren Flittchen. Ich habe nichts bezahlt. Dann kam ein Mann und hat gedroht, ich soll raus aus dem Hotel. Ich bin zum Busbahnhof gegangen. Ins Café. Ich bin zur Heilsarmee gegangen.«

»Fünf Minuten noch«, sagte die Schwester. »Es geht ihm nicht gut.«

Sie lächelten ihr zu. Die Schwestern mochten es, wenn es dir schlecht ging, dann waren sie nett zu dir. Wenn du krank im Bett lagst, wussten sie, was mit dir war und was sie zu tun hatten.

»Ich bin hoch nach Camden Town, runter nach Bayswater, die Tottenham Court Road rauf, um meine Großmutter zu besuchen, aber sie war tot. Ich bin in die Pension. Ins Nachtasyl. Ich habe nach einer extra Decke gefragt, aber die sagen nur: Nein, nein, Dicker.« Giuseppe rieb sich die Seite. »Meine Brust tut weh. Ich bin ein Landstreicher, ich gehe nach Clacton. Es ist Winter. Ich besorge mir ein Zimmer und gehe am Meer lang.« Er schloss die Augen und verzog das Gesicht. »Muttergottes, es ist so einsam in Clacton.«

»Denken Sie an Ihre Tabletten«, sagten sie zu Sholto. »Eine Gemeindeschwester wird kommen und nach Ihnen sehen.«
»Nicht, wenn ich sie als Erster sehe«, sagte Sholto.

Sholto kam an einem Donnerstag raus. Er wollte zum Haus seiner Schwester Myra, ging die Straße hinunter und trug seine dunkelblaue Reisetasche, die gelben Nylongriffe ums Handgelenk gewickelt.
Myra sah ihn kommen und schloss die Tür ab.
Sholto ging zur nächsten Ecke. Als er in die Adelaide Street bog, erwartete ihn ein schrecklicher Anblick. Das ganze Viertel war abgerissen. Die Osborne Street und Spring Gardens, alles platt gemacht. Die Kapelle der *Primitive Methodists* hatten sie mit Brettern vernagelt und die Grabsteine weggebracht. Er stapfte über die Wiese der Zerstörung, wo einst die Knochen der *Primitive Methodists* geruht hatten. Die Erde lag voller Glas und Tonscherben. Er ging in die Hocke und drehte die Scherben um. Das Wetter war feucht, seine Tasche mit gelbem Lehm verschmiert. Er hob den Blick und las das Schild: Autobahnzubringer ab Mai 1983.
Wo der Travellers' Call gestanden hatte, erstreckte sich ein Feld mit schmalblättrigen Weidenröschen. Es gab ein paar planlose Haufen roter Ziegel, keinen Meter hoch, und an einigen Stellen war die Erde aufgeworfen, als hätte jemand angefangen, ein Fundament auszuheben, und es sich dann anders überlegt. Nur der Rifle Volunteer stand noch, an der Ecke, wo einmal die Sicily Street gewesen war. Es war halb zwölf, und als er hinübersah, schaltete der Besitzer gerade das Licht ein und schloss auf. Er bückte sich schwer, um den Riegel zu öffnen, stand da und starrte eine Minute lang zum Himmel hinauf, bevor er den Blick über die Einöde schweifen ließ und dabei die Hand über die Augen legte, als suchte er die Prärie

ab. Sholto war das einzige menschliche Wesen in seinem Blickfeld. Ein verrosteter Kühlschrank lag auf dem Rücken, an eine Wand war ein Hakenkreuz gesprayt. Menschliche Exkremente. Sholto spürte, wie sich die Nylonriemen seiner Tasche in sein Handgelenk schnitten. Er hob die Füße aus dem Matsch, kratzte den Schuh an einem praktisch daliegenden Ziegel ab und ging hinüber zum Rifle Volunteer. Ich dachte, der Krieg wäre vorbei, sagte er.

Miss Tidmarsh war jetzt fast fünfzig und immer noch in bester Verfassung. Ihr glänzendes neues Auto wartete draußen auf dem Kiesweg. Muriel folgte ihr, verwitterte Flanken in einer scharlachroten Latzhose. »Raten Sie mal!«, sagte Miss Tidmarsh. »Wir glauben, wir haben einen Job für Sie gefunden. Was für ein Glückspilz Sie sind!«

Mit einer Hand griff sie an Muriel vorbei nach dem Sicherheitsgurt, zog daran und ließ ihn ins Schloss schnappen. Knirschend setzten sie sich in Bewegung. Selbst Miss Tidmarshs Fahrstil schien weit weniger reif, als er es gewesen war. Muriel sagte: »Was ist aus Miss Field geworden?«

Miss Tidmarsh warf ihr einen Seitenblick zu. »Dass Sie sich an Miss Field erinnern! War sie Ihre Sozialarbeiterin?«

»So eine nette Person«, sagte Muriel hingebungsvoll. Es war ein Ausdruck, den die Schwestern benutzten, wenn eine Ärztin sie nicht anschnauzte und Verwandte ihnen nicht auf die Nerven gingen.

»Fanden Sie? Sie hat aufgehört. Hat eine Stelle in einer Bank angenommen, wenn ich mich recht erinnere. Ich glaube, sie hat geheiratet oder so.«

Sie schossen aus dem Haupttor auf die Straße in Richtung Stadt. Muriel sah nicht zurück.

Sie fing als Putzfrau an und zog einen kleinen Wagen mit ihrer Bürste, ihrem Wischer, ihrem Scheuersand und ihrem Spezialeimer hinter sich her. Auf dem Wagen stand ihr Name: Muriel. Sie platschte Wasser auf die Gänge und unter die Tische der Kantine, schüttete

Scheuersand in die Kloschüsseln und sang, während sie mit dem Wischer herumfuhr. Sie lernte mit einer Zigarette im Mund zu singen, denn Zigaretten stellte die Firma her, und alle Angestellten durften die fertigen Produkte aus den Maschinen nehmen und in der Teepause und der Mittagspause die Luft vernebeln.

Am Ende der ersten Woche sagte Maureen zu ihr: »Muriel, Schatz, ich weiß nicht, was ich sagen soll. Sieh dir deine Bürste an, die hat schon fast keine Borsten mehr. Hast du die abgekaut?« Maureen seufzte heftig. »Von *Muriel* löst sich ein Rad, und du hast so viel Scheuersand verbraucht wie ich in drei Monaten nicht. Und deine Reinigungstücher, die liegen überall verstreut.«

Muriel stand da und blickte auf ihre Füße.

»Es hilft nicht, die Unterlippe vorzuschieben«, sagte Maureen. »Ich weiß nicht, wo du dein ganzes Leben lang warst? Ich nehme an, manche können putzen und manche nicht, und das ist es.«

»Bin ich entlassen?«

»Das kann ich nicht entscheiden, Kleines. Es leben auch so schon genug von der Stütze. Bist du allein zu Hause?«

»Im Augenblick. Aber ich erwarte meine Mutter.«

»Ah, das ist schön. Also hör zu, Liebes, Kopf hoch. Vielleicht kriegen wir dich ja in den Trennraum.«

An jenem ersten Wochenende in Freiheit besuchte Muriel ihr altes Zuhause. Es war eine ganz schöne Strecke von dem Zimmer, das Miss Tidmarsh ihr besorgt hatte, bis dorthin. Sie sah Busse die Straße entlangfahren, aber sie wusste nicht, wie sie einen in die richtige Richtung bekommen sollte. Also ging sie zu Fuß und hatte ja auch sonst nichts zu tun.

Die Gegend hatte sich nicht sehr verändert, wenn man überlegte, wie viele Jahre vergangen waren. Sie bog von der Lauderdale Road, wo sie immer auf den Minibus gewartet hatte, ab und blieb einen Moment lang vor dem Haus mit dem Foxterrier stehen und sah es sich gut an. Das Buntglas und die Netzvorhänge waren weg, das

Gebälk war weiß gestrichen, die hölzerne Kassettentür blank poliert. Daneben hing eine Kutschenlampe. Es sah sehr schick aus. Wenn der Hund herauskäme, könnte ich ihn treten, dachte sie. Sie ging um die Ecke. Die Buckingham Avenue hatte sich so gut wie gar nicht verändert. Die Häuser standen ein Stück von der Straße weg hinter ordentlichen Ligusterhecken. Muriel blickte an ihnen entlang, sah dichte Rhododendronbüsche, Rasenstreifen und metallene Torbögen für Kletterrosen. Links und rechts von der Tür von Nummer 2, ihrem Zuhause, standen zwei mächtige Steinurnen, die mit Blüten überquollen. Am Vordach hing ein Korb. Die Büsche seitlich vom Haus waren verschwunden, da war jetzt ein Anbau mit Flachdach, hellrote Ziegel, die aus dem Raupputz hervorwuchsen. Die Fenster schimmerten. Sie ging zum Tor und fuhr mit den Fingern über die Hausnummer. Sie hätte nie gedacht, dass das Haus ihrer Mutter so aussehen könnte. Sie fühlte sich einsam.

Eine Weile drückte sie sich auf der anderen Straßenseite herum und wartete darauf, dass vielleicht einer herauskam. Im Haus wohnten jetzt andere Leute, und sie wusste auch, wer. Das Lustmonster Colin Sidney, das die Chance ergriffen hatte, es zu kaufen und gleich neben seine hinterhältige Schwester zu ziehen. Was war aus dem Gästezimmer geworden?, fragte sie sich. Hatte es eine Austreibung gegeben, oder mussten sie immer noch die Tür verschlossen halten?

Muriel wartete eine ganze Stunde. Niemand kam aus Nummer 2. Ihr taten die Füße weh, und sie hatte Durst. Bald darauf wanderte sie zurück in ihr Zimmer und schlief, bis es Zeit war, wieder in die Firma zu gehen. Ich kann nächste Woche noch mal kommen, dachte sie.

Im Trennraum arbeiteten sechzehn Leute, die an zwei langen Tischen verteilt saßen. Kieran kam aus dem Aufzug und zog seinen Wagen hinter sich her. »Ich bin ein JUJO«, erklärte er Muriel. »Mich kriegen sie billig.«

»Was ist ein JUJO?«, fragte Muriel.

»Kennst du das nicht? Ein jugendlicher Sommerjobber. Eine Art Praktikant.« Und er fügte noch hinzu: »Davon gibt es reichlich.«

»Kieran bringt die Kartons«, sagte Edna. »Okay? Das hier sind alte Zigaretten, okay?, aus Läden zurück, das Datum ist abgelaufen. Auf dem Wagen da hat er zweihunderttausend verrottete alte Kippen. Du nimmst dir deinen Karton, okay? Holst die Schachteln raus. Machst die Schachteln auf, okay?« Sie sah sich um. »Kieran, wo sind unsere Kisten, wo sind unsere verdammten Stapelkisten, wo sind die Universal-Container?«

Kieran kam herangeschlurft. »Ich hab nur meinen Lippenstift aufgetragen«, sagte er. »Das darf ich.«

»Mach schon!«, sagte Edna. »Die Kippen aus den Schachteln raus, okay? Die Kippen nach links, die Folie nach rechts. Kippen links, Folie rechts. Kapiert?«

»Kapiert«, sagte Muriel. Edna war eine wütend dreinblickende Frau mit Krampfadern und schwarzen Korkenzieherlocken. Sie trug einen Overall und eine weiße Kappe. »Also los dann«, sagte sie und ging zurück an ihren Platz.

»Was passiert mit den ganzen Zigaretten?«, fragte Muriel.

»Oh, die stampfen sie ein und machen neue draus«, sagte Kieran.

Es gab zwei Tische, und Ednas wurde bevorzugt behandelt. Wenn Dosen mit Navy Issue hereinkamen, unter deren Deckeln Schimmel wuchs, kamen sie nie auf Ednas Tisch. Die dort saßen, waren immer hier, die Frauen am anderen Tisch konnten je nach Bedarf auch anderswo eingesetzt werden, im Produktionssaal, in der Mischabteilung oder bei den Fässern. Noch vor Ende der Woche hatte Muriel gelernt, alles gut voneinander zu trennen. Sie wurde sonst nirgends hingeschickt, genau wie die ältere Frau, die ihr gegenübersaß.

Es war eine bescheidene, kleine Frau mit einem ausgemergelten, knochigen Gesicht. Augen, Nase und Mund waren so unscheinbar, dass es eine heillose Übertreibung gewesen wäre, von ihren »Zügen« zu sprechen. Ein paar eisengraue Haare waren fest an ihren kleinen

Schädel gesteckt, Hals und Nacken gelb, die Schultern eingefallen, und ihre Hände zitterten leicht, wenn sie nach ihren Schachteln griff. Sie schien kaum die Kraft zu haben, etwas aufzureißen, und jeden Morgen, bevor Kieran mit seiner ersten Ladung kam, nahm sie ihr Gebiss heraus, wickelte es in ein Papiertuch und steckte es in ihre Handtasche. Sie ließ den Verschluss zuschnappen, drückte die Tasche einen Moment lang an sich und sah sich mit ihrem ängstlichen kleinen Lächeln um. Dann zog sie ihren Overall an, über ihre Schürze und ihr altes Polyesterkleid. Sie sagte kaum etwas, und ihre Augen tränten ohne Unterlass. Sie ging mit gebeugten Knien und gesenktem Kopf, ein zartes, stummes Wesen, das etwas Deprimierendes hatte. Von Zeit zu Zeit, vielleicht einmal in der Woche, fand ein Wort der anderen Frauen ihr Gefallen, irgendein Gerücht oder ein Scherz, und sie legte den Kopf in den Nacken, brach in ein stummes Lachen aus, wischte sich die Tränen aus den Augen und erschauderte über ihre eigene Dreistigkeit.

Sie hatte ein hartes Leben, sagte Edna. Ihr Name war Sarah, aber alle nannten sie »die arme Mrs Wilmot«.

Muriels zweiter Abstecher in die Buckingham Avenue war erhellender als ihr erster. Sie stand kaum fünf Minuten da, als ausgerechnet Miss Florence Sidney mit ihren Samstagseinkäufen die Straße heraufkam.

Miss Sidney hatte zugenommen, und ihre Haarkrause war ergraut. Sie trug festes Schuhwerk, einen karierten Rock und einen Wollschal mit Bommeln. Ohne einen Blick nach links oder rechts strebte sie die Straße herauf, und als sie auf dem Weg zu ihrem eigenen Haus an Nummer 2 vorbeikam, flog die Haustür auf, und eine Bande schreiender Teenager schwärmte zum Tor und verteilte sich über die Straße. Miss Sidney wäre fast in die Hecke gestoßen worden. Sie hielt sich am Seitenpfosten des Tors fest, rot angelaufen, und rief den Kindern hinterher: »Alistair! Himmel noch mal!«

»Verpiss dich, alte Schachtel!«, rief der Junge namens Alistair zürück. Schreiend und jodelnd rannte die Bande um die Ecke in die Lauderdale Road.

Miss Sidney stellte ihren Korb ab, um Kraft zu schöpfen. Sie beruhigte ihren Atem, erlaubte der Röte, sich wieder aus ihrem Gesicht zurückzuziehen, und zupfte sich ein paar Ligusterblätter von der Jacke. Als sie den Blick hob, sah sie Muriel auf der anderen Straßenseite. Muriel lächelte, es gab niemanden, den sie lieber in die Hecke gestoßen gesehen hätte. Miss Sidneys Blick wanderte über sie, als halte sie es für ungehörig, jemanden anzustarren. Es war klar, dass sie keine Ahnung hatte, wer Muriel war. Sie versuchte ein Lächeln, nahm ihre Einkäufe und trottete um die Ecke.

Sie rechnet nicht mit mir, dachte Muriel. Aber das sollte sie.

Muriel fischte ein Stück Zeitung aus ihrer Manteltasche, faltete es auseinander, und während sie die Straße überquerte, holte sie Mrs Wilmots Gebiss heraus und warf es über die Hecke in Colin Sidneys Vorgarten.

Gerade als sie um die Ecke bog, öffnete sich die Tür von Nummer 2 wieder. Colin Sidney kam heraus und lief den Weg hinunter zu seinem Auto, ein großer Mann mit schütterem Haar, schlank und fit. Der bleiche, blonde Typ. Sie sah zu, wie er in sein Auto sprang und vom Bordstein wegschoss. Er bemerkte sie nicht. Sie hob eine Hand wie jemand, der einem Henker ein Zeichen gibt.

Mrs Wilmot wurde in Rente geschickt. Dreißig Jahre lang hatte sie in der Fabrik gearbeitet. Heute war ihr letzter Tag.

»'türlich«, sagte sie mit ihrer wie gewohnt tonlos flüsternden Stimme, »krieg ich noch keine Rente, bin noch nicht sechzig. 'türlich krieg ich Stütze, muss ich beantragen. 'türlich weiß ich es nicht wirklich.« Sie nahm einen Zipfel ihres Overalls und wischte sich über das linke Auge.

»Es ist eine verdammte Schande«, sagte Edna. »Die Arbeit hier ist alles, was sie hat. Hier, Schatz, wir haben ein Abschiedsgeschenk für dich.«

»'türlich hab ich einen Teekocher gekriegt«, sagte die arme Mrs Wilmot, wischte sich auch über das andere Auge und schniefte.

»Scheiß auf den Teekocher, wir haben eine hübsche Vorstellung für dich. Unten im Pub, Freitagabend, oder?«

»'türlich war die Kanne kaputt«, wimmerte Mrs Wilmot. »'türlich hab ich nichts gesagt.«

»Ich wünschte, du hättest es mir gesagt«, schimpfte Edna. »Ich hätte mich ganz sicher beschwert. Ich weiß nicht, der Laden hier geht den Bach runter, man kann nichts mehr liegen lassen, den Leuten wird sogar noch das Gebiss aus der Tasche geklaut, hängen sollten sie dafür. Du könntest ein neues brauchen, danach solltest du fragen. Du solltest eine Entschädigung kriegen.«

»Das bringt doch nichts«, sagte Mrs Wilmot deprimiert. »Ich muss meine Papiere holen. Ich muss ins Büro. Ich mag das nicht.«

»Wie meinst du das? Was magst du nicht?«

»Ins Büro gehen. Ich mag das nicht.«

»Ich hol dir deine Sachen«, bot Muriel an.

»Oh, würdest du das tun?« Ein winziger Hoffnungsstrahl schien aus der armen Mrs Wilmot. »Muriel, frag sie auch nach meinem Lohn, Liebes.« Und schon überwältigte sie die Situation wieder. Sie wandte den Blick ab, schniefte, und die Tränen begannen aufs Neue zu laufen.

»Hör auf«, sagte Edna. »Komm, Schatz, reiß dich zusammen.«

»'türlich kann ich es verstehen«, sagte die arme Mrs Wilmot. »'türlich mögen sie es nicht, wenn ich auf den Tabak huste. Das sehe ich doch ein. 'türlich tu ich das.«

Sie kamen in den Swan of Avon, als er gerade aufgemacht hatte. Edna trieb sie ins Nebenzimmer, organisierte das Verschieben der Tische und verlangte nach extra Stühlen. »Werfen wir zusammen, Mädchen«, rief sie. Die Frauen gruben in ihren Taschen und warfen Fünf-Pfund-Noten in die Mitte des Tisches. »Nein, du nicht, Schatz«, sagte Edna zur armen Mrs Wilmot. »Das ist heute dein Tag, Kleines.

Komm, wisch dir die Tränen weg. So ist's recht, lächle mal richtig. Zeig's den Space Invaders.« Sie wuselte in Richtung Theke und grüßte lautstark ein paar männliche Kollegen vom Lager, die nebenan im Gastraum ihre ersten Wochenendbiere bestellten.

»Hey, Edna!«, riefen die Männer und flachsten: »Alle Mädels beisammen, wie? Alle auf einem Haufen? Habt ihr noch 'n Plätzchen für einen mehr, ist da noch Platz?«

Warmer Bierdunst trieb über der lärmenden Versammlung im Nebenzimmer. Die Gratis-Zigaretten fürs Wochenende wurden aufgerissen, und bald schon färbte der Rauch die Luft blau. »Haut rein, ihr frechen Hunde!«, rief Edna über den Kopf des Wirts hinweg. Die Männer grölten zurück. Edna wusste sich vor Lachen kaum zu halten und wedelte mit dem Armen. Ihre Brauen schossen in die Höhe, ihr Gesicht lief rot an. Muriel sah von der Tür des Pubs aus zu ihr hinüber. Jede ihrer Bewegungen war ausladend und voller Leben, und ihre Stimme war so gebieterisch wie die Werkssirene.

Muriel trat hinter sie. »Ich war im Büro wegen den Papieren von Mrs Wilmot.«

»Gutes Mädchen!«, rief Edna. »Hast du sie?«

»Ja, und ihren Lohn.«

»Alles bestens, komm, hilf mir tragen.« Sie drückte Muriel ein Blechtablett, vollgepackt mit grellen Drinks, in die Hände. »Ab damit.«

»Oh, nein, Passions-Cocktails«, riefen die Männer von nebenan, wiegten sich lachend vor und zurück und zogen dabei am Handlauf der Theke.

»Reißt mir das Ding nicht runter, Jungs«, flehte der Wirt sie an. Schweiß trat ihm auf die Stirn, während er mit Ednas Bestellungen Schritt zu halten versuchte. »Kannst du mir einen Harvey Wallbanger machen?«, fragte Edna.

Im Nebenraum waren jetzt mehr als dreißig Frauen, saßen sich gegenseitig auf dem Schoß, bewarfen sich mit Erdnüssen, zappelten und kreischten vor Lachen und riefen immer mal wieder ein ermutigendes Wort zu Mrs Wilmot hin. Die jüngeren Frauen hatten ihre Overalls ausgezogen, in Einkaufstaschen gepackt und kamen vom Damenklo zurück. »Rückt ein Stück! Rückt ein Stück!«, riefen sie. »Wo bleibt denn Edna mit den Drinks? Mann, die ist mit der Kasse nach Monte Carlo durchgebrannt!«

»'türlich«, flüsterte Mrs Wilmot, »war es gut, dass mir Muriel meine Sachen aus dem Büro geholt hat. 'türlich weiß ich nicht, was ich brauche, an Anträgen, 'türlich bin ich da nicht sicher.«

»Kopf hoch«, sagte Leslie-Anne und grub ihr die Hand in die Rippen. »Was murmelst du da wieder?«

Der unerwartete Stoß ließ Mrs Wilmot vorfahren und heftig husten, worauf die Frauen neben ihr erschreckt aufschrien und ihr auf den Rücken schlugen. »Da ist Edna mit den Getränken«, rief Maureen, und Edna reichte sie ihnen über ihre Köpfe: »Sechsmal Pernod mit Johannisbeere, ein Port mit Zitrone für die arme Mrs Wilmot, sieben Tia Marias mit Cola. Und eine Piña Colada für Yvonne.«

Der Lärmpegel wuchs weiter an, der blaue Mief ebenfalls, dick trieb er dahin. Cocktailkirschen rollten fröhlich über die Tische, und um die arme Mrs Wilmot herum wiegten sich die Kolleginnen auf Stühlen und Hockern hin und her und sangen *Eviva España*. Als der Abfall um sie herum mehr wurde, reckte sich die schüchterne kleine Hand der armen Mrs Wilmot vor und begann die leeren Zigarettenschachteln von ihrem Zellophan und ihrem Silberpapier zu befreien und beides auf einer Seite aufzuhäufen, und als es noch lauter und lustiger wurde, warf sie einen schnellen Blick von links nach rechts, sah sich unbeobachtet, griff nach einer vollen Schachtel, leerte sie mit einer geübten Bewegung, schob die Zigaretten nach links, den Rest nach rechts. Sie waren mittlerweile bei der dritten Runde angelangt, und ihre Augen tränten schlimmer denn je. Noch nie in ihrem Leben hatte sie im Mittelpunkt gestanden, sie erschauderte innerlich, nickte mit dem Kopf und ließ immer wieder zögerlich lächelnd ihr Zahnfleisch sehen.

»Die arme Mrs Wilmot amüsiert sich bestens«, sagte Leslie-Anne und kehrte zu ihrem Streit mit Edna zurück. Eine Freundin aus dem Versand hatte gekündigt, um sich ganz ihrer Ehe widmen zu können, und Edna meinte, wer bei drei Millionen Arbeitslosen einen guten Versandjob aufgebe, sei ein zum Himmel schreiender Idiot.

»Hoffen wir, dass sie was von ihm hat«, sagte Edna. »Das mit dem letzten war nichts.«

»Doch. Von dem hat sie die Zottelteppiche. Da musstest du die Schuhe ausziehen, wenn du zu ihr reinkamst.«

»Scheiß drauf, oder ob in London 'n Spaten umfällt«, sagte Edna wenig überzeugt. Der Ausdruck war zurzeit bei den Trennern ziemlich in Mode. »Sie hat diesen Norman genommen, obwohl er ein Krüppel war, und der Kerl hockte in seinem Rollstuhl und hat sie mit seinem Stock malträtiert. Sie hat ein zu weiches Herz, und der jetzt führt sie auch nur an der Nase herum. Der hat schon angefangen, die Sachen seiner Frau wegzugeben, da war die Leiche noch im Haus, und nach der Beerdigung ist er rumgelaufen und hat Trudie Thorpes Tochter einen Antrag gemacht.«

»Hat er nicht!«

»Hat er doch! Jedenfalls hat er ihr die Anrichte geschenkt.«

Muriel hörte zu. So regeln sie ihre Sachen, dachte sie. Mit Lust, Angriffen, dem Austausch von Möbeln. Diese Frauen beherrschten ihr Leben aus dem Effeff. Sie beobachtete Edna, wie sie debattierte und ihr viertes Bier hinunterkippte. Ednas Augen leuchteten, ihre Backen und sogar die gebleckten Zähne. Ich könnte Edna einüben, dachte Muriel, die schaffe ich an einem Abend. Sie fühlte in ihrer Tasche nach Mrs Wilmots Papieren, den Dokumenten, die ihre Kollegin mit der Arbeitswelt verbanden. Es war jetzt halb sieben, und ein paar von den Männern machten sich auf den Nachhauseweg, vom Spott ihrer Kumpel hinaus auf die nasse, blaue Straße begleitet. Sie spielten Darts, und von den Frauen dachte noch keine ans Aufbrechen. Ihre Gesichter waren gerötet, die Augen strahlten. Raquel lief die Wimperntusche in schwarzen Rinnsalen übers Gesicht, und Leslie-Anne sprang auf und stolperte aufs Klo, um sich zu übergeben. Edna kam mit ein paar Tüten Chips von der Theke zurück und steckte sich noch eine Zigarette in den Mund. »Scheiß auf die Gratisdinger«, sagte sie zu Maureen. »Hier, nimm eine Balkan Sobranie. Ich hab uns allen Schweineauflauf mit Erbsen bestellt.«

Etwas später kam der Klavierspieler. Freddo schlingerte aus dem Gastraum herein, ein schlaksiger Waliser mit ernstem Gesicht und einem grell karierten Sakko. Er lehnte sich aufs Klavier, und jemand gab ihm ein Bier. »*I left my heart*«, sang er, »*in San Francisco.*« Die arme Mrs Wilmot legte den Kopf in den Nacken und lachte ihr ersticktes Lachen. Plötzlich dann fuhr sie mit der Hand in ihre Handtasche, holte ihre Lohntüte heraus, riss sie auf und verteilte den Inhalt auf dem Tisch.

»Weg damit«, röchelte sie, »was soll's? Amüsieren wir uns, solange es geht, ihr Süßen! Lasst uns einen von den Bacardis trinken, und gebt Muriel auch einen!«

Es war bereits halb neun, als die Feier ihr Ende fand. Muriel achtete auf ihre Tasche, auf ihre Grimassen und ein paar Gedanken, die sich in ihrem Kopf bildeten. Mrs Wilmot wurde halb nach draußen getragen, bei den Ellbogen gehalten von Maureen und der grüngesichtigen Leslie-Anne. Draußen auf dem Bürgersteig ließ Leslie-Anne sie mit einem »Ach, verflixt!« los und stürzte zur Gosse, wo sie sich vorbeugte und schon wieder würgte. Es war ein schöner Abend gewesen. Die arme Mrs Wilmot schwankte zurück zur Hausmauer. Über ihrer Schürze trug sie die lange Zuchtperlenkette, die ihre Kolleginnen ihr zur Erinnerung geschenkt hatten. Sie schloss die Augen. Ihr Leben war vorbei, dachte sie, sie schwand komplett aus dem Blick. Leise summte sie: »*Where little cable cars / Climb halfway to the stars …*«, und lachte tonlos.

Kaum, dass sie Mr Kowalski und sein Haus sah, begriff Muriel, da musste sie wohnen. Es war ein großes Haus, weitläufig, klamm und dunkel. In den Räumen hing ein frostiger Schauer. Das Haus war vor langer Zeit schon verurteilt worden, es sollte abgerissen werden, wobei es ganz so aussah, als würde es das vorher selbst besorgen. Es bröckelte und rottete dahin, erlag Fäule und Schwamm, Parasiten und Schimmel. Es würde nur zwei Untermieter geben, sie selbst und ein junges Mädchen, das von der Karte im Zeitungsladen, der niedrigen Miete und der dünnen, ausländischen Spinnenschrift angezogen worden war, die die Konditionen erläuterte.

Zwei Tage vergingen nach Mrs Wilmots Fest, zwei Tage, während derer sie übte, dann klingelte sie bei Mr K.

Sie trat auf die Schwelle und präsentierte sich glanzlos. »Wie ich höre, haben Sie ein Zimmer zu vermieten«, sagte sie. »Ich könnte eins brauchen.«

Mr Kowalski stand im Flur. Eine schwache, nackte Glühbirne warf ein fleckiges Schattenmuster auf seine Besucherin. »Treten Sie näher, damit ich sehen kann«, befahl er.

Die Besucherin gehorchte und hob ihr eingefallenes Gesicht. Die raue Herbstkälte hatte ihre Hände blau anlaufen lassen. Der mausgraue Mantel mit dem Schalkragen reichte ihr fast bis auf die riesig großen, in löchrigen Schlafzimmerpantoffeln steckenden Füße.

»Das sind meine Sachen«, sagte sie mit schwacher Stimme und deutete auf ein Bündel hinter sich, einen alten, mitgenommenen Koffer, der von einer Plastikwäscheleine zusammengehalten wurde.

Mr K. nahm sie in Augenschein, die Daumen unter den Gürtel geschoben. Seine fettumrandeten Augen musterten sie argwöhnisch im hin und her schwingenden Licht: eine lammfromme, harmlose Person, unansehnlich und ohne Freunde, mit einem schrecklichen Husten. »Kommen Sie herein«, sagte er und wich zurück. »Geben Sie Gepäck. Kommen Sie, Sie arme, alte Frau, kommen Sie.«

Kowalski, so erfuhr sie, war nur eine Annäherung an seinen Namen. Tatsächlich enthielt er weniger Vokale und mehr selten gebrauchte Konsonanten, direkt hintereinander. Englisch hatte er vom World Service gelernt, den er mit seinem illegalen Radio empfangen hatte, und in letzter Zeit von den Beschreibungen auf Tiefkühlpackungen.

Ein paar Jahre hatte Mr K. als Schichtarbeiter in einer Wurst-und-Fleisch-Fabrik gearbeitet, immer nur nachts. Das gefiel ihm besser. Er hatte eine graue Haut, die nie das Tageslicht sah, und traurige, nachtaktive Pupillen. Sein Schnauzbart war struppig und stachelig, und seine Hosen waren aus dem dicken, groben Stoff, aus dem früher die Arbeitsmonturen der Eisenbahnarbeiter gemacht worden waren, von einem dicken Ledergürtel am Körper gehalten. Er trug ein kragenloses Unterhemd und darüber, wenn es besonders kalt war, einen ausgebeulten Pullover in einem unbestimmten Graugrünblau-Ton. Seine Gestalt hatte etwas Groteskes, er ging langsam, murmelte dabei vor sich hin und ließ die kleinen Augen nach links und rechts wandern. Er träumte von Unterständen und Stacheldraht, vom Rattern der Maschinengewehre und von Leichen, die mit dem Tauwetter im April an die Oberfläche kamen, von Partisanen, dezimierten Dörfern und Kiefernwäldern mit Wölfen und wilden Bären. Er wusste nicht, ob das seine Träume waren oder die von Bücherschreibern oder von vor langer Zeit hingeschlachteten Schullehrern, die ihm Volkslieder beigebracht hatten und wie man auf dem gebohnerten Boden Purzelbäume schlug.

In Fulmers Moor hatten die Patienten Schweine gehütet. Die Schweine starrten von ihrem zerwühlten Feld hinüber zum Verkehr in die Stadt hinein. Mütter zeigten sie ihren Kindern: Schau mal da, Liebling, Schweine. Hinter dem Feld standen die Männer, großmäulig, die Stiefel voller Matsch und Dung, und an ihren großen, roten Händen hingen die Futtereimer. Wenn die Kinder aufgeregt zu ihnen hinzeigten, zogen ihre Mütter sie von den Autofenstern weg.

Als Muriel Mr K. sah, erinnerte er sie sehr an diese Männer. Und vielleicht hat er auch noch andere Mitbewohner, dachte sie. Ihr fiel auf, wie er gegen die Wände klopfte und an Türklinken rüttelte, während er durch die vier Etagen seines Hauses wanderte. Wie er in dunkle Ecken linste und einen Schlagstock in Reichweite hatte, wenn er sich an den Küchentisch setzte und sein Brot mit Marmelade aß. Wie früher zu Hause, dachte sie.

In Mr K.s Küche stand die Zeit still. Moderne Annehmlichkeiten gab es so gut wie keine. In der Ecke hing ein altes Kleiderwaschbecken aus schwerem Porzellan mit einem Kaltwasserhahn. Es gab einen Kochherd, und Mr K. verwandte einen großen Teil seiner freien Zeit darauf, die alte Asche herauszuholen, frische Kohle nachzufüllen, das Feuer zu schüren und die Luftklappen einzustellen. Es war eine Menge Arbeit, Schweiß bildete sich auf seiner Stirn, eine Auswirkung auf die Temperatur schien das alles nicht zu haben.

»Sie suchen Arbeit?«, fragte Mr K. schroff. »Arme, alte Frau zu krank zum Arbeiten.«

Auf seine Art war er ein gütiger Mann. »Setzen Sie sich«, sagte er. »Koche Tee für Sie.«

Als der Tee gekocht und der Zuckertopf hin- und hergereicht war, griff er über den Tisch, schnappte seiner Untermieterin ihren Becher aus den Händen, stellte den eigenen vor sie hin, lehnte sich zurück und wartete. Sein Blick fuhr ihr übers Gesicht. Sie nahm seine Tasse und probierte den Tee. »Mehr Zucker«, sagte sie und nahm sich noch etwas. Mr K. schien befriedigt. Er blies in seine Tasse, nahm einen Schluck und betupfte seinen Schnauzbart.

»Im Krankenhaus«, riet er ihr. »Für alte Leute. Da suchen sie Leute.«

Seine Untermieterin schüttelte den Kopf. »Sie nehmen mich nie. Eine arme, alte Frau wie mich.«

»Zeitlich nehmen die Sie«, sagte Mr K. »Zeitlich, gemäß Gewerkschaft. Versuchen Sie es. Sie sehen. Sie bekommen schöne Arbeit, meine liebe, alte Frau. Bringen Bettpfannen und wischen Boden für die mit größerem Alter.«

»Ich kenne mich aus mit Krankenhäusern«, sagte sie. »Ich könnte es versuchen. 'türlich könnte ich auch putzen gehen. Wenn ich eine nette Anzeige für ein privates Haus sähe. Sie müssten mir einen Bewerbungsbrief schreiben, ich bin nicht so gut im Schreiben. 'türlich«, fügte die arme Mrs Wilmot hinzu, »könnte ich selbst unterschreiben.«

Später in der Woche hielt Mr K. sie auf der Treppe auf.

»Ich habe eine Stimme gehört«, sagte er vorwurfsvoll.

Sie blieb stehen, schnappte nach Luft und hustete etwas. »Meine arme Seite«, sagte sie und rieb sich die Rippen. »Was für eine Stimme?«

»Frauenstimme. Haben Sie Besucher?«

»Ich bin allein auf dieser Welt. 'türlich«, schlug sie vor, »könnte sie von oben kommen.«

»Miss Anne-Marie? Das ist eine ruhige Frau! Holt sich Stütze, kommt zurück, kein Ärger, kein Kochgeruch.«

»Nun, Sie sollten sie fragen, die kleine Miss Blutarmut. Ich nehme an, sie hat einen Freund mit hoher Stimme.«

Mr K. fuhr sich mit der Hand über die Augen. »Ich schlafe nicht aus Sorge. Ein Paket mit Kleidern ist gekommen, geheimnisvoll gewaschen.« Er sah, wie sie ihn betrachtete. »Schmutzig weggelegt«, erklärte er, »kommt sauber an.«

»Kein Grund zur Beunruhigung. Ich wünschte, das könnten wir alle sagen.«

»Aber, Mrs Wilmot, ich habe Bewegungen gehört, im Keller. Vielleicht haben sie mich gefunden.«

»Ach ja? Und wer soll das sein?«

»Haben Sie einen Tag übrig?«

»So lange dauert es?«

»Wenn ich sage, Gentlemen aus Montenegro? Wenn ich sage, Jungen aus Białystok?«

»Es gibt Schlimmeres, wo ich herkomme.«

»Wo ist das?« Ein Schatten erneuter Besorgnis zog über sein Gesicht. »Yorkshire?«

»Oh, jetzt mal Ruhe«, sagte Mrs Wilmot. »Es ist alles in Ordnung. Das hier ist ein freies Land, haben Sie das nicht gehört?«

»Aber ich trage meine Länder mit mir«, sagte Mr K. »Hier drin.«
Er schlug sich auf den Pullover. »Ich niemals frei. Ich bin Vertriebener von Beruf, Mrs Wilmot. Ich werde dringend gesucht.«

»Und Sie hören Stimmen?«

»Geräusche und menschliche Sprache.« Er umfasste seinen Oberkörper, einen stämmigen Unterarm auf den anderen gedrückt. »Eine Stimme in der Vorratskammer: Lasset uns beten.«

Der Winter verging. Eines Tages ging die arme Mrs Wilmot, die immer nur abends arbeitete, zum Einkaufen in die Stadt. Sie ging zu Boots, der Drogerie, und fragte nach einer Flasche Hustensaft. Als sie sich von der Theke mit den Apothekenartikeln abwandte, fiel ihr Blick auf eine höchst erstaunliche Sache.

Da, auf einem Präsentationsständer, verpackt in kleine Plexiglasschachteln, sahen sie Reihen um Reihen menschlicher Wimpern an. Fasziniert trat Muriel näher. Sie sah genauer hin, ohne einen Ausdruck auf Mrs Wilmots Gesicht. Zerteilung, dachte sie. Die Knochen im Kanal, die herausnehmbaren Zähne der richtigen Mrs Wilmot. Die Gebisse der anderen Leute im Krankenhaus. Evelyns Körper, der nach ihrem Tod aufgeschlitzt worden war. Und verteilt? Sie beugte sich über den Ständer und glotzte. Würde sie Evelyns Wimpern erkennen, wenn sie sie sähe? Einige waren schwarz und stachelig, andere blond und fedrig. Alle konnte man kaufen.

Sofort sah sie die Lösung ihres Problems. Allein in ihrem Zimmer hatte sie Edna eingeübt, aber Edna brauchte eine Gestalt. Die erbärmliche Gestalt der armen Mrs Wilmot anzunehmen war einfach, Ednas Vitalität nachzuahmen drohte ihre inneren Reserven nahezu komplett zu erschöpfen, und sie konnte es nicht riskieren, dass Edna und die arme Mrs Wilmot Muriel völlig auslöschten. Wer würde dann zwischen ihren Forderungen vermitteln und die verschiedenen Kleider organisieren? Aber wenn sie Edna sein könnte und doch nicht Edna? Ednas Seele in einem erfundenen Körper, einem Körper aus anderen beweglichen Teilen? Einem selbst zusammenbaubaren Körper, leicht wieder zu zerlegen? Wimpern, dazu etwas für den Kopf, braun oder blond, um Muriels Haar zu verdecken. Sie richtete sich auf, ließ den Blick über die glänzenden Kosmetikregale gleiten und stellte sich Mutter vor, Mutter, die sich selbst wieder zusammensetzte und mit ihren Geisterknochen durch Kaufhäuser streifte, bis sie all die Teile gefunden hatte, die ihr genommen worden waren.

»Kann ich Ihnen behilflich sein?«, fragte eine Verkäuferin.

»Natürlich können Sie das«, sagte sie. »Ich nehme den ganzen Laden.«

»Was?« Crisp fuhr vom Bett hoch. Ihr war nicht bewusst gewesen, dass sie laut geredet hatte, ja, sie hatte sogar schon vergessen, dass er überhaupt da war. Ihr Gedächtnis schien über Stunden ausgeschaltet gewesen zu sein. Mit einem heftigen Gähnen schwang Crisp die Füße auf den Boden und sah sie eindringlich an. »Denkst du je über die Zukunft nach, Muriel?«

»Natürlich tu ich das«, sagte sie wütend. »Ich bin doch kein Tier.«

»Ich denke nicht drüber nach.«

»Aber es gibt Möglichkeiten, Crisp. Du musst kein Reverend sein. Du kannst ein Panzerknacker werden, ein Ladenbesitzer, eine Schneiderpuppe. Ein Monumental-Steinmetz.«

»Vielleicht. Brandstiftung reicht nicht wirklich, um einen am Laufen zu halten.«

»Du könntest ein singendes Telegramm sein. Mach was aus dir.« Sie hielt inne. »Ich werde nicht immer drei Leute sein müssen. Nur, bis alle ihre Quittung gekriegt haben … all die Leute in meinem Leben. Mr Colin Sidney, Mrs Sylvia Sidney und Miss Florence Sidney. Und Miss Isabel Field. Ich hab immer an sie gedacht, wenn ich die Zigarettenschachteln auseinandergenommen habe … beim Trennen. Ich halte mich beschäftigt, aber ich habe das Gefühl, weißt du, als ob es da was gibt, was ich brauche … und sie könnten es haben.«

Crisp ließ die Zeitungen auf den Boden fallen. »Ich mach noch ein Nickerchen«, sagte er. Für den Rest ihres freien Nachmittags ging Muriel ohne Strümpfe und schmuddelig aussehend hinaus.

KAPITEL 3

Das Schild auf der Sammelbüchse löste sich an einer Ecke ab. Muriel strich es mit dem angefeuchteten Zeigefinger glatt. Das las sowieso niemand. In ihren Türöffnungen von ihrem anklagenden Blick gefangen, gruben die Leute in ihren Taschen und Portemonnaies und zahlten. Auf der Straße angehalten, holten sie eine Münze hervor und sahen, dass sie weiterkamen. Ein Mann versuchte vor seiner Tür mit ihr zu debattieren. »Ich glaube an den Vorrang der persönlichen Anstrengung«, sagte er. Muriel hob ihren Stiefel, es war ein nasser Tag, und traf ihn schmerzhaft an der Kniescheibe.

Sie brauchte das Geld nicht. Es war der soziale Aspekt, der ihr wichtig war. Die Lauderdale Road war eine gute Gegend. Die Leute waren großzügig, hinter den Wolkenstores waberte Schuld.

Was, wenn ich in die Buckingham Avenue ginge?, fragte sie sich träge. Was, wenn ich an die Tür von Nummer 2 ginge, klingelte und Mutter machte auf?

Erinnere dich, wie die alte Mrs Sidney, Master Colins Mum, bei uns geklopft hat. Erinnere dich, wie sie zu ihrer Séance kam, mit ihren Krokoschuhen und der Tasche über dem Handgelenk. Als sie wieder ging, hatte sich etwas in ihrem Kopf verschoben. Da war was falsch. An den Tod hatte sie nicht gedacht, und noch vor Ende des Jahres kam sie in ein Heim.

Als sie das Sammeln leid war, ging Muriel zurück in die Innenstadt. Sie kam an der Bibliothek vorbei, wo sie oft Bücher mitgehen ließ. Heute ging sie nicht hinein, sondern blieb in der Eingangshalle stehen, ganz wie früher schon von dem Plakat mit dem Kartoffelkäfer in Bann gezogen. Sie las nicht, was da stand, sondern starrte nur diese Kreatur an, ein grelles Untier und, so wie es dargestellt war, etwa so groß wie ein kleines Kätzchen. Sie war nicht überrascht, dass die Viecher für eine öffentliche Bedrohung gehalten wurden.

Zurück zum Einkaufszentrum. Sie musste ein paar Schlüssel nachmachen lassen, für Sylvias und Mr K.s Haus. Es war ihr wichtig, Schlüssel in ihren Besitz zu bringen, schließlich wusste man nie, wann man sie brauchen konnte. Sie zahlte mit dem Geld aus ihrem Portemonnaie, nicht mit dem aus der Sammelbüchse, aber sie stellte sie auf die Theke, und als der Mann mit ihr fertig war, steckte sie ein Fünf-Pence-Stück durch den Schlitz. Es sollte niemand meinen, dass sie geizig war und alles für sich behielt. Wenn sie im Einkaufszentrum einen Rollstuhl sah, der bei den Mülleimern oder den städtischen Blumenbeeten stand, warf sie dem, der da saß, im Vorbeigehen oft eine kleine Münze zu, begleitet von einem fröhlichen »Da schau mal, armer Krüppel«.

Sie ließ das Viertel hinter sich. Es war Teezeit, die Sonne sank in Richtung Horizont, und die Luft war mild. Sie stapfte in ihren Sandalen zur Gegend beim Autobahnzubringer hin, die Häuser wurden weniger, die Bürgersteige löchriger, zerrissene Plakate hingen von kaputten Mauern. »Sorry, keine Busse« stand auf einem uralten Schild im Fenster des Rifle Volunteer. Der Laden war quer über die Einöde gut sichtbar. Im Umkreis von einem halben Kilometer hatte sonst kein Haus mehr ein Dach. Beharrlich wanderte sie voran und hob die Füße über aufgerissenes Pflaster und flach wachsendes Unkraut. Zwischendurch blieb sie stehen und untersuchte einen eisernen Rost und einen Haufen zerschlagene Flaschen. Wind kam auf, und eine braune Papiertüte wurde ihr gegen die Beine geblasen.

Draußen hingen Schilder: »Gold- und Silberankauf«, »Haushaltsauflösungen. Wir zahlen Höchstpreise«. Sie drückte die Tür auf und hörte eine Glocke läuten. Aus der dunklen Tiefe des Ladens erklang der Fanfarenstoß eines Signalhorns, und im nächsten Moment schon sprang eine gedrungene, kraftvolle Gestalt in den Blick und schwang einen Säbel.

»Hör auf, Sholto«, sagte Muriel.

Sholto ließ den Säbel sinken und saugte an seiner Unterlippe. Er legte das Horn nach oben in ein Regal, trat aus dem Zwielicht und wurde unterwürfig. Er war unrasiert, wirkte verwahrlost und verwirrt, und als er weiter vortrat, den Säbel immer noch in der Hand, wäre es keine Überraschung gewesen, ihn behaupten zu hören, dass das jetzt der Winter seines Missvergnügens sei. Doch er lächelte Muriel an, zeigte seine schrecklichen Zähne und fragte: »Womit kann ich Ihnen heute dienlich sein?«

»Mit einem Käfig«, sagte Muriel.

Sholto achtete nicht weiter auf sie. Es war sein ganzer Stolz, die geheimen Verrücktheiten seiner Kunden zu erkennen. »Verschiedene Messingknäufe, fünfzig Pence pro Stück. Türklinken, jeweils zwei Pfund. Wie wäre es mit einem Fingerschild aus Messing?« Er schlug mit einer Hand auf die Ladentheke. Muriel sah interessiert zu ihm hin. »Und hier …«, er griff in ein Regal und holte eine ausgestreckte Messinghand hervor, »hier haben wir die passenden Messingfinger dazu.«

Muriel sah sich um, stöberte durch muffige Bücher und alte Kleider. Der Laden erinnerte sie an den alten Anbau in der Buckingham Avenue. Nachmittage lang hatte sie da in der Zeitungssammlung ihres toten Vaters herumgesucht, während Mutter vorne durch die Diele watschelte und ihre Bannsprüche gegen die Geister murmelte. Uuh-uuh-uuh, rief Muriel dann, klopfte gegen die gesprungenen Scheiben und wedelte mit den Zeitungen. Glückliche Zeiten! Heute gab es nur noch Sylvias Küchenanbau.

Sholto rieb sich das Kinn. »Was du auch brauchen könntest«, sagte er, »ist ein Phrenologen-Kopf.« Er zog ein Schädelmodell hervor und schob es über die Theke. »Sieh doch, Muriel.«

Muriel starrte den Kopf an und fuhr mit der Hand über die schwarzen Linien, die den Schädel aufteilten.

»Was sind das für Striche, Sholto?«

»Sie zeigen die Sitze der menschlichen Fähigkeiten. Sieh mal hier.

Die Fähigkeit zum Nachahmen. Zum Rechnen. Zeit und Ton und Witz.«

»Funktionieren die Leute so? Das habe ich mich schon oft gefragt. Hat ein Mensch das alles?«

Sholtos Finger fuhren über den Kopf und drehten ihn um, damit sie seine Unterseite betrachten konnten. »Ist nur ein bisschen gesprungen«, sagte er. »Ich könnte dir einen Sonderpreis machen.«

Sie dachte an ihren Perückenständer und die glatte weiße Fläche seines Schädels. Es wäre ein Fortschritt. Eines Tages würden sich all diese Fähigkeiten verbinden, und sie würde vollendet hinaus in die Welt gehen. Persönlichkeit, gründlicher als ein Schönheitschirurg, würde ihrem formlosen Gesicht ein neues Aussehen verleihen.

»Hör zu: die Fähigkeit zur Fortpflanzung, die Fähigkeit zur Liebe.«

»Oh, zur Kopulation«, sagte Muriel. »Wenn ich sieben Pfund fünfundneunzig hätte, würde ich ihn vielleicht für meinen Arbeitgeber kaufen. Mr Sidney.«

»Du könntest ihn auf Raten kaufen«, schlug Sholto vor. Muriel schüttelte den Kopf. »Wie wäre es dann mit einem Schlüsselbund?«, fragte er. »Eins fünfzig, und du hast die freie Auswahl.«

»Was lässt sich damit aufschließen?«

»Woher soll ich das wissen?«

»Wozu taugen sie dann?«

»Zu nichts. Nur als Schmuck.«

»Ich habe Schlüssel.« Muriels Blick fuhr durch den Laden. »Bist du sicher, du hast keinen Käfig, Sholto?«

»Wenn mir einer über den Weg läuft, bekommst du ein Vorkaufsrecht.«

»Ich nehme ein paar von den Knäufen hier«, sagte Muriel schmollend und wühlte durch den Karton, den Sholto ihr hinschob. »Wie fandest du den Ausflug?«

»Toll. Aber was lässt Crisp so was veranstalten? Jetzt fang nicht von der Kirche an. Er macht nur Effie nach, als sie die Putzfrau angesteckt hat. Er war nie mit seinem eigenen Irrsinn zufrieden. Kaum, dass du sagst, du seist Picasso, behauptet er, Salvador Dalì zu sein. Weißt du noch, als Philip meinte, er sei ein Hubschrauber? Da sagte Crisp: ›Und ich bin der verdammte Leonardo‹, und fing an, die Wände zu bemalen.«

»Besonders originell war er noch nie.«

»Oh, du kennst dich aus. Waren wir mal wieder in der Bibliothek?«

»Ich kann sagen, was ich will.«

»Du wirst immer freundlicher zu Crisp.«

»Er ist in Ordnung.«

»Ich höre Hochzeitsglocken«, sagte Sholto. Er klackte mit den Fingern. »Ding-dong.«

»Das sind Kastagnetten.«

»Okay, komm jetzt nicht in Rage. Geht's zurück in den Punjab? Willst du eine Tüte für die Knäufe?«

Es war halb sechs, als Muriel zurück in die Eugene Terrace kam, das Ende eines heißen Nachmittags. In Mukerjee's Emporium saß ein schläfriges Mädchen mit einem vernarbten, bläulichen Gesicht auf dem Barhocker bei der Kasse. Es hob uninteressiert den Blick, als Muriel am Fenster vorbeikam, seine Schultern bewegten sich ganz leicht, dann senkten sich die Augenlider wieder.

Crisp war weg. Auf dem Tisch lag ein Zettel: »Bin zum Abendgebet.« Und ich bringe Doughnuts zum Tee mit, dachte Muriel verärgert. Sie legte die Tüte auf einen Stuhl, lief eine Weile im Zimmer auf und ab und sah in Crisps Schubladen und unter die Matratze, konnte aber nichts Interessantes entdecken. Das Zimmer war eng und stickig, draußen roch es nach Donner. Wenigstens hatten das die Leute im Doughnut-Laden gesagt, sie selbst konnte nichts riechen. Der Himmel über dem Punjab hatte eine bleierne Farbe angenommen, die Tauben drängten sich auf den Dachrinnen zusammen und steckten die Köpfe ins Gefieder, wie es Geier in Comics taten.

Muriel zog sich um. Mit der Last des Tages auf sich war es kein Problem, sich in die arme Mrs Wilmot zu verwandeln. Ihre Schultern sackten weg, die Knie beugten sich, und ihre Zehen rollten sich ein. Sie sprayte sich Trockenshampoo auf das Haar, presste es an den Kopf, sandig und strähnig grau, und steckte es mit zwei großen Spangen fest. Währenddessen krochen die Jahre herbei und drückten sie nieder, ihre Gelenke versteiften sich, sie verkniff den Mund, und die Hände begannen zu zittern. Sie zog Mrs Wilmots elastische Strümpfe an, beugte sich mit einem rheumatischen Schauder vor und griff nach ihren Schlafzimmerpantoffeln. Was macht wohl die wirkliche Wilmot?, fragte sie sich. Wahrscheinlich trank sie gerade eine Tasse Tee oder so was. Probeweise öffnete sie den Mund zu einem stummen Lachen.

Schließlich zog sie Mrs Wilmots Mantel an, den sie bei jedem Wetter brauchte, so kälteempfindlich, wie sie war. Sholto hatte ihn in einer Mülltonne gefunden, er war ohne jede Form und hatte die Farbe von Staubflocken, wie sie sich unter Betten sammelten. Sie ging nach unten. Ein dicklicher kleiner Junge von etwa zwölf Jahren passte jetzt auf die Kasse auf. Die Familie war so groß, dass Muriel trotz der langen Öffnungszeiten des Ladens noch keinen Mukerjee zweimal gesehen hatte. Die Augen des Jungen hinter der dicken Brille starrten gebannt in seinen Darth-Vader-Comic. Wilmot kam vorbei, er sah nicht auf.

Als sie zurück in Mr K.s Haus kam, war der überraschenderweise wach. »Ich dachte, Sie würden Ihr Schläfchen machen«, sagte sie und schlurfte mutlos in die Küche. »'türlich wissen Sie, was am besten für Sie ist.«

Mr K. verklebte gerade das Küchenfenster. »Für den Fall von Giftgas«, erklärte er und reckte sich in die Höhe. Sein Hemd rutschte hoch und gab den Blick auf eine graue Speckrolle über den Hüften frei.

»Entschuldigen Sie«, sagte seine Untermieterin, »'türlich wissen

Sie es am besten, aber könnte es nicht auch durch den Briefkasten kommen?«

»Ein willkommener Gedanke«, sagte Mr K. »Ich verklebe ihn augenblicklicher. Wären Sie so liebenswürdig und schalten den Wasserkessel ein?«

Mrs Wilmot kochte den Tee, während Mr K. in den Flur hinausging und seinen Briefkasten absicherte. Als der Tee fertig war, schenkte sie ihn ein, und sie setzten sich an den Tisch.

»Frau hat das Haus heute wieder beobachtet«, sagte Mr K. »Kam gefahren, hielt, wartete zehn Minuten und fuhr weiter. Miss Blutarmut sagt, sind Schnüfflerer vom Amt.«

Sie nickte und trank ihren Tee.

»Wer sind diese Schnüfflerer?« Er erwartete keine Antwort: Es gab keine Antworten auf die Fragen, die ihn plagten. Er saugte seinen Tee durch ein Stück Zucker und sah zu seiner Rolle Klebeband.

»Gibt es ein Verbot von Haustieren?«, fragte seine Untermieterin plötzlich.

»Was?«, sagte Mr K. »Katzen, Hunde, Pferde?«

»Käfer.«

»Der berühmte britische Humor«, sagte Mr K. traurig.

»Das ist kein Witz. Ich habe eine Anzeige gesehen.« Sie nahm ihre Einkaufstasche und ging damit zur Küchentür, leise tapsend, die großen Füße in ihren Schlafzimmerpantoffeln. »Ich besorge mir einen Käfig«, murmelte sie. »Große, gestreifte Käfer, dick wie Melonen.«

Muriel stieg die Treppe bis zum ersten Absatz hinauf. Mit jeder Stufe wurde es kälter, der Geruch des Verfalls stärker. Die uralte Tapete mit den Kohl-Rosen pellte von der Wand. »Hallo, Mrs Wilmot«, flüsterte jemand. Es war Miss Blutarmut, die aus ihrer Dachkammer im dritten Stock herunterkam. Sie tauchte im schwachen Licht des langen, mit dem Staub von Jahren bedeckten Fensters auf, eine zerbrechliche junge Frau, kaum mehr als ein Kind, mit dem flachen Körper eines kleinen Mädchens, gerade mal angedeuteten Gesichtszügen und einer so durchscheinenden Haut, dass man sich leicht vorstellen konnte, das dünne Blut darunter zirkulieren zu sehen. Das rote Haar klebte ihr feucht am Schädel, und ihr ganzer Körper schien ständig vor Angst und Schrecken zu zucken und zu beben.

»Ich höre, Sie haben Probleme, 'türlich will ich mich da nicht einmischen«, sagte die arme Mrs Wilmot.

»Psst. Nicht so laut.«

»Ich dachte, Sie gingen aufs Polytechnikum. 'türlich hab ich keine Ahnung. Ich hab ja nichts gelernt.«

»Da war ich auch.« Tränen quollen aus den großen Augen des Mädchens. »Aber sie haben den Stundenplan geändert. Sie haben die Orte neu aufgeteilt und meine Vorlesungen verlegt. Ich konnte sie nicht mehr finden. Da bin ich nicht mehr hingegangen.«

»Konnten Sie nicht danach fragen?«

»Habe ich doch, aber niemand schien zu wissen, wo ich hinmusste.«

»Tja, so geht es. Sella wie, oder? Ke sera, sera. Und was machen Sie jetzt?«

»Ich bekomme Stütze und habe verschiedene Namen erfunden. Primrose Hill zum Beispiel. Penny Black«, sagte sie leise zu sich selbst. »Black Maria. Bad Penny. Faint Hope. Square Peg.«

»Macht es Ihnen Angst?«

»Schrecklich«, sagte Miss Blutarmut. »Da schwitzen einem die Hände.« Und einen Moment lang, bevor sie die dunkle Treppe weiter hinunterstieg, legte sie Muriel ihre eiskalte, klamme Hand auf die Wange.

KAPITEL 4

»Ist jemand zu Hause?« Keine Antwort. Das bedeutete natürlich nicht, dass tatsächlich niemand da war. Sylvia ging in die Küche, schenkte sich ein Glas Perrier ein und nahm es mit nach oben. Alistairs Tür war immer noch zu. Sylvia fühlte sich verschwitzt und schmuddelig von den Plastikstühlen im Versammlungsraum, den Polstern im Auto und dem Staub, der überall in der Luft hing. Dazu war ihr der Tabakrauch der Leute in die Lunge gezogen.

Sie schälte sich aus ihren Sachen, schlüpfte in den Bademantel, ging zum Bad und glaubte, ein Rascheln hinter Alistairs Tür zu hören. »Bist du da drin?«, fragte sie. »Alistair, wenn du nicht bald rauskommst, trete ich die Tür ein.« Keine Antwort. Sie meinte es natürlich nicht so, es war einfach nur eine kleine Andeutung häuslicher Gewalt. Sie schloss sich im Bad ein, duschte und scheuerte ihr Gesicht mit einer seifigen, sandigen Substanz ab. Peeling, sagte sie. Wie sehr sie sich wünschte, tatsächlich ihre Haut abstreifen zu können – und die Vergangenheit und ihr peinliches Ich von den Fotos von vor zehn Jahren gleich mit. Sie hatte von Leuten gehört, die versuchten, sich »von ihrer Vergangenheit reinzuwaschen«. Die Bilder in ihrem Kopf wurden fieser und drastischer, je länger sie darüber nachdachte. Exorzismus … Das Peeling hatte ihr Gesicht fleckig werden lassen und mit schmalen roten Linien überzogen. Sie starrte sich im Spiegel an. Also gut, tu es, dachte sie. Such das alte Foto und wirf es weg. Warum gerade heute? Warum nicht? Wie Mörder oft nach Jahren des Herbeisehnens feststellen, können ein paar Sekunden ausreichen, einen von der Last eines halben Lebens zu befreien.

Sie ging ins Schlafzimmer und zog Colins obere Schublade auf. Ein Durcheinander von Unterwäsche und Socken, die er niemals

trug, zusammengezogen und an den Säumen ausfransend. Ein Farb-
film, etwas Kleingeld, ein paar Flaschen Aftershave, hauptsächlich
von Florence, sanfte Hinweise aus dem Jahr, als er beschlossen hatte,
sich einen Bart wachsen zu lassen. Doch das hatte nicht lange gehalten. Nichts hielt bei Colin lange, weder die Leidenschaft, mit der er
Abendkurse belegte, noch der Wunsch, eigenes Gemüse anzubauen,
oder der Überschwang, mit dem er bei den Sozialdemokraten hatte
eintreten wollen – letzterer hatte sich am Ende verflüchtigt, als er
keine Briefmarke fand, um seinen Aufnahmeantrag abzuschicken.
Allein seine Krawatten erweckten den Eindruck von Beständigkeit.
Was war das da nur für ein fettiges, graues Etwas, dieses Überbleibsel
aus der Zeit, als die Dinger noch schmal gewesen waren? Und da die
gelbe Strickkrawatte, und das tolle, blumenbedruckte, orangefarbene Ding aus den Sechzigern. Großer Gott. »Kipper-Krawatten«
hatte man die genannt.

Sie hörte die Haustür knallen.

»Mum? Mum, ich bin's, Claire, ich bin wieder da.«

»In Ordnung, Claire«, rief sie. »Ich bin in einer Minute unten.«

»Mum, kann ich Waffeln aus der Kühltruhe holen?«

»Nimm, was du magst. Ich brauch nicht mehr lange.«

Eilig wühlte sie weiter durch die Schublade. Ganz hinten lag das
alte Tagebuch, das sie Colin vor Jahren zu Weihnachten geschenkt
hatte. Es war nicht verschlossen, der Schlüssel klebte noch drauf, in
einem kleinen Plastikumschlag. Colin hatte nie was hineingeschrie-
ben. Er nehme an, hatte er ihr erklärt, dass sein Leben einfach nicht
aufzeichnungswürdig genug sei, und um sicherzugehen, dass es wirklich so war, sah sie alle paar Monate nach und fand nichts als leere
Seiten. Er könnte es ruhig benutzen, dachte sie, nachdem ich mir
so eine Mühe gegeben habe, es für ihn zu finden. Man sollte doch
denken, dass er als Geschichtslehrer ein Interesse am Aufschreiben
hätte. Sie selbst würde die Vergangenheit heute gerne noch mal richtig in den Blick bekommen, vor allem die fünf verflogenen Jahre
von 1975 bis 1979. Wo waren sie hin? Sie hatte das Bild eines Herbst-

abends vor Augen, in dem Jahr, als sie in die Buckingham Avenue gezogen waren: Colin schmollte im Garten und wollte nicht hereinkommen, obwohl es kalt und dunkel wurde. Er hat meinen Anblick gehasst, dachte sie, und hätte mich am liebsten verlassen. Erst nach Claires Geburt wurde er ruhiger, wahrscheinlich war es da mit seiner Affäre vorbei. Da wirkte er mit einem Mal, als wäre ihm ein großer Teil seiner Vitalität verloren gegangen, und sie erwischte ihn manchmal, wie er sie gedankenverloren anstarrte. Dabei sah er aus wie jemand von einem Hungersnot-Plakat, übernatürlich weise, still und ohne eine Zukunft, die irgendeinen interessierte.

Da war es, ein zerknitterter Schnappschuss, unter seinen ältesten Socken. Dass das Foto dort lag, war ein stummes Eingeständnis. Er musste wissen, dass sie von Zeit zu Zeit seine Schubladen durchsuchte, nach zwanzig Jahren kannte er ihre Methoden, ihm einen Schritt voraus zu sein. Er gehörte nicht zu den Männern, die ihre Liebesaffären problemlos geheim zu halten vermochten, sondern zu den erbärmlichen, schuldbewussten, die tief in ihrem Innern erwischt werden wollten.

Sylvia setzte sich auf den Bettrand, schaltete die Nachttischlampe ein und hielt das Foto darunter. Sie tat das nicht zum ersten Mal, alle paar Monate holte sie es hervor, und zu wissen, dass er es immer noch aufbewahrte, nagte an ihrem Wohlgefühl wie ein Holzwurm, der sich ins Innere eines Möbelstücks bohrte. Aber das Foto immer aufs Neue anzustarren machte sie auch nicht klüger. Sie war jung und schlank, seine Freundin, trug eine Wollmütze, einen Schal, Stiefel und hielt die Hände tief in den Taschen einer ziemlich nichtssagenden Jacke vergraben. Sie lehnte am Kotflügel ihres Fiats, der Familienkutsche, die sie 1976 verkauft hatten. Dunkles Haar, verschattete Augen, das forcierte Lächeln war genau wie das von Colin. Im düsteren Hintergrund ragten kahle Bäume auf.

Vielleicht war sie eine Kollegin. Wen sonst traf er? Sylvia saugte an ihrer Lippe und grübelte und sprang gleich darauf erschreckt vom Bett auf. Ihr Herz schlug heftig, ein durchdringendes Klingeln zerriss die Luft. Sie lief auf den Flur und rief zu ihrer Tochter hinunter: »Claire, Himmel noch mal, stell die Zeituhr vom Herd ab!«

»Was?«

»Drück den Knopf rein, stell sie aus, das Ding treibt mich in den Wahnsinn.«

Der Lärm brach ab. »Ich hab sie nicht angestellt«, rief Claire empört.

»Wer denn?«

»Alistair.«

»Sei nicht albern, der ist in seinem Zimmer.«

Langsam ging sie zurück ins Schlafzimmer, das Foto immer noch fest in der Hand. Die Zeit ist abgelaufen, dachte sie säuerlich. Das Leben hat sich gesetzt, ist durchgegart, noch ein bisschen, und es riecht angebrannt. Sie holte tief Luft und versuchte das Hämmern in ihrer Brust zu beruhigen.

»Mum, kommst du?«, jammerte Claire unten an der Treppe.

»Gleich.« Sylvia griff nach dem Foto von sich aus dem Familienalbum und hielt beide Bilder nebeneinander. Ihre Hände zitterten leicht. Kein Wunder, dass er die jüngere Frau gewollt hatte, für eine Weile wenigstens. Die Fotos stammten aus der gleichen Zeit. Winter 1974, Sommer 1975. Ich würde sie überall erkennen, dachte sie. Sofort würde ich sehen, dass sie es ist. Sie zerriss die beiden Fotos und steckte sie in die Tasche ihrer Jeans. Sie würde sie in der Küche in den Abfall werfen, wenn niemand da war.

»GESTÄNDNISSE usw. (2.)

… dass sehr merkwürdige Menschen zusammenkommen. Sie finden einander und formen Ghettos. Die unzulängliche Persönlichkeit, der am Beginn einer Schizophrenie Stehende, sie fühlt sich bedroht. Ihre Identität ist unsicher, und menschliche Beziehungen drohen, sie zu überwältigen. Aber selbst wenn sich ein Mensch komplett von allem entfremdet, ist das Bedürfnis nach einem minimalen menschlichen

Kontakt noch da. So leben Landstreicher unter Brücken, Obdachlose in angemieteten Pensionen.«

Isabel legte den Stift zur Seite. Sie kam nicht weiter. Wann immer sie sich auszudrücken versuchte, drängten sich alte Fachausdrücke in den Weg. Vor Jahren hatte sie einen Abendkurs belegt, um besser schreiben zu lernen, doch es hatte nicht viel geholfen. Es war nutzlos gewesen.

Und doch nicht ganz. In dem Abendkurs hatte sie »ihren« Verheirateten Mann kennengelernt. Alle haben einen, und man musste ihn schließlich irgendwo kennenlernen. Colin hatte den Kurs sehr ernst genommen, hatte dagesessen, sich umgesehen und die Versuche der Leute belächelt. Hinterher waren sie in den Pub gegangen, und er hatte sie gefragt, ob sie mit ihm durchbrenne. Zunächst hatte sie gedacht, er mache Spaß. Zunächst.

Ihre Gedanken schweiften ab, obwohl sie die Ereignisse doch in eine Ordnung zu bringen versuchte. Immer wieder verlor sie bei ihren *Geständnissen* den Faden. Ich lege mir einen Plan an, dachte sie, und an dem orientiere ich mich dann.

»AXON: Die Unterlagen sind verloren/unvollständig/weisen Lücken auf. So viele verschiedene Kollegen waren mit dem Fall beschäftigt. Als er bei mir auf dem Tisch landete, war die Sache so gut wie hoffnungslos.

DANN: Monatelang schaffte ich es nicht zu ihr ins Haus.

ALS ICH ES ENDLICH SCHAFFTE, schloss Mrs Axon mich in einem Zimmer ein.

WÄHREND ICH EINGESCHLOSSEN WAR ...«

Sie zögerte und schrieb dann: »STARB MRS AXON.

Ich hätte es besser machen können.

Aber ich habe es verdorben.

Warum?

Weil ich Angst hatte.

Warum?

Tatsache ist, dass ich mein Privatleben nicht in den Griff bekam. Da war dieses fürchterliche Problem mit Colin. Ich wusste nicht, was ich tun sollte, er war so gefühlsgeladen, schien mich so sehr zu brauchen, aber die Arbeit ließ nichts übrig, was ich anderen Leuten hätte geben können. Alles war ein Problem: der Job/Colin/zu Hause.«

So kann ich es an keine Zeitung schicken, dachte Isabel verärgert, ich muss es klarer formulieren. Manchmal wünschte ich, ich hätte nie damit angefangen, aber nein, sag das nicht. Was für eine Erleichterung es sein wird, wenn ich es geschafft habe.

»Zu der Zeit war mein Vater gerade in Rente gegangen. (Er hatte in einer Bank gearbeitet, wie mein Mann, weshalb auch ich wohl in einer angefangen habe, als es mit der Sozialarbeit vorbei war. Ich dachte, da wäre ich sicher.) Er war immer in seinem Zimmer, hatte seine Hobbies, zumindest dachte ich das. Die Wirklichkeit sah anders aus. Schlimm. Er stahl sich aus dem Haus und sprach Frauen an, alte Frauen, schreckliche Frauen, Frauen, die im Freien übernachteten. An andere kam er nicht heran, denke ich. Er war auch selbst nicht sonderlich attraktiv. Er sagte, er sei einsam.

Er gabelte sie im Waschsalon, im Park oder im Café bei der Bushaltestelle auf, lud sie zum Tee ein, dann waren sie ihm dankbar. Es machte ihnen nichts, es draußen zu tun, selbst bei kaltem Wetter nicht. Er kam mit Erde an den Knien nach Hause, und ich wusste nicht, was ich tun sollte.

Dann fing er an, sie mit nach Hause zu bringen. Ich geriet in Panik bei dem Gedanken, die Nachbarn kämen dahinter. Für mich, in meiner Position … Im Übrigen hätte er sich was holen können, eine Krankheit. Er hätte sie schwängern können, sie waren nicht alle alt. Währenddessen erklärte ich den Leuten, wie sie ihr Leben leben sollten. Ich habe seine Brille versteckt. Ohne konnte er kaum etwas sehen, aber ich glaube, er ging trotzdem raus.

Und dann kam der Tag, als ich bei den Axons reinkam. Muriel sah mich so komisch an und ihre Mutter redete so seltsam. Als führten sie ein kompliziertes Stück auf, und ich begriff nicht, was da direkt vor meiner Nase ablief. Ihre Mutter sagte, Muriel sei nicht da gewesen. Sie ›war auf Tour‹, das war der Ausdruck, den sie benutzte.

Ich ging wieder, aber Muriels Bild blieb mir im Kopf, wie sie ganz klobig dahockte, den Blick gesenkt, in ihrem sonderbaren blauen Kittel aus einer Art Polsterstoff. Zunächst kam ich gar nicht auf den Gedanken, dass sie schwanger sein könnte. Ich sah sie nur in meiner Vorstellung, wie sie durch den Park wanderte oder an der Bushaltestelle Tee aus einem Pappbecher trank. Ich kam erst drauf, als ich zurück auf die Straße trat, und nach all den Jahren weckt mich der Gedanke immer noch mitten in der Nacht auf.

Ich habe niemandem von meinem Verdacht erzählt, habe nichts unternommen. Ich bin einfach weg und habe die Axons sich selbst überlassen. Wieder zu ihnen hin bin ich erst, als es absolut nicht mehr anders ging, und da hatte Muriel (wenn sie denn wirklich schwanger gewesen war) das Kind bereits zur Welt gebracht. Was ist mit dem Baby geschehen? War es ein Junge oder ein Mädchen? Ich glaube, ich habe irgendwo gelesen, dass Babyleichen oft mumifizieren und Jahre später wieder auftauchen, unheimlich gut erhalten.«

Isabel hörte auf zu schreiben. Das alles schien nicht sehr schlüssig. Da war so viel, was nur im Licht ihrer damaligen Bewusstseinslage einen Sinn ergab, und sie hatte zweifellos eine mehr als reiche Fantasie gehabt. Das war einer ihrer Fehler.

Sie nahm ein frisches Blatt Papier.

»Ich glaube, mein Mann hat eine Affäre. Ich weiß nicht, mit wem, und ich hoffe, ich werde es nie erfahren. Ich betrüge mich gerne selbst. Es ist bequem. Die Spezialität des Hauses.«

Vielleicht sollte ich etwas trinken, dachte sie. Mein Stil lässt zu wünschen übrig, ein Drink könnte ihn verbessern. Vielleicht half ein Gläschen, die Verbindung zwischen den Dingen zu sehen, die Zusammenhänge, die sie spürte und suchte. Gin war keiner mehr da, also trank sie einen Whisky. Sie war dieser Tage nicht wählerisch.

Alkohol bringt dich zum Kern der Dinge, du erkennst die wahre Natur der Geschehnisse.

In ihrem Kopf begann etwas zu kreisen, und das lag nicht allein am Scotch auf leeren Magen. Sie war zurück, zurück in der Stadt. Die betrogene Frau. Früher einmal war sie die Andere gewesen. Den Fortschritt, der darin lag, sah sie nicht. Ihre Situation schien speziell, unheimlich, verfänglich. Komisch, dass manche Dinge erst zehn Jahre später einen Sinn zu ergeben scheinen.

Was ich brauche, dachte Colin, ist ein großer Gin and Tonic.

»Irgendwer zu Hause?« Keine Antwort. Er warf sein Sakko auf den Stuhl in der Diele und ging ins Wohnzimmer. Er hatte es den ganzen Tag über nicht getragen. »Warum lässt hier nicht mal jemand ein bisschen frische Luft herein?« Er öffnete die Terrassentüren zum Garten. An diesem Wochenende muss ich die Pflanzen gegen Blattläuse spritzen, dachte er, wandte sich der Schrankwand zu und öffnete vorsichtig eine der Türen. Er konnte nicht darauf vertrauen, dass die Scharniere hielten, nachdem er sie im letzten Sommer mit dem mitgelieferten Schraubenzieher gemäß der Anleitung in japanischer Sprache angebracht hatte. Er hielt den Gin in die Höhe, die Flasche war noch zu einem Viertel gefüllt, und so schenkte er sich einen großzügigen Schluck ein, nahm das Glas und ging in Richtung Küche, um Eis und Tonic zu holen. Zitronen waren sicher auch da. Wo Sylvia war, gab es Zitronen. Sie kochte mit ihnen, drückte sie aus, aß sie und rieb sich die Ellbogen damit ein, wie die Eskimos, die jedes einzelne Teil eines erlegten Tieres verwerteten. In einer Flasche hinten im Kühlschrank war ein Rest Tonic. Das Zeugs wirkte abgestanden. Er schüttelte die Flasche, sah, dass die Flüssigkeit noch leicht sprudelte, und öffnete das Gefrierfach. Auf den Eiswürfeln klebte etwas, das wie Himbeermarmelade aussah. Er seufzte, nahm die Schale heraus und ging damit zur Spüle. Er bog sie durch, aber nichts geschah, und so schlug er damit gegen die Innenseite der Spüle, sah aus dem Fenster und bog sie noch einmal. Die Würfel flogen heraus und klackerten in die Spüle. Er nahm ein paar, drehte den Wasserhahn auf und versuchte die Marmelade abzuwaschen, aber schon waren Wasser und Würfel nicht mehr zu unterscheiden, und beides rann ihm durch die Finger.

Claire kam herein. »Hallo, Dad«, sagte sie. »Warum wäschst du die Eiswürfel?«

»Weil jemand, ich sage nicht, wer, sie mit Marmelade beschmiert hat.«

»Das muss Alistair gewesen sein.«

»Komisch, dass er sie dir auch noch um den Mund geschmiert hat.«

»Ist das dein Getränk?« Claire steckte den Zeigefinger in sein Glas und leckte daran. »Igitt, wie eklig.«

»Pass auf, ich will keine Marmelade drinhaben.«

»Ich sag dir was, Dad, ich könnte dir einen Tee kochen.«

»Ist schon gut so, Claire. Wenn du deine Finger da raushältst, geht es auch ohne Eis.«

»Du könntest trotzdem einen Tee trinken. Ich hab jetzt die Bewertungsbögen von den Pfadfindern.«

»Vielleicht später, Süße. Wo ist Alistair, ist er noch oben?«

»Nein, ich hab ihn mit Austin gesehen. Sie sind auf dem Kirchplatz.«

»Ach? Und was machen sie da? Exhumieren sie jemanden?«

»Was ist das?«

»Einen Toten ausgraben. Wirklich, Claire, wir müssen was für deinen Wortschatz tun.«

»Nein, dummer Kerl, die graben doch keinen Toten aus. Sie haben gesungen. Sie haben Bier.«

»Wirklich? Um diese Tageszeit?«

»Ja, aber keinen Flaschenöffner, deshalb hauen sie die Deckel an den Grabsteinen ab. Mich haben sie nicht gelassen.«

»Ich frage mich, was der Pfarrer dazu sagt.«

»Wozu?«, fragte Sylvia, die mit dem Wäschekorb hereinkam. Sie starrte ihn an. »Trinkst du?«

»Ja. Warum nicht? Willst du auch einen?«

»Warum sagst du das so?« Sie sah ihn an. »Als wären wir in einer Fernsehserie. Als wäre ich irgendeine *andere* Frau.«

»Ich weiß nicht, was du meinst. Ich hab doch nur gefragt …«

»Das sind mindestens dreihundert Kalorien. Ist es wenigstens Slimline-Tonic?«

»Das Zeugs ist sowieso schal«, sagte Colin. Die letzte Kohlensäure war verflogen, als er die Flasche in sein Glas geleert hatte. »Ich mache es am Wochenende wieder gut.«

»Aber sicher. Wenn Florence Sonntagnachmittag mit Shortbread kommt und einen Anfall kriegt, wenn du nichts willst.«

»Nun, vielleicht nehme ich nur eins und hoffe, sie nimmt es mir nicht übel. Würdest du mir bitte das Messer für meine Zitrone geben? Im Übrigen, wenn du die Wahrheit wissen willst …«

»Die werde ich wohl nie erfahren.«

»Sylvia, was soll das?«

»Nichts.«

»Ich will nicht wirklich noch weiter abnehmen.«

»Das wirst du bereuen«, sang sie und versuchte, einen leichteren Ton anzuschlagen.

»Mum«, sagte Claire. »Du solltest das Messer nicht so halten, mit der spitzen Seite. Das ist gefährlich.«

»Das nennt man eine ›Klinge‹, Claire«, sagte Sylvia ruhig. »Du wirst es bedauern, wenn du im Squash-Club zusammenbrichst und deinen letzten Japser tust.«

»Das ist im Squash-Club nicht erlaubt«, sagte Colin, nahm das Messer und steckte es in seine Zitrone. »Da geht's wie im Palace of Westminster zu, niemand darf auf dem Gelände sein Leben aushauchen. Sie tragen dich vorher raus und werfen dich auf den Bürgersteig.«

»Darüber macht man keine Späße, schon gar nicht vor Claire.«

»Claire könnte ja lachen.« Colin spießte seine Zitronenscheibe mit dem Messer auf. »Dass du's nicht tust, weiß ich. Humor ist nicht deine Stärke, oder?«

»Wann hast du eigentlich angefangen, mich zu hassen?«, fragte Sylvia. »Das würde ich gerne wissen. Kannst du dich noch an das Jahr erinnern? Wann hast du angefangen, mich zu hassen, und wann, wenn es denn so sein sollte, hast du wieder damit aufgehört?«

Colin wandte sich ab und ließ die Zitronenscheibe auf die Arbeitsfläche fallen. Er hatte keine Ahnung, warum sie plötzlich stritten. Das Foto seiner ehemaligen Geliebten lag eng unter Sylvias Beckenknochen, das blasse, kleine Gesicht starrte auf den Stoff ihrer Tasche. Eine Schmeißfliege landete auf Colins Glas und wanderte langsam, aber zielgerichtet auf dem Rand entlang.

Das Krankenhaus, in dem Mrs Wilmot arbeitete, hieß nicht St. Luke's, nach dem heiliggesprochenen Arzt, sondern St. Matthew's, nach dem Steuereintreiber. Viele seiner Patienten, deren Erinnerung an ihre frühen Lebensjahre noch am besten funktionierte, wussten, dass es einmal ein Armenhaus der Gewerkschaft gewesen war. So sah es auch immer noch aus, grau und zugig, mit hohen Decken und fleckigen Wänden. In dem Teil, in dem sich die Büros befanden, standen noch die alten Holzbänke mit dem Grat im Rücken, damit die Armen nicht auf ihnen herumhingen und es sich zu gemütlich machten. Die Korridore waren so düster, die Atmosphäre so deprimierend und die Patienten so offenbar ohne jede Zukunft, dass das Krankenhaus trotz einer örtlichen Arbeitslosenrate von sechzehn Prozent sein Personal nicht zu halten vermochte. Die Leute hatten das Gefühl, nicht mit dem leben zu können, was sich ihnen dort bot.

Die Stationen hatten keine interessanten Namen, sondern nur Buchstaben. Die gesündesten Patienten lagen auf C, die schlimmsten Fälle auf A. Vielleicht galt dieser psychologische Trick den Angestellten, bei den Patienten kam jede Aufmunterung zu spät.

Die Oberschwester rief der armen, hereinschlurfenden Mrs Wilmot zu: »Oh, hallo, meine Liebe. Würde es Ihnen etwas ausmachen, bei Mrs Anderson aufzuwischen, da gab es ein Malheur.«

»'türlich muss ich das nicht.« Sie zog ihren Mantel aus und legte ihn über einen Stuhl. »'türlich sollte das eine Schwester machen. 'türlich macht es mir nichts aus.«

»Oh, Sie sind ein Schatz, Mrs Wilmot«, sagte die Oberin. »Ich weiß nicht, was ich ohne Sie tun würde.«

Die Station roch nicht nach ihren inkontinenten Patienten, sondern, fast noch schlimmer, nach Desinfektionsmittel, Luftauffrischern, Talkumpuder und Schlafmittel-Schlaf. Und jetzt auch nach Essen, der Wagen rollte herein, nach Brei und Püree unter Metalldeckeln.

Die Oberin nahm eine Schüssel und setzte sich auf den Rand eines der Betten.

»Probieren Sie die Kartoffeln, meine Liebe«, drängte sie die alte Frau, die darin lag, und fuhr appetitlich mit der Gabel in den Brei.

Ihre Patientin wandte den Kopf ab und schob die Lippen vor. Mrs Anderson lag zusammengekauert im Bett nebenan, reglos bis auf ihr Atmen, ein, aus. Warum machte sie sich noch die Mühe?, fragte sich die Oberschwester. Nie war ein Wort von dieser Frau zu hören, nie bewegte sich. Genau wie Mrs Sidney, ein Bett weiter. Nichts, höchstens einmal ein verdrossenes Flattern der eingesunkenen Augen. Die Frauen auf der Station A waren so alt, so krank und so weit weg und klammerten sich trotz allem an die letzten Zipfel der menschlichen Existenz, die letzten Regungen, die sich noch als ein fühlendes eigenes Leben betrachten ließen. Ihre eingeschrumpften Körper hoben die Laken kaum mehr an, die Köpfe auf den Kissen waren nicht größer als Pampelmusen. Wobei Mrs Sidney noch gar nicht so alt war: Jeder Zwanzigste über fünfundsechzig litt unter Demenz, und sie war schon in diesem Bett gelandet, als sie noch als rüstige Rentnerin mit Seniorenpass und Hackenporsche den Bus in die Stadt zum Einkaufen hätte nehmen sollen. Seit acht Jahren lag sie auf der A (Frauen). Die Schwester Oberin war bei ihrer Einlieferung erst seit acht Wochen hier gewesen. Wie viel besser war da die C, wo sechzig alte Frauen im Tagesraum saßen. In ihre Hochstühle gebunden, schwatzten sie miteinander, weinten gelegentlich und warfen auch mal mit Dingen um sich. Die A-Stationen lagen praktischerweise näher an der Leichenhalle, nur wenige verließen sie auf anderem Weg. Ich gehe hier weg, dachte die Oberschwester, ich bewerbe mich für eine kardiologische Intensivstation, wo ich einen gestressten Manager kennenlerne, und schon bin ich eine Braut. Davon träumte sie, wenn sie während der Nachtwache vor sich hin dämmerte. Statt einer Schleppe trug sie ein steifes, weißes Tuch mit den Initialen der örtlichen Gesundheitsbehörde, die auf einen Streifen am Rand rot eingestickt waren.

»Füttern Sie Mrs Sidney nicht«, sagte sie und hob den Blick zu Mrs Wilmot. »Ich will sie sauber halten, sie erwartet heute Abend noch Besuch.«

Sie gab es auf, etwas in Mrs Andersons Nachbarin hineinbekommen zu wollen, ließ den Plastiklöffel in die Schüssel fallen, trat ans Ende von Mrs Sidneys Bett und sah die alte Frau an. Es war klar, dass sie nichts mehr erwartete, nur noch den Tod. Nach einer ganzen Weile reagierte Mrs Sidney auf die Anwesenheit der Schwester mit einem verwundenen Blinzeln. »Sie wissen, dass Sie verlegt werden, nicht wahr, Mrs Sidney? Hören Sie mir zu? Sie wissen, um was es geht?«

Erwarte von einer Mumie, dass sie dir antwortet, dachte die Oberschwester. Erwarte von Tutanchamun, einen Boogie hinzulegen. Die alte Frau starrte durch sie hindurch, als wäre ihr massiger Körper ein Hauch von Gaze. »Soll ich ihr die Haare kämmen?«, fragte Mrs Wilmot. »'türlich, vielleicht wollen Sie, dass die Schülerin es macht.«

»Ich würde mir die Mühe nicht machen«, sagte die Oberschwester. »Sie hat nur noch so wenig, und wäre es nicht typisch, wenn ihr gerade heute auch noch der Rest komplett ausfiele? Sie wissen, wie Verwandte sind. Wobei die Sidneys noch eine Ausnahme sind. Das zweite Mal in acht Wochen. Nicht, dass die Gute sie erkennen würde. Es ist völlig sinnlos.«

»Sinnlos«, stimmte ihr Mrs Wilmot zu. »'türlich, Wände haben Ohren, oder? Vielleicht versteht sie ja, was Sie sagen.«

»Manchmal frage ich mich«, sagte die Oberschwester, »manchmal frage ich mich, was in ihrem Kopf vorgeht, Starren und Blinzeln, Blinzeln und Starren, den ganzen Tag lang. Man fragt sich, was in all diesen Köpfen vorgeht.«

»'türlich sollte man denken, dass sie geheilt werden.«

»Oh, da gibt es keine Heilung.« Das sagte sie allen, jedem, der auf ihre Station kam. »Es gibt keine Heilung für den Vormarsch der Zeit. Was ihr Sohn wohl sagen wird, was die Verlegung angeht? Sie müssten jeden Moment kommen, denke ich.«

»Nun, ich seh mal bei den Gentlemen rein«, sagte Mrs Wilmot. »Wo ich hier, also hier erst mal fertig bin.« Auf ihre gewohnt unterwürfige Weise schlurfte sie mit gesenktem Blick den Korridor hinunter. »Heitere die Leute drüben mal was auf«, sagte sie.

Auf der Treppe, sie waren die einzigen Besucher, sagte Colin zu Sylvia: »Könntest du mir vielleicht sagen, was das alles zu bedeuten hat?«

»Nichts«, sagte Sylvia starr.

»Es muss doch einen Grund geben. Ich meine, irgendetwas muss dich doch aufgebracht haben.«

Eine stumme Autofahrt lag hinter ihnen. Er ging die Worte, Sätze und Geschehnisse des Tages noch einmal durch, um herauszufinden, was Sylvia beleidigt haben mochte, wobei er sich bewusst war, dass sie weniger beleidigt wirkte als traurig und verwirrt, in einem Sumpf aus unwillkommenen Gedanken verfangen. Er kannte die Anzeichen, er sah sie auch bei anderen Leuten. »Vielleicht ist es der Besuch bei meiner Mutter«, sagte er. »Ja? Ich wäre auch allein gefahren.«

Sylvia antwortete nicht. Sie hatte ihn noch nie allein zu seiner Mutter fahren lassen. Als sie die Station erreichten, sagte sie wie jedes Mal: »Dieser Geruch«, und er, ebenfalls wie immer: »Man gewöhnt sich daran.«

Sie fühlte sich gehemmt in ihren Straßensachen und den Schuhen, die so einen Lärm machten. Neben Colin den Korridor hinunterzugehen war, wie vor den Altar zu treten. Köpfe drehten sich und fixierten sie beurteilend, und plötzlich fühlte sie sich dick und unbeholfen und wurde rot. Und da war der Altar, das verschleierte steinerne Objekt. Sie blieben am Fuß des Bettes stehen.

»Hallo, Mum«, sagte Colin mit lauter Stimme. Eine leichte Bewegung durchfuhr die Patienten der Station, als wären sie durch einen Elektrodraht miteinander verbunden – und versiegte. Reglosigkeit, Stille. Mrs Sidney hatte sich nicht an der Demonstration beteiligt. Würde sie blinzeln oder würde sie nicht blinzeln, das war die Frage.

Sylvia seufzte. »Ich hole uns zwei Stühle«, sagte sie. Sie lief über die Station und hatte das Gefühl, dass die Tauben sie beobachteten und die Blinden ihr lauschten. Sie war ein Eindringling, eine große, von draußen hereingewehte Frau voller Eingebildetheit. Die Oberschwester kam. Es war die mit dem starken Vorbiss, die Rotgesichtige, die auch beim letzten Mal hier gewesen war.

»Wie geht es uns?«

»Gut, gut.«

»Sie wissen, dass der Arzt sie verlegen möchte?«

»Es scheint mir kaum einen Sinn zu haben.«

»Die Sache ist die: Von der Station B kommen manche wieder nach Hause.«

Sylvias Brauen schossen in die Höhe.

»Nein, nein, nicht in diesem Zustand. Aber sollte sie Anzeichen von, Sie wissen schon … Tatsache ist, dass dieses Krankenhaus geschlossen werden soll, und sie werden hinausbefördern, wen immer sie können. Denn, obwohl wir eine neue geriatrische Abteilung im Allgemeinkrankenhaus einrichten, reichen die Plätze nicht aus.«

»Aber sehen Sie die Frau doch an. Da sind keinerlei Anzeichen von …, oder?«

»Nein, nun, aber der Arzt muss wohl der Meinung sein. ’türlich sage ich nicht, dass es so weit kommen wird, ich meine, wenn sich ihr Zustand ein wenig besserte und sie anfinge, selbstständig zu essen, könnte sie auf Station C. Im Tagesraum sitzen und fernsehen. Das wäre schöner für sie. Verstehen Sie, was ich meine?«

»Aber das ist doch lachhaft«, sagte Sylvia. »Bevor sie sich plötzlich aufsetzt und fernsieht, werden eher noch Sie, Schwester, zur Miss World gekürt.«

»Also man weiß nie«, sagte die Oberschwester sichtlich gereizt. »Wir müssen alles versuchen und dürfen die Hoffnung nicht aufgeben, wissen Sie. Sonst könnten wir uns auch selbst gleich einliefern, oder? Soll ich Ihnen die Blumen abnehmen?«

Steifarmig lief sie davon, die Blumen weit von ihrer Schürze weghaltend. Sylvia zog die Stühle zu Colin hinüber. Er stand über seine Mutter gebeugt da und sah sie eindringlich an. »Weißt du«, sagte er, »weißt du, ich glaube ernsthaft, es geht ihr vielleicht ein bisschen besser. Ich glaube, da ist gerade was aufgeflackert. Ich hab’s in ihren Augen gesehen, als ich mich über sie gebeugt habe.«

»Ach, Colin.« Sie schob ihm einen Stuhl hin. »Das sagst du seit Jahren.«

»Wahrscheinlich hast du recht.« Er ließ sich schwer auf den Stuhl sinken. »Aber du bist die, die ihr jedes Mal Blumen mitbringt.«

»Es würde so geizig aussehen, wenn wir es nicht täten. Was würden die Leute denken?«

Sie flüsterten. Ihr Besuch würde wie jeder andere verlaufen, zwanzig Minuten würden sie dasitzen, eine Zeitspanne, die angemessen schien, dann würden sie ihre Stühle zurück an die Wand stellen und hinausgehen, Sylvia zuerst, gefolgt von Colin. An den Schwingtüren würden sie noch einmal innehalten und sich umsehen und kaum sagen können, welcher kleine Bettzeug-Buckel in der langen, stummen Reihe denn nun Mrs Sidney war.

»Glaubst du, sie merkt es, wenn sie verlegt wird?«, fragte Sylvia.

»Ich wüsste nicht, wie das möglich sein sollte. Ich meine, sie scheint ihre Umgebung überhaupt nicht wahrzunehmen.«

»Früher hat sie in dem Bett dort drüben gelegen, in der Ecke.«

»Ja. Dann ist sie zwei weiter nach vorn gekommen, richtig? Das war 1979.«

»Ich glaube allerdings nicht, dass sie tatsächlich das Bett gewechselt hat. Es wird noch dasselbe sein, sie verschieben sie nur.«

»Ja, das nehme ich an.«

Sie verstummten.

»Es wäre eine große Veränderung«, sagte Colin nach einer Weile. »Den Korridor hinunterzukommen. Denk mal, ich meine, wenn du seit 1979 am gleichen Fleck warst. Das wäre etwa so, als würde ich einen Job in Port Stanley kriegen.«

»Warum in Port Stanley?«

»Ich weiß nicht, ich meine nur: irgendwo im Ausland und weit weg, das wäre ein Riesenumbruch. Warum bist du so begriffsstutzig? Immer muss ich mich erklären.«

»Dann drück dich klarer aus«, flüsterte Sylvia. »Du redest ohne Sinn und Verstand, und bitte fang jetzt nicht in aller Öffentlichkeit einen Streit an. Das wäre zu peinlich.«

»›Öffentlich‹ kann man das hier kaum nennen.« Er wandte den Kopf und sah sich auf der Station um.

»Starr die Leute nicht so an. Sie sind nicht alle völlig apathisch. Einige haben noch ein paar Gefühle.«

»Entschuldige.« Colin senkte den Blick. Wieder schwiegen sie. Sylvia sah auf ihre Uhr.

»Gehen wir wieder?«

»Okay.« Colin schob seinen Stuhl mit den Gummigleitern ein Stück zurück. Ein weiterer Besuch neigte sich seinem Ende zu. »Ich denke, sie wird …« Er brach ab. »Sylvia?«, sagte er. »Sie hat sich bewegt.«

»Was?« Sylvia stand erschrocken auf. »Wo? Wo hat sie sich bewegt?«

»Ihre Hand, ich dachte … nur ein Zucken.« Er war ebenfalls aufgesprungen und beugte sich erwartungsvoll über seine Mutter. »Hallo, Mum. Kannst du mich hören? Bist du da?«

»Klar ist sie da«, sagte Sylvia. »Was für eine alberne Frage. Wo, glaubst du, ist sie? In Hongkong?«

»Warum Hongkong?« Colin richtete sich auf. Die alte Frau ließ nicht mal einen Lidschlag erkennen. Ihre farblosen, früher einmal haselnussbraunen Augen starrten reglos auf die gegenüberliegende Wand. Ihre Haut war zu Leder geworden, wobei sie doch nie gern aus dem Haus gegangen war. Ihr Mund war nichts als ein Spalt über langem, leerem Zahnfleisch. Colin glaubte, tief in den Falten ihres Halses ihren Pulsschlag erkennen zu können. Da, direkt über dem obersten Knopf ihres Nachthemds.

»Das hoffe ich doch«, entgegnete Sylvia, als er es ihr sagte. »Ohne Puls geht es nicht, oder?«

»Ich glaube, sie ist aufgeregt. Vielleicht hat sie gehört, was wir über das Verlegtwerden gesagt haben, und sie ist aufgeregt.«

»Ich fürchte, da ist der Wunsch der Vater des Gedankens. Was ist daran aufregend?«

»Vielleicht sollten wir es der Schwester sagen.« Sie standen noch eine Minute lang da und betrachteten die alte Frau. »Wahrscheinlich hast du recht«, sagte Colin endlich. »Ich muss es mir eingebildet haben.«

»Komm.« Sylvia fasste ihn beim Ellbogen. »Mach dich nicht verrückt.«

Fast ermutigte ihn diese zarte Geste. Vielleicht waren ihr seine Gefühle ja wichtig, vielleicht war er ja doch mehr als ein bloßes ihr zur Verfügung stehendes Haushaltsobjekt für sie. Oh, der endlose Optimismus des Menschen! Er drückte ihre Hand. »Warum gehen wir auf dem Nachhauseweg nicht irgendwohin? Trinken ein Glas und schalten etwas ab? Schließlich ist das Schuljahr zu Ende.«

»Ich möchte nicht weg sein, wenn Suzanne nach Hause kommt.

Sie wird sich fragen, wo wir sind. Ich weiß nicht, was sie will, ich hatte dieses Wochenende eigentlich nicht mit ihr gerechnet. Sie klang komisch am Telefon.«

»Ach, sie kommt schon klar«, sagte Colin. »Der Kühlschrank ist voll. Wahrscheinlich hat sie Liebeskummer.«

»Könnte sein.«

»Du weißt, wie das ist, das erste Jahr weg von zu Hause. Sie muss lernen, auf eigenen Füßen zu stehen. Ich weiß noch, als ich auf die Universität kam …«

»Still!«

»Was?«

»Still«, sagte Sylvia. »Beweg dich nicht. Sieh doch.« Sie beugte sich vor, den Blick auf den Körper im Bett vor sich gerichtet, die Zunge zwischen den Zähnen, als entschärfte sie eine Bombe. »Sie hat sich bewegt«, sagte sie leise. »Du hattest recht.«

»Danke«, sagte Colin. Seine Verärgerung verflog auf der Stelle, ernüchtert, geradezu ehrfürchtig sah er die alte Frau an. Langsam, Stück für Stück, bewegte sich der Walnusskopf und kippte schlaff auf die Brust.

Sie hielten den Atem an. Mrs Sidney ruhte sich lange aus und sah lauernd unter den Lidern hervor. Man hat euch gesagt, dass ich Anzeichen erkennen lasse, schien ihr Ausdruck zu sagen. Ein steifes, flügellahmes Flattern ließ die Arme rechts und links vom Körper aufs Bett sinken. Knubblig, steckendürr, die verkümmerten Muskeln erinnerten sich an ihre Funktion. Stück für Stück richtete sie sich im Bett auf.

»Hierher, Mrs Wilmot!«, rief die Schwester. »Kommen Sie, und sehen Sie sich das an!« Sie watschelte die Station hinunter in Richtung der Männerstation. »Kommen Sie, Mrs Wilmot!«

Sylvia fasste Colins Hand. Minuten verstrichen auf der Uhr. Mitunter schien es, als schaffte sie es nicht weiter, dann wieder kam sie vergleichsweise schnell weiter hoch. Schließlich rutschte das Laken herunter, und nur noch das gelbe Baumwollflanellhemd lag über den Knochen der alten Frau. Ihr Gesicht hatte sich belebt, die Lippen zuckten, die Augen öffneten sich weit.

»Sie will etwas sagen«, stieß Colin aufgeregt hervor. Er ließ Sylvias Hand los und beugte sich zu seiner Mutter vor. Mrs Sidneys Gesicht verzog sich vor Anstrengung, und ihre Kiefer bewegten sich, als stauten sich jahrelange Plaudereien in ihrer Kehle. »Noch mal?«, sagte Colin. »Versuch es noch mal, Mum.«

»Was hat sie gesagt?«, wollte Sylvia wissen.

»Ich weiß es nicht.« Colin stützte sich mit einer Hand auf dem Bettrand ab. »Etwas von einem Haus. Ödes Haus? Backhaus? Kann nicht sein, oder?«

»Das ergibt keinen Sinn, Colin.«

»Sinn willst du auch noch? Komm, Mum, sag schon, versuch es noch mal.«

Da war die Schwester, sie kam zurückgeeilt, die alte Pflegerin im Schlepp. »Können Sie sich das vorstellen?«, sagte sie. »Und ich habe Dr. Furness nicht geglaubt, als er sagte, sie komme wieder zu sich. Wobei, Lob, wem Lob gebührt, Mrs Wilmot hier hat Stunden mit Ihrer Mum verbracht, Stunden mit ihr geredet, ihr ganzes Leben hat sie vor ihr ausgebreitet und ihr das Gefühl gegeben, dass sie gebraucht wird. Es ist das Persönliche, nichts anderes.«

Mrs Sidney drehte den Kopf. »Sie macht das wunderbar«, sagte die Schwester. »Hier ist Ihr Sohn, Mrs Sidney«, brüllte sie. »Ihr Sohn und Ihre Schwiegertochter. Und hier ist Mrs Wilmot. Sie kennen doch Mrs Wilmot?«

In der Tiefe der verschleierten Iris bewegte sich etwas, eine Möglichkeit, ein vereinzelter, flüchtiger Gedanke. Der Mund zitterte. Ein Blick flackerte auf, eine langsame, wässrige Träne rann aus einem Auge. »Colin?« Bebende Lippen bewegten sich um den Namen.

»Oh, Mum, sag noch etwas«, flehte Colin. Seine Stimme versagte ihm.

»Sie erkennt Sie«, sagte die Schwester.

»Und mich«, sagte die alte Frau namens Wilmot. »Sie erkennt mich, nicht wahr, Schatzi?«

Mrs Sidneys Kopf wandte sich der neuen Stimme zu. Sie starrte, und hinter ihren Augen verdunkelte sich etwas, ganz plötzlich, als hätte jemand ein Rollo heruntergezogen. »Sie ist wieder weg«, sagte die Schwester enttäuscht. »Aber bleiben Sie noch. Wer weiß.«

Sie standen da, reglos, und warteten, dass sie sich wieder bewegte. Und dann tat sie es, sagte nichts, aber hob die rechte Hand zu einem steifen, fast königlichen Winken.

Drüben in Block B (Männer) saß Mr Philip Field in einem Seitentrakt und plante seine Beerdigung. Er schwankte, zum zehnten Mal, zwischen *Der Herr ist mein Hirte* und *Jesus, meine Freude*. Oder wurde Letzteres eher bei Trauungen gesungen? Er konnte sich nicht an die Melodie erinnern. Er hatte einen Schlaganfall erlitten, wenigstens sagten sie das, und es gab so viel, woran er sich nicht erinnern konnte. Wenn nur seine Tochter hier wäre, sie würde ihm vielleicht helfen können. Sie könnten gemeinsam singen. Wie in alten Zeiten. Seine Frau, die ihm vor Jahren davongelaufen war, hatte sie am Klavier begleitet.

Isabel kam jetzt vielleicht öfter, nachdem sie zurück in die Stadt gezogen war. Aber er bezweifelte es. Sie sei selbst krank, sagte sie und hatte ihren weichlichen Mann geschickt. Isabel war eine Meisterin im Tatsachen-Verdrehen und Entschuldigungen-Finden. Oder dir zu geben, was du nicht wolltest, lange nachdem du vergessen hattest, danach gefragt zu haben. Zu was taugte Ryan? Er war Banker, wollte sich aber nicht über das Bankgeschäft unterhalten. Er meinte, heute sei alles anders. Hampelte nur herum und riss dumme Witze. Das einzige Geld, das ihn interessierte, war das Geld, das der Vater seiner Frau ihm hinterlassen würde.

Sie hielten nicht viel von ihm, das war es. Dabei hatte er sich zu seiner Zeit nur ein bisschen Spaß gegönnt. Nachdem seine Frau ihn verlassen hatte, war das eine Notwendigkeit gewesen. Er hatte seine

Bedürfnisse. Worauf steht ihr heute?, fragte er Ryan kichernd. Partnertausch? Er wollte Einzelheiten. Ryan wirkte grimmig, als wollte er jemandem einen Kredit versagen.

Aber er merkte, wie sein Schwiegersohn den jungen Schwestern hinterhersah. Ryan war ein Heuchler, entschied er.

An manchen Tagen dachte er, er käme von diesem gottverlassenen Ort wieder weg, dann wieder wusste er, dass es nicht so war. Teile seines Körpers, eine Hand, ein Bein, schienen ihren eigenen Willen entwickelt zu haben. Erinnerungsfetzen, die sich von ihren Vertäuungen in der fernen Vergangenheit losgerissen hatten, trieben heran und besetzten die vorderen Ränge seines Denkens. Das schien ein schlechtes Zeichen. Aber er war entschlossen, seine Angelegenheiten geordnet zu hinterlassen, wozu auch der Verbleib seiner sterblichen Überreste gehörte. Schließlich kannte er Isabel. Sie schien dieser Tage ohne Alkohol nicht zu funktionieren, und wenn sie einen gekippt hatte, vergaß sie, was sie tat, und würde die Nummer des Beerdigungsinstituts verlieren.

Demgemäß hatte er bei einer Reihe Institute Prospekte und Geschäftsbedingungen angefordert. Halb hatte er gehofft, dass einer anrufen würde. In den Vereinigten Staaten hätten sie es getan. Die wussten noch, was guter Service war. Nicht, dass er Ausländisches bevorzugte, doch er erinnerte sich, wie er einst als junger Mann in Paris von der großen Ernsthaftigkeit des dortigen Beerdigungsgewerbes beeindruckt gewesen war. In jeder Straße gab es ein *Pompes Funèbres*, und die Schaufenster waren mit schwarzem Samt ausgeschlagen, auf dem Größentabellen und Pläne für Familiengruften hingen. Ah, Paris … Er ließ sich in sein Kissen zurücksinken. Heute Abend würde Isabel wohl nicht mehr kommen. Er schloss die Augen, und mit einem Schlag wandelte sich seine Verfassung von düster zu lüstern. Verstohlen berührte er sich unter der Decke. Nichts rührte sich. Gib ihm Zeit. Er würde der kleinen Schwesternschülerin was zu zeigen haben, eine hübsche Überraschung, wenn sie kam, um seine Decke festzustecken.

Alles ging gut voran, bis er die Tür hörte. Er öffnete ein Auge, um zu sehen, wer da hereinkam. Es war eine alte Frau, eine Pflegerin, eine mutlose, eingefallene Person, kaum jemand, der seine Fantasien zu beflügeln vermochte. Er reagierte nicht, sondern schloss die Augen und fuhr in seinen Bemühungen fort. Aber sie kam trotzdem näher, bewegte ihre jämmerliche Gestalt über die Schwelle, trat an sein Bett und sah mit ihren glanzlosen Augen auf ihn herab. Sie zwang ihn, Notiz von ihr zu nehmen.

»Sie unterbrechen mich«, sagte er. »Ich möchte allein gelassen werden. Wenn Sie mein Tablett suchen, das hat Ihr männlicher Kollege schon geholt.«

Sie schien ihn nicht gehört zu haben. Sie trat ans Ende seines Betts und griff nach seinen Tabellen.

»Hände weg!«, rief er. »Das ist vertraulich, nur für die Ärzte.«

»Hab ich mir doch gedacht, dass Sie es sind, Mr Field.«

Er sah sie an, und sie schien sich vor seinen Augen in eine andere Person zu verwandeln. Die knochigen Schultern strafften sich, sie wuchs um vier, fünf Zentimeter, und ihre melancholische Art fiel von ihr ab. Und auch die Jahre schwanden, es war wieder 1974, sie war eine junge Frau, allein im Park, und ein einsamer alter Gentleman hing bei den Schaukeln herum. Muriel grinste ihn an.

»Hallo, Kumpel«, sagte sie.

KAPITEL 5

Wenn Sylvia ihre Handtasche öffnete, wusste man nie, was heraus-kam. Es mochte etwas Geschriebenes sein, vielleicht aber auch ein Revolver.

Heute Morgen war es eine kleine rosa Karte. Sie schob sie über den Tisch zu Suzanne hin. »Das ist die Nummer der Klinik«, sagte sie. »Ruf gleich an, damit sie dir sagen, wann es geht und was es kostet. Wenn du es nicht hier machen lassen willst, fahre ich dich zurück nach Manchester. Hermione hat mir den Namen ihres Man-nes in der John Street gegeben.«

»Es ist Samstag«, sagte Suzanne.

»Es wird schon jemand da sein, keine Sorge.«

»Man könnte denken, du wärst vorgewarnt gewesen.«

»Manchmal macht sich meine Gemeindearbeit eben bezahlt.«

»Moment mal, Sylvia«, sagte Colin. »Das ist dein eigen Fleisch und Blut.«

»Ich denke lieber nicht an Fleisch und Blut. In diesem Stadium ist davon kaum zu reden.«

»Aber es ist ein potenzielles Leben. Sie muss sich das überlegen. Es ist eine Gewissensfrage.«

»Oh, scheiß auf ihr Gewissen«, sagte Sylvia. »Was ist mit ihrer Karriere?«

Suzanne musterte ihre Mutter mit rot geränderten Augen. Sie sah nicht schwanger aus. Sie war dünn, lustlos, durchaus hübsch, wenn auch auf eine eher gewöhnliche Weise.

»Was für eine brutale Frau du geworden bist«, sagte sie. »Ich wun-dere mich, dass es mich überhaupt gibt. Dass du überhaupt Kinder gekriegt hast.«

»Unsere Generation hatte nicht eure Möglichkeiten«, sagte Sylvia.

»Wenn ich eine Abtreibung wollte, hätte ich es durch den studentischen Gesundheitsdienst organisieren können. Dafür sind die da. Ich brauche euer Geld nicht, um in die John Street zu gehen.«

Eine weitere Familien-Sackgasse. Colins Gedanken sprangen, da war Verlass auf sie, zu einer gesichtswahrenden Abschweifung. »Du hast Hermione davon erzählt?«

»Ja, ich habe mit Francis telefoniert.«

»Ach, der Pfarrer«, sagte Suzanne. »Wärst du Großmutter, würdest du dich da vielleicht nicht so blöde verhalten.«

»Jetzt hör mal, Suzanne …«

»Ist doch offensichtlich, was da läuft. Du willst es einfach nicht sehen, Dad. Andere Männer … in ihrem Alter.«

»Ich denke, du solltest dir Gedanken über deine eigene Situation machen, nicht darüber, wie deine Mutter und ich uns unser Leben einrichten.«

»Wenn Mum was mit dem Pfarrer anfängt, kommt es in die Zeitung. Das ist ein Thema von allgemeinem Interesse.«

»Dummes Stück«, sagte Sylvia. »Nimmst du jetzt den Hörer in die Hand, oder muss ich es tun?«

Suzanne griff nach ihrem Glas Orangensaft und sah ihre Eltern über den Rand hinweg an. »Prost«, sagte sie, hob sich auf die Beine und stützte sich dabei auf dem Tisch ab, als wäre ihr Zustand schon viel weiter fortgeschritten. In der Tür blieb sie noch einmal stehen, um etwas zu sagen, doch da kam ihr Bruder und stieß sie zur Seite. »Hallo, Warze?« Sie schenkte ihm einen abschätzigen Blick, jenseits jedes Vergeltungswunsches. Sie hatte andere Dinge im Kopf.

Alistair kam hereingeschlendert, riss ein paar Schranktüren auf und höhnte über das, was er da sah. »Warum gibt's hier nie was Korrektes zu essen?«, beschwerte er sich.

»Was willst du?«

»Würstchen. Austin kriegt Würstchen.«

»Das glaube ich kaum. Nicht in einem Vegetarierhaushalt.«

»Er hat seine eigenen Würstchen. Er ist autonom.«

»Dann geh zu ihm«, sagte Colin. »Vielleicht gibt er dir ja eins ab.«

»Was läuft hier eigentlich?«, wollte Alistair wissen. »Es war wieder mal so komisch still, als ich reinkam.«

»Eine bedeutungsschwangere Pause«, sagte Colin, worauf Sylvia ein angeekeltes Stöhnen hören ließ. »Kam einfach so raus«, sagte er unterwürfig.

Alistair schüttete sich einen Viertelliter Milch über die Cornflakes, schlug mit der Rückseite des Löffels darauf ein und baggerte sich eine gute Portion der komprimierten Masse in den Mund. »Achtet nicht weiter auf mich, macht einfach weiter«, sagte er. »Lasst ihr euch scheiden?«

Seine Eltern tauschten einen Blick aus. »Hätten wir damit rechnen sollen, irgendwann?«, sagte Colin sinnierend.

»Nicht dieser Tage. Nicht das.«

Alistair sah mürrisch in seine Melaminschale, hob sie unversehens an und knallte sie auf den Tisch. »Warum haben wir nur diese Dinger? Warum kein vernünftiges Porzellan?«

»Hör zu, mein Sonnenschein«, fuhr Sylvia ihn an, »wenn du vornehmer leben willst, such dir was anderes.«

»Wenn ihr euch scheiden lasst, gehe ich nicht mit. Zu keinem von euch. Dann krieg ich eine Wohnung. Dann bin ich ein obdachloser junger Mann und hab ein Anrecht darauf.«

»Nun, wenn du dir erst dein eigenes Haus eingerichtet hast«, sagte Colin, »kannst du dir Schweinswürstchen auf Crown Derby servieren lassen. Wird dich das glücklich machen?«

Alistair stand auf, murmelte etwas und trat gegen seinen Stuhl. Immer noch weiter murmelnd, verließ er den Raum und schob sich einen Ärmel hoch, zweifellos, um sich irgendeine abhängig machende Substanz zu spritzen.

»Ich frage mich, warum wir uns die Mühe machen«, sagte Colin.

»Ist mir nie aufgefallen, dass du dir Mühe gegeben hättest. Du warst schon immer besorgter um das Wohlergehen anderer Kinder als um das deiner eigenen.«

»Oh, Lehrerkinder sind immer schlimmer als andere. Ihre Eltern wissen aus Erfahrung, dass man junge Leute nicht ändern kann, und wenn sie nach Hause kommen, werden sie nicht mal mehr dafür bezahlt, es zu probieren.«

Suzanne sagte: »Ich rede mit dir, nicht mit Mum. Ich will keine Beratung wie im Bischof-Tutu-Zentrum. Sie ist zu gut darin, für andere Leute Entschlüsse zu fassen.«

»Sie will nur das Beste für dich.«

»Ich wette, das hat Hitler auch gesagt.«

»Sie kann nicht verstehen, dass du sagst, du willst keine Abtreibung. Ich selbst, ich frage mich … Ich meine, es ist schwer zu verstehen, wie ein intelligentes Mädchen wie du aus Versehen schwanger werden konnte.«

Colins Ton war gemäßigt, nachdenklich. Er hatte immer gesagt, junge Leute sollten ein höchstmögliches Maß an moralischer Freiheit haben. In den Sechzigern hatte er es gesagt und die ganzen Siebziger hindurch, womit das Gefühl heute in seiner dritten Dekade war. Er hatte mitunter seine Schwierigkeiten, die Gesichter der eigenen Kinder von denen der zahllosen Jugendlichen zu unterscheiden, die im Laufe eines Schuljahres durch sein Büro kamen, und manchmal fragte er sich, ob er ihre Namen parat hätte, träfe er sie auf der Straße. Aber vielleicht war es ja ganz gut so. Es war das Erste, was Sylvia in ihrem sozialwissenschaftlichen Unterricht gelernt hatte: Das Individuelle ist immer die Ausnahme, damit kommt es auf das Individuelle nicht an.

»Ist euch der Gedanke noch nicht gekommen«, sagte Suzanne, »dass ich das Baby vielleicht möchte?«

»Meinst du damit, du bist bewusst schwanger geworden?«

»Nicht wirklich.«

»Nicht wirklich, hmm …« Wie ihre Mutter, dachte Colin. Die Verhütung war für Sylvia nie eine exakte Wissenschaft gewesen. Würfle die Tage des Monats durcheinander und entscheide, welche nicht wichtig sind. Keines ihrer Kinder war geplant gewesen, aber auch nicht ganz ungeplant.

»Ich will ja nicht drängen«, sagte er, »aber da du nach Hause gekommen bist, um uns in die Sache einzubeziehen, könntest du uns, denke ich, vielleicht auch anvertrauen, wer der Vater ist. Ist es jemand aus deinem Semester?«

»Nein.«

»Nun, magst du … ihn sehr?«

»Er ist verheiratet«, sagte Suzanne. »Ein verheirateter Mann.«

»Wie konntest du nur?«, sagte Colin. Er brauchte einen Moment, um das zu verdauen. »In deinem Alter, und mit all den vielversprechenden jungen Männern, die du zur Auswahl hast?« Suzanne zuckte mit den Schultern. »Ich weiß nicht, was ich sagen soll, Suzanne, ich verstehe dich nicht.« Er seufzte. »Seit diesem Friedenslager bist du irgendwie anders.«

Sylvia, die sagte, dass »das Leben weitergehen muss«, machte den Wochenendeinkauf. Colin hielt das angesichts ihrer Einstellungen für eine erstaunliche Aussage, war aber froh, dass sie, und mit ihr Claire, aus dem Haus war. Karen war oben und machte ihre Hausaufgaben, Alistair gab schon seit einigen Jahren keine Auskunft mehr darüber, was er tat und vorhatte. Für ein Wochenende war es sehr ruhig im Haus. Die lange Zeit der Sommerferien lag vor ihnen, es war ein weiterer schöner Tag, und die Sonne strömte ins Wohnzimmer, warm und grell fiel sie durch die Terrassentüren. Suzanne saß in einem Sessel, die Füße unter sich gezogen, den Blick in die Ferne gerichtet. Zweifellos dachte sie durch den Sommer hinweg an die Monate, wenn ihre Entscheidung sie verändern und die Konsequenzen ihres Handelns klar werden würden.

»Wenn ich das Kind bekomme«, sagte sie, »heiratet er mich vielleicht.«

»Heiratet dich?«

»Er wollte immer ein Kind. Sie sind seit Jahren verheiratet, haben aber keins bekommen.«

»Meinst du damit, dass du versuchst, die Ehe dieses Mannes zu zerstören?«

»Wenn du es so nennen willst.« Sie streckte sich und gähnte. Sie fühlte sich lethargisch, zu faul und warm, um Fragen zu beantworten. Sie war das alles in ihrem Kopf bereits durchgegangen. Sie würde das Baby für ihn bekommen, und er würde sie heiraten. Bisher hatte sie in ihrem Leben nicht sehr viel gewollt, aber was sie wollte, das bekam sie, und es gab keinen Grund, warum sich das ändern sollte.

»Hast du es mit ihm besprochen?«

Sie legte den Kopf gegen die Rücklehne des Sessels. »Nicht direkt.«

»Nicht direkt? Du meinst, ihr habt in einem anderen Zusammenhang darüber gesprochen?«

»So macht man das, oder?« Einen Moment lang schloss sie die Augen. »Man diskutiert Dinge und findet heraus, was der andere für Einstellungen und Standpunkte hat. So lernt man sich kennen. Indem man über Allgemeines redet, oder?«

»Sodass es nach außen hin nicht danach aussieht, als versuchte ein dummes Mädchen eine Ehe zu zerstören, sondern als handelte es sich eher um ein platonisches Symposium?«

»Damit kenne ich mich nicht aus«, sagte sie und gähnte. Vielleicht tat sie es ja wirklich nicht. Der Eintritt in das Museum unserer Kultur kostete Geld, und für diese Generation hatte niemand den Preis entrichtet. »Willst du meinen Rat?«, fragte Colin.

»Nein.«

»Warum bist du dann hergekommen?«

Sie nahm sich ein Kissen vom Sofa und schüttelte es aus, um es weich und bequem zu machen. »Ich hab mein Zimmer im Studentenheim aufgegeben, und ich brauche eine feste Adresse, damit ich Sozialhilfe beantragen kann. Frag Florence. Sie erklärt es dir.«

»Verstehe.« Colins Ton war ernst, er wollte wie ein Mann klingen, der sich nur mit Mühe im Zaum hielt. Tatsächlich schien die Situation von einer bleiernen Vertrautheit, als wäre er ein alter Mann mit vielen, vielen Töchtern. Er sah auf die Uhr. Sylvia würde bald zurück sein und erwarten, dass er ein paar Antworten hatte.

»Halte ich dich vom Badmintonspielen ab?«, fragte seine Tochter.

»Squash«, sagte er düster. »Nein, das macht nichts. So siehst du das also für dich, ich meine, zu Hause zu wohnen und Sozialhilfe in Anspruch zu nehmen?«

»Ihr werdet kaum wollen, dass ich euch auf der Tasche liege. Hör zu, es ist nur vorübergehend, Dad. Ich mache euch keine Umstände. Karen kann in Claires Zimmer ziehen, und ich bekomme meins zurück. Ich brauche meinen eigenen Bereich. Und sobald wir alles geregelt haben, bin ich wieder weg.«

»Wer? Du und dein Freund?«

»Könntest du den Vorhang etwas zuziehen, Dad? Die Sonne scheint mir in die Augen.«

»Suzanne, hast du irgendeinen Anhaltspunkt dafür, dass dieser Mann, mit dem du dieses Verhältnis hast, mit dir zusammenziehen will? Wenn du ihm sagst, dass du ein Kind von ihm erwartest, ist er womöglich entsetzt.«

»Ich sehe nicht, warum er das sein sollte. Es ist eine völlig natürliche Sache.«

»Aber hat er dir gesagt, mit eindeutigen Worten, dass er seine Frau verlassen will?«

Suzanne schloss die Augen. »Oh, das will er.«

»Denkst du, du könntest vielleicht die Mühe aufbringen, wach zu bleiben? Deine Zukunft steht auf dem Spiel.«

»Ich weiß nicht, warum ich so schläfrig bin. Es muss mein Zustand sein.«

»Wolltest du schwanger werden? Bist du eine von den Frauen, die beweisen wollen, dass sie es können?«

»Alle müssen es beweisen. Alle meine Freundinnen waren schon schwanger.«

Es machte ihn wütend, wie sie sich nestbauend das Kissen zurechtklopfte und hinter den Kopf steckte. »Hast du keine Ziele?«

»Was für Ziele?«

»Einen Beruf, eine Karriere?«

»Es gibt keine Karrieren, nicht mal Jobs gibt es. Wusstest du, dass wir drei Millionen Arbeitslose haben?«

»Du musst nicht dazugehören. Nicht, wenn du deinen Abschluss machst.«

»Das schiebt es nur raus. Was machen Leute mit einem Abschluss in Geografie? Es gibt keine bequemen Lehrerjobs mehr, um auch denen aus der zweiten Reihe was zum Arbeiten zu geben.«

»Bequem?« Colin dachte an sein Probejahr, eine Zeit in seinem Leben, als er ernsthaft darüber nachgedacht hatte, sich aufzuhängen. »Warum bist du überhaupt zur Universität gegangen, wenn du so denkst?«

»Ich kann dein Gesicht lebhaft vor mir sehen, wenn ich euch gesagt hätte, ich wolle Friseuse werden.«

Colin war fassungslos. »Wolltest du das etwa?«

»Nicht direkt Friseuse. Manchmal bist du genauso schwer von Begriff wie Mum.«

»Dinge wörtlich zu nehmen«, sagte Colin, »heißt nicht, schwer von Begriff zu sein.«

Es rührte ihn, wenn er darüber nachdachte, wie sie immer noch »Mum« und »Dad« sagte. Nicht, dass er von ihr erwartet hätte, Sylvia wie Alistair »alte Zicke« und ihn »Dickbauch« zu nennen, sondern eher, dass sie ihre Eltern in ihrer neuen traumwandlerischen Selbstgenügsamkeit als Besetzer ihres Elternhauses betrachtete, Teil einer grauen, gefühllosen Kategorie, wie es sie auf Antragsformularen gab. Sie war trotz allem immer noch so ein Kind, mit ihrer flachen Brust und den abgekauten Nägeln.

»Suzanne, setz dich mal hin wie ein gutes Mädchen und hör mir zu. Ich werde dir jetzt etwas erzählen, was ich noch nie jemandem erzählt habe.«

»Oh, das würde ich nicht.« Sie unterdrückte ein weiteres Gähnen.

»Wenn einem Leute solche Sachen erzählen, bereuen sie es hinterher für gewöhnlich. Und halten es einem auch noch vor.«

»Das mag so sein, aber ich fühle, ich muss, weil ich mir so sehr wünsche, dass du dir dein Leben nicht verdirbst.«

»Und wenn die Leute das sagen, meinen sie, sie mischen sich ein und verderben dir deine Pläne. Hör zu, ich weiß, was ich tu. Ich bin erwachsen.«

»Ich glaube nicht, dass die beiden Dinge aufeinander folgen.«

»Also los dann. Erzähl mir deine Geschichte. ›Als ich in deinem Alter war ...‹« Sie richtete sich auf und rieb sich die Waden. »Ich kriege einen Krampf. Ich sollte gehen und mich aufs Bett legen.«

»Du kannst meinetwegen aufs Dach klettern und dich auf den First hocken«, sagte Colin, »aber hör mir um Himmels willen erst einmal zu. Vor etwa zehn Jahren ...«

»Wie soll was für mich von Nutzen sein, was vor zehn Jahren war?«

»Die Welt dreht sich nicht allein um dich, Suzanne. Meine tat's auf jeden Fall nicht. Ich hatte mich ziemlich verliebt, in eine junge Frau, die ich in einem Abendkurs kennengelernt hatte. Ich war hin- und hergerissen, ob ich deine Mutter verlassen sollte, um mit ihr zu leben.« Colin erhob sich aus seinem Sessel und ging hinüber zum Kamin, in den sie kürzlich erst ein Gasfeuer hatten einbauen lassen. Es hatte ihn einige Mühe gekostet, das jetzt auszusprechen, und er konnte sich seiner Tochter nicht zuwenden und ihr zeigen, wie sein Mund zitterte und dass seine Augen voller Tränen waren. Es würde ihren Glauben an ihn erschüttern, an seine Rechtschaffenheit und Festigkeit, wenn es den denn nach seinem Geständnis noch gab. Es einfach nur auszusprechen brachte den ganzen Schmerz zurück, verstopft und salzig war seine Kehle, die Last hinter seinen Rippen so schwer. Noch Monate nach seinem Bruch mit

Isabel hatte er sich so gefühlt. Es war die Zeit in seinem Leben, die er, in moderner Terminologie, als seinen »nuklearen Winter« bezeichnete. All die kalten, finsteren Monate.

»In einem Abendkurs?«, sagte Suzanne. Um ihren verschlafenen Mund spielte Verachtung. »In was für einem Abendkurs?«

»Er hieß ›Schreiben – Freude und Verdienstquelle‹«, antwortete er und konnte sich nicht erklären, warum es gerade der geschäftliche Aspekt war, der sie interessierte.

»Was davon war dein Ding? Die Freude oder der Profit – oder beides?«

»Weder noch, ehrlich gesagt. Wir sind bald schon nicht mehr hingegangen. Es war nicht das Richtige für uns.«

»So, dass es aussehen konnte, als wollte ein dummer Kerl seine Ehe kaputtmachen, tatsächlich aber ging es um Erwachsenenbildung?« Suzanne betrachtete ihre Fingernägel. »Ich kann mir nicht vorstellen, dass du mit jemandem durchbrennst. Wie war sie?«

»Das tut nichts zur Sache. Ich bin eben nicht mit ihr durchgebrannt, siehst du nicht, dass ich genau das meine? Ich wollte es, hatte es vor, aber am Ende konnte ich es nicht, wegen der Verantwortung, die ich hatte. Ich habe ihr Versprechungen gemacht, schon bei unserem ersten Treffen … Wenn ich heute daran zurückdenke, habe ich das Gefühl, dass ich mehr oder weniger den Verstand verloren hatte.«

»Aber den hast du dann wiedergefunden und sie vergessen?«

»O nein. So leicht geht das nicht.«

»Wusstest du nicht, was du wolltest?«

»Ich wollte ein neues Leben. Aber am Ende, verstehst du, habe ich dem Leben den Vorzug gegeben, das ich bereits hatte. Mir fehlte der Mut. So ist es oft.«

»Bei dir vielleicht. Ich denke, es war das Geld.«

»Ich wünschte«, sagte er, »du würdest nicht so respektlos von Geld reden.«

»Aber wie hättest du eine andere Frau und uns alle unterhalten wollen?«

»Oh, du siehst die Schwierigkeiten! Männer verlassen ihre Frauen nur selten.«

»Jeden Tag tun sie es.«

»Nicht so oft, wie du denkst.«

»Aber mein Fall ist ziemlich anders.«

»Das sagst du. Aber du weißt nicht, was geschehen mag. Was ihn vielleicht zu ihr zurückzieht. Bei mir war es Claire. Deine Mutter wurde schwanger. Du könntest denken, wenn ich eine Frau mit drei kleinen Kindern verlassen konnte, dann auch eine mit vieren. Aber kaum, dass sie es mir sagte, dachte ich an das Baby, das unschuldige Baby, dem man an all dem unmöglich die Schuld geben konnte. Und es schien plötzlich eine so schreckliche Sache ...« Colin hielt inne. Er sah, dass er sich keinen Dienst erwies.

»Es war also das Baby, das es entschieden hat.« Sie lächelte. Sein so schwieriges Geständnis brachte sie keineswegs ins Wanken. Es half ihr nicht, ihr war nicht zu helfen, sie war schlicht unerreichbar.

»Ich denke, es beweist«, sagte er in einem letzten Versuch, »wie unvorhersagbar menschliche Gefühle sind. Ich dachte, meine Ehe wäre am Ende, aber hier bin ich.«

»Ja, hier bist du. Aber die Leute wollen Kinder: Das kannst du voraussagen. Er hat immer schon Kinder gewollt, und Isabel hat bis heute keins kriegen können.«

»Wer?«, sagte Colin.

»So heißt seine Frau. Isabel.«

Ihn erfasste ein abergläubischer Schauder. Es war, als hätte sie den Namen direkt aus seinem Kopf geholt.

»Diese Frau, wer ist sie? Wie ist ihr Mädchenname?«

»Woher soll ich das wissen?«

Wie fürchterlich, dachte er, was für ein grässlicher Zufall, dass sie den gleichen Namen haben sollten, seine Isabel und diese unbekannte Frau, die so bald schon verlassen und mit der quicklebendigen, jungen, fruchtbaren Frau betrogen wurde. »Die Ärmste«, sagte er.

»Nichts, die Ärmste. Die Frau ist komplett neurotisch und versauert ihm das Leben.«

»Es gibt keinen verheirateten Mann«, sagte er wütend, »der eine Affäre hat und seiner Geliebten nicht sagt, dass ihm seine Frau das Leben versauert. Das habe ich auch gesagt, über deine Mutter.«

»Nun, das stimmt doch auch, oder? So ist es doch.«

»Darum geht es nicht. Ach, ich weiß nicht.« Colin fuhr sich mit der Hand durchs Haar. »Vielleicht hätte ich nicht sagen sollen, dass menschliche Gefühle unvorhersagbar sind. Aus meiner Perspektive sind sie sehr vorhersagbar. Wenn du dich auf eines verlassen kannst, Suzanne, ist es die Niedertracht und Feigheit verheirateter Männer. Und wenn es etwas gibt, worauf du dich nicht verlassen kannst, sind es Verhütungsmittel.«

»Oh, wir haben keine benutzt«, sagte Suzanne. »Es ist unnatürlich und unnötig. Ich habe ein Buch darüber gelesen. Die Leute sollten sich wieder einfacheren Methoden zuwenden. Zum Beispiel dem Interruptus.«

Colin konnte nicht glauben, was er da hörte. »Wer ist dieser Irre?«, wollte er wissen. »Wer ist dieser Schwachkopf, mit dem du dich eingelassen hast? Wie heißt er? Was ist er von Beruf?«

»Er heißt Jim Ryan«, sagte sie mit versteinertem Gesicht. »Du kennst ihn wahrscheinlich noch nicht. Er ist dein neuer stellvertretender Bankdirektor.«

Als Miss Blutarmut nach unten kam, fand sie Mr Kowalski auf dem Dielenboden knien, das Ohr an den Knauf der Küchentür gedrückt. »Neue Türknäufe«, sagte sie strahlend. »Die haben Sie vom Markt, richtig? Oder sind sie ein weiteres Wunder?«

Mr Kowalski erhob sich mit einem Ächzen auf die Beine. »Mann ruft an«, sagte er. »Ich antworte, er sagt: ›Ich bin die Auferstehung und das Leben.‹ Ist ein Code.«

»Könnte sein«, sagte die junge Frau. »Oder er hat sich verwählt. Ich habe Ihnen doch gesagt, da kam diese Frau. Sie hat mir vorgeworfen, eine Affäre mit einem Mann zu haben.«

»Schmutzige Fantasie«, sagte Mr K. und berührte ihren Ellbogen auf mitleidige Weise. Ihre Hilflosigkeit rührte ihn. »Armes Mädchen. Ich glaube, ich habe Sie vor langer Zeit gesehen. In Warschau.«

»Ich war nie weiter östlich als Thanet Island.«

»Ich meine metaphorisch.«

»Das muss meine Doppelgängerin gewesen sein. Ich habe eine Doppelgängerin, wissen Sie. Ich muss eine haben, denn einmal hat mich jemand auf der Straße angehalten und gesagt: ›Wie geht's, Tante Frieda?‹ Das war so peinlich. Jedenfalls wollte diese Frau meine Bettwäsche sehen. Ich sagte, das könne sie, wenn sie wolle. Auf dem Weg zurück nach draußen dann tat sie so, als hätte sie vergessen, wo die Tür war, und ist in den Schrank gelaufen.«

»Um Mikrofon anzubringen«, sagte Mr K.

»Nein, sie wollte nach seinem Mantel sehen. Von diesem Kerl. Wenn ich zwanzig hätte, könnten sie an meine Sozialhilfe nicht ran. Aber wenn ich einen habe, sagen sie, dass er mich unterstützt.«

Mr Kowalski wusste nicht, wovon sie redete, und das lag nicht nur an seiner Bedrängnis und seiner Sorge. Er fasste das Mädchen beim Arm. »In Bratislava wir hatten eine Beerdigung«, sagte er. »Es schien zu funktionieren, aber seit Kurzem wird alles schlimmer. Diese Schnüfflerer. Telefonanrufe. Stimmen von fremden Frauen. Wie Tante Frieda auf der Straße. Sie dringen ein und wechseln Türknäufe aus. Ich schließe ab, sie schließen auf. Dieses Haus wird schlecht.«

»Vielleicht sollten wir umziehen. An eine neue Adresse.«

»Aber wohin? Wenn Sie fälschlich tot sind in Bratislava, was bringt Umzug aus Napier Street? Im Übrigen, meine Liebe, da ist das Moos, die Stütze, Gutscheine. Das sind Ausdrücke«, sagte er. »Ich schreibe sie auf. Was wäre mit regelmäßiger Anstellung in Wurstfabrik?«

»Oh, so weit weg müssen Sie ja nicht ziehen. Ein Job ist ein Job.«
Sie verspürte ein rastloses Mitleid mit ihm, soweit das möglich für
einen Verrückten war.

»Das ist alles, was ich tu«, sagte er. »Ich hätte all die Jahre auch
tot sein können. Das ist alles, was ich tu, gehe in die Fabrik zum
Fleisch Einkochen.« Er schlurfte herum wie ein großes Stalltier, das
nicht in seinen Pferch wollte. Tränen glitzerten in seinen großen,
blutunterlaufenen Augen. Wahrscheinlich waren sie schon die ganze
Zeit dort, aber sie hatte sie nicht bemerkt. Sie dachte kaum mal an
jemand anderen, Sozialhilfe zu beziehen war eine Vollzeitbeschäf-
tigung. Ihr Denken verengte sich, und besondere Ausdrücke wie
»Mittel« und »Ermäßigung« schienen eine übergeordnete Bedeutung angenommen zu haben. Schichten um Schichten von Menete-
keln, die sich nur für Bruchteile von Sekunden öffneten, beim Aufwachen oder Einschlafen. Wenn sie eine Schlange sah, verspürte sie
den Drang, sich mit anzustellen. Hundert Formblätter musste sie
bereits ausgefüllt haben, zweihundert. All diese Information, die aus
ihr herauswirbelte, aus ihrem Kopf und hinein ins All. Der Prozess
entzog ihr etwas, er nagte an ihrer Substanz. Sie war nicht mehr als
der unberührte weiße Raum zwischen zwei schwarzen Linien, nicht
mehr als eine Trübung hinter einer Scheibe aus gehärtetem Glas.
»Bis später«, sagte sie zu Mr K. und ging ihre gereinigten Sachen
abholen. Dieser Tage hatte sie immer Dinge in der Reinigung, von
sich und anderen Leuten. Sie mochte die Kassenzettel, die man dort
bekam, mit ihren geheimnisvollen Seriennummern und eng gedruck-
ten Listen mit Ausnahmen. Sie mochte die heiße, verbrauchte, wir-
belnde Luft und die Mitarbeiter (mit pellender Haut und zerstoche-
nen Fingern), die für nichts haftbar zu machen waren.

Muriel fühlte sich einsam. Der Kartoffelkäfer war am Ende doch
nicht gekommen, und ihrem Leben fehlte ganz sicher das eine oder
andere. Gesellschaft vor allem. Sie wusste an diesem Samstag nichts
mit sich anzufangen und vertrieb sich die Zeit damit, als Lizzie

Blank einen Steckbrief für einen Mann auszufüllen. Sie kreuzte einzelne Kästchen an und beschrieb sich als modebewusst und kreativ, und bei den Interessen wählte sie gutes Essen und Psychologie. Ihre Größe gab sie mit ein Meter achtzig plus an, weil sie es nicht mit irgendwelchen Zwergen zu tun kriegen wollte.

Der Abend kam. Samstagabends ging sie aus. Sie war eine reiche Frau. Sie konnte sich leisten, was immer sie wollte, einen Club mit einer Varieté-Nummer und hinterher noch den Pub und Fish and Chips. Es war Lizzie, die ausging. Der armen Mrs Wilmot hätte es nicht gefallen.

Mr K. hatte sich in der Küche verbarrikadiert. Er kauerte über dem Herd und dachte an seine lange Karriere in jenem Teil Europas, der hinter der Berliner Mauer lag. Manchmal holte er seinen alten Atlas hervor, öffnete ihn auf Seite 33 und fuhr die Grenzen mit dem Finger nach. Sie bedeuteten nicht viel, alle Grenzen schienen unsicher. Er erschauderte, als er die schweren Stiefel auf der Treppe hörte. »Die arme Mrs Wilmot würde nie so trampeln.« Später, als es im Haus wieder still geworden war, schlich er sich hinaus und blickte sich um. Er sah die Treppe hinauf und aus dem kleinen, runden Fenster in der Eingangstür, kniete nieder und hielt sich mit der Hand an der Wand fest. Einen Moment lang war er versucht zu beten: Sei gegrüßt, o Königin, Mutter der Barmherzigkeit, unser Leben, unsere Wonne. Stattdessen jedoch beugte er sich vor und fluchte in den Türknauf der Küche, in seinem fließenden, aber grammatikalisch falschen Russisch.

»Das Leben ist heilig«, sagte Florence Sidney und hievte sich auf den Rücksitz des Toyotas. »Ich habe es einmal gesagt, Colin, ich habe es fünfzigmal gesagt, es wäre vernünftiger für uns alle gewesen, ein Auto mit vier Türen zu kaufen.«

Halt's Maul, schließlich bist du drin, oder?, dachte Colin aufrührerisch. Laut sagte er: »Der Rolls wird gerade vergoldet. Du kennst das Problem.«

»Du musst jetzt nicht sarkastisch werden«, sagte seine Schwester. »Wo ist Suzanne überhaupt? Sie könnte mit uns kommen und ihre Großmutter besuchen.«

»Sie hat im Moment genug auf dem Teller«, sagte Sylvia.

»Ich finde es nicht richtig, dass ihr sie zu einer Abtreibung ermutigt.«

»Es sieht so aus, als bekämst du am Ende sowieso deinen Willen«, sagte Colin. »Sie hört nicht auf uns. Bitte, lass uns eine Weile davon aufhören, okay? Im Krankenhaus wartet genug auf uns.«

Samstagnachmittags ging die Besuchszeit von zwei Uhr dreißig bis drei Uhr dreißig. Es kam ihnen komisch vor, nicht den gewohnten Weg zur Station A (Frauen) zu nehmen. Colin war kein großer Bewunderer von Veränderung um der Veränderung willen und verunsichert durch den Wandel, der mit seiner Mutter vorging.

Die Stationsschwester erwartete sie an der Tür. »Ich freue mich so, dass Sie kommen«, sagte sie. »Wir haben herausgefunden, wer sie ist.«

»Wie meinen Sie das, ›wer sie ist‹?«

»Nun, sie macht noch mal einen ziemlichen Neustart. Sie müssen sich erinnern, Mrs Sidney, ich gehöre hier zu den Altgedienten. Ich war schon hier, als Ihre Mutter eingeliefert wurde.«

»Sie ist nicht meine Mutter«, sagte Sylvia. »Die beiden sind ihre Kinder.«

»Es kommt aufs Gleiche hinaus«, sagte die Schwester achtlos. »›Ich bin ein Nichts‹, hat sie immer gesagt. ›Ich bin leer, ich bin ein Niemand.‹ Und dann, nach ein paar Wochen, hat sie das Reden ganz eingestellt, nicht wahr?«

Das alles stimmte. Wenn sie gekommen waren, aus reinem Pflichtbewusstsein, und sich an ihr Bett gesetzt hatten, war sie stumm geblieben und hatte nie auch nur irgendwie auf ihre Anwesenheit reagiert. Sie musste sich bewegen, wenn sie nicht zu Besuch waren, aber nicht viel, sagten die Schwestern, wir bewegen sie. Für die Pflege alter Leute brauchte man vor allem einen starken Rücken.

»Und seit Sie neulich gegangen sind«, sagte die Schwester, »redet sie wie ein Wasserfall. Wir haben es nicht geschafft, sie ruhig zu bekommen. Wir mussten ihr sogar eine kleine Pille geben, damit sie eine Weile lang still blieb.«

»Das ist ein Mysterium für mich«, sagte Florence. »Was hat sie nach all der Zeit wieder aufgeweckt? Und was meinen Sie damit, dass Sie herausgefunden hätten, wer sie ist? Wer ist sie?«

»Princess Mary of Teck«, sagte die Schwester. »Sie wissen schon, Queen Mary vor ihrer Heirat. Es war nicht einfach, das herauszubringen. Am Ende war es Dr. Furness, der draufkam, bei seiner Visite, weil der natürlich gebildet ist.«

»Aber ist es normal zu denken, dass man ein Mitglied der Königsfamilie ist? Ich meine …«

Die Schwester sah Florence von der Seite an. Hier war jede Art von Verrücktheit normal, genau wie praktisch jeder Grad von Niedergang und Verfall. »Dr. Furness sagt, es sei ein gutartiger Irrglaube. Es ist nicht ungewöhnlich, was diese Dinge angeht. Im letzten Winter muss es gewesen sein, da wurde ein armes, altes Mädchen mit Unterkühlung eingeliefert. Sie dachte, sie wäre Ihre gegenwärtige Majestät. Hat die Tropfflasche hin- und hergestoßen, weil sie dachte, sie würde ein Kreuzfahrtschiff taufen. Und weil wir hier so wenig Betten hatten, mussten wir sie auf Station A unterbringen, und jetzt denken wir, dass das vielleicht Ihre Mum auf die Idee gebracht hat. Sie hat immer so komisch zu ihr rübergesehen.«

»Sie hat Leute komisch angesehen? Das ist mehr, als wir je an Beachtung erfahren haben.«

»Vielleicht fing sie da langsam an, wieder zu sich zu kommen, verstehen Sie? Nur war es dann etwas kalt für sie, und sie hat sich bis zum Frühling wieder in sich verkrochen.«

»Was ist mit ihr geworden? Der anderen alten Frau?«

»Sie ist verstorben.«

»Aber sie hat ein Erbe hinterlassen«, sagte Colin. Wahnvorstellungen wurden wie Tische und Stühle vererbt, schäbige Möbel aus geleerten Gehirnen.

Auf Station B (Frauen) sahen sich zwei lange Reihen uralter Frauen an, hochgehalten durch dicke, solide Kissen, die ihre spröden, zerbrechlichen Knochen stützten. Eine Atmosphäre beharrlicher, aufgestauter Lebhaftigkeit lag über der Szene, die Gesichter waren wie die gebeugter, zerfurchter Stammesfrauen, von denen sich überraschend herausstellt, dass sie erst dreißig Jahre alt sind. Ihre knochigen Finger tanzten auf den Bettdecken und schienen mit Perlenketten zu spielen. Hin und wieder rann ein Speichelfaden aus einem Mund, und sie riefen einander mit den mürrisch klingenden Stimmen tauber Menschen. Wenn eine Schwester vorbeikam, winkten sie ihr und deuteten mit gebieterischen Fingern auf die Probleme bereitenden Teile ihrer Anatomie unter den Decken. Als Colin, seine Frau und seine Schwester die Station hinuntergingen, folgten ihnen die spitzen Gesichter, die Köpfe drehten sich wie bei einer Reihe Vögel auf einer Telegrafenleitung. Die kleinen Stimmchen piepsten, die Ärmel der Bettjacken flatterten. Alle zeigten Symptome von Aufregung, es war fast Zeit für den Beruhigungsmittel-Wagen.

»Hallo, Mum«, sagte Colin, und sein Mut sank. Er sah ihre angespannten Lippen und das stocksteife Rückgrat und wusste, sie war zurück. Korrektheit, das war immer ihre fixe Idee gewesen. Sie musterte ihn, dann Sylvia und Florence und sagte in trockenem, gebieterischem Ton: »Meine Damen, wo sind Ihre Handschuhe?«

Florence wich einen Schritt zurück und stieß mit der Schwester zusammen.

»Fassen Sie sich«, sagte die Schwester.

»Ich kann das nicht«, sagte Florence. »Ich weiß, wie das endet. Sie werden sie zurück nach Hause schicken wollen. Aber ich kann mich nicht um sie kümmern, ich schaffe das nicht mehr. Ich habe meine Karriere bei der Gesundheits- und Sozialbehörde für sie aufgegeben und bin gerade wieder in der Spur, nach all den Jahren. Ich werde es nicht tun, Sie müssen sie hierbehalten.«

Sylvia legte eine Hand auf Florence' Arm. »Ganz ruhig, Liebes, jetzt überstürz mal nichts.«

»Man könnte annehmen, Sie würden sich nicht freuen, dass es ihr besser geht«, stellte die Schwester fest. »Wir werden sie wahrscheinlich eine Weile auf Station C verlegen, mal sehen, wie es geht. Allerdings müssen wir sie erst wieder körperlich in Gang bringen, da muss sie mobil sein. Wir wissen nie, was die Zukunft bringt, nicht wahr?«

Mrs Sidneys Gesicht hatte sich ziemlich verändert: Sie war fast nicht mehr wiederzuerkennen. In ihren jüngeren Tagen, wie Colin sich erinnerte, hatte sie sehr gern Erinnerungen aus dem Königshaus gelesen, die Aufzeichnungen entflohener Kindermädchen und Lakaien. Ich sollte meine eigenen Lesegewohnheiten mal unter die Lupe nehmen, dachte er, um zu sehen, was aus mir werden könnte. Er betrachtete sie entgeistert. Florence holte ein Taschentuch aus der Manteltasche und vergoss ein paar Tränen. Sylvia runzelte die Stirn.

»Jetzt denken Sie mal nicht an die Handschuhe«, sagte die Schwester zu ihrer Patientin. »Wollen Sie Ihren Besuchern nicht eine kleine Audienz geben?«

»Bedeutet das, dass Sie ihr Spiel mitspielen?«, wollte Sylvia wissen. »Sie ermutigen sie dazu?«

»Versetzen Sie sich in unsere Lage«, sagte die Schwester. »Jede Reaktion ist uns willkommen. Was stört es uns, wer sie zu sein glaubt? Wenn wir sagen können: Drehen Sie sich auf die Seite, Eure Hoheit, damit ich Ihnen den Hintern eincremen kann, ist das weit besser, als einen leblosen Körper hochhieven zu müssen. Und wenn wir ihr einen Kakao bringen und sie denkt, sie ist beim Bankett des Lord Mayor, trinkt sie ihn, oder? Sie futtert wie ein Champion, sie ist das Doppelte von dem, was sie war.«

»Es ist so ein Schock.« Florence drückte sich das Taschentuch auf die Lippen. »Ich begreife es nicht. Begreifst du es, Colin?«

Colin wandte sich ab und ging davon, den Gang hinunter ans Fenster. Er blickte hinaus in den Hinterhof, ein schäbiges Areal mit einem Gewirr von Rohren auf narbigen roten Ziegeln und Milchglasfenstern in schmalen Mauerschlitzen, die ein paar Zentimeter geöffnet waren, um die schwüle Luft hereinzulassen. Wenn es hier brennt, dachte er, wie wollen sie die Frauen hier alle herausholen? Auf einem Schild an der Wand stand mit Kreide »Leichenhalle« geschrieben. Colins Blick folgte dem Pfeil darunter. Eine Krankenhauskatze stolzierte über das Pflaster, sprang in einen Haufen Kisten und verschwand aus dem Blick.

Im Seitentrakt von Station B (Männer) hatte Mr Philip Field beschlossen, seine Tochter Isabel aus der Fassung zu bringen. Er lag in seinem Bett, die Augen halb geschlossen, die Hände auf dem Bauch gefaltet. Seine Tochter saß in einiger Entfernung von ihm aufrecht auf einem harten Krankenhausstuhl und hielt den Blick gesenkt.

»Ich glaube, ich habe einen Psalm gefunden«, sagte er. »Ja, ich denke, ich nehme am Ende doch *Der Herr ist mein Hirte*.«

»Du stirbst nicht«, sagte Isabel.

»Du weißt, was Dr. Furness gesagt hat. Es könnte jeden Moment zu Ende gehen.«

»Woher weißt du das?«

»Ich habe gelauscht.«

Isabel wandte das Gesicht jetzt ganz ab und sah zur Tür, als hoffte sie auf Befreiung, erwarte jedoch keine. »Lauscher hören nie was Gutes«, sagte sie. »Nicht, dass sie es verdienen würden.«

Mr Field zupfte mürrisch an seiner Decke. »Vielleicht nehme ich auch noch *Menschen in Gefahr zur See*«, sagte er.

»Wofür das?«

»Für die anderen Leute. Man sollte bei der eigenen Beerdigung nicht selbstsüchtig sein.«

»Es scheint mir ein bisschen spät, dich noch ändern zu wollen.«
Isabels Stimme und ihr Gesicht waren ohne Farbe, sie schien weit
weg. Ihr Tadel kam ohne jedes Gewicht.

»Ich könnte auch *Herr, bleib bei mir* nehmen«, sagte ihr Vater.
»Oder wie beim Cup-Endspiel: *Tod, wo ist dein Stachel? Hölle, wo ist
dein Sieg?* Ich überlege«, sagte er, »ob ich mein Testament ändern
soll.«

»Ach, ja?« Sein Satz führte dazu, dass seine Tochter ihn ansah,
wenn auch immer noch ohne großes Interesse. »Und wen willst du
als Erben einsetzen? Du hast nur mich, Katzen und Hunde hast du
nie wirklich gemocht, also wirst du nicht an den Tierschutzverein
denken.«

»Ach, das ist jetzt eine Annahme von dir, dass es nur dich gibt.
Es gab mehr Frauen als nur deine Mutter in meinem Leben.«

Er griente.

»Ja«, sagte Isabel, »aber davon will ich nichts hören.« Sie lächelte
angespannt. »Lassen wir das doch hinter uns.«

»Komisch, dass du das sagst.«

»Was ist daran komisch?«

»Du weißt nie, wann bestimmte Menschen in deinem Leben
noch mal auftauchen.«

Sie stand auf. »Willst du bitte aufhören?« Ihr Gesicht war rot
angelaufen, und sie hielt sich die Hände, als hätte sie Angst, ihn zu
schlagen. »Ich habe dir gesagt, es interessiert mich nicht. Ich will
das nicht hören.«

Mr Field sah zufrieden aus. Er hatte eine Reaktion gewollt und
sie bekommen. »Reg dich nicht auf«, sagte er. »Die können dich
den ganzen Flur runter hören.«

»Ich bin nicht hier, damit du deine schmierige Vergangenheit vor
mir aufwärmst. Bist du da nicht drüber weg?«

»Erinnerst du dich noch, Isabel, wie du mich eingesperrt und
meine Brille versteckt hast?«

»Du bist trotzdem raus.«

»Darauf kannst du wetten.«

»Ich schäme mich heute noch so.«

»Das solltest du auch, einem einsamen alten Mann solche Knüppel zwischen die Beine zu werfen. Wie grausam.«

»Ich schäme mich, deine Tochter zu sein.«

»Ich stelle mir gerne vor, noch andere Kinder zu haben. Welche, die nicht so heikel sind wie du.«

»Wenn es der Fall wäre, dann wo?«

»Ich habe doch gesagt, du sollst nicht so schreien.«

Die Tür öffnete sich, und eine Schwesternschülerin steckte den Kopf mit ihrer kessen Papierhaube herein.

»Alles okay, Mrs Ryan?«

Isabel drehte sich zitternd zu ihr um. »Warum liegt er hier im Nebenraum?«, wollte sie wissen. »Wäre er nicht besser vorn auf der Station aufgehoben, in Gesellschaft der anderen Patienten?«

Die kleine Schwester wandte den Blick ab, sie wirkte verärgert. »Vielleicht sollten Sie das mit der Oberschwester besprechen, Mrs Ryan.«

»Nun«, sagte Florence Sidney und wiederholte es noch einmal. Sie schüttelte den Kopf. Ihr Bruder nahm ihren Arm und führte sie über den Parkplatz. Sylvia trottete ihnen voran, sie war robuster als die beiden. Colin war bedrückt. Vor nur einer Woche noch war er ein vergleichsweise glücklicher Mann gewesen. Die Ferien standen vor der Tür, und wenn sie auch keine Ruhe versprachen, boten sie doch zumindest eine Unterbrechung des monotonen Schulalltags. Er hatte sich auf ein paar lange, morgendliche Läufe gefreut, mittags vielleicht eine Partie Squash, und nachmittags, wenn Sylvia im Dienste ihrer verschiedenen Missionen unterwegs war, hatte er im Haus vor sich hin brüten und in sich gehen wollen. Das bin ich, dachte er, ein ruhiger Mann, der seinem Herzinfarkt entgegenstürmt.

Aber das war jetzt alles durcheinandergebracht. Die Wiedererweckung seiner Mutter war keine Erlösung, sondern eine Komplikation, die Notwendigkeit, ihren blaublütigen Launen nachzugeben. Und Suzanne: Die Entscheidung lag bei ihr, aber die Folgen würde die Familie tragen. Natürlich würde der Kerl sie nicht heiraten, und sie würde mit dem Baby in der Buckingham Avenue wohnen müssen. Sie konnten sie nicht sich selbst überlassen, in einem möblierten Zimmer oder einer feuchten Wohnung, die ihr die Stadt zur Verfügung stellte, und natürlich bedeutete das eine weitere Belastung des Haushaltsbudgets. Obwohl er einen guten Beruf, eine sichere Anstellung hatte und mehr Geld als die meisten anderen Leute verdiente, lebten die Sidneys in jener weit verbreiteten, unguten Art von Armut, in der sich das tägliche Leben nur so lange angenehm gestalten lässt, wie nichts für mögliche Eventualitäten beiseitegelegt wird. Im Übrigen konnte er sich Sylvia nicht mit einem Enkelkind im Haus vorstellen. Sicher, sie hatte ausreichend Energie, um mit dem Kind fertigzuwerden, während Suzanne ihre Ausbildung beendete, aber wenn sie nach Windeln und Babycreme roch, verlor sie die Bewunderung des Pfarrers und würde ihre Gehässigkeit an ihm, Colin, auslassen. Es war ein fürchterliches Chaos.

Schlimmer als alles war jedoch die Überzeugung, und der Gedanke wollte ihm nicht aus dem Kopf, dass Isabel Field aufs Neue in sein Leben treten würde. Es war kaum plausibel anzunehmen, dass seine Isabel die war, von der Suzanne gesprochen hatte, oder doch? Er war nicht unbedingt sicher, was überhaupt plausibel war. Der blinde Zufall, das wusste er, konnte dich übel mit seinem weißen Stock erwischen.

Das letzte Mal hatte er Isabel 1975 an einem windigen Frühlingstag gesehen, gegen Mittag, vor dem Gericht. Frierend hatten sie auf dem städtischen Parkplatz gestanden und ein paar Worte ausgetauscht, weniger über sie beide und das Fehlen einer gemeinsamen Zukunft als über die verstörenden Ereignisse, die sie zu der Anhörung gebracht hatten, nämlich das, was in Evelyn Axons Diele geschehen war. (Heute war es seine Diele, aber für ihn war es ein anderes Haus.) Wenn die Untersuchung im Ergebnis auch einen natürlichen Tod bestätigt hatte, hing doch ein böses Unbehagen über der Szene. Die Axons waren Isabels Klienten gewesen, und sie hatte nicht vorausgesehen, geschweige denn verhindern können, was am Ende zum Tod der alten Frau führte. Es hatte Prellungen am Körper der Toten gegeben, Striemen und Kratzspuren, und es war mehr als wahrscheinlich, dass die einsiedlerisch lebende schwere Frau von ihrer halb irren, minderbemittelten Tochter geschlagen worden war, die sich in den Schatten drückte und an deren Züge sich Colin nicht mehr erinnern konnte. Was immer die Wahrheit war, auf die es jetzt, da die Frau tot war, kaum mehr ankam, Isabels Widerwille gegen das alles hatte sie am Ende ihren Job hinwerfen lassen. »Ich bin raus«, hatte sie gesagt.

Und sie hatte ihm erklärt (er erinnerte sich daran, als wäre es gestern gewesen), dass sie in einer Bank anfangen wolle. »Das ist weniger kompliziert«, hatte sie gesagt.

Noch Monate nach ihrem Bruch war Colin abends ins Auto gestiegen und durch die ruhige Straße gefahren, in der sie zusammen mit ihrem pensionierten Vater in einem Bungalow gewohnt hatte. Einmal hatte er auf der anderen Straßenseite geparkt und gewartet, da, wo er an ihren wenigen, nervösen Abenden auch auf sie gewartet hatte. Aber die ausdruckslose Fassade des Hauses hatte ihm nichts zu sagen, was er nicht schon wusste.

Später war er noch ein oder zwei Mal im Jahr durch ihre Straße gefahren, gesehen hatte er Isabel nie. Zweifellos war sie längst nicht mehr da. Im Vorgarten stand ein Zu-verkaufen-Schild. Sie hatte geheiratet, war weggezogen, und ihr Vater war sicher tot, wenigstens nahm er das an. Sie war in den Süden gegangen, ausgewandert, hatte sich ins All abgesetzt.

Sie selbst waren in die Buckingham Avenue gezogen, in das heruntergekommene Haus, das so billig gewesen war. Alle seine Wochenenden hatte er in die Renovierung gesteckt. Wochentags war er abends noch im Dämmerlicht in den Garten gestolpert, einen Stein in der Brust. Es war, als hätten sie ihn ins Fegefeuer geschickt, und nebenher musste er weiter funktionieren und unterrichten.

Aber sein Herz war härter geworden. Der Altersprozess hatte ihn erfasst und zu einem anderen Mann gemacht, zu einem weit morscheren, spröderen Organismus mit weniger Zeit für Emotionen. Heute war er ohne Gefühle, zumindest ohne dauerhafte, bedeutungsvolle.

Sylvias Stimme brach in seine Gedanken ein: »Gib mir den Schlüssel, Colin. Ich fahre. Du bist ja völlig aufgewühlt.«

»… Dinge, die«, sagte die Schwester, »bei einem jüngeren, beweglicheren Perversen zweifellos strafrechtliche Folgen hätten. Erst kurz vorm Wochenende wurde er dabei überrascht, wie er mit der Hand unter den Rock einer unserer Putzfrauen gefahren ist, einer älteren, anständigen Frau namens Wilmot.«

»Ich schäme mich so«, sagte Isabel.

»Geben Sie sich nicht die Schuld, Mrs Ryan«, sagte die Schwester in einem Ton, der besagte, dass sie das natürlich tun sollte.

»Er befindet sich, wie man so sagt, in seiner zweiten Kindheit. Vielleicht hätte ich ihn besser erziehen sollen.«

»Die Laster verschlimmern sich«, sagte die Schwester selbstgefällig. »Die Verschrobenheiten und kleinen Ticks. Das Baby, das Sie im Arm halten, hat sie schon, Mrs Ryan, und am Ende des Lebens sehen wir den wahren Charakter. Darf ich Ihnen eine Tasse Tee anbieten?«

»Nein, danke. Aber wäre es angesichts seines Verhaltens nicht besser, ihn auf eine offene Station zu legen, wo Sie sehen, was er tut? Verschlimmern Sie das Problem nicht noch dadurch, dass Sie ihm ein eigenes Zimmer geben?«

»Bei Gott, Mrs Ryan, Ihr Vater hat keinerlei Hemmungen, das alles auch öffentlich zu tun.«

»Er widert mich an«, sagte Isabel. »Er wäre besser tot. Ich wünschte, das wäre er.«

Ein tadelnder Ausdruck trat auf das Gesicht der Schwester und verschwand wieder. Isabels Stimme zerfaserte, sie zitterte. Als sie sich vorbeugte, um die Akte zurückzulegen, fing die Schwester einen Hauch von Alkohol in ihrem Atem auf. Es war erst sieben Uhr abends und auch nicht das erste Mal. So eine junge Frau, mit einem Mann und all den Vorteilen. Die musste reden.

Als sie nach Hause kamen, ging Colin gleich nach oben. Isabel ging ihm nicht aus dem Kopf. Sylvia war in der Küche und kochte Kaffee, Florence war bei ihr und lamentierte über die Zukunft und darüber, was aus ihrem Leben werden würde, wenn sich das Krankenhaus entschloss, seine Absicht weiterzuverfolgen und seine Langzeitpatienten der Pflege ihrer Angehörigen zu überantworten. Die arme Florence: Die Massenarbeitslosigkeit hatte ihre Karriere gerettet, und jetzt drohte eine andere staatliche Entscheidung, sie wieder zunichtezumachen. So weit kommt es nicht, sagte Sylvia. Die alte Frau war zu weit hinüber, sie konnten sie nicht entlassen, solange sie glaubte, Mary of Teck zu sein, und in ein, zwei Wochen verfiel sie sicher wieder in ihre alte Unansprechbarkeit.

Colin fand Suzanne oben an der Treppe hocken. »Es bringt nichts, hier so herumzuhängen«, sagte er. »Möchtest du nicht wissen, was mit deiner Großmutter ist? Aber ich nehme an, das interessiert dich nicht.«

Suzannes Augen waren verquollen und aufgedunsen, die Lippen wund, als hätte sie jemand geschlagen. »Was ist?«, fragte Colin.

»Ich habe ihn angerufen. Jim.«

»Und was hat Jim gesagt?«

Sofort liefen ihr frische Tränen über die Wangen, und ihre Nase begann zu tropfen. Sie fing eine mit der Zunge auf und schmeckte sie, als wollte sie die Qualität ihrer Trauer ermessen.

»Ich kann es mir denken«, sagte Colin. »Warum legst du dich nicht etwas hin? Ich sehe später nach dir.«

Er ging ins Schlafzimmer und schloss die Tür, setzte sich aufs Bett, hörte das leise Auf und Ab der Frauenstimmen unten und wartete eine Weile, falls seine Tochter hinter ihm hergestürmt käme. Als er hörte, wie ihre Tür zugemacht wurde, stand er auf und ging zu seiner Kommode. Er öffnete die kleine Schublade oben links und tastete nach dem Foto. Nach einer Weile zog er die Lade ganz auf und wühlte durch seine Besitztümer, langsam erst, dann immer dringlicher. Immer noch nichts. Er beugte sich vor und sah nach hinten hinein, zog die Schublade aus der Kommode und schüttete den Inhalt aufs Bett. Systematisch arbeitete er sich durch seine abgetragenen Socken und ungetragenen Krawatten. Da war ein altes, längst überholtes Adressbuch voller Eselsohren und großer ausladender Notizen seines früheren Selbst. Er fasste es am Rücken und schüttelte es aus, um zu sehen, ob das Foto vielleicht hineingerutscht war, aber es fiel nur ein kleiner abgerissener gelber Zettel heraus: »Tombola Weihnachtsmarkt 1963, St. David's School, Arlington Road. Erster Preis: Flasche Whisky. Zweiter Preis: Flasche Sherry. Dritter Preis: Schachtel Pralinen.« Sein Herz schlug schneller, er begann die Sachen in kleinen Haufen auf der Bettdecke zu verteilen, und als auch dabei nichts herauskam, sie in den Papierkorb zu werfen, die Schuhriemen und kleinen, alten Münzen aus vordezimaler Zeit, die Flaschen mit Aftershave, alle unbenutzt, ungeöffnet, all die Überbleibsel eines halb genutzten Lebens. Bald schon drohte der Papierkorb überzulaufen, und auf dem Bett lag so gut wie nichts mehr. Was noch übrig war, warf er zurück in die Schublade, nahm sie und steckte sie in die Kommode. Aber kaum, dass er sie zugeschoben hatte, machte er sie auch schon wieder auf und durchsuchte sie von Neuem, doch das Schrankpapier zeigte nur leere Stellen, es war unmöglich … Er riss es heraus und fuhr mit der Hand über das Holz. Nichts, immer noch nichts. Es war weg. Er sammelte die Papierfetzen ein, knüllte sie zusammen und wollte sie in den Papierkorb werfen, hielt jedoch inne und leerte ihn, eine letzte Hoffnung hegend, noch einmal auf den Boden. Die Kappe einer der Rasierwasserflaschen löste sich und rollte unter den Schrank. Colin setzte sich aufs Fußende des Bettes, beugte sich vor und durchsuchte den Müll vor seinen Füßen. Nichts. Nichts. Nichts. Es war also nicht mehr da. Weg. Sylvia musste es genommen haben. Er verspürte wenig Bedürfnis oder Neigung, den Kopf zwischen den Knien wieder hochzuholen. Warum blieb er nicht einfach so dahocken? Wenigstens für ein paar Stunden.

Natürlich hatte er keine Ahnung, wann sie das Foto weggenommen haben mochte. Er hatte so gut wie nie überprüft, ob es noch da war. Für ihn war es ein Teil von Isabel, gerettet und unzerstörbar, doch das stimmte nicht. Von ihm zu wissen war ihm wichtiger gewesen, als es immer wieder anzusehen.

Was für ein Narr er gewesen war. Klar hatte Sylvia es gefunden. Die Wahrscheinlichkeit war größer, als dass sie es nicht gefunden hätte. Aber irgendwo in sich drin hatte er womöglich gehofft, Sylvia sei gnädig, und wenn sie das Foto fände und seine Bedeutung erahnte, würde sie es genauso an seinem Platz belassen, wie man die Blumen auf dem Grab des Feindes unangetastet ließ. Zu überleben, das allein war der Sieg. Das musste sie doch sehen.

Aber das war unrealistisch. Wer würde Sylvia so etwas zutrauen? Hatte sie es verbrannt, fragte er sich, oder zerrissen? Oder weder das eine noch das andere, sondern es für sich zur Seite gelegt? Und was blühte ihm jetzt?

Langsam richtete er sich wieder auf, legte die Hände auf die Knie und betrachtete sich im Spiegel des Frisiertisches. Er formulierte ein, zwei Sätze: Eine letzte Verbindung zu meinen Sehnsüchten wurde gekappt. Es machte ihn verlegen, wie er da mit seiner überraschenden Trauer hockte, während das Old Spice in den Teppich sickerte. Lach du nur, sagte er wütend zu dem Gesicht im Spiegel, es ist mir wichtig, sogar sehr wichtig. Er wusste, er war nicht für die große Tragödie geschaffen. Was er getan und gedacht hatte, reichte nicht über die Straßen, Gärten und den Autobahnbogen dieser traurigen englischen Stadt hinaus. Aber wofür auch brauchte er mehr Raum? Die Stadt selbst war ein Universum, ein Universum in einer geschlossenen Schachtel. Es gab kein Entfliehen, keinen Anfangs- und keinen

Schlusspunkt. Was immer man tat, wie banal es auch war, wurde zu einer Schrapnell-Explosion von Möglichkeiten, die sich verschränkten oder ineinanderstürzten, sodass es keinen Gedanken, keinen Wunsch, ja keine Wahrnehmung gab, die am Ende nicht zu ihrem Erzeuger zurückkehrte. Er glitt vor auf die Knie und wollte den wachsenden Fleck vor seinen Füßen untersuchen. Natürlich könnte ich beten, dachte er. Ich bin's, Colin Sidney, es muss jetzt, oh, es sind zehn Jahre, seit wir das letzte Mal geredet haben, Gott, aber was ist das gegen die Äonen? Ich hab dich um schrecklich viel gebeten, vor zehn Jahren, aber ich will nur noch meinen Frieden. Ist das nicht deine Spezialität? Keine Antwort, nur fernes Gerede und Geraschele, das Geräusch von Tauben, die zur Nachtruhe nach Hause kamen. Er zog sein Taschentuch heraus und begann den Teppich abzutupfen.

KAPITEL 6

Wieder war es Frühstückszeit. Sylvia strich etwas Diätmargarine auf ein winziges Toastviereck und verteilte sie langsam. »Weißt du, was ich gelesen habe? Ich habe gelesen, dass die Frauen meiner Generation vier Kinder haben, weil die Queen auch vier hat. Unterbewusst, verstehst du, haben wir sie als Vorbild gesehen. Was hältst du davon?«

»So einen Haufen Unsinn habe ich noch nie gehört«, sagte Colin.

Seine Frau saß einen Moment lang grübelnd da, denn es war Punkt neun ihres Zwölf-Punkte-Diätplans, langsam zu essen und jeden Bissen auszukosten. »Aber es könnte stimmen, oder? Ich meine, was hätte Suzanne vor ein paar Jahren getan? Sofort die Schwangerschaft abgebrochen. Aber heute ... ist Fruchtbarkeit die große Sache.«

»Ich verstehe, was du meinst. Princess Di fährt nicht mal eben schnell zur Abtreibungsklinik und lässt sich von ihrer Leibesfrucht befreien.«

»Stimmt.«

»Da könnte was dran sein.« Seltsam, dachte Colin, wie die Sorgen der Gesunden die der Verrückten widerspiegeln, und natürlich umgekehrt.

Beim zweiten Anruf war Jim etwas zugänglicher. Er bot Suzanne kein Geld mehr an, um ihre Schwangerschaft abzubrechen, und sagte, sie solle tun, was sie verdammt noch mal tun wolle. Suzanne wiederholte vor ihren Eltern nicht genau, was er gesagt hatte, oder seine Gefühle, nicht mal ungenau. Sie war überzeugt, wenn Jim den ersten Schock überwunden hatte, würde er sich fangen und mit seiner Frau ein ernstes Gespräch über die sofortige Trennung führen.

Als Muriel am Dienstagmorgen zum Putzen in die Buckingham Avenue kam, schien ihr die Atmosphäre sofort vertraut. Die Vorhänge waren nicht richtig aufgezogen, und das Haus lag im Halbdunkel. Ein langer Schatten fuhr über den Treppenabsatz oben, und eine Tür schlug zu. Sylvia saß zusammengesackt am Küchentisch, vor sich eine kalt werdende Tasse Kaffee. »Machen Sie sich auch eine«, sagte sie. »Das Wasser ist noch heiß. Nur die Milch ist sauer.«

»Sie trinken Milch, Mrs Sidney?«

»Warum nicht?«, sagte ihre Arbeitgeberin. »Was macht es schon? Wir werden alle alt. Ich kann meine Figur nicht halten, ich mach mir nur was vor.« Sylvia wandte den Blick ab, ihr Mund war nichts als ein harter, schmaler Strich. »Meine Tochter ist schwanger.« Sie stützte sich mit einem Ellbogen auf den Tisch auf und saugte niedergeschlagen am Daumennagel. »Lizzie, Sie haben nicht zufällig eine Kippe?«

»O nein, Mrs Sidney, so etwas rühre ich nicht an.«

»Nein?« Sylvias Stimme klang düster. »Ich dachte, Sie pflegten alle Laster, Kleines.«

»Welche ist es? Karen?«

»Großer Gott, nein, sie ist erst dreizehn.«

»Es heißt, heutzutage kann man es nie sagen.«

»Das stimmt. Ich gehe wohl besser einkaufen. Brauchen Sie was?«

»Nein, aber danke fürs Nachfragen. Was für eine gute Frau Sie doch sind, Mrs Sidney! Es ist ein Privileg, Ihnen die Einbauschränke putzen zu dürfen.«

Sylvia lächelte schwach. Wie komisch diese Frau war.

»Aber wie könnte es auch anders sein«, fragte Lizzie, »jetzt, wo Sie so viel mit Reverend Teller zusammen sind? Oh, übrigens ...«

Sylvia verging das Lächeln. »Ja?«

Die Putzhilfe fuhr in die Tasche ihrer Schürze. »Ich habe Mr Sidney gesehen, Gott schütze ihn, wie er im Mülleimer herumgesucht hat. Hat er das hier vielleicht gesucht?« Sie streckte ihre Hand aus, mit den beiden Hälften eines Fotos. »Ein Bild von Mrs Jim Ryan«, sagte Lizzie.

»Was?« Sylvia starrte entsetzt auf die beiden Fetzen. »Wer ist das?«

»Eine Lady namens Mrs Ryan.« Ich hab sie im Krankenhaus gesehen, wollte sie schon hinzufügen, hielt die Worte aber gerade noch rechtzeitig zurück. Ihr Abendjob war Teil eines anderen Lebens, oder?

Sylvias Finger zitterten. Sie nahm das Foto und versuchte die Hälften zusammenzusetzen. Das scheußlich zerrissene Gesicht der jungen Frau starrte sie mit einem wissenden Blick an.

»Das kann nicht sein. Sie müssen den Namen verwechseln.«

»O nein, Madam. Ich bin mit der Lady bekannt, da kann ich mich nicht täuschen.«

»Sind Sie sicher? Sie wissen wirklich, wer diese Frau ist?«

»Beim Leben meiner Mutter.«

»So extrem müssen wir nicht werden«, fuhr Sylvia sie an, die in Gedanken, ganz langsam, die Situation zu ermessen versuchte. »Ich will nur wissen, ob Sie sicher sind.«

»Das sage ich doch. Die alte Freundin, was? Nun, die Liebe hält uns am Leben, Mrs Sidney. Es gibt nur einen Grund, warum Gentlemen Bilder aufbewahren.«

»Halten Sie den Mund«, sagte Sylvia. »Das geht Sie nichts an.«

»Mr Sidney schien ziemlich mitgenommen. Ganz wild hat er den Müll herumgeworfen, die alten Joghurtbecher und so weiter. Ich wusste, was er suchte, aber …«, sie zwinkerte Sylvia zu, »wir Mädels müssen zusammenhalten.«

Am liebsten würde ich dich auf der Stelle hinauswerfen, dachte Sylvia, nur mit dem Baby, das kommen wird, trau ich mich nicht. »Hören Sie«, sagte sie. »Sie sagen niemandem etwas davon, verstanden? Weder Mr Sidney noch Suzanne. Ist das klar?«

»Wie nur was.«

»Also, passen Sie auf.«

Wenigstens kennt sie nicht die ganze Geschichte, dachte Sylvia. Sie kennt den Namen, weiß aber nicht um die Verwicklungen. Und ich werde Colin nicht sagen, was ich weiß, jedenfalls nicht gleich. »Gehen Sie und machen Sie das Bad«, sagte sie und sah wieder auf das Foto. Es schien vor ihren Augen zu verschwimmen. Ein plötzlicher Schmerz stach in ihr rechtes Auge, die Nase, den Kiefer. Da war eine fürchterliche Migräneattacke im Anzug. Jeden Moment, jetzt.

Muriel ging mit ihrem Schwamm und ihrer Flasche nicht kratzender Scheuermilch die Treppe hinauf und empfand eine tiefe Befriedigung. Es war nicht nötig, sich mit dem Schicksal zu verschwören, die Familie schaffte es auch aus sich heraus. Die Luft war voller Spannung und Bosheit. Oben im ersten Stock waren alle Türen zu, es war genau wie zu Mutters Zeiten. Die Kinder waren in ihren Zimmern eingeschlossen, schnüffelten Klebstoff oder heulten. Hinter den Türen war leises Atmen zu hören. Es war alles nur eine Frage der Zeit. Bald schon würde es merkwürdige Schmerzen in dunklen Schlafzimmern geben, Verzweiflung im Esszimmer, wo früher Mutters Küche gewesen war. Essen würde kalt werden und verkommen, Glühbirnen würden kaputt gehen, und niemand würde sich die Mühe machen, sie auszuwechseln. Rechnungen würden unbezahlt bleiben, schmutzige Milchflaschen die Spüle blockieren, und Sylvias Hüften würden auf mehr als einen Meter Umfang anwachsen, wie es in ihrer Natur lag. Sie würde durchs Haus watscheln, ächzen und sich verstecken, wenn es an der Tür klingelte. Gleichzeitig würden Colins athletische Gelenke anschwellen und von Rheumatismus gesprengt werden, so wie die Herbstfeuchte Putz und Mauerwerk des neuen Küchenanbaus aufplatzen ließ. Er würde zu trinken anfangen und vielleicht seine Stelle verlieren. Die scheinheilige Florence würde bei einer Anzüglichkeit erwischt werden und Suzannes vernachlässigtes Kind hinten im Garten plärren und sich nach dem Frieden des trüben Wassers sehnen, aus dem es gekommen war. Büsche und Bäume würden wachsen, dem Haus das Licht nehmen und üble Bedürfnisse ausbrüten helfen. Risse würden die Mauern durchziehen, und an ihnen entlang würde grün-schwarzer Schimmel wachsen und seine Sporen in Küchenschränken, Kleiderschränken und Bettwäsche verbreiten. Mit der Zeit würde das Dach des Anbaus einstürzen und das Haus den Elementen öffnen, nicht abgeholter Müll würde dahinfaulen und die Ratte würden zurückkehren. Die Mädchen würden aus der Gesellschaft ausgegrenzt und vernichtenden Krankheiten zum Opfer fallen, Alistair im Gefängnis landen, und alle im Haus würden entblößt, ihre Ziele und Triebe offengelegt. Die einfachen häuslichen Verstimmungen würden zu Wirren, Hemmungslosigkeit und Wut führen, zu Gewaltakten, es würde Tote geben. Konnten sie es verhindern? Sie glaubte, nein. Es gab eine Wiederauferstehung, in verschiedenen stinkenden Formen. Aber was kam dann? Jetzt galten Muriels Regeln, die Sidneys waren im Niedergang. Als Suzanne, vom Hunger getrieben, die Treppe herunterkam, sagte Lizzie Blank: »Nimm's dir nicht so zu Herzen. Mir ist es auch mal passiert.«

»Ach ja?« Suzanne sah sie interessiert an. »Ich wette, Sie haben schon einiges erlebt.«

»O ja«, sagte Lizzie Blank. »Ein ehemaliger Schwerenöter wie ich.«

»Und was haben Sie gemacht?«

»Ich bin's losgeworden.«

»Das kann damals, als Sie jung waren, nicht so einfach gewesen sein.«

»Nein, aber meine Mutter hat mir geholfen. Sie kannte sich mit so was aus.«

»Hatten Sie ein gutes Verhältnis zu Ihrer Mutter?«

»In gewisser Weise.«

»Ich wünschte, ich hätte auch ein gutes Verhältnis zu meiner Mutter. Sie versucht mich zu einer Abtreibung zu drängen, wissen

Sie, aber Jim und ich, wir wollen das Baby. Haben Sie es nie bedauert, Lizzie?«

Lizzie überlegte einen Moment. »Ich denke, schon. Damals nicht, aber heute tu ich es. Ich denke, wir hätten gut zueinander gepasst. Und ich brauche Gesellschaft.«

»Das ist so ehrlich von Ihnen, Lizzie. Sie sind ... so eine ehrliche Person.«

»Ich hätte ihm gerne was vererbt. Ein schönes Haus wie dieses.«

»Finden Sie das Haus schön? Ich hasse es. Es erstickt mich.«

»Sie kommen hier bald schon raus.«

»Ich besorg mir eine Wohnung oder so, bis mit Jim alles geklärt ist.«

»Jim's Ihr Auserkorener, was?«

»O ja. Aber er muss sich noch scheiden lassen, wissen Sie. Solche Sachen brauchen Zeit.«

»Sie könnten also alleine sein, bis das Baby kommt?«

»Ich hoffe, nicht. Ich werde mir was zum Wohnen suchen, und er kann mit einziehen, sobald er Isabel zur Vernunft gebracht hat. Ich meine, es hat keinen Sinn, eine kaputte Ehe künstlich am Leben zu halten, oder?«

»Absolut nicht. Wobei, seine Frau wird im Haus bleiben, also braucht ihr Möbel und all das. Türknäufe und Kaminbestecke kann ich billig besorgen, ich hab da einen Freund. Aber ihr werdet auch einen Herd brauchen, ein Restaurant werdet ihr euch nicht immer leisten können.«

»Nein.« Suzanne schien verwirrt. »Einen Herd werden wir schon brauchen.«

»Ich hab was Geld beiseitegelegt, da kann ich euch was leihen.«

»Oh, das ist so lieb von Ihnen, Lizzie. Aber ich hoffe, wir brauchen das nicht.«

»Nun, ich tu Freunden gern einen Gefallen. Ihr müsst in der Zeitung nach einer Wohnung suchen. Für meine hing ein Zettel im Fenster des Zeitungsladens. Einfach war es nicht.«

»Ich weiß. Es gibt nicht viel zu mieten. In Manchester war es genauso. Bis ich meinen Platz im Studentenheim hatte, hab ich bei jemandem auf dem Boden geschlafen, aber mit einem Baby geht das nicht.«

»Sie können gerne bei mir 'ne Weile unterschlupfen, bis Sie alles klarkriegen.«

»Oh, Lizzie.« Suzanne brach in Tränen aus. »Entschuldigen Sie, ich kann nicht anders. Zu denken, dass Sie so nett sein sollen, wo Sie doch eigentlich eine Fremde sind und mich gar nicht kennen, und meine Familie, die mich mein ganzes Leben lang kennt, ist so schrecklich.« Sie warf die Arme um die Putzfrau und küsste sie auf die heftig mit Rouge übertünchte Wange.

»Das Angebot gilt«, sagte Muriel.

Die letzten Tage vor den Sommerferien waren in diesem Jahr schlimmer, als Colin sie in Erinnerung hatte. Es gab das gewohnte gehetzte Durcheinander, das undisziplinierte Verhalten auf den Korridoren, und dann war da seine Stimmung. Drei Tage hintereinander verlor er noch vor der Morgenandacht einmal die Fassung, und von da an wurde es nur noch schlimmer. Er benahm sich seinen Kollegen gegenüber rüde, und jemand kriegte mit, wie er gegen den Matritzendrucker trat. Er verlor einen Stapel Zeugnisse, die von der 3C, die eine Putzhilfe am Ende wiederfand. Die Ärmste würde sicher noch ein Jahr oder länger daran zurückdenken. Er blieb bis spät, unterschrieb die Zeugnisse, räumte seinen Schreibtisch auf und schlich auf der Toilette herum, wo er den Kopf vor einen schlecht beleuchteten rechteckigen Spiegel reckte und nach grauen Haaren suchte. Er konnte es nicht erwarten, dass das Schuljahr zu Ende ging – obwohl: Welche Ruhe und Entspannung erwartete ihn denn zu Hause? Besser, er dachte gar nicht erst darüber nach, dachte nicht zu weit voraus. Er empfand einen fast körperlichen Ekel, ein Zurückweichen, wenn er sich vorzustellen versuchte, wie sich seine verfahrene Situation würde lösen lassen. Selbst noch nach Schulschluss, wenn seine Schüler weg waren und in der High Street Amok liefen, wanderte er argwöhnisch über die Korridore mit ihren Echos und weißen Kacheln, als rechnete er mit einem Hinterhalt.

Sylvia wirbelte durchs Haus, kommandierte die Putzfrau herum, nervte die Kinder. Mit ihren Autoschlüsseln klimpernd, kam sie aus der Tür gelaufen. Er versuchte sie festzunageln, ihren Gesichtsausdruck zu ergründen und sie im Gespräch auf Nebenwege zu locken, die erkennen ließen, wie sie die Situation sah. Vor neun Jahren war sie noch etwas begriffsstutzig gewesen, mittlerweile hatte ihr gesellschaftlicher Umgang ihr die Sinne geschärft. Woche für Woche hörte sie im Bischof-Tutu-Zentrum Geschichten menschlicher Unbedachtheit, Kriminalität und Perversion. Nichts erschrecke sie mehr, sagte sie. Lass sie die gegenwärtigen Umstände nur tief genug durchschauen, und sie könnte sich an ihrer Großtuerei verschlucken.

»Colin«, sagte Sylvia.

»Ja?«

»Du solltest diesem Jim Ryan einen Besuch abstatten und herausbringen, was da vorgeht.« Sie drehte sich weg, damit er ihr Gesicht nicht sah.

Colin schluckte. »Wo, zu Hause?«

»Nein, nicht bei ihm zu Hause, Colin. In der Bank.«

»Oh, aber der Wirbel … an seinem Arbeitsplatz …«

»Wird es einen Wirbel geben?«

»Das hängt ganz von seiner Reaktion ab.«

»Hättest du es lieber, wenn ich ginge?«

»Nein«, sagte er eilig, »nein, Sylvia, das würde ich nicht wollen. Ich kümmere mich darum, das verspreche ich. Wir müssen Suzanne etwas mehr Zeit geben, um sich mit der Wirklichkeit der Situation abzufinden. Wenn sie dann immer noch darauf besteht, dass dieser Mann mit ihr zusammenzieht, werde ich tun, was notwendig ist … Nur bitte, Sylvia, lass es mich auf meine Weise tun.«

»Du schwitzt, Colin.«

»Ich finde das alles sehr unangenehm.«

»Ja, das denke ich mir.« Er versuchte ihre Miene zu ergründen.

»Vielleicht sollte ich Francis bitten, mit ihr zu reden«, sagte sie.

»Du kannst einen Geistlichen kaum darum bitten, sie zu einer Abtreibung zu überreden.«

»Oh, Francis hat einige sehr moderne Ansichten. Sein gesunder Menschenverstand würde dich überraschen.«

Damit wären wir wieder mal am selben unerträglichen Punkt. Warum tut sie sich nicht einfach mit diesem Francis zusammen, wenn sie es will? Ich werde sie nicht aufhalten. Und Suzanne sollte ihren Jim kriegen. Und ich Isabel. Selbst, wenn es eine andere ist. Als Buße sollte ich sie heiraten, und weil sie so heißt.

Ich glaube, ich verliere den Verstand, dachte Colin. Was gar keine so schlechte Idee wäre. Dann verbringe ich den Sommer in einer Gummizelle und komme wieder, wenn alles vorbei ist.

Francis, Reverend Teller, kam gegen Mittag. Claire war in der Küche und kochte Tee für ihre zwei Pfadfinder-Teewochen. Zwischen Colin und Sylvia herrschte angestrengtes Schweigen, und Colin sah, wie sich die Miene seiner Frau aufhellte, als Francis am Küchenfenster auftauchte. Mit einem Mal wirkte sie wach und tatkräftig wie jemand, der bereit war, sich einer wichtigen Streitfrage zu widmen.

»Eine Tasse Tee?«, fragte Claire.

»Ach, ich danke dir, Claire, das ist lieb. Aber ich hätte lieber einen Kaffee, wenn es keine Umstände macht.«

»Kaffee koche ich nicht, nur Tee.«

Sylvia stand auf. »Hallo, Francis. Ich mache dir einen. Claire, geh mal zur Seite.«

»Nur keine Umstände«, sagte Francis auf seine entspannte Art, was irgendwie implizierte, dass es die Leute für gewöhnlich schon taten, er diesmal aber auf das, was ihm zustand, verzichtete. Francis war ein stämmiger Mann von fünfundvierzig Jahren mit offenem Blick und kurzem Haar. Trotz seiner pazifistischen Einstellung trug er khakifarbene, militärische Kleidung, einen Rippenpullover mit

Ellbogenverstärkung und Schulterklappen und eine Hose mit zuknöpfbaren Seitentaschen auf den Schenkeln. Wenn er lachte, ließ er seine spitzen Zähne sehen, die zweifellos die eines Raubtiers waren. Seine ganze Person, dachte Colin, strahlte Widersprüche aus, die zu tief reichten, um scheinheilig zu sein, und zu gewöhnlich waren, als dass man von einer ernsthaften Schizophrenie hätte sprechen können.

»Hermione hat uns wieder auf den alten Kamillentee gebracht«, sagte er. »Sie kauft ihn im Naturkostladen. Muss sagen, ich hab ihn leicht über. Eine Tasse Nescafé, stark, schwarz, die mag ich. Habt ihr was, um ihn etwas zu versüßen?«

»Wie wäre es mit Zucker?«

»Natürlich haben wir was«, sagte Sylvia. »Colin, musst du mich in Verlegenheit bringen?«

Im Wohnzimmer klingelte das Telefon. Karen antwortete.

»Mum, für dich. Essen auf Rädern.«

»In Ordnung, ich komme.«

»Versuch den mal«, sagte Claire, versperrte ihr den Weg und hielt ihr eine Tasse Tee hin. »Ausgezeichnet, sehr gut oder gut?«

»Ich muss ans Telefon, Claire. Gib ihn deinem Vater.« Sie trat um ihre Tochter herum und schenkte Francis einen Seitenblick, als sie den Raum verließ.

»Francis, Sie sind ein intelligenter Mann«, sagte Colin.

»Ja?«, sagte Francis vorsichtig.

»Ich muss Sie etwas fragen. Nein, nicht jetzt, Claire, stell ihn hin. Glauben Sie an Zufälle?«

»Zufälle?« Der Pfarrer holte seine Pfeife hervor und zog daran. »Komisch, dass Sie mich das fragen.«

Colin dachte, Francis wolle einen Witz machen, und brachte ein zaghaftes Lächeln zustande. »Ich meine, ernsthaft?«

»Ich würde sagen, der ist ziemlich gut«, sagte Francis, der Claires Tee probierte. »Natürlich glaube ich daran. Sonst würde man auf der Straße nie jemanden ein zweites Mal sehen, oder?«

»Ja, gut, das ist jetzt sehr grundsätzlich gesehen …«

»Genau, sehr grundsätzlich«, sagte der Pfarrer. »Und was muss ich jetzt tun, hier auf dem Blatt was ausfüllen?«

»Ich denke eher an den Zufall als Macht, als richtungsgebendes Moment, wenn Sie so wollen, als ein alternatives Regelwerk zu dem, nach dem wir leben.«

»Oh, Jung«, sagte der Pfarrer. »Wo ist dein Stift? Verstehe, dann kreuze ich das hier also an … Koinzidenz, Synchronizität, wie? Das alte nicht kausal verbindende Prinzip. Arthur Koestler, der gute J. W. Dunne, *Ein Experiment mit der Zeit.*«

»Ja, das kenne ich alles. Aber was halten Sie davon?«

»Das sind trübe Gewässer«, sagte Francis. Er nahm die Pfeife aus dem Mund und deutete damit auf Colin – Hermione erlaubte ihm keinen Tabak. »Hören Sie, werden Sie genauer, Colin. Was genau wollen Sie von mir wissen?«

»Ich weiß nicht. Bitte, Claire, nicht noch mehr Tee. Mein Leben scheint auseinanderzufallen, oder besser gesagt, nun, sich nach einem neuen Prinzip reorganisieren zu wollen.«

»Zum Beispiel?«

»Ach, Sie kennen das. Sie haben Hoffnungen, die enttäuscht werden. Sie lassen die Vergangenheit hinter sich und finden einen Modus Vivendi. Aber plötzlich scheint alles bedroht. Die Vergangenheit wird zur Gegenwart. Ich sehe in die Gesichter um mich herum, einige sind vertraut, einige nicht so sehr, und ich stelle mir vor, ich sehe Echos – Schatten, würden Sie wahrscheinlich eher sagen –, Echos anderer Gesichter. Die Luft scheint voller Anspielungen. Ich sehe die Leute an und stelle mir alle möglichen Dinge vor, über die sie nachdenken. Ob das jetzt plausibel klingt oder nicht, kann ich nicht sagen.«

»Ich wünschte, Sie könnten mir ein konkreteres Beispiel nennen.«

»Tasse Nummer siebenundzwanzig«, sagte Claire. »Die Milch riecht mal wieder komisch, aber egal.«

»Diese ganze Geschichte mit meiner Mutter … Es ist, als wäre sie von den Toten auferstanden. Es ist so unnatürlich, jemanden sich so aufsetzen zu sehen und nach Jahren plötzlich wieder sprechen zu hören … Das ist so unheimlich, und ich habe das Gefühl: auch prophetisch.«

»Prophetisch? In welcher Hinsicht?«

»Ich weiß nicht. Ich wünschte, ich täte es, denn dann könnte ich uns darauf vorbereiten. Unser Leben war die letzten zehn Jahre alles in allem ziemlich ruhig, so ruhig es sein kann in einer jungen, heranwachsenden Familie … Aber jetzt hängt da etwas über uns.«

Der Pfarrer lächelte. Bequeme kleine Polster, wie Betkissen, formten sich unter seinen kühlen Augen. »Ach, kommen Sie, Colin. Das klingt etwas melodramatisch, wenn ich das sagen darf.«

»Dinge geschehen … und scheinen eine Bedeutung zu haben, auch wenn es nicht so ist. Vor einer Weile habe ich vorn den Rasen gemäht. Es war ein herrlicher Tag, mir ging es bestens. Und dann starrte mich plötzlich ein Gebiss an.«

»Ein Gebiss?«, sagte der Pfarrer. »Menschliche Zähne, Colin?«

»Ja, ein menschliches Gebiss. Claire, ich kann den Tee nicht trinken, die Milch ist sauer.«

Claire brach in Tränen aus. »Du sollst den Tee bewerten, nicht die Milch. Wie kann ich auf fünfzig Tassen kommen, wenn keiner eine trinken will?«

Der Pfarrer sagte: »Ich fürchte, das klingt wie ein klassischer Fall von … unangenehm.«

»Ich bin froh, dass Sie mir da zustimmen«, sagte Colin.

»Haben Sie schon daran gedacht, Sie wissen schon, mit jemandem darüber zu sprechen? Einem Mann?«

Suzanne rief bei Jim zu Hause an. Ihr Herz schlug wie wild, als sie den Klingelton hörte. Sie spürte einen dumpfen Schmerz im Bauch, ihre Kehle war wie zugeschnürt und schmerzte ebenfalls, und sie hielt den Hörer so fest in der Hand, dass ihre Nägel ganz weiß wurden. Den ganzen Tag über hatte sie sich auf diesen Anruf vorbereitet, ihn sich wieder und wieder ausgemalt und eingeübt, was sie sagen wollte. Um es sich leichter zu machen, hatte sie eine Art Aberglauben um ihre Angst herumgebaut. Ich lasse es zwanzigmal klingeln, und wenn sie bis dahin nicht abhebt, bin ich begnadigt und kann den Hörer wieder auflegen und es als ein Signal dafür nehmen, dass es nicht richtig ist, sie anrufen zu wollen.

Zwischen dem zwölften und dreizehnten Klingeln wächst das Baby ein wenig und fügt dem Menschen, der es einmal sein wird, ein paar Zellen hinzu. Suzanne sieht sich, wie sie den Griff lockert, den Hörer wieder auflegt, den Raum verlässt, die Treppe hinaufgeht und sich aufs Bett legt. Sie schließt die Augen. Beim neunzehnten Klingeln nimmt jemand ab.

»Hallo?«

Ihre Stimme bleibt ihr in der Kehle hängen, heraus kommt ein schriller, kleiner Keucher. »Spreche ich mit Isabel Ryan?«

»Ja, wer ist da?«

»Wissen Sie nicht, wer ich bin?«

»Ich fürchte, nein. Wer sind Sie?«

»Suzanne Sidney.«

Es entstand eine lange Pause. Damit hatte sie gerechnet. Sie wartete. Es kam keine Antwort, aber sie hatte auch nicht gehört, dass der Hörer wieder aufgelegt worden war. Vielleicht hatte Mrs Ryan ihn leise auf den Tisch gelegt und war weggegangen. Suzanne konnte sich Jims Haus nicht vorstellen. Er hatte es ihr nie beschrieben. Sie wusste nicht, wo das Telefon stand, ob im Wohnzimmer oder in der Diele. Vielleicht lag Mrs Ryan ja auch auf dem Bett und sprach von einer Nebenstelle aus, vielleicht drückte sie den Hörer gerade in Jims Kopfkissen. Aber irgendwie spürte sie, dass Mrs Ryan noch da war und atmete, leise atmete und sich fasste. Als das Schweigen länger andauerte, sagte Suzanne: »Wissen Sie, wer ich bin?«

»Ja.« Die Stimme der Frau klang sehr weit weg. »Ja, ich erinnere mich. Ich weiß, wer Sie sind.«

Suzanne wartete. Dann sagte sie: »Ich denke, wir sollten uns treffen.«

»Sie wollen sich mit mir treffen? Warum?«

»Ich denke, das ist offensichtlich. Wir haben Dinge zu bereden.«

»Ich kann mir nicht vorstellen, was für Dinge. Suzanne, wie alt sind Sie jetzt?«

»Ich bin achtzehn. Wissen Sie das nicht?«

»Das hätte ich jetzt nicht sagen können. Ich bin nicht sicher, ob ich je genau gewusst habe, wie alt Sie sind.«

»*Was* wissen Sie über mich?«

»Nicht viel.«

»Sind Sie nicht neugierig?«

»Suzanne, stimmt was nicht?«

»Ich bin schwanger.«

»Verstehe, und sind Sie … deswegen verzweifelt?«

Mrs Ryans Stimme hatte einen seltsam neutralen, professionellen Ton. Als hätte das alles nichts mit ihr zu tun. Was für eine gefühlskalte Frau das sein muss, dachte Suzanne. Was Jim gesagt hat, stimmt alles.

»Nein, ich bin nicht verzweifelt.« Sie leckte sich über die trockenen Lippen und schmeckte Salz. »Ich bin eher ziemlich stolz. Ich muss nur die Situation mit Ihnen besprechen.«

»Nun … das ist okay, nehme ich an.« Mrs Ryan klang verwirrt. »Haben Sie schon mit anderen Leuten darüber gesprochen? Mit Ihrem Vater?«

»Oh, der denkt, ich soll es abtreiben lassen. Keiner scheint mich zu verstehen.«

»Sie sollten unbedingt eine richtige Beratung in Anspruch nehmen, bevor Sie sich entscheiden.«

»Ich möchte Sie treffen. Allein oder zu dritt, das ist egal. Ich denke, wir sollten das besprechen.«

»Suzanne, nein, jetzt beruhigen Sie sich doch, ich weiß nicht, was ich sagen soll. Das kommt so völlig aus dem Nichts. Verstehen

Sie, was kann ich Ihnen raten? Ich kenne Sie doch gar nicht. Ich nehme an, er hat Ihnen erzählt, dass ich mal Sozialarbeiterin war … wobei ich mir das eigentlich nicht vorstellen kann.«

»Er hat mir eine Menge erzählt. Alles, was wichtig ist.«

»Aber da ist nichts mehr zwischen uns. Das ist seit Jahren vorbei.«

»Genau das sagt er auch.«

»Oh, Sie denken also, eine unbeteiligte Person kann Ihnen helfen, das Problem zu lösen?«

»Unbeteiligt sind Sie wohl kaum.«

»Hören Sie, haben Sie es schon bei der Britischen Schwangerschaftsberatung probiert? Die Nummer müsste im Telefonbuch stehen …«

»Wie können Sie so abgebrüht sein? Das wäre sehr praktisch für Sie, oder, wenn ich es wegmachen ließe? Sie wissen nicht, wie sich das anfühlt, weil Sie keine Kinder haben.«

Schweigen. Suzanne spürte, dass sie Isabel mit ihrer Bemerkung tief getroffen hatte. Vielleicht war sie zu weit gegangen, obwohl es doch die Wahrheit war. Nach einer langen Weile sagte die Frau wieder etwas.

»Suzanne, hören Sie. So sehr ich die Situation bedaure, in der Sie sich befinden, sehe ich nicht, wie ich Ihnen helfen kann. Was Sie tun, ist ohne Bedeutung für mich, so oder so. Und selbst das, was Ihr Vater denkt, tut nichts zur Sache. Ich habe meine eigenen Probleme.« Sie zögerte, lange. »Vielleicht verstehe ich da irgendwas nicht ganz richtig?«

»Nicht nur irgendwas.« Das Entsetzen ließ Suzanne aggressiv werden. »Sie wissen, wer ich bin, oder? Sie wissen von unserer Beziehung?«

»Wir haben keine Beziehung«, sagte Isabel. »Was um alles in der Welt meinen Sie?«

»Oh, sehr clever«, sagte Suzanne. Ihre Stimme überschlug sich. »Er hat mir erzählt, wie verrückt Sie sind und dass Sie verdammt noch mal nur an sich selbst interessiert sind.«

»Das hat er gesagt?«

»Und mehr. Er hat gesagt, manchmal wünschte er, Ihnen nie begegnet zu sein.«

Wieder eine Pause. »Ja, verstehe. Aber das will ich nicht wirklich wissen. Nicht unter diesen Umständen. *Goodbye.*«

Klick. Sie hatte aufgelegt. Das Miststück, dachte Suzanne. Dieses Monster. Jim hatte es ihr also nicht gesagt. Er hatte ihr nicht gesagt, dass es ein Baby geben würde. Oder sie wusste es und wollte es irgendwie durchstehen. Das Verhalten der Frau war im Ganzen äußerst merkwürdig. Vielleicht gehörte sie zu den Leuten, die sich einer Sache erst stellten, wenn es gar nicht mehr anders ging. Suzanne griff gleich wieder zum Hörer und rief Jim in der Bank an. Sie sagte, sie wolle zum stellvertretenden Direktor durchgestellt werden. Er nahm gleich ab.

»Suzanne? Ich dachte, wir wären übereingekommen, dass du mich nicht in der Arbeit anrufst?«

»Ja, das stimmt.«

»Ich habe gesagt, ich rufe dich an.«

»Aber das tust du nie, Jim.«

»Nein, nun …«

»Ich habe gerade bei dir zu Hause angerufen.«

»Das war dumm.«

»Warum dumm?«

»Ich habe dir die Nummer nur … nur für den Notfall gegeben.«

»Den Notfall.« Suzanne verdaute das Wort. »Ich habe mit Isabel gesprochen«, sagte sie.

Jim fluchte leise. Einen Moment sagte keiner etwas. Es knisterte in der Leitung.

»Deine Frau … Ich weiß nicht, ob sie sehr dumm oder sehr schlau ist. Sie schien von dem Baby nichts zu wissen.«

»Aber jetzt, nehme ich an.«

»Natürlich.«

»Suzanne, in der Zentrale werden sie mithören.«

»Dir geht es immer nur um den äußeren Anschein.«

»Etwas anderes habe ich nicht«, sagte Jim. »Ich lege jetzt auf. Ich melde mich.«

Suzanne legte den Hörer zurück auf die Gabel und ging nach oben.

Isabel lag auf dem Bett, den Kopf auf dem Kissen zum Telefon hin gedreht, als wäre es ein lebendiges Wesen. Ihr war übel. Sie wusste nicht, ob es an dem Anruf lag oder an dem, was sie am Morgen getrunken hatte. So einen Anruf bekam man nicht oft.

Das denkt Colin also von mir. Aber warum hat er dann überhaupt von mir geredet? Was für Umstände haben ihn dazu gebracht, sich diesem hysterischen Teenager anzuvertrauen? Und woher hat sie meine Nummer?

Ihre Gedanken bewegten sich langsam, sehr langsam, und in immer kleineren Kreisen. Irgendwann einmal sollte ich Colin anrufen und ihn fragen, wie das alles für ihn heute aussieht. Verglichen mit ihr hatte er nichts auf dem Gewissen. Persönliche Fehler, berufliche Fehler … Erinnerungen voller Gewalt. Wie eine Serie Schnappschüsse, Strichzeichnungen, blättere schnell hindurch und sieh, wie sie sich bewegen … Daddy, wie er sich aus dem Park zurückstiehlt, Muriel Axon, deren irrer Kopf auf dem merkwürdigen blauen Kittel hängt. Isabel hatte einen Verdacht und erlaubte ihn sich nicht. Sie hatte Schlüsse gezogen und versuchte sie aufzulösen. Sie hatte sich bestraft, aber natürlich würde das nie ausreichen.

Isabel machte keine Witze, wenn sie sagte, sie habe ihre eigenen Probleme. Sie fuhr sich mit der Hand über den Körper. Es war alles höchst ungewöhnlich. Da war nichts in ihr drin, nur die Leber, die immer härter wurde. Es sei ein schrecklicher Tod, sagten die Leute, aber das Leben war auch schrecklich, oder? Sie sollte es fühlen können, eine weiche Masse, die sich immer weiter ausbreitete, direkt unter ihren Rippen. Alle wissen, was mit Menschen geschieht, die eine Schuld in sich tragen. Sie bekommen eine bösartige

Krankheit und sterben. Da wächst nicht nur was in der kleinen, schwangeren Suzanne. Isabel trug diese Last seit zehn Jahren mit sich herum. Jetzt wurde sie sichtbar, das war der Unterschied.

Am Freitag ging Suzanne zum Wohnungsamt. Sie nahm ein paar Zeitschriften mit, um sich die Wartezeit zu verkürzen, und eine Packung Papiertaschentücher, weil sie wusste, dass sie alle paar Minuten in Tränen ausbrechen würde. Sie konnte nichts dagegen tun, es war, als hätte jemand einen Hahn in ihrem Kopf aufgedreht.

Gestern hatte sie ihrer Mutter erklärt, dass sie keinen Sinn darin sehe, im Herbst wieder an die Uni zu gehen. Das hatte einen weiteren Streit vom Zaun gebrochen. Sie erwartete, dass ihr Vater verstand, was sie meinte, denn der wusste, was eine Ausbildung bedeutete, und müsste ihrer Meinung nach bestätigen können, wie schwierig es für sie wäre, weiter zu studieren. Aber ihr Vater schien dieser Tage Angst vor ihrer Mutter zu haben. Er wollte ihr nicht zu nahe treten. Mum hatte gesagt, sie solle nicht denken, sie könne im Haus herumhängen, Trübsal blasen, dicker werden und auf diesen Mann warten, der wahrscheinlich niemals kommen werde. Claire kochte ihr eine Tasse Tee, und Suzanne stieß sie vor Wut und Angst um. Die Atmosphäre im Haus war vergiftet. Als sie nach oben lief, sah sie wieder, wie Lizzie Blank sie beobachtete. Der spekulierende Ausdruck auf ihrem Gesicht wurde gleich von Mitgefühl und Sorge verdrängt, und sie ging auf die Knie und kroch mit Kehrblech und Handfeger unter den Kleiderständer. Der Staubsauger hatte den Geist aufgegeben, genau wie der Wäschetrockner, und das Bügeleisen überhitzte. Vielleicht stimmte was mit der Elektroinstallation nicht? Der Installation?, hatte ihr Vater gesagt. Ich habe noch nicht mal den Voranschlag für die Küchenrenovierung, denkst du, ich kann Geld drucken? Suzanne hatte gleich wieder weinen müssen, so wie Lizzie Blank sie ansah, über dieses Mitgefühl von einer völlig Fremden.

Umgeben von lauter Frauen mit Kindern saß Suzanne zwei Stunden lang im Wartezimmer des Wohnungsamts. Die Frauen sahen blass und gehetzt aus, und jede einzelne von ihnen hatte drei oder vier Plastiktüten dabei. Obwohl es Hochsommer war, trugen sie dicke Strickjacken. Suzanne konnte die Augen nicht von diesen Jacken wenden, ausgebeult, formlos hingen sie ihnen fast bis zu den Knien oder standen verwaschen und verfilzt steif von den schmalen Körpern ab. Ein paar Frauen trugen Jeans, andere Sommerkleider und an den Füßen durchgelaufene Turnschuhe. Das Haar hing ihnen in Rattenschwänzen vom Kopf, sie hatten Pickel um die Münder, und einige waren tätowiert. Sie gaben Suzanne ein unangenehmes Schuldgefühl, als wäre sie in die Dritte Welt transportiert worden. Einige waren hochschwanger, andere hielten Babys in den Armen, alle hatten ein paar Kleinkinder dabei, die im Raum herumliefen, an Flaschen nuckelten, aus Trinkbechern tranken und Kekse in ihren klebrigen Händen zerkrümelten. Alle paar Minuten fiel ein Junge namens William hin oder schlug mit dem Kopf gegen eine Ecke des Tisches, der mitten im Raum stand. Die Mütter sahen mit glanzlosen Augen zu, unfähig oder unwillig, das Durcheinander zu kontrollieren. Die Kinder kletterten über ihre Beine, heulten und schrien, und eines nahm Suzannes *Spare Rib* und zerriss die Zeitschrift wie ein Kraftmensch im Zirkus. Suzanne protestierte nicht. Sie hatte das Gefühl, dass es sowieso nichts nützen würde. »Gib sie ihr wieder, Tanya«, sagte die Mutter des Kindes, »gib der Lady die Zeitschrift zurück«, bewegte sich dabei aber keinen Zentimeter von ihrer Position weg, saß vorgebeugt auf ihrem metallenen Stapelstuhl, die Füße breit vor sich auf den Boden gepflanzt, den Blick gesenkt. Niemand sagte etwas zu Suzanne. Sie fühlte sich anders. Sie hätte sich mit einem Kissen oder so ausstopfen sollen. Die Angestellten des Amts flitzten mit Kaffee in Pappbechern herum, leichtfüßig in ihren Pilotenkombinationen aus Baumwollkrepp und ihren regenbogenfarbenen Turnschuhen.

»Lassen Sie mich das kurz notieren«, sagte ihre Sachbearbeiterin schließlich. »Zwei Toiletten, ein Bad, eine Dusche. Küche, Wohnzimmer, Esszimmer, Abstellraum, und vier Schlafzimmer, okay?«

»Ich kann da nicht wohnen. Das ist das Haus von meinen Eltern.«

»Aber das scheint die praktikabelste Lösung zu sein, fürchte ich.«

»Ich nehme alles, was Sie anzubieten haben.«

»Aufgrund dessen, was Sie uns sagen, verstehen Sie, können wir Ihnen nichts anbieten. Nicht, solange Ihre Eltern Sie nicht hinauswerfen. Und es wäre nicht gut, da was zu verabreden, denn wir brauchen einen Beweis. Wenn Sie nicht tatsächlich mit dem Baby auf der Straße sitzen, gibt es nichts, was wir tun können.«

»Ich hätte Manchester als meine Adresse angeben sollen. Da hatte ich ein Zimmer in einem Studentenheim, und nicht mal das habe ich jetzt mehr. Dann hätten Sie etwas für mich finden müssen.«

»In dem Fall hätten wir Sie zurück nach Manchester geschickt. Die Bahnkarte hätten wir Ihnen bezahlt.«

»Es ist also unmöglich?«

Die junge Frau zuckte leicht mit den Schultern.

»Ich meine, die Frauen da draußen, einige haben gleich zwei Babys, und sie alle scheinen wieder schwanger zu sein. Warum kriegen sie so viele Kinder?«

»Weil Sie für Kinder«, sagte die Frau geduldig, »Punkte bekommen.«

Oberschwester Toynbee ging gerade, als sich die arme Mrs Wilmot zum Dienst meldete. »*Cheerybye*«, sagte Mrs Wilmot schniefend. »Und ein wunderschönes Wochenende.«

»Was ist mit Ihnen, Mrs Wilmot? Machen Sie einen drauf?«

»Sollte mich nicht wundern«, sagte sie, schnüffelte und lachte ihr lautloses, röchelndes Lachen. »'türlich geh ich mit meinen Knien nicht tanzen, aber amüsieren tu ich mich auch so.« Damit ging sie den Korridor hinunter, um ihren Metalleimer und ihren Wischer zu holen. Aus einer Nische beim Patientenbad in der Nähe von Station B (Männer) sah sie, wie Mr Fields Besucher hinausgingen. Seine Tochter schien blasser denn je, verstört und argwöhnisch. Ihre

Kleider waren in Unordnung, und sie trug einen seltsamen roten Anorak mit Ölspuren, der ihrem Mann hätte gehören können. Der folgte ihr jämmerlich dreinblickend den Korridor hinunter. Auch er war blass, und sein Blick schien verschwommen, als hätte er getrunken, dabei war es erst kurz nach sieben. Mrs Ryan drückte die Brandschutztür auf, ihr Blick war starr. Sie war eine Frau, die von einer Ungeheuerlichkeit befreit worden war, nur um mit einer neuen konfrontiert zu werden. Im Korridor hinter der Tür fing sie an zu rennen. Ihre Schuhe kreischten über den Bodenbelag. Ihr Mann fluchte und folgte ihr im Laufschritt, blieb hinter der Brandschutztür dann aber stehen, drehte sich um und sah durch das verschmierte, verkratzte Plastikfenster. Zögernd und mit unsicherem Schritt ging er zurück zu der Putzfrau mit dem Eimer und der Flasche Pine-O-Shine in der Hand. »Wer sind Sie?«, fragte er.

»Ich?« Das verzagte, graue Gesicht sah ihn an. »Ich bin Mrs Wilmot. Ich putze hier.«

»Kennen Sie meine Frau?«

»Ihre Frau? O nein, Euer Gnaden.«

»Was?«, sagte Mr Ryan.

»Ich sagte: O nein, Euer Gnaden.«

»Sie denkt, Sie beobachten uns. Sie sagt, etwas an Ihnen komme ihr bekannt vor.«

»Bekannt?« Die alte Frau wirkte verängstigt und gekränkt. »Das kann nicht sein.«

»Sie denkt, sie hat Sie schon mal gesehen.«

»Ja, 'türlich, Sir, weil ich hier putze.«

»Ja, sicher. Sie steigert sich da wieder in was rein, wie gewöhnlich. Entschuldigen Sie.«

Mrs Wilmot blinzelte. Eine einzelne, wässrige Träne begann langsam über ihre linke Wange zum Kinn hinunterzufließen.

»Oh, hören Sie, ich wollte Sie nicht erschrecken. Ich werfe Ihnen doch nichts vor.«

»Doch, das tun Sie.« Mrs Wilmots Stimme bebte. »Diebstahl, Betrug, Bekanntsein. Dass ich Ihnen nachspioniere. Ich werde es der Oberschwester sagen. Es gibt Gerichte. Ich habe ein Recht.«

»Hören Sie, niemand behauptet, dass Sie etwas gestohlen haben. Machen Sie sich nicht lächerlich.« Beklommen grub Mr Ryan in seiner Tasche und legte ein paar kleine Münzen in die Hand der Putzfrau. »Warum … warum holen Sie sich nicht eine Tasse Tee oder etwas?«

»Dunkles trinke ich«, sagte Mrs Wilmot. »Süßen Sherry.«

»Ja, verstehe. Bitte regen Sie sich nicht auf. Sehen Sie … nehmen Sie.«

Mrs Wilmot verschluckte ein tränenreiches Wimmern. »Brandy Alexandras.« Mr Ryan floh den Korridor hinunter hinter seiner Frau her.

»Der Schwiegersohn von dem schmutzigen alten Field hat der armen Mrs Wilmot vorgeworfen, sie würde seiner Frau hinterherspionieren«, sagte die Nachtschwester. »Dass sie ihr was aus der Handtasche stehle und betrunken auf die Station komme.«

»Ernsthaft«, sagte die Schwesternschülerin. »Erst wird sie sexuell belästigt und dann das. Die arme Mrs Wilmot, stellen Sie sich das vor. Sie sollte ihn anzeigen.«

»Verdammte Verwandte«, sagte die Schwester, »tauchen einmal im Monat hier auf und machen einen Aufstand. Die gute, verlässliche, arme Mrs Wilmot. Dieser verflixte Field ist eine Bedrohung des weiblichen Geschlechts. Wenn der heute Nacht abkratzt, rühr ich ihn nicht an, das sage ich Ihnen, den lasse ich der Tagesschicht.«

»Das tun Sie sowieso«, sagte die Schülerin und erntete dafür einen bösen Blick. »Mrs Wilmot«, rief sie. »Helfen Sie uns mit der heißen Milch?«

Mr Field lag auf einem Stapel Kissen und atmete röchelnd. »Wieder so ein Theater«, sagte er. »Sie ist so dumm, meine Tochter, immer hat sie was zu jammern, über dies und das, und nie hört sie zu.« Er lachte heiser. »Sie hat sich wieder mit dieser Niete gestritten, ihrem Mann. Klingt so, als würde er sich nebenbei noch wo vergnügen. Ich hab ihr gesagt, was ich auf meinem Grabstein stehen haben will, aber sie hat gar nicht zugehört.«

»Hier ist Ihre heiße Milch. Sie freuen sich auf den Tod, wie?«

»Wenn ich keine Vorbereitungen treffe, tut's niemand. Ich hab über einen Vers für die Zeitung nachgedacht.« Er beugte sich zur Seite und zog die Schublade seines Nachttischs auf. Der *Reporter* zitterte leicht in seiner Hand. »Den hier mag ich: *Geliebter Dad, in Tränen denken wir an dich, du ruhst in Frieden. / Gott wollte dich als Engel, dafür nimmt Er nur die Besten von hienieden.*«

»Sie denken nicht wirklich, dass Sie sterben«, sagte Muriel. Sie stand am Fuß seines Bettes und sah ihn aus ihren farblosen Augen an. »Sie denken, Sie hängen hier noch monatelang rum und fassen den Schwestern unter die Röcke. Bei Ihrer eigenen Tochter würden Sie es tun, wenn die Sie ließe.«

»Es ist nicht richtig«, sagte der alte Mann. »Ich sollte Enkel haben, die man in einen Vers für mich nehmen könnte. Meine Tochter hasst mich. Sie wünscht mich in die Hölle. Das ist doch nicht richtig?«

»Ich könnte kommen und Ihr Grab besuchen«, sagte Muriel. »Meine kleine Wenigkeit.« Sie trat zu dem alten Mann und linste kurzsichtig auf ihn hinab. »Ich hab da eine Vorstellung. Die ersten Anfänge eines Plans.«

»Oder der hier«, sagte Mr Field. Er hörte ihr nicht zu. »*Er ging ohne einen Blick zurück, ohne Seufzen und ohne Klagen. / Er weiß, er wird seine Liebsten wiedersehen, in glücklichen Himmelstagen.*«

»Ich bin ein Wechselbalg«, sagte Muriel. »Wussten Sie das, als Sie es mit mir im Park gemacht haben? Ich bin kein Mensch.«

»Was soll das sein?«, sagte Mr Field und hustete. »Ein Wechselbalg?«

»Ein Wechselbalg ist ein Ersatz. Das, was bleibt, wenn der Mensch weggenommen wird. Er ist stumpfsinnig, kreischt und schimpft und frisst. Er ist undankbar. Eine Enttäuschung für die Mutter.«

»Wie du redest«, sagte Mr Field und ließ das leere Zahnfleisch sehen. »Wie wär's mit einem Kuss und einer kleinen Umarmung?«

»Lachen Sie nicht. Wenn Sie einen von uns im Haus haben, haben Sie nichts zu lachen. Meine Mutter war nicht schlau genug, mich zu ertränken. Wenn man uns ins Wasser wirft, kriegt man manchmal das eigene Baby zurück, aber das hat sie nicht getan, und so musste sie sich mit mir herumschlagen. Ein Wechselbalg ist ein schmieriges Ding. Er hat keinerlei Vorstellungskraft.«

»Nun«, sagte Mr Field, »so was muss selten sein.«

»Ganz und gar nicht. Man sieht sie überall auf der Straße. Man muss nur wissen, woran man sie erkennt, das ist alles.«

»Und du kannst nichts dran machen?«

»Grausam ist er, der Wechselbalg. Er mag nur sich selbst, seine eigene Art. Ich dachte, wenn ich meinen kleinen Wechselbalg zurückkriegte, würden wir gut miteinander auskommen.«

»Ach ja?«

»Ich dachte«, sagte Muriel und setzte sich schwer atmend zu ihm aufs Bett, »wenn ich mir ein Baby ausleihen könnte, ein ganz normales, könnte ich den Trick andersrum probieren. Gib einen Wechselbalg und krieg dafür einen Menschen. Gib einen Menschen, und du kriegst einen Wechselbalg.«

»Du bist ja irre«, sagte Mr Field. »So was habe ich noch nie gehört. Das ist ja entsetzlich.«

»Ein Wechselbalg kann nicht reden.«

»Aber du kannst reden. Du redest gerade.«

»Das habe ich von den Leuten gelernt. Alles, was ich weiß, habe ich von den Leuten. Ich will meinem Kind ein besseres Leben schenken. Nun, das ist natürlich.«

»Dein Kind ist tot«, sagte Mr Field alarmiert. »Das hast du mir gesagt.«

»Ich weiß nicht, ob Wechselbälger sterben. Aber es gibt ja die Auferstehung. Lass das meine Sorge sein.«

»Woher willst du ein Baby bekommen? Du bist ja völlig wahnsinnig, man sollte dich einsperren. Ich habe noch nie so was Krankes gehört. Verschwinde von meinem Bett. Ich klingele nach der Schwester.«

»Die Schwester kommt nicht. Die Schwester kommt nie.«

»Hör zu«, sagte Mr Field, »du würdest doch nichts Ungutes tun?« Plötzlich war ihm kalt geworden, seine Augen wurden glasig, er zitterte ein wenig, und aus seinem Mundwinkel troff es.

»Erspar mir den Aufwand«, sagte Muriel gleichgültig. »Deine Nase wird ganz blau, alter Gockel. Ich glaube, dein Herz gibt auf. Wie fühlt es sich an?« Sie wartete. Der Raum füllte sich mit dem mühsamen Atmen des alten Mannes. »Ich hab einen Vers für deinen Grabstein«, sagte Muriel. »*Unser Daddy ist hin, der kommt jetzt ins Grab. / Rein mit ihm in die Kiste, und ab in den Pub.*« Sie beugte sich vor und packte die Pyjamajacke des alten Mannes. »*Gott wollte unsern Daddy, das ist nicht unser Schaden. / Wir hocken uns ans Grab und trinken auf die Maden.*«

Mr Field glotzte sie an, sein Mund öffnete sich langsam, ohne dass ein Ton aus ihm herausgekommen wäre. Muriel schlug das Bettzeug zur Seite und warf den alten Mann mit einer einzigen Bewegung auf den Boden. Mit einem dumpfen Schlag landete er auf dem Linoleum und starrte zu ihr hoch. Seine Beine ruckten schwach. Noch ein paar Augenblicke lang öffnete und schloss sich sein Mund. Muriel zog den dicken Hals zwischen die Schultern, setzte eine trauervolle Miene auf und schniefte einmal. Sie ging hinaus und schloss leise die Tür hinter sich. Als die Nachtschwester ihre Runde machte, kühlte Mr Field bereits aus: Die Operationsschere, mit der sie sich bewaffnet hatte, wurde nicht gebraucht. Sie rief die Schwesternschülerin, damit sie ihr half, ihn zurück ins Bett zu hieven, und überließ es, wie versprochen, der Frühschicht, ihn aufzubahren.

Mr Kowalski war zu verängstigt, um eine überwachbare Regelmäßigkeit beizubehalten, und so hatte er seine Abendschicht in der Fabrik aufgegeben und verbrachte einen Großteil seines Tages damit, furchtsam beim Herd zu sitzen und sein Buch mit Redensarten zu vervollständigen. Abends drehte er, äußerst wachsam, eine Runde um den Block. Er sei einsam, sagte er, und hungere nach Liebe. Die abendlichen Spaziergänge waren seine einzige Zerstreuung. Die Morgen verdöste er.

Ein Brief wurde unter der Tür durchgeschoben. Es war eine rüde Mitteilung des Postboten, die besagte, sie sollten doch bitte den Briefkasten wieder zugänglich machen, aus Rücksicht auf seinen schlimmen Rücken, oder dächten sie, er sei Olga Korbut? Muriel nahm den Brief, er war an eine ihrer Personen adressiert, an Lizzie Blank. Gut, dass Mr K. ihn nicht gesehen hatte. Er hätte gedacht, es wäre eine Bombe oder so. Sie nahm ihn mit nach oben.

Nach der Arbeit an diesem Abend fuhr sie zu Crisp, um in ihr Lizzie-Kostüm zu klettern und ihren neuen Beau zu treffen. Falls sie etwas zu spät kam, sollte er daraus keine Affäre machen. Sie würde ihm erklären, dass sie abends arbeite und man sie länger als normal festgehalten habe. Sie fühlte sich frisch und zum Tanzen oder Bowling aufgelegt – oder was immer er vorhatte. Die Arbeit ermüdete sie nicht. Aber würden sie zusammenpassen? Das war die Frage. Mit ihrer Perücke und ihrem Make-up konnte sie garantieren, dass sie niemand von einem menschlichen Wesen zu unterscheiden vermochte.

Aber dann war sie sehr enttäuscht von dem jungen Mann von der Partnervermittlung. Im Pub, wo er sie treffen wollte, überragte er alle anderen himmelhoch. Er war zwei Meter groß, und sein schmales Gesicht wirkte so verdrossen wie das der armen Mrs Wilmot. Die Leute, die ihre Runden bestellten, machten Bemerkungen über ihn. Muriel dachte, sie hätten sich im Rifle Volunteer treffen sollen, wo sie bekannt war, als gefährlich bekannt.

»Clyde ist mein Spitzname«, sagte der Riese. »Was ich immer sage, ist: Clyde heiße ich, den Konditor gebe ich.« Er lachte krächzend, doch dann besah er sie genauer, und seine Miene verdüsterte sich wieder. »Du bist keine einssiebenundachtzig«, sagte er. »Das ist Betrug.«

»Ach?«, meinte sie tonlos. »Willst du dich deswegen jetzt aufregen?«

Man konnte sehen, dass Clyde Drohungen nicht gewohnt war. Bekümmert saß er vor seinem hellen Bier und ließ nachdenklich die Knöchel knacken. »Nein, ich hab's mir überlegt, du reichst schon«, sagte er endlich. »Die Größe macht mir nicht so viel. Was ich wirklich wollte, war eine Süße mit dicken Titten, aber dafür ist kein Platz auf dem Formular. Hier, ich hab dir was mitgebracht.« Er schob zwei riesige Finger in seine Brusttasche und holte eine verschrumpelte Rosenknospe hervor, deren Blätter sich eindrehten und die nur noch mit einer Faser an ihrem Stiel hing. »Eine einzelne rote Rose«, sagte er. »Das ist romantisch. Meine letzte Süße wollte immer, dass ich ihr eine kaufe. Im Laden denken sie, du wärst geizig, die wollen dir gleich einen ganzen Strauß verkaufen.«

»Wer war deine letzte Süße?«, fragte Lizzie. »Eine aus dem Zirkus?«

»Übernimm dich nicht«, sagte Clyde. »Hier, sie rufen schon die letzte Runde aus, und ich hatte noch kaum einen Schluck. Du bist dran.«

Im Durcheinander der Bestellungen stolperten ein paar Gäste über Clydes Beine. Er fluchte fürchterlich. »Ich kann's dir auch jetzt schon verraten«, sagte Lizzie. »Mir reichst du nicht. Ich mag Männer mit Manieren.«

»Ich habe einen guten Job«, sagte Clyde. »Ich backe tolle Kuchen, ganz nach den Wünschen der Kunden. Ich bin hoch angesehen, und jedes Jahr mache ich eine Butterskulptur für den Tanzabend der Rotarier.« Lizzie schüttelte den Kopf. »Nun, so schnell geben wir nicht auf. Ich hab hart verdientes Geld für dieses Treffen bezahlt, und du bist ganz mein Typ. Du könntest mir echt gefallen.«

Lizzie war unerbittlich. Clyde wurde immer verbissener. »Hab ein Herz«, sagte er. »Du bist die erste Süße, bei der ich wirklich eine Chance hätte. Es ist nicht gut für mich, zurückgewiesen zu werden, davon krieg ich Komplexe. Ich verfolge dich«, warnte er sie. »Ich finde dich. Ich bin sehr treu. Du wirst mich nie wieder los.«

»Wenn du mir folgst, rufe ich die Polizei.«

»Darauf wette ich«, sagte Clyde. »Ich wette, du hast ein paar Bullen unter deinen Kunden, hä? Wenn du keine Professionelle bist, warum ziehst du dich dann so an? Frauen wie du sollten keine Vermittlungen benutzen. Dafür kannst du haftbar gemacht werden, dass du einen falschen Beruf angegeben hast. Du hast geschrieben, du wärst im Medizinischen tätig, aber ich wette, du hast noch kein Krankenhaus von innen gesehen. Höchstens die Klapsmühle.«

»Da liegst du falsch«, sagte Lizzie Blank würdevoll. »Ich gehe. Du kannst mein Glas austrinken, wenn du willst.«

»Ach, komm schon«, sagte Clyde. »Komm. Ich mag dich wirklich, weißt du.«

Aber Lizzie zog ihm die Tür vors Gesicht und ging allein hinaus auf die Straße.

Sonntag, Teezeit. Florence brachte ihr Shortbread mit – und ihre Gedanken.

»Die Mädchen heute kommen damit zurecht«, sagte sie. »Sie sind unabhängig. Und das Stigma ist weg.«

»Niemand sagt etwas von einem Stigma«, erwiderte Sylvia ruhig. »Das Wort ist nicht gefallen. Aber wir müssen an ihre Zukunft denken.«

»Und was ist mit dem Baby?«, rief Florence aufgeregt. »Hat das nicht auch ein Recht auf eine Zukunft? Es mag nicht gerade vorteilhaft für dich sein, Sylvia, es mag nicht in deine Pläne passen, aber es geht um die Unantastbarkeit des Lebens.«

»Wenn du den Ausdruck noch einmal in den Mund nimmst«, sagte Sylvia, »nehm ich das Shortbread hier und stopfe es dir Stück für Stück in den Rachen, bis du keine Luft mehr kriegst.«

»Hör schon auf«, sagte Florence gefasst. »Ich habe das Recht zu sagen, was ich meine. Und es bringt nichts, mir einreden zu wollen, dass ich nichts vom Leben wüsste, Sylvia. Bei der Sozialbehörde sehen wir die Härtefälle. Von Angesicht zu Angesicht sehen wir der ungeschminkten, nackten Existenz in die Augen. Du kannst mir nichts vormachen.«

»Ich verstehe das nicht«, sagte Colin. »Ihr seid gegen Abtreibung und Euthanasie und gleichzeitig auch gegen künstliche Befruchtung und Leihmütter. Ich weiß nicht, was für eine Position ihr einnehmt. Wollt ihr nun mehr Menschen auf der Welt oder nicht?«

»Ich glaube, du bist jetzt einfach ein bisschen unernst, Colin«, sagte Florence. »Ich habe ganz und gar nichts gegen künstliche Befruchtung. Bei Kühen. Was ich zu sagen versuche: Selbst wenn dieser junge Mann Suzanne nicht heiraten will, und sie kann kaum von ihm erwarten, dass er seine arme Frau einfach so sitzen lässt, selbst dann gibt es keinen Grund, das Baby nicht zu bekommen und es allein aufzuziehen. Viele Menschen tun das und haben es schon immer getan.«

»Ich wünschte, ihr würdet aufhören, über mich zu diskutieren«, sagte Suzanne. »Es ist meine Entscheidung, und ich habe sie getroffen. Lasst mich in Ruhe. Ich will allein sein.«

»Tatsächlich?«, sagte Sylvia. »Da kann ich dich beruhigen: Du wirst allein sein, Schatz – ob du es willst oder nicht.«

Colin ging ins Wohnzimmer. Er ließ sich in einen Sessel fallen und schaltete den Fernseher ein. Seine Tochter folgte ihm. »Weißt du, was Jim jetzt sagt?«, fragte sie.

»Nein, aber ich sehe, dass du es mir erzählen wirst.«

»Er sagt, er müsse bei Isabel bleiben, weil sie vor einem Nervenzusammenbruch stehe. Ihr Vater sei gerade gestorben, und sie sei am Boden zerstört.«

»Ihr Vater?« Colin setzte sich auf. »Wie hieß er?«

»Woher soll ich das wissen? Dad, wann immer ich dich um Hilfe bitte, stellst du die unwichtigsten Fragen. Seine Frau, Isabel, ich hab gleich gemerkt, dass sie verrückt ist, als ich mit ihr telefoniert habe.«

»Du hast mit ihr telefoniert? Warum?«

»Ich dachte, wir könnten uns treffen und alles besprechen.«

»Hast du ihr deinen Namen genannt?«

»Wie meinst du das? Natürlich.«

»Was hat sie gesagt?«

»Hör zu, reg dich nicht auf, Dad. Ich weiß, du denkst, ich hätte es nicht tun sollen, aber versetz dich mal in meine Lage. Ich sage dir, sie klang völlig irre. Sie schien keine Ahnung zu haben, was ich meinte.«

»Vielleicht hat Jim ihr nichts gesagt.«

»Das dachte ich auch … Aber wenn das so ist, woher kannte sie dann meinen Namen? Es war, als würde sie mich kennen, verstehst du, was ich meine?, aus einem ganz anderen Zusammenhang.«

Colin sank in seinen Sessel zurück und starrte auf den Fernseher, in dem eine Art Vorabend-Varieté-Show lief. Begleitet von witzigen Sprüchen hielt ein Zauberer eine brennende Spitze in die Höhe und schob sie langsam durch den Unterarm eines Freiwilligen aus dem Studiopublikum. Die Leute applaudierten. Der Zauberer zog die brennende Spitze wieder heraus und hielt sie flackernd hoch. Der Freiwillige lächelte gefasst, aber auch ein wenig besorgt. Erwartungsvolles Schweigen erfüllte den Saal, ein Trommelwirbel, und der Zauberer fuhr mit der Flamme durch die Luft und stach sie dem Opfer ganz behutsam mitten in die Brust.

KAPITEL 7

Der Sommer war vorbei. Suzanne hing mürrisch im Haus herum und hatte keine Pläne. Ihr Vater verstand sie in ihrer Willenlosigkeit. »Wenn das Baby auf der Welt ist«, sagte sie, »wird Jim anders darüber denken.«

Täglich sah sie sich die Mietangebote der Abendzeitungen an, aber wenn sie anrief, war immer alles schon vergeben. Sie sprach davon, zurück nach Manchester zu ihren Freundinnen zu gehen und in ein besetztes Haus in Victoria Park zu ziehen, tat aber nichts. Die Schwangerschaft machte sie lethargisch, und die Energie, die sie noch aufbrachte, verwandte sie darauf, ihrer Mutter aus dem Weg zu gehen. »Du hättest es wegmachen lassen sollen, bevor es zu spät war«, sagte Sylvia. »Uns alle so aus dem Gleichgewicht zu bringen. Unser Familienleben so kaputtzumachen.«

Sylvia war mehr denn je unterwegs. Sie hatte sich einer von Francis begründeten und geleiteten Initiative namens USA (Umweltschutz schafft Arbeit) angeschlossen und verbrachte viel Zeit mit ihm in Besprechungen und bei Terminen im Rathaus. USA wollte finanzielle Unterstützung, um sich um ein verwahrlostes Stück Land beim Autobahnzubringer zu kümmern, wollte Teenager aus der Arbeitslosigkeit holen und ein paar älteren Langzeitarbeitslosen vielleicht etwas, wie sie es nannten, »Hoffnung bieten«. Mittels der städtischen Erneuerung. Colin konnte das nicht vorbehaltlos gutheißen. Er war eher dafür, den gesamten Nordwesten und die Midlands dem Erdboden gleichzumachen. Er konnte sich an keine Zeit erinnern, ausgenommen vielleicht nach seinem Bruch mit Isabel, da er so deprimiert gewesen war.

Der Pfarrer, stellte er fest, redete ständig von der Kanalisation.

Wir haben bisher, sagte Francis, vom Erbe der viktorianischen Zeit gelebt. Englands Kanalisation steht vor dem Zusammenbruch, eine ganze Armee ungelernter Arbeiter könnte da eingesetzt werden und das System erneuern. Jedem, der ihm zuhören wollte, erklärte er, wie schrecklich der Verfall unter Bürgersteigen und Straßenpflaster voranschreite. Hermione war jetzt Veganerin, und Francis tat Colin manchmal leid. Sein Leben musste ziemlich unbequem sein, wenn Sylvia ihm guttat.

Es war verständlich, dass Sylvia so oft wie nur möglich aus dem Haus kommen wollte. Jeder in der Familie schien sein eigenes Territorium abgesteckt zu haben. Alistair war nur selten zu Hause und hielt sein Zimmer verschlossen, ob er nun drin war oder nicht. Niemand wollte sich vorstellen, wie es hinter der Tür aussah, seit Monaten war da nicht sauber gemacht worden. Suzanne verkroch sich in dem Zimmer, aus dem sie Karen vertrieben hatte. Mondgesichtig, das Haar strähnig und ständig den Tränen nahe schlich sie nach unten, wenn sie hörte, dass ihre Mutter aus dem Haus ging, und floh, sobald sie deren Schlüssel in der Haustür hörte, zurück nach oben. Karen hatte das Wohnzimmer für sich mit Beschlag belegt. Sie war ein fleißiges Mädchen, saß mit einem grünen Filzstift am großen Tisch und machte ihre Hausaufgaben. Gerade hatten sie festgestellt, dass sie ganz nebenbei ihre Initialen in den Tisch geritzt und ein noch anspruchsvolleres Projekt begonnen hatte: »Alistair ist ein Wi...« Sie gab sich rebellisch, was die Unterbrechung ihres Projekts betraf. Colin hätte sie womöglich weitermachen lassen, hätte das nicht die Anschaffung eines neuen Tischs bedeutet. Er hatte nicht gewusst, dass Kinder immer noch an solchen Ritzereien interessiert waren, und es kam ihm vor wie ein nettes Relikt aus einer unschuldigeren Zeit.

Die Küche gehörte Lizzie Blank, der monströsen Zugehfrau. Ohne ihre Anstrengungen hätte der Haushalt längst seinen Betrieb eingestellt. Zu ihr stieß Claire, die ihr Kochabzeichen machte. Ihre gekochten Eier waren oft das einzige warme Essen, das tagsüber noch zubereitet wurde, nach ein paar Dutzend fanden sie aber nicht mehr den anfänglichen Anklang. Sylvia, die ihre Ruhe und ihren Frieden wollte, wurde ins eheliche Schlafzimmer getrieben, die Lagerstätte ihrer zunichtegemachten Hoffnungen.

Ist es möglich, fragte sich Colin, dass ich Sylvia einmal wirklich geliebt habe? Schlug mein Herz schneller, wenn sie mir näher kam? Und nicht einfach vor Angst? Seit dem Debakel vor zehn Jahren hatte Colin zu dem Glauben gefunden, dass die romantische Liebe ein bloßes Artefakt ist, eine Erfindung des achtzehnten Jahrhunderts. In einer Welt, wie sie sein sollte, wäre die schwindende anfängliche Leidenschaft für Brust und Schenkel durch eine stabile Liebe zu weiten Feldern und die Bewunderung von vereinzeltem Gehölz und Mühlbach ersetzt worden. Mit der angemessenen Achtung für die soziale Ordnung hätte er nie auch nur einen zweiten Blick für Sylvia übrig gehabt, und es war von Beginn an schwer vorstellbar gewesen, dass sie ihm etwas anderes als üble Schulden und eine schwindsüchtige Kuh einbringen würde. In einer Welt, wie sie sein sollte, wäre es nie zu ihrer Ehe gekommen. Colin gab dem Jahrhundert die Schuld an seiner Lage, dem Rousseau'schen Getue seiner Vorfahren.

Währenddessen hatten die beiden hinteren Platten des Herds komplett ihren Dienst eingestellt. Der Wasserkessel war durchgebrannt, und sie mussten ihr Teewasser im Milchtopf heiß machen. Der Toaster verbrannte neuerdings alles, was man hineinsteckte, und katapultierte es anschließend quer durch die Küche. Die Waschmaschine pumpte, nur im Feinwäscheprogramm nicht, ihr Wasser direkt auf den Fußboden.

Und so blühte jener bösartige Fehlschluss erneut in Colins Leben auf: dass mit Isabel alles anders wäre. Er wusste, es war ein Trugschluss, einer, der schmerzte, und er versuchte ihn aus seinem Leben zu entfernen, ihn auszumerzen, und doch suchte er sie, wo immer Menschen waren, samstags beim Einkauf und unter den Leuten am Bahnhof, an denen er abends auf der Heimfahrt von der Schule vorbeikam. Das Bild in seinem Kopf war das Bild der Frau auf dem Foto, und was ihm am meisten Angst machte, war, dass er ihr auf der Straße begegnen oder an der Kasse im Supermarkt hinter ihr stehen könnte, ohne sie auch nur zu bemerken, so schnell und so sehr wandelten sich die Frauen, änderten ihre Körper und ihre Gefühle wie trügerische Insekten von einem Jahr zum anderen. Isabel war eine Anomalie, aber war es mit ihm nicht das Gleiche? Er sah in die Gesichter der Frauen, die an der Ampel neben ihm hielten.

Das neue Schuljahr hatte begonnen. Die Rechnung für die Renovierung der Küche kam. Sylvia dachte, dass sie am Ende doch einen neuen Esstisch fürs Wohnzimmer kaufen sollten. Sie hatte keine Zeit für den Kauf und das Waschen von Tischtüchern, würden sie und Lizzie Blank doch bald ohnehin voll beschäftigt sein: Mrs Sidney kam nach Hause. Zweimal wöchentlich besuchten sie Colins Mutter jetzt in St. Matthew's, und das Krankenhaus sprach bereits über einen Entlassungstermin.

Den ganzen Sommer hindurch hatte die alte Frau nicht von ihrer königlichen Wahnvorstellung gelassen, was ihrer körperlichen Genesung in keiner Weise hinderlich war. Sie war auf Station C verlegt worden, hatte dort ihren eigenen Stuhl im Tagesraum und machte ihre Nachbarinnen damit verrückt, sie in Sachen Protokoll in die Mangel zu nehmen und ihren Aufzug zu kritisieren.

»Hören Sie«, sagte Colin, den Sylvia zu einem Gespräch mit dem Facharzt geschickt hatte, »Sie können doch nicht ernsthaft denken, dass wir zu Hause mit ihr zurechtkommen. Eine der Schwestern meint, es sei ziemlich normal, sich für ein Mitglied der königlichen Familie zu halten, aber das kann doch nicht richtig sein?«

»Auf welch schmerzvolle Weise«, sagte der Arzt, »hat sie das Chaos ihrer inneren Welt in eine Ordnung gebracht! Alle Zeit hat für sie angehalten. Die Wirklichkeit birgt viele Seiten. Wenn sie inkontinent bleibt, gibt es natürlich spezielle Windeln, die Sie kaufen können.«

»Aber Himmel noch mal«, sagte Colin, »wir sind keine Krankenschwestern, wir wissen nicht, wie wir mit ihr umgehen sollen. Was wird sie denken, was passiert ist? Und wo sie ist? Sie ist das Krankenhausleben gewohnt.«

»Ah«, sagte der Arzt, »das genau ist es. Wir denken, dass die Strenge des Anstaltslebens ein zu mächtiges Modell für ihre innere Wirklichkeit war. Ihr Denken ist voll mit Regeln, Prozeduren, vergleichbaren Fällen und Standardabläufen. Die Anstalt ist, in der Tat, zu einer Art externer Psychose für sie geworden. Und falls Ihre Mutter Sie anschreit«, sagte er ungeduldig, »haben wir eine Tablette für sie.«

»Ich hab noch nie so einen Unsinn gehört«, sagte Sylvia, als er nach Hause kam. Sie saß mit Francis in der Küche, der, mit sichtlichem Genuss, ein gekochtes Ei aß. »Das ist nichts als ein fauler Trick. Sie wollen die Leute nur der Gemeinde aufhalsen, um Geld zu sparen.«

»Genau«, sagte Francis und betupfte sich die Oberlippe mit einem Stück Küchenpapier. »Dabei ist eine angemessene Gemeindeversorgung die teuerste Option. Nur schlecht ausgeführt ist sie billig. Die Sozialarbeiter, Gott segne sie, weisen schon seit Jahren darauf hin, und jetzt graben ihnen die Rechner eine Grube.«

»Ich habe noch nie gehört, dass Sie jemandem Gottes Segen gewünscht haben«, sagte Colin.

»Francis hat recht.«

»Ich weiß, aber das hilft uns nicht.«

»Daddy«, sagte Claire, »du solltest sehen, wie Lizzie Eier isst. Das ist wirklich abscheulich. Sie schneidet ein Stück vom Ende ab und saugt es aus. So …«

»Und Florence wird ihre Stelle nicht aufgeben, um sich um sie zu kümmern«, sagte Sylvia. »Sie liebt es, den Leuten ihre Anträge auf Heizkostenzuschüsse und so weiter abzulehnen.«

»Warum sollte sie ihren Job aufgeben?«, sagte Colin. »Sei fair. Sie hat ihren Teil beigetragen, bevor Mutter nach St. Matthew's kam. Wenn sie jetzt nach Hause kommt, müssen wir uns die Arbeit teilen.«

»Du meinst, ich und Florence, wir müssen uns die Arbeit teilen. Du wirst dich hinter der Schule verschanzen, und ich werde die Treppe mit Binden und Eimern voller ekelhafter Dinge rauf- und runterrennen müssen ...«

»Oh, Florence Nightingale.«

»... während du in deinem hübschen, ordentlichen Büro sitzt, mit dem Lineal Linien ziehst und bunte Nadeln in Wandkarten steckst.«

»Vielleicht kann Colin an den Wochenenden aushelfen«, schlug Francis vor. »Und bekommt ihr kein Betreuungsgeld?«

»Das muss ich Florence fragen«, sagte Colin. »Sie kennt den Tagessatz für eine Hofdame.«

»Ich wünschte, ich hätte einen Job«, sagte Sylvia. »Ich wünschte, ich könnte zur Arbeit gehen und den Dingen entfliehen, die in dieser Familie vorgehen. Vor Jahren schon hätte ich mich darum kümmern sollen. Ich hätte mir einen Vollzeitjob besorgen, mich unabhängig und euch machen lassen sollen. Vor unserer Ehe hatte ich wenigstens noch ein Einkommen, das ich mein Eigen nennen konnte, aber seitdem bin ich die Sklavin dieser Familie.«

»Ich hab immer gedacht, du hättest direkt nach der Schule geheiratet«, sagte der Pfarrer. »Was für einen Job hattest du denn?«

Die Frage erwischte Sylvia unvorbereitet. »Ich war in der Charcuterie«, sagte sie hastig.

»Kannst du Lizzie dazu bringen, etwas mehr zu arbeiten?«, fragte Colin. »Das leisten wir uns irgendwie.«

»Sie hat noch einen Nachtjob. Hermione wollte sie schon, aber sie hat abgelehnt.«

»Frag sie noch mal. Vielleicht haben sich die Umstände ja geändert.«

»Ich könnte ihren Stundenlohn etwas erhöhen.«

»Nein, ich glaube nicht, dass du das könntest. Es sei denn, du willst Bankrott anmelden.«

»Wir können nicht von ihr erwarten, dass sie aus reiner Menschenliebe für uns arbeitet. Wenn das Baby da ist, waten wir hier knietief durch Exkremente.«

»Das sowieso«, sagte der Pfarrer, »wenn nichts für die englische Kanalisation getan wird. Wisst ihr, dass es im Großraum Manchester in den letzten zehn Jahren etwa fünfzig große Einbrüche gab? Sie messen sie danach, wie viele Doppeldeckerbusse hindurchfahren könnten.«

»Was für ein merkwürdiges Konzept«, sagte Colin verschmitzt. »Ich frage mich, ob die Passagiere vorher gefragt werden.«

Es wurde Oktober. Suzanne war jetzt im fünften Monat, der Streit der Bergarbeiter mit der nationalen Kohlebehörde im achten. Sylvia lagerte Kerzen ein, sie glaubte den Versicherungen der Regierung nicht, dass es zu keinen Stromausfällen kommen werde. Das wäre das Letzte, sagte sie, Neujahr im Dunkeln verbringen zu müssen. Suzanne hörte auf, Jim Ryan anzurufen, und verlegte sich aufs Warten. »Ich bin froh, dass ich schwanger bin«, sagte sie. »Es gibt mir etwas zu tun.«

Nicht weit entfernt, in Wilmslow, wurde in einem Moor eine Leiche aus der Eisenzeit gefunden. »Gib her, lass mich mal sehen«, sagte Alistair aufgeregt und riss seinem Vater die Zeitung aus der Hand. »›Der Körper wurde konserviert, weil es da kein ...‹ Was soll'n das sein?«

»Sauerstoff«, sagte Karen, die ihm über die Schulter sah. »Hast du keine Chemie? ›Wegen des Fehlens von Sauerstoff im wasserdurchtränkten Moor.‹«

»Lass, gib her, ich hab sie«, sagte Alistair, der seine Schwester wegstieß und sich über die Zeitung beugte. »›... könnte es sich um ein Ritualopfer handeln.‹ So was könnten wir bei unsern Ritualen auch brauchen.«

»Was für Ritualen?«, wollte Colin wissen.

»Die bei uns in der Bude. Austin leitet sie, und manchmal haben wir Gastleiter. Ist wie 'ne Abendandacht, aber blutiger. Hör dir das an, Kari: ›… schlug ihm zweimal mit einer schmalen Axt auf den Schädel und schlitzte die Halsschlagader auf, um sein Blut zu bekommen.‹«

»Ich hoffe, das bringt euch nicht auf dumme Gedanken«, sagte Sylvia missbilligend.

»So wurde er gefunden: ›Das Gesicht verdreht und in die Schulter gedrückt, die Stirn stark gerunzelt und die Zähne fest zusammengebissen …‹« Alistair lachte grob. »Klingt ganz nach dir, Dad.«

Colin nahm seinem Sohn die Zeitung weg. Er ließ den Blick über die Beschreibung des Moormannes gleiten und las, der Historiker Tacitus habe gesagt, die Barbaren ertränkten und versenkten Leute in Mooren, die »ruchlose Verbrechen, wie zum Beispiel Ehebruch« begangen hätten. Was für eine Behauptung, der arme Kerl war vielleicht einfach überfallen worden. Es klopfte an der Küchentür. Lizzie Blank kam zur Arbeit und zog ihre Leopardenfelljacke aus. »Kann ich die Zeitung haben, wenn Sie damit fertig sind?«, wollte sie wissen. Colin saugte nachdenklich an seiner Unterlippe. »Es wird erwartet, dass er ausgestellt wird, für die Öffentlichkeit. Gefriergetrocknet, im British Museum. In etwa zwei Jahren.«

Muriel sah ihre alten Freunde dieser Tage immer weniger. Sie ging immer noch zu Crisp, um die Rollen zu tauschen, doch er war sehr oft nicht da, und es lag auch nicht länger ein Zettel auf dem Tisch, um ihr zu sagen, in welcher Messe er gerade war. Die Nächte wurden länger, und in Sholtos Laden wurde eingebrochen, in zwei aufeinanderfolgenden Nächten wurde er ausgeräumt. Die Leute kamen durch ein Oberlicht. Aber der Laden sollte sowieso geschlossen werden. Das war das Ende von Sholtos Job, und jetzt schlief er auf der Straße. Sie verloren sich aus den Augen. Muriel bezweifelte, dass es im nächsten Sommer noch Tagesausflüge geben würde.

Clyde von der Partnerschaftsagentur hielt Wort. Er hatte gesagt, dass er sie ausfindig machen würde. Es war dumm von ihr gewesen, wie ihr jetzt klar wurde, Lizzie Blank die Adresse der armen Mrs Wilmot benutzen zu lassen. Clyde vernachlässigte seine Butterskulptur und trieb sich in der Straße herum, beobachtete die oberen Fenster von Mr K.s Haus und lief mit schwingenden Armen um den Block. Seine Entschlossenheit und Initiative musste man ihm zugutehalten. Eines Tages klopfte er an die Tür, mit einem Backblech und einer haarsträubenden Geschichte, und gab Mr K. ein Weizenbrot.

Mr K. schlug ihm die Tür vor der Nase zu, bevor Clyde mit seiner Geschichte fertig war. Mr K.s Züge schienen sich in sein derbes, unrasiertes Gesicht hineindrehen zu wollen, wie um in den eigenen Schädel zu blicken. Er hielt das Brot vor sich hin und trug es in die Diele. Dort stand ein kleiner Tisch, auf den er es legte. Mit einer Hand massierte er die Rippen um sein Herz.

Als Miss Blutarmut nach Hause kam, stieß sie mit ihrem Hungerfinger in die Kruste. »Ihr Brot ist da!«, rief sie und ging in die Küche. »Warum putzen Sie eine Pistole?«, fragte sie und brach in Tränen aus. »Sie haben meine Überweisung gestoppt«, sagte sie. »Sie werfen mir vor, mit einem Riesen zusammenzuleben.«

»Moment«, rief Mr K. und legte die Pistole weg. »Das muss der Kerl sein, der Brot gebracht hat. Zwei von der Sorte gibt es nicht. Ich dachte, er wäre Kumpel von Schnüfflerer.« Er verdrehte seinen Lappen zwischen den Händen. »Ich habe die arme Mrs Wilmot gefragt, sie soll Licht auf Sache werfen, aber sie kann nicht. Sie sagt, sie kennt den Riesen nicht, und der Riese kennt sie nicht.« Er setzte sich zitternd auf den Küchenstuhl und hielt sich den Kopf. »Ich bin krank, meine liebe junge Dame, vor Spannung. Ich habe Nachricht in der Diele, mit Drohung wegen Briefkasten, unterschrieben von Olga Korbut. Deshalb putze ich meine Luger. Was das Brot betrifft, ist zweifellos vergiftet. Bitte lassen Sie es, wo es ist, und wenn nötig, nehmen Sie von den Hovys.«

»Vielen Dank«, sagte Miss Blutarmut. Sie wischte sich die Tränen mit dem Handrücken weg und nahm sich ein, zwei Scheiben aus der Packung. »Danke«, sagte sie. Ihre Gefühle waren kurzlebig, und das war auch gut so. Es half nicht, sich wegen der Zukunft aufzuregen oder sich zu sehr an etwas zu binden. Man wusste nie, ob einem eine Änderung der Versorgungsvorschriften nicht morgen schon das Leben auf den Kopf stellte. Es war gesellig hier in der Napier Street, doch es hieß, sie wollten die Mietzuschüsse kürzen und junge Leute dazu bewegen, wegzuziehen. In der Welt draußen nannten die Leute sie Anne-Marie und wollten, dass sie Verantwortung für sich übernahm. Waren Sie schon bei einem Psychiater?, fragten sie. Wenn sie hier wegging, musste sie nach Burton-on-Trent zu ihrer Mum und ihrem Dad, die nie miteinander redeten und ihr klarmachten, was für eine Enttäuschung sie doch sei, und warum arbeitete sie eigentlich nicht bei Marks & Spencer? Die nahmen nur ganz gesunde Leute, Mum und Dad schienen das nicht zu begreifen.

Am Abend der Entlassung der alten Mrs Sidney kündigte die arme Mrs Wilmot. Sie würde schmerzlich vermisst werden, sagten ihr die Schwestern, von den Mitarbeitern und den Patienten gleichermaßen. Ein williger, gebeugter, bescheidener Körper mit dem Herzen am rechten Fleck. Das Putzen wurde privatisiert, und so jemanden wie sie würde es nicht mehr geben.

Sie ging die Eugene Terrace hinunter zu Crisp. Er und Sholto aßen Würstchen in Blätterteig. »Wenn ihr Rache für Effie wollt«, sagte sie, »müsst ihr's anpacken.«

Crisp sagte, das Krankenhaus habe Effie auf dem Gewissen: dass sie eine Lungenentzündung bekommen habe und die hätten sie sterben lassen, weil sie gesehen hätten, dass sie alt und verrückt und die Antibiotika nicht wert war. Tatsächlich war sie schon ziemlich hinüber gewesen, als der Krankenwagen sie brachte, unterkühlt und außer sich. Aber sie mussten die Zeit herumbringen. Crisp versuchte sich Ärger einzuhandeln, indem er sich mit Jugendlichen herumtrieb. Sholto seinerseits konnte die Suppe im Nachtasyl nicht mehr ausstehen. Die beiden planten, zurück nach Fulmers Moor zu kommen. Muriel war das egal, denn was sie vorhatte, musste sie sowieso allein tun. Sie brauchte keine Hilfe, weder von den beiden noch von sonst wem.

Mutter war nicht wieder aufgetaucht, aber wenn Muriel den Esstisch in der Buckingham Avenue polierte, glaubte sie, sie in der Luft zu spüren. Sie wollte sie und wollte sie nicht, das war das Problem. Crisp und Sholto konnte sie das nicht erklären. Sie verabschiedete sich von den beiden und ging nach unten. Es war zehn Uhr, als sie auf die Straße trat, und die Mukerjees machten gerade den Laden zu. Ein fülliger asiatischer Gentleman fuhr in seinem großen Wagen vom Straßenrand los und folgte Lizzie Blank, als sie um die Ecke stöckelte. Er ließ sein elektrisches Fenster heruntergleiten, beugte sich hinaus und machte ihr ein Angebot. Sie blieb ruckartig stehen und starrte ihn an. Als hätte er sich nicht klar ausgedrückt, hielt er ein dickes Päckchen hoch und wedelte damit. »Zehn Pfund in Fünf-Pence-Münzen, ganz allein für dich«, erklärte er ihr, lächelte ermutigend und ließ einen Goldzahn sehen. Der Weg führte ins Ödland, wo es keine Laternen mehr gab. Nur seine weißen Manschetten schimmerten in der Dunkelheit, sein goldener Ring und sein Goldzahn. »Sag mir deinen Preis«, sagte er. Ihr Herz begann zu schlagen, und sie spürte eine verzweifelte, erstickende Wut in sich aufsteigen. Wenn die Schale zerbricht, fällt das Baby heraus, und hervor kommt die kleine Muriel, mit Zähnen, Knochen und allem. Sie hob die Fäuste gegen den Mann im Auto, und ein mächtiger, heiserer Schrei stieg aus ihrer Brust und hallte zurück in die dunklen Höhlen des Punjab. Schweiß trat ihm aufs Gesicht, der Mann trat aufs Gas und dröhnte in die Nacht.

Als der Krankenwagen vor Florence' Haus vorfuhr, stand die ganze Familie bis auf Alistair im Vorgarten. Colins Gesicht war von Sorge gezeichnet, aber Sylvia und seine Schwester sahen aus wie Frauen, die genau wussten, was sie zu erwarten hatten. Die beiden kleinen Mädchen, denen Großmutters Irrtum erklärt worden war, kicherten

und übten Knickse. Claire hatte darauf bestanden, ihre Pfadfinderuniform anzuziehen. Suzanne lauerte im Schatten des Vorbaus und
trug eine Decke um die Schultern. Je winterlicher es wurde, desto
demoralisierter und verrufener wirkte sie. Es gab ganze Tage, an denen sie kein Wort sagte und keinen Fuß vor die Tür setzte.

Die hinteren Türen des Krankenwagens öffneten sich, die Sanitäter hoben Mrs Sidney und ihren Rollstuhl auf die Straße und setzten ihn vorsichtig ab. Einer von ihnen winkte in Richtung der Familie. Sie drehten den Rollstuhl, lupften ihn auf den Bürgersteig
und schoben ihn zum Gartentor. Mrs Sidney war in eine freund-
liche hellrote Decke gehüllt, nur der obere Teil des Kopfes sah heraus. »Da sind wir«, riefen die Sanitäter und schoben sie den Garten-
weg hinauf. »Sie kann gehen, wissen Sie, aber sie sagt, es sei gegen
die Etikette. Wie froh wir sind, Sie alle zu sehen! Letzte Woche haben
wir ein altes Mädchen nach Hause gebracht, und die ganze Familie
hatte sich verdrückt. Wie die *Mary Celeste*. Die Polizei brauchte eine
Woche, um sie aufzuspüren. Sie sagten, sie seien oben in Aberdeen
gewesen, um auf einer Bohrinsel anzuheuern.«

Als der Rollstuhl zum Stehen kam, tauchte Mrs Sidneys knochige
Hand aus ihrer Hülle auf. Sie zog sich die Decke vom Gesicht und
linste heraus. »Wo ist dein Vater?«, wollte sie von Colin mit kräch-
zender Stimme wissen, der Hilfe suchend zu Sylvia hinsah.

»Sag es ihr«, sagte Sylvia. »Sag ihr, dass er tot ist. Fang gar nicht
erst an, ihr schöntun zu wollen.«

Colin räusperte sich. »Er ist gestorben, Mutter. Erinnerst du dich
nicht? Das ist jetzt etwa zehn, elf Jahre her.«

»Erzähl keinen Unsinn«, sagte Mrs Sidney. »Er wird zur Jagd in
Sandringham sein. Wer ist die Frau da in anderen Umständen bei
der Tür?«

»Können wir Ihnen helfen?«, fragten die Sanitäter. »Wo wollen
Sie sie haben? Oben, unten, im Gemach Ihrer Hoheit?« Suzanne trat
zurück, um sie vorbeizulassen. Als sie wieder herauskamen, zwin-
kerten sie ihr zu. »Ruf uns an, Schatz, wenn es schnell gehen muss.

Wir sind rund um die Uhr dabei, und uns ist kein Job zu groß oder zu klein.«

»Was für nette Männer«, sagte Claire. »Ob sie vielleicht ein gekochtes Ei wollen?«

»Damit gehört sie wieder ganz Ihnen«, riefen sie und liefen den Weg hinunter.

Mr Ryan, Jim, war ein schlanker, beflissener Mann in seinen frühen Dreißigern. Er hatte einen sandfarbenen Schnauzbart und braune Hundeaugen.

»Setzen Sie sich, Mr Sidney«, sagte er. Er hielt inne, ohne große Hoffnung. »Ich nehme nicht an, dass Sie wegen Ihres Kontos hier sind?«

Colin zog einen Stuhl an den Schreibtisch heran. »Meine Frau denkt, dass wir miteinander reden sollten, aber ich weiß nicht … Vielleicht wäre ein anderer Ort besser.«

»Es macht nichts«, sagte Ryan, »solange Sie Ihre Stimme gesenkt halten.«

»Ich bin nicht hier, um Ihnen eine Szene zu machen.«

»Nein … also, das ist schon in Ordnung.« Mr Ryan sank auf seinem Drehstuhl leicht in sich zusammen. Sein Blick wanderte über Colin und weiter zum gerahmten Druck eines Fischerdorfes an der Wand gegenüber. Der Kai schien merkwürdig leer, kleine Boote hüpften auf den blauschwarzen Wellen. »Es würde nur nicht helfen, wenn ich meinen Job verlöre.«

»Ist das wahrscheinlich?«

»Sie ist eine Kundin?«

»Natürlich.«

»Und wir haben unsere Berufsethik.«

»Wie Ärzte und Dentisten? Das wusste ich nicht. Ich meine, wenn eine Frau zu Ihnen kommt, um ein Sparkonto zu eröffnen, sagen Sie ihr nicht, sie soll sich ausziehen, oder? Nicht im Normalfall, wobei ich verstehe, dass es Ausnahmen gibt.«

»Sie wären überrascht, was hier alles geschieht, Mr Sidney.« Mr Ryans dunkle Augen zuckten. Er nahm eine Büroklammer aus einer Schale und fing an, sie aufzubiegen. »Wenn Sie hinter diesem Tisch sitzen, erleben Sie einiges. Kunden, die sich scheiden lassen, kommen zu Ihnen ins Büro und fallen übereinander her.«

»Ich hatte ja keine Ahnung.«

»Oh, ja. Es wird schrecklich persönlich.« Er erwiderte kurz Colins Blick. »Deshalb bin ich nicht ins Bankgewerbe gegangen, ich mag das nicht. Sie kommen, um ihre Einlagen aufzuteilen, und ehe Sie sichs versehen, streiten sie über Fellatio und darüber, wer den Hamster kriegt.«

Colin holte ein Schachtel Zigaretten heraus. »Mögen Sie eine?«

Ryan schüttelte bedrückt den Kopf, als wäre in diesem Moment jede dumme Angewohnheit eine Erleichterung. »Das ist kein Witz«, sagte er. »Ich mag das nicht. Es bringt mich aus der Fassung.«

»Sie mögen keine Gefühle.« Colin steckte sich seine Zigarette an. »Die überlassen Sie lieber den Frauen, wie?«

»Warum nicht?«, sagte Ryan leicht spöttisch. »Da kennen die sich aus, oder? Wenigstens behaupten sie es. Ständig wechseln sie den Standpunkt, da kommt man nicht mit. Für die Frauen ist ein heftiger Streit ein, wie sagt man, Mode-Accessoire, und jede Saison gibt es neue.«

»Haben Sie einen Aschenbecher?«, fragte Colin. Ich rege mich nicht auf, ich bewahre die Ruhe, dachte er. Er hob den Blick. »Wie ich feststellen muss, Mr Ryan, sind Sie ein Mann von, wie viel ... dreiunddreißig, vierunddreißig?«

»Während Suzanne achtzehn ist. Sie denken, ich habe mir ihre Unerfahrenheit zunutze gemacht.«

»Nun«, sagte Colin, »so nennen Sie es, aber ja, in diesem Fall ... Ich kann mir nicht vorstellen, wie Sie sich kennengelernt haben.«

»In der Universität«, sagte Ryan. »Es gibt diese jährlichen Aktionen, Sie wissen schon, Sie müssen die Anzeigen gesehen haben. Wir nennen es unser ›Eines-Tages-Paket‹. ›Eines Tages verdienen Sie eine

Million‹, das ist der Slogan. Die Leute, die sich diese Sachen einfallen lassen, leben in der Vergangenheit. Die denken immer noch, dass es für Hochschulabsolventen Jobs gibt.«

»Ja?«

»Und da war Ihre Tochter und fragte nach einem unserer Klemmbretter mit Logo und den Filzstiften, die wir verteilten. Mir selbst erschienen die Filzstifte ungeeignet, etwas unreif, doch Ihre Tochter meinte, im Gegenteil, wissen Sie, für eine Geografiestudentin wie sie wären sie sehr nützlich … So kamen wir ins Gespräch.«

»Und dann?«

Ryan fuhr sich mit der Hand durchs Haar. »Dann habe ich sie gefragt, ob sie Lust habe, etwas trinken zu gehen … Sie wissen schon. Den Rest können Sie sich denken. Das ist nicht interessant, oder?«

»Nur in einer Hinsicht.«

»In welcher?«

»Ich hatte gehofft, Sie könnten mich darüber aufklären, warum Sie meine Tochter haben schwanger werden lassen!«

»Was heißt ›werden lassen‹? Wie meinen Sie das? Man sollte doch denken … Ich weiß, sie ist erst achtzehn, das haben Sie gesagt, aber man sollte doch denken, dass sie intelligent genug wäre, die Pille zu nehmen.«

»Sie hat Ihnen gesagt, dass sie die Pille nehme?«

Mr Ryan starrte ihn an, sprachlos, und jedes noch so kleine Äderchen seines Gesichts weitete sich, füllte sich und ließ ihn vom Haaransatz bis zum weißen Kragen seines gestreiften Hemds rot anlaufen.

»Es ist ein Tick«, sagte Colin ruhig. »Sie mögen die Pille nicht. Ich dachte, Sie hätten da zu einer Übereinkunft gefunden. Über natürliche Methoden.«

»Was?«, sagte Ryan. »Was reden Sie da?«

»Entschuldigen Sie. Ich hätte es auch vorsichtiger ansprechen können … wobei es nicht mehr wichtig ist, eher von akademischem Interesse, wie die Leute sagen.«

»Für mich ist das nicht nur von akademischem Interesse! Was hätte ich denn tun sollen?«

»Sich rechtzeitig zurückziehen, nehme ich an. Die natürliche Bevölkerungskontrolle. Bauern machen es so. In Italien. Es gibt ein Buch darüber.«

»Das muss ich verpasst haben.« Schreck und Entrüstung vertieften sein Rot. »Da werde ich wohl dem Buchclub beitreten müssen, richtig?, bevor ich wieder eine Frau anspreche, oder bei W. H. Smith nachsehen, was für einen verdammten Irrsinn sie für mich auf Lager haben mag. Ist das so?«

»Oder Sie entscheiden sich für eine Dreißigjährige«, sagte Colin. »Die nehmen die Pille, die stört es nicht, sich für einen guten, aufrechten Mann wie Sie zu vergiften. Also wirklich, Ryan, fassen Sie sich, beruhigen Sie sich. Wenn Sie auch nur einen Funken Verstand haben, wird es kein nächstes Mal geben. Weiß Ihre Frau Bescheid?«

»Ob sie es weiß? Ihre Tochter hat es ihr am Telefon gesagt. Als ich nach Hause kam, wartete sie auf mich. Ich wusste gleich, dass was nicht stimmte. Sie sagte: ›Eine junge Frau namens Suzanne hat angerufen. Ich bin außer mir.‹ Das war's. Ich musste ihr alles gestehen.«

Nur weiter, dachte Colin, die alte Leier.

»Ich glaube, Suzanne erwartet, dass Sie Ihre Frau verlassen und mit ihr zusammenziehen.«

»Dass ich meine Frau verlasse?«

»Ich fürchte, sie hat Ihre Beziehung zu ernst genommen.«

Ryan vergrub das Gesicht in den Händen. »Ich bin von vorne bis hinten reingelegt worden«, sagte er müde. »So hab ich das alles nicht gesehen. Ganz und gar nicht. Es war einfach nur ein … Techtelmechtel. Was schon mal vorkommt.«

»Ein Techtelmechtel?«, sagte Colin. »Jetzt hör mal, Kumpel. Wir haben 1984, viktorianische Werte.«

»An der Art, wie Ihre Tochter mir hinterhergelaufen ist, war nichts Viktorianisches.«

»Nein, aber die Sache ist nun mal die«, sagte Colin geduldig, »dass man für das zahlt, was man tut. Die straffreien Siebziger sind vorbei. Sie können nicht Ihre Bastarde in der Landschaft verteilen und erwarten, dass der Staat die Rechnung zahlt. Sie müssen die Schuld spüren, Mr Ryan, Sie müssen die Hand in die Tasche stecken. Sie sollten sich wirklich überlegen, ob Sie Ihre Aktivitäten nicht etwas einschränken. Vielleicht fangen Sie sich sonst noch eine von diesen besonderen Krankheiten.«

Ein kurzes Schweigen. Ryan war auf seinem Stuhl komplett in sich zusammengesackt. »Ich habe ihr angeboten, die Abtreibung zu bezahlen.«

»Sie will keine. Im Übrigen ist es mittlerweile zu spät dafür.«

»Die Mädchen heute … Ich begreife es nicht.« Ryan bearbeitete mit den Fingerspitzen die Haut über den Augenbrauen. »Sie muss verstehen … Sie müssen es ihr erklären … Ich kann meine Frau nicht verlassen. Es ist einfach keine Option. Isabel geht es nicht gut.«

»Nicht gut?«, sagte Colin scharf. Ryan setzte sich auf.

»Ihre Nerven. Wenigstens denke ich, es sind ihre Nerven. Da ist was nicht in Ordnung. Um ehrlich zu sein … Darf ich Ihnen gegenüber ehrlich sein?«

»Nur zu.«

»Ich nehme an, ich dachte, mit Suzanne, dass sie mich auf andere Gedanken bringen würde. Ich habe große Sorgen, Mr Sidney, und so würde es Ihnen auch gehen, wenn Sie mit Isabel fertig werden müssten.«

»Würde es das?«

»Verstehen Sie, Isabel war sechsundzwanzig, als ich sie kennenlernte, und unverheiratet. Niemand hatte ihr bisher Avancen gemacht, und ich dachte, ich wäre ihr erster Liebhaber, wobei ich später erfuhr, dass das nicht der Fall war. Sie war mir gegenüber misstrauisch, sehr misstrauisch, wenn Sie verstehen, was ich meine. Sie vergraulte die Männer, die Männer allgemein. Es kostete mich Monate, ihr näherzukommen. Ich glaube, als wir heirateten, kannte ich sie noch rein gar nicht.«

Ryan nahm ein Blatt Papier von seinem Schreibtisch und begann es zu falten. »Und kennen Sie Ihre Frau heute?«, fragte Colin.

»Ach, heute … Sie trinkt. Hauptsächlich Gin. Oder Whisky. Sie kriegt Wutanfälle, schreckliche, fürchterliche Gefühlsattacken. Würden Sie sie kennen, würden Sie verstehen, warum ich nach Abwechslung gesucht habe, aber gleichzeitig, ganz praktisch betrachtet: Was würde sie tun, wenn ich sie verließe? Ich kann sie doch nicht einfach so abservieren, oder? Sie kommt allein nicht zurecht.«

»Hören Sie«, sagte Colin verzweifelt, »das müssen Sie mir alles nicht erzählen.«

»Oh, aber es erleichtert mich, mir das von der Seele zu reden. Vor Kurzem ist ihr Vater gestorben, im Krankenhaus, und das hat alles noch schlimmer gemacht, weil sie sich ständig gestritten haben, und sie hat diese fixe Idee, dass sie ihm den Tod gewünscht hat. Wie es scheint, hat er ihr vor seinem Tod noch gesagt, er habe … nun, ich weiß nicht, eine Art Verantwortlichkeit, ein uneheliches Kind, glaube ich, von einer Frau, die er im Park getroffen hat. Sie kann einfach nicht davon aufhören und redet unablässig von früher, von ihrem Leben.«

»Ein Leben haben wir alle.«

»Aber man muss doch die Vergangenheit hinter sich lassen, oder?«

»Wenn sie es zulässt.«

»Genau das sagt sie auch. Sie sagt, die Zeit sei ein Kreislauf, und sie spüre, wie sie nach ihren Füßen schnappe.«

»Da hat sie nicht ganz unrecht.«

»Es gab da einen anderen Mann. Bevor wir uns kennenlernten.« Er hatte einen Papierflieger gefaltet, hielt ihn in die Höhe und bewunderte ihn zerstreut. »Seit ein paar Monaten redet sie ständig von ihm. Sie sagt, sie glaube, dass er sie verstanden habe, besser als jeder andere bisher. Aber er habe sie enttäuscht. Natürlich, so wie sie ist, kann ich nicht wirklich sagen, ob es ihn überhaupt gab. Vielleicht hat sie ihn nur erfunden, um mich zu quälen.«

Ihn erfunden? »Das glaube ich nicht«, sagte Colin. »Das würde sie doch nicht tun?«

»Meinetwegen kann sie zurück zu ihm, wenn sie ihn findet.« Ryan schniefte. »Soll er's doch mit ihr versuchen.«

»Vielleicht würde er sie nicht mehr wollen.«

»Nicht, wenn er sie sähe. Nicht, wenn er wüsste, wie sie heute ist.«

»Sowieso nicht. Das alles ist lange her, und wir müssen versuchen, verstehen Sie …«, Colins Stimme hatte, wie ihm bewusst wurde, einen sanften Tonfall angenommen, »uns unter den Umständen zu bewegen, in denen wir uns befinden.«

»Aber das tut sie nicht. Isabel betrinkt sich an ihrer Vergangenheit, sie wird darüber verrückt. Sie war mal Sozialarbeiterin, und ich nehme an, sie hat einige schlimme Sachen erlebt. Manchmal redet sie von einer alten Frau, die sie in einem Zimmer eingesperrt habe, und diesen unsichtbaren Wesen, die hervorgekommen seien und nach ihren Beinen gegriffen hätten. Sie sagt, sie habe gedacht, sie würde sterben.«

Colin empfand Furcht. Scham und Bedauern drückten auf sein Zwerchfell und nahmen ihm den Atem. Er stand auf, schob seinen Stuhl unbeholfen zurück und ging zur Wand mit der Meereslandschaft. »Vielleicht braucht sie Hilfe. Einen Arzt. Die Art von Hilfe.«

»Einen Arzt? Sie braucht eine Teufelsaustreibung. Oh, sie kann es gut verstecken. Was man als Sozialarbeiter so können muss, Neurosen erkennen, sehen, ob jemand ein Alkoholiker ist, und so weiß sie, wie sie tun kann, als wär sie's nicht. Da hält sie sich am ganz kurzen Zügel. Wenn Sie sie sähen, würden Sie nicht denken, dass sie verschiedene Zusammenbrüche hatte.«

»Zusammenbrüche?«

»Zwei, drei. Ich bin nicht wirklich sicher. Sie gehen irgendwie ineinander über.«

»Das wusste ich nicht.«

»Wie sollten Sie auch? Ich habe Suzanne nicht davon erzählt, nur das Übliche, wissen Sie, die Klagen, die man hat. Suzanne schien mich zu verstehen …« Er schüttelte den Kopf. »Ich hätte nicht gedacht, dass sie so komische Vorstellungen hat, aber das kann man wohl nie wissen.«

Colin musterte das Bild, betrachtete die Risse im Rahmen. Wie hatte sich Isabel für Jim Ryan entscheiden können? Aber alle Ehen sind Mysterien. Was hatte Suzanne in ihm gesehen? Schwäche, vielleicht etwas von ihrem Vater. Stärke, das war Sylvia, das Fühlbarmachen der eigenen Meinungen. Ryans Gesicht war immer noch rot angelaufen, und sein dünnes, strohiges Haar stand in Büscheln hoch, wo er mit den Finger hindurchgefahren war, während er von Isabel gesprochen hatte. Er war eine Ansammlung von kleinen Ticks, amoralischen Reflexen, kleinen geistigen Kurzschlüssen, die ihn vor Schuldgefühlen und Kummer schützten und vor sich selbst rechtfertigten.

»Erklären Sie alle Leute für verrückt, die Ihnen lästig zu werden drohen?« Colin wandte sich von der Wand ab. Aber er war nicht mit dem Herzen dabei. Suzanne war allein, sitzen gelassen, Isabel krank, und zu Hause wartete Sylvia und wollte wissen, wie er die Situation einschätzte.

»Sie müssen doch zugeben, dass es recht ungewöhnlich ist«, sagte Ryan, »bei italienischen Bauern nach Hilfestellung bei der Geburtenkontrolle zu suchen. Das ist fast so albern wie einiges von dem, was Isabel von sich gibt. Manchmal denke ich, wissen Sie, all die Leute draußen auf der Straße, die so tun, als wären sie normal – man sollte da nach dem Zufallsprinzip immer mal welche rausholen und sehen, unter was für Wahnvorstellungen sie leiden.«

»Vielleicht ist es ja diese Stadt«, sagte Colin. »Ich glaube, sie mischen hier was ins Wasser.«

Eine weitere Viertelstunde verging mit dem Austausch von Nettigkeiten. Colin rauchte seine letzte Zigarette. Er zerknüllte die leere Schachtel und warf sie in den Papierkorb. Ryan sagte: »Ich weiß nicht, warum ich Ihnen das alles über meine Frau erzähle, es ist sehr persönlich.« Morgen würde er es bedauern, er bedauerte es jetzt schon. Er ließ seinen Papierflieger über den Schreibtisch segeln, hoch flog er und dann senkrecht nach unten, direkt vor Colins Füße.

»Also dann«, sagte Colin. »Dem gibt's nichts mehr hinzuzufügen. Ich gehe wieder.«

Ryan sprang auf, um ihn hinauszugeleiten, als wäre er ein Kunde. Seine Hand hing ausgestreckt in der Luft. Colin blieb an der Tür stehen. Er drehte sich noch einmal um. »Ich bin es. Ich bin der Mann, von dem Ihre Frau sagt, dass er sie enttäuscht habe. Ich habe sie vor zehn Jahren gekannt. Wir hatten eine Affäre.«

Ryan starrte ihn einen Moment lang an, aber sein Talent zum Selbstausdruck war erschöpft. Er setzte sich nur still zurück auf seinen Platz, als wären sie in der Kirche. Seine braunen Augen waren von einer undurchsichtigen Glasur überzogen. »Wollen Sie darüber reden?«, fragte er.

»Nein«, sagte Colin. »Solange ich lebe, will ich nicht darüber reden«, und er war schon halb aus der Tür, als er noch einmal innehielt und sagte: »Ich löse mein Konto bei Ihnen auf.«

Den Kopf in den Händen, ächzte Ryan.

Er sah sie, sobald er die Tür hinter sich schloss, mit albtraumhafter Präzision bewegte sie sich aus einem diffusen Hintergrund in den Blick, klar und deutlich, in ihrem seltsamen Anorak mit den Rennstall-Blitzen, inmitten von älteren Ladengehilfen, die mit ihren Geldsäcken rasselten, und Hausfrauen, die in den Tiefen ihrer Handtaschen nach Kugelschreibern suchten. Früher einmal wäre er überrascht gewesen, heute nicht mehr. Die Gestalt ein wenig fülliger, die Züge leicht verschwommen, die dunklen Augen leuchtend in der gewohnten Blässe, der Teint, an den er sich erinnerte.

Lässt sich einer Leidenschaft eine Frist setzen? Zwei Jahre? Fünf? Zehn? Einen Moment lang wollte er ihren Namen rufen, doch dann schwieg er, und dabei spürte er, wie sich dieser unwiederbringliche Moment von ihm löste und davonglitt. Und in diesem Bruchteil einer Sekunde, die sein Innehalten währte, veränderte sich sein Leben, unmerklich, unwiderruflich, in aller Stille. Es war wie mit dem Yorker Münster, niemand hatte tatsächlich gesehen, wie der Blitz eingeschlagen war. Und lange bevor er wieder zu sich kam, lange bevor er das Ausmaß seines Verlusts zu ermessen vermochte, hatte sich die Schlange für die Expresskasse geöffnet und sie verschluckt.

Als Colin nach Hause kam, sagte seine Frau: »Geh nach nebenan zur königlichen Varietévorstellung. Sie wartet auf dich.«

Benommen ging er wieder aus dem Haus. Er nahm seine Umgebung kaum wahr, die Pflanzen in den Urnen waren welk und braun, unfähig dem Vormarsch des Herbstwetters zu widerstehen. Es war komisch, dass Sylvia sie noch nicht ausgemacht hatte, aber vielleicht waren sie ja auch über Nacht gestorben. Er trat durchs Tor und ging zu Florence. Mit all dem Hin und Her zwischen den Häusern wäre es das Beste, ein Loch in die Hecke zu schneiden. Was für ein Glück, wenn er darüber nachdachte, dass Florence nicht in ein kleineres Haus gezogen war, wozu Freundinnen sie immer wieder gedrängt hatten. Banal und prosaisch wanderten seine kleinen Gedanken dahin, er kannte sie bestens, jede winzige Einzelheit, fühlte sich ihnen jedoch enthoben, als sähe er mit einem Teleskop auf sie hinab. Tick, tick, tick. Sylvia und Isabel. Wie die *Grube und das Pendel.*

Florence empfing ihn in der Diele. »Die Digitaluhr spielt verrückt«, sagte sie. »Nach ihr ist es schon morgen. Ich dachte, das passiert bei denen nicht und nur richtige Uhrwerke könnten so falsch gehen.«

Colin nahm die Uhr und schüttelte sie. »Du kannst sie nicht reparieren, indem du sie schüttelst«, sagte Florence. »Nicht solche Uhren. Ich weiß auch nicht, was hier vorgeht. Ich verstehe es nicht. Die Bilder fallen von den Wänden.«

»Unser Haus ist ein ziemliches Wrack«, sagte Colin. »Die Elektrik ist völlig durcheinander. Nun, du weißt schon.«

»Die Pflanzen gehen ein.«

»Ja, unsere auch.«

Florence wirkte erhitzt und betrübt. »Weißt du«, sagte sie, »ich konnte gerade meinen Mantel ausziehen, da rief sie schon wieder nach mir. Kaum komme ich um halb sechs durch die Tür, ist Sylvia weg. Und wo warst *du*? Möchtest du eine Tasse Tee?«

»Ich gehe wohl besser zu ihr hinauf.«

»Wenn du eine halbe Stunde bei ihr sitzen könntest, das wäre eine Hilfe. Dann könnte ich die Küche aufräumen. Da liegen ein paar Scherben, ich habe keine Ahnung, wovon. Fast wäre ich hineingetreten.«

»Überlass sie mir«, sagte Colin tröstend. Innerlich schrie er nach Morphium. Brandy. Nach Vergessen.

»Ohne die Blank wüsste ich nicht, was wir tun sollten. Sie war heute Nachmittag mit Sylvia hier und hat sie gedreht. Sie sagt, sie wisse mit Alten umzugehen.«

»Dann ist ja alles gut.«

»Ja, aber ich mag sie nicht im Haus haben.«

»Warum?«

»Also, Colin, sie ist so eklig.«

»Gut, ihre äußere Erscheinung lässt zu wünschen übrig, aber wir sollten dankbar sein, dass wir sie haben. Hör zu, Florence, warum legst du nicht eine halbe Stunde die Füße hoch?«

»Ich weiß nicht«, murmelte sie. »Den ganzen Tag die Antragsteller, und du kommst nach Hause und dann das. Sie treibt mich in den Wahnsinn, Colin. Ich weiß nicht, wie lange ich das noch aushalte.«

»Vergiss nicht, sie haben gesagt, wenn es wirklich schlimm wird, nehmen sie Mutter zurück. Und dann gibt es dieses Ferienbett-Programm, das gibt dir zwischendurch sechs Wochen Pause.«

»Was sind sechs Wochen?« Florence' Augen waren vom Schlafmangel ganz verquollen. »Sie kann noch fünfzehn Jahre leben.«

Colin schleppte sich nach oben. Er konnte seine Mutter bereits mit der trockenen, gebieterischen Stimme Selbstgespräche führen hören, die sie seit ihrer Erweckung von den Toten angenommen hatte. Sie schien Vorbereitungen für ihre Eheschließung in der Kapelle des St. James's Palace am 6. Juli 1893 zu treffen. Wenn ihre Wahnvorstellungen wenigstens chronologisch einen Sinn ergäben, wäre leichter damit umzugehen, doch sie konnte innerhalb von Minuten von ihrer frühen Verlobung mit dem Duke of Clarence zur Krönung von George VI. vorpreschen. Er blieb an der Tür stehen und lauschte. »Victoria«, sagte sie. »Mary. Augusta. Louise. Olga. Pauline. Claudine. Agnes.«

»Hallo, Mum«, rief Colin fröhlich und stieß die Tür auf.

Mrs Sidney blitzte ihn an. Sie saß kerzengerade in ihrem Bett. Sie versuchte dieser Tage, ihr Rückgrat aufrecht zu halten. »Sage dem Lakaien, er solle mir meine Medizin bringen«, sagte sie. »Es ist Zeit.«

Im Zimmer war es stickig. Der Heizkörper war aufgedreht, und seit vier Uhr waren die Vorhänge zugezogen. Das unscharfe Licht der Laterne draußen schien durch den Stoff und erleuchtete Mrs Sidneys Nachtschränkchen mit ihrem Glas Gerstenwasser und ihrer Pillensammlung. Colin schlich hinüber und besah sich einige der Fläschchen und Packungen. Er drehte sie im schwachen Licht und las die Namen. Gott allein wusste, was sie alles bekam, es war eine Menge. Er ging zur Tür.

»Florence!«

»Was?«

»Sie sagt, es sei Zeit für ihre Pillen. Welche soll ich ihr geben?«

»Gib ihr, was sie mag«, erwiderte Florence' zornige Stimme. »Ach, warte, ich komme.«

Er glaubte, hören zu können, wie Florence scharf einatmete, als sie sich auf die Beine hob. Grummelnd und schnaufend kam sie die Treppe hoch. Sie war selbst nicht mehr die Jüngste, das war alles zu viel für sie. Dann stand sie im Zimmer und starrte den Pflegefall an.

»Es tut mir leid. Entschuldige, dass ich dich gleich wieder herrufe. Aber ich weiß nicht, was sie nehmen soll, und ich will sie nicht vergiften.«

»Nun, das sagst du mit einiger Überzeugung.« Sie atmete schwer, trat neben das Bett und nahm ein paar von den Fläschchen. »Wie wäre es hiermit?«, fragte sie und schüttelte sie unter der Nase ihrer Mutter. »Woher weiß sie, dass es Zeit für ihre Tabletten ist?«, schimpfte sie über die Schulter. »Sie kommt nicht mal auf fünfzig Jahre an die richtige Zeit heran.«

»Wir wollen die gelben«, sagte Mrs Sidney.

»Die gelben sind für deinen Blutdruck. Wenn du zu viel davon nimmst, war's das für dich.«

»Es ist nicht schön, so über uns zu sprechen. Wir werden sie nehmen, wenn du aus dem Zimmer bist.«

»Wir nehmen sie ihr besser weg« sagte Colin alarmiert.

Florence stellte sie zurück auf den Nachttisch. »Sie können hierbleiben.« Sie fing seinen Blick auf. »Es ist unpraktisch für mich, ihre Pillen überall verstreut zu haben.«

»Aber wenn sie …«

Florence griff erneut nach dem Fläschchen und schüttelte es heftig hin und her. »Die sind kindersicher. Kindersicher! Sie hat nicht die Kraft in den Händen«, sagte sie und fing lautstark an zu schluchzen.

Colin fühlte sich hilflos und peinlich berührt. Vom Fußende des Betts sah er zu seiner Schwester hin, unfähig, sie zu trösten oder sich ihr auch nur zu nähern. Sylvia und ihre Zornestränen war er gewohnt, er konnte sich jedoch nicht erinnern, seine Schwester je so gesehen zu haben. Sie war ganz offenbar am Ende ihrer Kräfte, eine Frau, erschrocken über die eigenen Gedanken. Unter dem Druck kam ihre gewalttätige Seite zum Vorschein, wobei es absurd schien zu denken, dass Florence mit ihren Zopfmuster-Wollsachen eine gewalttätige Seite hatte. Aber Colin wusste aus der Zeitung, dass die Menschen alle ihre Abgründe hatten. Niemand konnte sein Ziele ruchloser verfolgen als ein Friedensaktivist. In den Vereinigten Staaten hatten Abtreibungsgegner damit angefangen, Kliniken in die Luft zu sprengen. Wäre es da überraschend, wenn Florence, die so sehr auf der Heiligkeit des menschlichen Lebens bestand, das Gefühl hatte, dass Mutter die Ausnahme zu ihrer allgemeinen Regel war?

»Komm schon, altes Mädchen«, sagte er und streckte die Hand aus, »gib sie mir.«

Florence legte das Fläschchen mit einem stotternden Schluchzer in seine Hand. Mutters Augen beobachteten die beiden, ihre kleinen schwarzen Pupillen schossen hin und her. »Es tut mir leid«, sagte Florence. Sie zog ihr Taschentuch mit der billigen Spitze und ihren Initialen hervor. »Ich habe letzte Nacht kein Auge zugetan. Jede halbe Stunde hat sie nach mir gerufen. Sie wollte die Hof- und Gesellschaftsseiten, aber die Blank hatte die Zeitung weggeworfen. Was konnte ich tun? Einfach eine neue drucken ging nicht.«

Colin legte ihr einen Arm um die Schultern. Das Gefühl von Unwirklichkeit blieb. Zu reden war schmerzvoll, anstrengend, und es kostete ihn große Mühe, sein Denken auf das zu richten, was um ihn herum geschah. »Wir müssen mit dem Arzt sprechen. Dem Hausarzt, meine ich. Wir müssen ihm erklären, dass sie etwas zum Schlafen braucht.«

»Ich habe etwas. Aber sie spuckt es aus. Sie spuckt alles aus und will die gelben.«

»Tja, das sollten wir dem Arzt sagen, meinst du nicht?«

Florence atmete einmal tief durch und fasste sich. »Ich werde mich nicht verrückt machen lassen, Colin. Ich hätte nie gedacht, dass sie mich so unter Druck setzen kann. Und dass ich auf solche Gedanken kommen könnte, bei meiner eigenen Mutter.«

Colin drückte ihr den Arm. »Geh nach unten und mach ein Schläfchen. Los doch. Ich bleibe eine Weile hier.«

»In Ordnung. Vielleicht könnte ich Sylvia dazu überreden, hin und wieder hier zu übernachten. Aber wer kümmert sich dann tagsüber um sie? Wir werden uns auf diese Frau verlassen müssen.«

Colin setzte sich neben das Bett seiner Mutter. Er konnte genauso gut hier sein wie zu Hause und Florence etwas helfen. Er konnte auch hier sitzen und grübeln, im engen Halbdunkel und dem Geruch der Pflegebedürftigkeit. Er schloss die Augen. Vielleicht gelang es ihm ja, etwas zu schlafen. Das würde ihm guttun, und vielleicht wachte er anschließend auf und stellte fest, dass sein Gespräch mit Jim Ryan etwas in den Hintergrund getreten war und ein paar von den scharfen Kanten verloren hatte. Im Moment lag es direkt hinter seinen Augen, wie die Scherben eines zerbrochenen Glases.

Isabel war anders gewesen als die Frauen, die er sonst kennengelernt hatte. So still hatte sie dagesessen und kaum etwas gesagt, was ihm weise erschienen war. »Sie hält sich am ganz kurzen Zügel.« Es war keine Weisheit, die sie so still hatte bleiben lassen, es war Angst, die sie versteinern ließ.

Ich weiß, dachte er, das heißt, ich nehme an, ich weiß, dass sich Leute, die besonders erfahren mit menschlichen Problemen sind, oft weigern, den eigenen Problemen ins Auge zu sehen. Wie Sylvia, sie läuft aus dem Haus, um anderswo Gutes zu tun. Er hätte nie gedacht, dass er die beiden Frauen einmal vergleichen würde. Würden sie sich kennenlernen, würden sie sich zweifellos einiges zu sagen haben, würden Gedanken aus ihren Herzen pflücken und eine kleine Vergleichsuntersuchung anstellen können. Männer taten so etwas nicht. Er verstand, warum Jim Ryan so würdelos gewesen war. Wie sähe es aus, wenn er morgen ins Konferenzzimmer käme und sagte: »Meine Herren, ich muss mit Ihnen reden, ich muss meine Seele erleichtern und brauche Ihren Rat.« Das war undenkbar. Reißaus nehmen würden sie vor ihm, und er stünde da, beim Fotokopierer, während sie einen Krankenwagen riefen. Aber ohne einen Austausch dieser Art, wie sollte er da wissen, was andere Männer empfanden? Er dachte an seine Kollegen. Wurden sie nach der ersten nervösen Aufregung, wenn sie einer Frau einen winzigen Diamantring an den Finger steckten, je wieder von romantischer Unruhe bedrängt? Seiner Ansicht nach nicht. Vielleicht von Lüsternheit, doch das verging. Eine Frau war für sie wie die andere. Die Ehe war ein praktisches Arrangement, in das sie sich aus Bequemlichkeit begaben und das sie nur dann unter Protest wieder verließen, wenn das Maß an Bequemlichkeit zu sehr nachließ. Sie waren träge, seine Kollegen, Ansammlungen von Zellen, dazu bestimmt, zu kopulieren, Schweinekoteletts zu essen und sonntagnachmittags ins örtliche Schwimmbad zu gehen.

Mit seiner Vorstellung von Isabel hatte er sich geschworen, diesem Schicksal zu entgehen, mit seinem Bild von ihr, dem weitsichtigen Blick und den stummen Lippen. Er hatte immer geglaubt, dass er dieser Tage irgendwie, irgendwo seine Verwirrung, seine Zweifel und all die unbefriedigten Bedürfnisse, die wie ein sich windendes Kind in ihm tobten und wüteten, vor ihr ausbreiten könnte und es ein Wort gäbe, das sie darauf sagte, und dass dieses eine Wort sein Leben in Ordnung brächte.

Und jetzt? Es gab keine Zukunft mehr, doch das war es nicht. Die Vergangenheit war weg. Jemand hatte in sie zurückgegriffen und sie verändert. War Isabel immer schon verrückt gewesen? Es war so leicht zu glauben. Sie würde zu einer dieser Frauen werden, die durch die Straßen wankten und Selbstgespräche führten, die bei bitterkaltem Wetter in Wartehäuschen hockten und aus deren Einkaufstaschen Flaschen ragten. Alt würde sie werden, herunterkommen, den Verstand verlieren. Und auch er würde alt werden, genau wie Sylvia, ein rührendes altes Pärchen, und dann sahen sie Isabel, betrunken im Blumenbeet, wenn sie im Park die Sonne genießen wollten.

»Seine Majestät ist heute etwas lustlos«, sagte seine Mutter im Plauderton. »Ich denke, ich werde das Empire allein bereisen.« Sie betrachtete ihn, wie er in dem harten Sessel vor sich hin döste. »Du wirst doch diese Frau nicht heiraten?«, sagte sie scharf.

Er fuhr hoch. »Welche Frau?«

»Diese Frau, an die du immer denkst. Mrs Ernest Simpson, du weißt schon.«

»Oh, die. Nein«, sagte er langsam und benommen. »Nein, das wäre zu nervenaufreibend und kompliziert, meinst du nicht? Ich glaube, das erspare ich mir. Ich weiß nicht, wie ich je denken konnte, dass das möglich sei.«

»Die Mutmaßungen schießen ins Kraut. Du musst dem sofort ein Ende setzen.«

Er rieb sich die Augen. »Okay.«

An diesem Abend ging Lizzie Blank hinunter in Gino's Club. Es war *Ladies' Nite* (Frauen zahlten die Hälfte) und sehr voll. Oben auf der Bühne stand ein Mann, beleidigte das Publikum, und die Leute lachten ihn aus. Sie staunte, als sie hörte, dass er dafür bezahlt wurde. Sie dachte, das ist wieder so eine Sache, die einfach so passiert.

Sie hatte gerade ihren ersten Tequila Sunrise getrunken, als Clyde auftauchte. Er war eine Plage, den ganzen Abend über, trank einen Brown Split, streckte die Füße aus und kam den Tänzern ins Gehege. Sie sah, wie er sie beobachtete, das schwermütige Gesicht vom Blitzen der Spiegelkugel mit Tausenden blutunterlaufenen Augen übersät.

Um zwei Uhr ging sie, sie schlüpfte aus der Hintertür. Sie wollte heute etwas früher ins Bett, obwohl es stimmte, dass sie weit weniger an Schlaf interessiert war als andere Leute. Eine Zeit lang hatte sie Lizzie Blanks Kleider in einer Einkaufstasche dabeigehabt, wenn sie abends loszog, und sich irgendwo auf einer Damentoilette umgezogen, aber dafür wurde es ein bisschen kalt, und sie rechnete nicht damit, Mr Kowalski auf der Treppe zu begegnen. Und wenn? Sie lächelte gedankenverloren. Sie hatte sich gerade neue Stiefel besorgt, weißes Leder mit Plattformsohlen und sehr hohen Absätzen. Clyde sah sie von den Knien abwärts, als er aus dem Stroboskoplicht ins Dunkel stolperte.

Es hatte geregnet, die Luft war noch feucht und alles mit Pfützen übersät. Clyde hatte eine Taschenlampe. Der Lichtkegel schnitt durch die klamme Nacht und grub sich in ihren neuen Kaninchen-mantel, am dunkelbraunen Fell schnüffelnd. Sie sah ihr Gesicht in einer der Pfützen, einen weißen Mond, eine Kugel. Es roch nach Kotze und Hähnchen-Curry, Katzen schrien wie menschliche Babys von der Mauer eines alten Waschhauses. Sie lehnte den Rücken gegen die pflaumenfarbenen Ziegel und wartete, dass er sie einholte.

Clyde dachte, es wäre sein Glückstag. Sie sah es daran, wie sich sein langes Gesicht zu einem unsicheren Grinsen verzog und er an seinem Hosenladen zu zupfen begann. Schicklich senkte er den Lichtstrahl. Sie streckte die Hand aus, nahm die Taschenlampe und strich ihm dabei kokett mit den langen Nägeln über den Handrücken. Den Kopf gesenkt, richtete sie das Licht voll auf Clydes freigelegte geschlechtliche Ausrüstung. Clyde fuhr zurück. »Schüchtern?«, sagte sie halb herausfordernd und sehr neckisch und langte mit ihrer Rechten nach dem, was er anzubieten hatte. Ein dünnes Wimmern stieg aus ihm auf und vereinte sich mit dem Katzenjammer. Dazu schlug sie ihm mit der Taschenlampe seitlich gegen den Schädel. Das Ding war überraschend robust, dachte sie, dafür, dass es aus Plastik war. Sie würde es als Souvenir behalten. Clyde wich zurück, klappte zusammen, spuckte auf die Pflastersteine, schlug mit den Armen um sich und warf eine Mülltonne um, die ihr Inneres mit lautem Scheppern in den Hof ergoss. Aus dem Club schickten Sam-7 and the Alkali Inspectorate ihre Rhythmen in die rauchige Luft. Lizzie stampfte Clyde gegen den Takt auf die Finger. Von der anderen Seite der Stadt konnte sie einen Zug über die Weichen rattern hören, den 1:10-Uhr-Schlafwagenzug von Manchester Piccadilly nach London Euston. Da sie fürchtete, dass die Feuchtigkeit ihr die Locken verderben könnte, holte sie ihren Chiffonschal aus der Tasche und schüttelte ihn aus. Sie sah die Sterne durch den Stoff, unscharfe, rosarote Konstellationen, so verloren und weit weg, von Lurex durchwebt. Sie war in Rage, knotete den Schal unter dem Kinn fest und klackerte die Straße entlang.

Sie war nur noch einen halben Kilometer von der Napier Street entfernt, als sie Mr K. entdeckte, und es ging ganz schnell. Sie war nicht überrascht, seine vertraute Gestalt dahinwandern und die Annehmlichkeiten der frühen Morgenstunden genießen zu sehen. Einen Moment lang vergaß sie gar, dass da Lizzie die Straße entlangging, und hätte ihm fast einen Gruß zugerufen. An der Straßenecke trafen sie aufeinander, und es war gleich klar, dass er Clydes Sinnestäuschungen teilte und Lizzie für eine weitere Annehmlichkeit hielt. Er hob die stummelige Hand, und sie sah die Einsamkeit und den Hunger in seinen Augen. Scheiß drauf, oder ob in London 'n Spaten umfällt, dachte sie. Er streckte die Hand aus, also biß sie hinein. Es geschah schnell und ohne nachzudenken, ein paar Schläge mit der geballten Faust, während er von der Taschenlampe geblendet wurde. Sie war nicht stärker als andere Frauen, doch völlig ohne deren Angst, jemandem Schmerzen zuzufügen. »*Mater amabilis!*«, rief er, als ihre Plattformsohle seine Kniescheibe zu pulverisieren schien. Er leistete keinen Widerstand, es war, als hätte er es erwartet. Zuflucht der Sünder, Heil der Kranken. Die roten Nägel fuhren aus der blendenden Helle auf ihn nieder. Morgenstern und Bundeslade: Zunächst schienen ihre Schläge seinem fetten Körper nichts anhaben zu können, doch dann begannen seine Knie nachzugeben. Elfenbeinerner Turm, unser Leben, unsre Wonne: Vor Anstrengung ächzend, hämmerte sie auf die Rippen in seiner Herzgegend ein. Jungfrau der Gnaden, Spiegel der Gerechtigkeit: Er würgte und stolperte gegen die Mauer, beugte den Rücken und warf die Arme über den Kopf. Königin der Apostel, Pforte des Himmels: Gleich würde sie aufhören, weil sie es leid oder weil sie müde war. Ihr Durchhaltevermögen war bemerkenswert. Sie trat ihm auf die Füße, eins, zwei, eins, zwei, wie ein SA-Mann. Kelch des Geistes, geheimnisvolle Rose, Turm Davids, Mutter ohne Makel, *ora pro nobis*. Nicht in der Stunde unseres Todes, sondern jetzt bitte, während wir in der Gosse bluten und es uns noch helfen kann.

Colins Träume lagen in Scherben, und er musste sein Konto verlegen. Er ging zu ein, zwei Banken, sammelte Informationsblätter über Hypotheken und Sparpläne ein und warf verstohlene Blicke auf die Kassierer, ob sie lüstern wirkten. Später fand er sich mit einem Stapel dunkelpurpurner Handzettel mit der Aufschrift »Unser Nachlass-Service« auf der High Street wieder und stopfte sie hastig in einen Abfalleimer, darauf bedacht, dass ihn keiner beobachtete.

Als er zurück nach Hause kam, ging Dr. Rudge gerade. Sylvia verabschiedete ihn in ihrer Feldjacke an Florence' Tor. Es war halb fünf, kalt und dämmerte. Er schloss die Haustür auf und trat ein. Suzanne stand in der Diele, wahrscheinlich wartete sie auf einen Anruf.

»Hat Jim sich gemeldet?«, fragte er.

»Ja, hat er.«

»Du weißt also Bescheid?«

»Ja, ich weiß Bescheid.« Ihre Stimme war teilnahmslos. Sie legte die Arme über ihren Bauch. »Ich kann nicht allen … Änderungen folgen. Es ermüdet mich. Mein Rücken tut weh.«

»Hast du es deiner Mutter erzählt?«

»Nein, warum? Das ist deine Sache.«

»Ja … danke.«

»Wenn ihr anfangt zu streiten, muss ich allerdings gehen. Ich halte das nicht aus.«

»Ich denke nicht, dass es dazu kommt.«

»Du willst ihr nicht von Isabel erzählen?«

»Sie weiß es wahrscheinlich längst. Ich glaube schon. Oh, den Namen kennt sie nicht … aber dass es da jemanden gab, und ich bin nicht sicher, ob der Umstand, dass Isabel Jims Frau ist, unseren Problemen eine neue Dimension gibt. Auf den ersten Blick scheint er das zu tun, aber … Es ist schließlich kein Inzest oder so was.«

»Nein, ist es nicht. Aber ich hoffe, ihr klärt das untereinander.« Suzanne nickte gedankenverloren, als wären sie nur entfernte Bekannte. Es war gut von ihr, dachte er, nicht moralisch Stellung zu beziehen. »Ist schon irgendwie komisch«, sagte sie und stakste davon.

Sylvia kam herein und rieb sich die blauen Hände. »Oh, da bist du ja, Colin. Ich hatte einen fürchterlichen Tag.«

»Du siehst müde aus.«

»Sie hat stundenlang geschrien und getobt, und weißt du, was jetzt plötzlich ist? Sie zeigt auf Lizzie und sagt, sie heiße Wilmot. Sie sagt, sie heiße Wilmot und habe früher nebenan gewohnt.«

»Das hier ist nebenan.«

»Ich weiß, dahinter bin ich auch schon gekommen. Aber hier hat doch nie jemand gewohnt, der Wilmot hieß, oder?«

»Nicht dass ich wüsste. Ich erinnere mich nur an die Axons. Die waren praktisch immer hier.«

»Ja, Evelyn, und wie hieß sie noch? Muriel. Die beiden waren kaum mit jemandem zu verwechseln. Evelyns Mann habe ich nie kennengelernt. Wie hieß der eigentlich?«

»Clifford. Clifford Axon. Florence müsste das wissen.«

»Vielleicht hatte der einen Freund namens Wilmot.«

»Ich glaube nicht. Das war ein Exzentriker. Er saß die ganze Zeit hinten im Garten in seinem Schuppen. Was hat der Doktor gesagt?«

»Ich habe ihn daran erinnert, was uns das Krankenhaus versprochen hat. Dass sie ein Bett für sie haben, wenn wir nicht mit ihr zurechtkommen. Er war nicht besonders verständnisvoll. Er scheint nicht zu denken, dass wir mit ihr überfordert sind.« Ich war oft schon überfordert, dachte Colin, und mir hat nie jemand ein Bett angeboten. »Er hat mir diese fürchterliche Geschichte von Leuten erzählt, die mit einer dementen Mutter und einem behinderten Vierzehnjährigen in einer Sozialwohnung im achten Stock leben. ›Und Sie beide sind zu zweit‹, sagte er. Ich habe erwidert, dass ich Verpflichtungen hätte. Weißt du, was er mir darauf gesagt hat? Er sagte: ›Wohltätigkeit beginnt zu Hause.‹ Ich hätte ihn würgen können.«

»Ist Florence zurück? Oder ist Mum im Moment alleine?«

»Nur für ein paar Minuten. Es wird ihr nicht schaden. Er meinte, wir könnten uns ja von den Kindern helfen lassen. Kannst du dir das vorstellen? Er kennt unsere Kinder nicht. Ich muss Lizzie dafür bezahlen, dass sie bei ihr bleibt, wenn ich ins Bürgerbüro gehe.«

»Vielleicht könnte Francis hin und wieder einen Gemeindehelfer organisieren.«

»Alle sind auf dem Friedensmarsch«, sagte Sylvia, »und ich sitze zu Hause fest. Auf jeden Fall hat er ihr ein paar Beruhigungsmittel verschrieben, und er meint, sie seien stark.« Ihr Blick glitt von Colins Gesicht und verharrte schräg neben seinem Kopf. Er nahm ihren Arm.

»Ich denke, wir sollten miteinander reden, Sylvia. Wir können so nicht weitermachen, indem wir uns gelegentlich zwischen Tür und Angel austauschen.«

»Ich habe nie die Zeit, mich zu setzen. Deine Mutter und Suzanne, da bleibt keine Zeit für einen normalen Gedanken.« Man braucht Zeit für eine unglückliche Ehe, schien sie damit sagen zu wollen. »So geht es nicht weiter.«

»Nein?«

»Nein. Ein halbes Dutzend Gemeindeprojekte muss in Gang gesetzt werden.«

»Ich sorge mich um Florence«, sagte er. »Ich glaube, die Belastung ist zu viel für sie. Ich glaube, sie könnte …«

»Sie könnte was?«

»Nein. Nichts. Vergiss es.«

Jim Ryan sagte zu seiner Frau: »Ich nehme an, wir könnten es adoptieren.«

»Adoptieren?«, sagte sie. »Lieber würde ich es ertränken.« Ihr Blick war vernichtend, doch dann nahmen ihre Stimme und ihr Ausdruck plötzlich einen anderen Ton an. »Im Übrigen ist das nicht mehr nötig.«

»Was? Wie meinst du das?«

»Komm her. Fühl mal.«

»Fühl was? Was machst du da?«

Behutsam legte sie seine Hand flach auf ihren Leib und hielt sie dort fest.

»Ich dachte, es wäre die Leber«, sagte sie. »Aber das kann nicht sein, oder?«

»Wie ist das passiert? Nach all der Zeit?«

»Ich habe keine verdammte Ahnung.«

»Du gehst besser zum Arzt«, sagte Jim. Er war alarmiert. Fast hatte er das Gefühl, dass da was nicht mit rechten Dingen zuging.

»Der sagt mir nur, ich solle aufhören zu trinken.«

»Das musst du. Du schadest ihm sonst.«

Isabel lächelte ihm ins Gesicht, verrückt und verschlagen. »Man kann nie wissen«, sagte sie, »wer am Ende den größten Schaden davonträgt.«

Muriel traf Sholto. Er sah verhärmt aus, hatte nasse Füße, und seine Kleider zerschlissen immer mehr. »Hast du immer noch deinen Job?«, fragte er. Sie nickte. »Dir geht's gut, Muriel. Verkleidest du dich noch?«

»Ja, aber nicht mehr lange.«

»Du denkst doch nicht immer noch an diesen Wechselbalg-Unsinn?«

Sie sagte: »Ich bin einsam, Sholto, hier in der Stadt. Manchmal möchte ich zurück in meinen Kopf klettern. Ich möchte mich auf meinem Bett zusammenrollen und mir die eigene Kehle herunterrutschen. Verstehst du?«

»Ich bin fertig mit Crisp«, sagte Sholto, er hörte ihr nicht zu. »Er ist kriminell geworden. Und du ... Ich will's gar nicht wissen. Du wirst in Supermärkten Babys aus Kinderwagen stehlen.«

»Sie haben heute keine Kinderwagen mehr«, sagte Muriel. »Sie schnallen sie in Buggys oder tragen sie auf dem Rücken. Wenn ich Miss Suzanne angucke, verheddern sich die Worte in meinem Kopf, all die Worte, die du mir auf dem Schädel gezeigt hast. In den Tagen meiner Mutter, Sholto, hatten wir ein besonderes Zimmer in unserem Haus, und darin, sagte meine Mutter, gab es Dinge, die dir das Fleisch von den Knochen rissen. Wo ist es hin, dieses Fleisch? Tot ist es nicht. Es muss irgendwo sein.«

»Du hast den armen alten Knaben im Krankenhaus ermordet.«

»Das war kein Mord. Das war eine Hinrichtung. Er hat mich nicht gut behandelt, Sholto. Ich könnte heute eine verheiratete Frau sein. Er hat das alles ohne Erlaubnis getan und mir nie einen Strauß Blumen geschenkt. Einzelne rote Rosen, die schenkt man einem Mädchen.«

»Und jetzt treibst du den Polacken in den Wahnsinn, oder was immer er ist.«

»Ich treibe niemanden. Das macht er selbst. Er sagt, auf der Straße seien Männer mit vergifteten Regenschirmen. Er sagt, es gebe Länder, in denen die Frauen mit schwarzen Vorhängen über den Köpfen herumlaufen. Und dass es einen Mann namens Castro gebe, und sie haben ihm explodierende Zigarren geschickt. Er sagt, sie haben Fabriken, die Krankheiten herstellen.« Sie zwinkerte. »Von mir hat er das nicht.«

Sholto sah sie finster aus seinem kleinen Rattengesicht an. »Als ich dich das erste Mal sah, Muriel, habe ich dich gefragt, was du seist, verrückt oder dumm. Du meintest, beides. Dem sind wir auf den Leim gegangen.«

»Ich bin nichts mehr.« Sie schlug sich mit der Faust auf die Rippen und beugte sich vor, als wollte sie das hohle Geräusch ersticken. »Diese Geister haben das Leben aus mir herausgesaugt. Mutter hat sie geschickt. Ich rechne nicht mehr mit ihr. Ich glaube, sie haben sie auch leer gesaugt. Jetzt gibt es nur noch den Wechselbalg.«

»Du bist einfach nur schlimm«, sagte Sholto.

Muriel blinzelte wieder hinter ihrer dicken Brille.

»Weißt du eigentlich«, sagte Sylvia, während sie ihr Müsli in ihre Schale füllte, »dass laut einer kürzlich durchgeführten Befragung ein Viertel der Bevölkerung in den letzten zwei Jahren einen Kanal besucht hat?«

»Wirklich?«, gähnte Colin. »Irgendeine besondere Bevölkerung? Venedig kann's nicht sein, nehme ich an.«

»Du weißt schon, was ich meine. In England und Wales. Genau siebenundzwanzig Prozent. Das ist noch mehr als einer von vieren.«

»Die Realität überholt die Vorstellung«, sagte Colin.

»Von diesen Leuten waren wiederum einundsiebzig Prozent spazieren, acht beim Fischen, sieben haben sich ein Boot gemietet.«

»Damit sind noch einige übrig. Was haben die gemacht?«

»Ein Prozent ist schwimmen gegangen«, sagte Sylvia.

»Das würde ich in unserem Kanal nicht tun.«

»Genau das ist der Punkt. Wir werden den Kanal mit der Gemeinde säubern.«

Colin sah sie argwöhnisch über seine Zeitung hinweg an und sank etwas tiefer auf seinen Stuhl. Er dachte, seine Mutter hätte sie ausgelaugt, doch sie schien ihren toten Punkt überwunden zu haben. Er hörte sie von Sponsoren reden, von neuen Jobs und Regierungsplänen und davon, dass die Bewährungshilfe ein paar kräftige junge Rückfällige schicken werde. Die Seepfadfinder und die Pfadfinder würden sich um den Müll am Ufer kümmern. Colin zog den Kopf etwas tiefer hinter die Ferienseite. Exklusive Villen-Partys, las er, Windsurfen, Feste direkt am Wasser. Barbados, Kreta, die Algarve. Ein Liebesnest für zwei an Sardiniens Sandstränden. Billige Flüge. Billige Flüge, allem entfliehen. Billige Flüge, ohne Coketown zu verlassen. »*Harte Zeiten*«, sagte er zu sich selbst.

»Natürlich sind sie das«, stimmte ihm Sylvia zu. »Dieses Stück hätte schon vor zwei Jahren gesäubert werden sollen. Es war fest eingeplant. Ich muss in den Binnengewässer-Ausschuss. Natürlich war das ursprünglich Francis' Idee, doch der hat im Moment so viel zu tun. Da demonstriert im Moment einer vor der Kirche.«

»Große Güte«, sagte Colin. »Ist er gewalttätig?«

»Nein, bis jetzt nicht, aber es ist eine Plage, er fuchtelt bedrohlich mit seiner Schrifttafel herum und versucht die Leute davon abzuhalten, zu Francis in die Messe zu gehen. Weißt du noch, als wir das Treffen der Christen gegen die Tarifdeckelung hatten? Da stand er draußen und hat uns beschimpft. Wenn es so weitergeht, wird Francis die Polizei holen müssen, obwohl das gegen seine Prinzipien ginge.«

»Ja, das ist ein Problem.« Der Novembermorgen drückte sein kaltes, graues Gesicht gegen das Küchenfenster. Kein Wunder, dass er oft das Gefühl hatte, jemand sähe ihm über die Schulter. »Wobei unsere größer sind.«

Aber Sylvia wollte nicht über die Familie reden. Sie wollte sich nicht vom Thema abbringen lassen. Sylvia schritt voran, nur er kreiste mit seinen Gedanken immer noch um die gleichen alten Probleme. Isabel: Mein Gott, wie elend muss sie sich fühlen. Wie frustriert und wie gequält. Fiel ihm hier nicht eine Verantwortung zu? Angenommen, er hätte seine Familie vor all den Jahren verlassen, wäre Isabel dann heute eine andere? Inwiefern eine andere? Und was, wenn es tatsächlich so war?

Ich könnte zwei Menschen sein, dachte er, zwei ziemlich verschiedene Leben leben, und zwischendurch könnten wir, ich und ich, uns treffen und unsere Erfahrungen austauschen. Ich bin unfähig, Entscheidungen zu treffen, und war es schon immer. Ich warte darauf, dass die Umstände mir die Entscheidung abnehmen, und so sehr ich eine Lösung herbeisehne, so sehr fürchte ich sie. Ohne die Wahl bist du tot. Aktivität ist der große Abtreiber. Sie vernichtet die Freiheit. Sie beendet das Verlangen.

»Und dann war da die Verchromungsfabrik«, sagte Sylvia, »die Jahr um Jahr Säure in den Kanal gepumpt hat. Und die Färberei. Ich kann mich noch an eine Zeit erinnern, als Pflanzen im Kanal wuchsen, heute schwimmt nur noch zentimeterdicker Dreck drauf, und es stinkt nach faulen Eiern. Francis sagt, es sei absolut kein Sauerstoff mehr drin. Das Wasser bewege sich nicht, und der Grund sei knietief mit Giftschlamm bedeckt. Die Seitenwände brechen ein und bedrohen unsere Gesundheit. Er sagt, auf dem Grund des Kanals könne praktisch alles zu finden sein.«

Seit dem Besuch von Dr. Rudge war Mrs Sidney in eine Dämmerwelt versunken, schlief zwanzig von vierundzwanzig Stunden lang und tauchte nur gelegentlich auf, um nach Lord Chamberlain zu fragen. Sie war weit friedlicher, aber unglücklicherweise, und vielleicht lag das an den neuen Beruhigungsmitteln, doppelt so inkontinent. Florence hatte im Krankenhaus angerufen, aber dort hieß es, Weihnachten stehe vor der Tür und auch angesichts der Langzeit-Wettervorhersage sei es kaum denkbar, dass sie vor Mai wieder aufgenommen werden könne.

Anschließend war es zur Katastrophe gekommen. Die Medien berichteten landesweit darüber: »In den Midlands ist ein Feuer in einem geriatrischen Krankenhaus ausgebrochen. Personal und Patienten wurden im ersten Stock eingeschlossen. Die Feuerwehr, welche die Opfer schließlich aus dem ehemaligen Armenhaus holte, sagt, die Fluchtwege seien grob unzureichend gewesen. Es soll eine öffentliche Untersuchung geben.«

Als Florence das hörte, ging sie hinauf ins Zimmer ihrer Mutter. Mit verschränkten Armen trat sie ans Bett und sah die welken Lider im Medikamentenschlaf flattern. »Da hättest du auch dabei sein können.«

Dr. Rudge kam zur Visite. »Da sind wir noch mal glücklich davongekommen.«

»Wenn Sie meinen, Doktor.«

»Oh, jetzt kommen Sie aber, Miss Sidney. Sie wollen Ihre Mutter doch noch ein paar Jährchen bei sich haben.« Er rollte sein Stethoskop zusammen, steckte es in die Tasche und studierte eindringlich ihren Ausdruck. Er war ein glatzköpfiger, rundlicher Mann, der sich mit seiner Menschenfreundlichkeit brüstete, tatsächlich ging es jedoch allein darum, dass es in der Geriatrie einfach nicht genug Betten gab. Punktum.

Florence folgte ihm nach unten und hinaus bis auf die Straße. »Ich kann das nicht mehr«, jammerte sie. »Dr. Rudge, so hören Sie doch.«

Dr. Rudge blieb überrascht stehen und wog den Autoschlüssel in der Hand. »Aber Sie haben die Gemeindeschwester, Miss Sidney. Seien Sie auch für die kleinen Dinge dankbar.«

»Aber ich schaffe das nicht! Der Geruch! Und wenn sie aufwacht und denkt, sie ist im Marlborough House! Das macht mir Angst!«

»Sie haben eine Haushaltshilfe, wenn ich es richtig verstehe.«

»Die beschimpft sie ständig! Sie sagt, sie sei die Tochter der Frau, die früher nebenan wohnte. Sie wirft ihr vor, dass sie Séancen abhalte. Es ist schrecklich. Das ist noch schlimmer als Mary of Teck. Sie ist ganz und gar wahnsinnig.«

»Wirklich, reißen Sie sich zusammen«, sagte Dr. Rudge. »Sie wissen, dass man uns für 1990 eine neue geriatrische Abteilung versprochen hat. Gehen Sie ins Haus, Miss Sidney, es fängt an zu regnen, und ich habe noch weitere Besuche zu machen.«

»Aber ich kann nicht mehr.« Florence' Stimme hob sich in den klammen Nachmittag. »Verstehen Sie denn nicht? Wir können nicht mehr, alle beide nicht.« Zwei von der Parade Street zurückkommende Frauen stellten ihre Einkaufskörbe auf einer niedrigen Mauer ab und sahen interessiert zu ihnen herüber. Die Deakins, ein älteres Paar, standen mit gereckten Hälsen auf ihrer Veranda am Ende der Straße. Dr. Rudge fluchte leise und tastete die Taschen seines Mantels nach seinem Rezeptblock ab. Er kritzelte etwas darauf und riss das Blatt ab.

»Versuchen Sie es damit, zur Beruhigung, Miss Sidney.« Er drückte ihr das Rezept in die Hand. Florence zerknüllte es und warf es ihm hinterher. Es traf ihn im Nacken, noch bevor er in seinen Volvo springen konnte. Dr. Rudge knallte die Tür zu und fuhr davon.

»Die alte Tante Flo«, sagte Suzanne, als sie in die Küche kam, »macht eine Szene auf der Straße. Die Nachbarn werden sich das Maul darüber zerreißen.«

»Wir stören uns längst nicht mehr daran, was die Nachbarn denken«, sagte Sylvia. »Anders geht es nicht.«

Suzanne manövrierte sich auf einen Stuhl. »Ich bin gekommen, um euch zu sagen, dass ich ausziehe, wenn das Baby da ist.«

Sylvia sah sie traurig an. »Ich kann dich nicht aufhalten. Wohin willst du gehen?«

»Ich hab da diese Freundin, Edwina. Sie hat diese Wohnung.«

»Ungewöhnlicher Name«, sagte Colin.

»Sie lässt mich bei sich wohnen, bis Jim alles geklärt hat.«

»Jim wird niemals alles klären. Das weißt du, Suzanne.«

»Sag mir nicht, was ich weiß. Wer bist du, dass du irgendwem Ratschläge gibst?«

»Wie wird es Edwina gefallen, ein Baby in der Wohnung zu haben?«, sagte Sylvia. »Sie wird es bald leid sein.«

»Ich habe noch andere Freundinnen, ich kann weiterziehen.«

»Du bist keine verflixte Zigeunerin. Babys vertragen so ein Leben nicht. Sie brauchen etwas Festes. Ruhe und Wärme.«

»Glaub nicht, dass ich hier bleibe.« Suzannes Stimme zitterte, sie stand kurz vor einem hysterischen Anfall. »Ihr lasst mich alle im Stich. Dieses Haus ist schrecklich. Nichts funktioniert. Es gibt kein warmes Wasser. Die Glühbirne in meinem Zimmer ist kaputt, und ich trau mich nicht, auf den Stuhl zu steigen. Es ist wie das schwarze Loch von Kalkutta. Auf dem Stuhl wird mir schwindelig, ich falle runter und habe eine Fehlgeburt, und dann heiratet er mich nie.«

»Ich denke, da stehen ein paar Dinge nicht im richtigen Verhältnis zueinander«, sagte Sylvia mit einer Zurückhaltung, die Colin nur loben konnte. »Du solltest dich beruhigen. Frag Tante Florence, ob sie dir ein paar von Großmutters Tabletten gibt.«

»Ich darf keine Tabletten nehmen«, heulte Suzanne. Colin gab ihr ein Taschentuch. »Dann bringe ich ein Monster auf die Welt.

Wahrscheinlich tu ich das sowieso. Was soll man erwarten, wenn man aus einer Familie wie der hier stammt.«

Colin und Sylvia tauschten einen Blick, zwei müde, mitgenommene Gesichter, die einander ansahen. Colin begriff, dass die Reinigung des Kanals für seine Frau eine Ablenkung war, genau wie für ihn das Schmachten nach der jungen Frau, die Isabel einmal gewesen war. Sie waren zwei aneinandergekettete Verbrecher, die sich den Weg zum Schafott in Tyburn mit Singen vertrieben. Suzanne putzte sich die Nase mit seinem Taschentuch und gab es ihm zurück. Ihr Kinn hing nach unten. Sie sah aus wie im elften Monat.

KAPITEL 8

Das Weihnachtsfest wurde in der Buckingham Avenue ruhig ge-
feiert. Morgens zwischen den Messen kamen Francis und Hermione auf ein Glas Sherry vorbei. Sie waren alles andere als festlicher
Stimmung. Austin hatte mit der Begründung, er sei selbstständiger
Satanist, einen Platz im Jugendausbildungsprogramm abgelehnt
und in dieser Woche einen Termin mit seinem Bewährungshelfer
verpasst.

»Natürlich müssen junge Menschen rebellieren«, sagte Francis.
»Aber warum gerade Satanismus? Warum muss sich dieser Geist bös-
artiger Unvernunft ausbreiten? Sag's mir, Colin.«

Sylvia lief hin und her, einen Karton Wein in den Händen. Sie
wirkte benommen. Aus der Küche drang der Geruch anbrennen-
der Möhren. Sie war alt geworden, dachte Colin, tiefe Falten führten von der Nase zum Kinn.

»Ich habe dich etwas ganz Ähnliches gefragt«, sagte er zu Francis.
»Ich habe gefragt, warum ich ein Gebiss in meinem Garten finde.
Hier geht was vor. Hast du die Anzeige in der *Times* für Koestlers
Parapsychologie-Lehrstuhl gesehen?«

»Ich lese die *Times* nicht, fürchte ich.«

»Wir haben sie im Lehrerzimmer. Darin stand, man solle ein In-
teresse daran haben, wie manche Menschen mittels übernormaler
Kanäle mit ihrer Umwelt interagieren. Ich bin sicher, hier in diesem
Haus interagiert auch irgendwer.«

»Stimmt«, sagte Sylvia. »Ständig haben wir Probleme mit dem
Strom, dabei haben wir die gesamte Elektrik überprüfen lassen. Und
die Milch wird sauer. Sachen verschwinden.«

»Du enttäuschst mich«, sagte der Pfarrer.

»Habt ihr schon mal daran gedacht, es im Bioladen zu probieren?«, warf Hermione ein. »Da gibt es auch fettarmen Joghurt.«

»Wir haben ein Buch darüber gelesen«, sagte Sylvia, »und wir dachten schon, es könnte Suzanne sein: dass ihre aufgestaute Unzufriedenheit zum Ausdruck kommt.«

»Es überrascht mich, dass ihr keine Teufelsaustreibung wollt.«

»Das wäre vielleicht keine schlechte Idee.«

»Was ist mit dieser Blank? Wenn Dinge verloren gehen, steckt sie womöglich dahinter. Habt ihr ihre Referenzen überprüft?«

»Sie hat keine«, sagte Sylvia beleidigt. »Sie ist eine Putzfrau.«

»Ich glaube, es liegt an unserem Unglück«, sagte Colin, »an unserem aufgelaufenen Elend, das von den Wänden zurückgeworfen wird.«

»Bist du unglücklich, Colin?«, fragte der Pfarrer. »Das wusste ich nicht.«

Nachdem sich Francis und seine Frau verabschiedet hatten, kam Florence, wie gewohnt, zum Weihnachtsessen. »Ich habe ihr die doppelte Dosis gegeben«, sagte sie. »Das sollte sie für ein, zwei Stunden ruhig halten.«

»Bei alten Leuten muss man vorsichtig sein mit den Dosierungen«, warnte Francis. Florence sah ihn finster an.

»Mir hat Ihre Predigt nicht gefallen. Die Leute wollen Ochs und Esel, nicht die nationale Kohlebehörde. Ich stimme dem Mann mit dem Protestschild draußen zu.«

Suzanne schwankte in der Küche herum, stieß einen Topf mit Rosenkohl um und verbrühte sich die Füße. Alistair lag auf seinem Bett, die Tür verschlossen, die Augen zu, und atmete unregelmäßig im Rhythmus des Raumes. Karen hatte sich im Bad verbarrikadiert und drückte ihre Pickel aus, bis das Gesicht voller tiefroter Flecken war. Claire stieg in ihre Pfadfinderuniform.

»Habt noch einen schönen Tag«, sagte Sylvia an der Tür.

»Weihnachten ist ein Arbeitstag für mich«, sagte der Pfarrer.

Die Ryans hatten den Tag spät begonnen. Jim hatte schon vor langer Zeit aufgehört, mit Isabel seine Familie zu besuchen, und in diesem Jahr mussten sie auch nicht mehr ins Krankenhaus. Das Weihnachtsessen war eine stille Angelegenheit. Jim betrachtete Isabels Gesicht und wartete darauf, dass der Wein ihren Blutkreislauf erreichte und sie redselig werden ließ. Zunächst machte sie ihm Vorwürfe, dann weinte sie in ihre Brotsoße. Nach einer Weile redete sie von Konzentrationslagern und brach dann zusammen. Er zog sie aufs Sofa, warf eine Decke über sie und machte einen Spaziergang um den Block.

In Mr K.s Haus saßen Mrs Wilmot und Miss Blutarmut mit ihrem Vermieter am Küchentisch. Es war bereits eine Weile her, dass Mr K. von der Frau auf der Straße zusammengeschlagen worden war, die Spuren seiner Verletzungen waren aber immer noch zu erkennen. Grünlich verblichen die Blutergüsse in seinem Gesicht. Was den Schrecken, die Angst und die Demütigung betraf, mochte es Jahre dauern, bis er sich wieder ganz erholte.

»Das war keine Frau«, sagte er zum dritten Mal an diesem Morgen und rückte trübsinnig den gelben Papierhut zurecht, den ihm Miss Blutarmut aufgedrängt hatte. »Das war ein verkleideter Mann.«

»Ein Transsilvanier«, sagte Miss Blutarmut. »Denken Sie nicht mehr dran, Mr K. Ihr Essen wird kalt.«

Sie hatten beschlossen, die üblichen Weihnachtstraditionen (Gebäck und Spiele) mit einem Essen all der Dinge zu verbinden, die jeder am liebsten mochte. »Schließlich«, sagte Miss Blutarmut, »sind wir drei Eigenbrötler und haben nur uns selbst, um jemandem eine Freude zu machen.« Gewürzgurken standen auf dem Tisch, Klöße mit Kümmel und All-Bran-Flakes, Dosen-Ravioli und Schoko-Vollkornkekse. Mr Kowalski erhob sich keuchend und holte Bier aus dem kalten Vorratsraum. Er vergoss ein paar Tränen, als er an den Weihnachtskarpfen von früher dachte, an seine kleine Schwester mit den Haarbändern und die Kerzen in den Fenstern, die ihnen nach der Christmette den Weg zurück nach Hause geleuchtet hatten. Er wusste nicht, ob es seine eigene Vergangenheit war, der er nachtrauerte, oder die anderer Leute. Die Bilder flackerten und tickten wie Stummfilmaufnahmen hinter seiner Retina. Miss Blutarmut dachte daran, wie sie in Burton-on-Trent aufgewachsen war, und die arme Mrs Wilmot dachte an gar nichts, denn sie hatte keine Vergangenheit, an die sie sich erinnern konnte, doch sie freute sich stumm über die Sprüche auf den Keksen. Nachdem der Tisch abgeräumt war, wurden die Geschenke ausgetauscht. Mrs Wilmot und Mr K. schenkten sich Schals und kleine Fläschchen Whisky, Miss Blutarmut bekam von beiden Badesalz. Sie wussten, dass sie niemals ein Bad nehmen würde, kamen aus den uralten Rohren doch nur ein paar warme, rostige Tropfen, mit denen sich nicht mal ein Floh baden ließe, aber Miss Blutarmut stimmte ihnen zu, dass die Flaschen ihrem Frisiertisch einen Hauch von Behaglichkeit und Luxus verleihen würden. Dann wurden die Karten hervorgeholt und sie spielten Quartett und aßen Schokolade. Mr Kowalski war ganz aufgekratzt und bestand darauf, dass sie aufstanden und einen lebhaften traditionellen Tanz tanzten, bei dem sie rhythmisch in die Hände klatschen und auf einem Bein stehen mussten, was Mrs Wilmot immer wieder zu Fall brachte. Mr K. schüttete eine Extraportion Kohlen in den Herd und bald waren sie in einen angenehm warmen Mief gehüllt, die Türen fest gegen die Unbilden der Elemente verschlossen, die Fenster versiegelt. Mr K. griff nach der Hand seiner jungen Untermieterin, das Bier war ihm zu Kopf gestiegen. Er legte den Arm um ihre Taille und wirbelte sie im Kreis, krächzte den Refrain mit einem die Rippen erbeben lassenden Bass heraus und stampfte mit dem linken Fuß auf den Boden. »Mein liebes junges Ding«, sagte er und unterbrach seine Gesangsdarbietung, »würden Sie heiligen Bund von Ehe mit mir eingehen?«

»Dann krieg ich nie wieder Stütze«, sagte Miss Blutarmut. »Dann müssen Sie für mich aufkommen. ›Wer eine Ehefrau findet und Kinder bekommt, gibt dem Schicksal Geiseln‹ oder so.«

»Kein Bedarf an Kindern«, sagte Mr K., »Gummiwaren lassen sich kaufen.«

Aber Miss Blutarmut schüttelte den Kopf. Zwei tiefrote Flecken brannten auf ihren Wangen, und auf dem Herd pfiff fröhlich der Kessel. Mr K. röhrte und stampfte und hielt die Arme in Baumform über den Kopf. Die arme Mrs Wilmot stolperte erschöpft zum Küchentisch. Sie hielt sich den Bauch, lachte stumm und leckte sich die blassen Lippen, und der Dampf aus dem Kessel ließ ihre Brille beschlagen.

Der Geruch von gebackenem Truthahn holte Alistair aus seiner Trägheit. Stöhnend stand er auf und trat hinaus auf die Treppe. »Da wächst was an meiner Wand«, sagte er. »Schwamm oder so.« Im Haus nebenan drehte sich Mrs Sidney im Schlaf und murmelte unverständliche Worte. Sie hatte etwas von der Feiertagsstimmung mitbekommen und dachte, sie sei in Balmoral.

Der Abend kam. Lizzie Blank hatte sich mit Sholto und Emmanuel zum Weihnachtsnacht-Spezial in Gino's Club verabredet. Ich will eine besondere Fantasie sein, dachte sie, mit Gold auf den Nägeln und einer Lamettakrone, und so wollte sie sich nun wirklich nicht in einer Toilette herrichten. Miss Blutarmut und Mr K. ruhten sich nach der Aufregung des Nachmittags aus, und was machte es da, wenn das Klacken ihrer Stöckelschuhe in ihre Träume drang? Es war halb neun, sie zog ihren Lippenstift ein letztes Mal nach, befühlte ihre Locken und zog los.

Aber als sie den Fuß der Treppe erreichte, öffnete sich die Küchentür, und Mr K. erschien in Unterhemd und Hosenträgern. Er rieb sich die Augen, die vom Rauch in der Küche juckten, und hielt einen Schürhaken in der Hand. Sein Mund öffnete sich. »In meinem Haus«, rief er, und Lizzie sprang zur Tür.

Isabel lag auf dem Sofa und schlief, ihr Buch umgedreht auf dem Boden neben sich. Nicht das Buch, das sie gerade las, sondern das Buch, das sie schrieb, ihre Sammlung schlampig getippter Seiten. Jim glaubte nicht daran. Er glaubte nicht, dass sie es je fertig schreiben und es jemandem wichtig genug sein könnte, es zu veröffentlichen. Aber sie war entschlossen, auf ihre betrunkene Art. Sie fühlte sich schuldig, und da musste etwas sein, dessen sie sich schuldig gemacht hatte, also war sie entsprechend anzuklagen. Ihr Körper hob sich im Schlaf, ein feiner Schweißfilm überzog ihre Haut, und ihr Ausdruck leerte sich, war freudlos und ohne Hoffnung. Man sah ihren Puls.

Mr Kowalski fiel zurück gegen den Türrahmen, schnappte erschrocken nach Luft und drückte sich zitternd den Schürhaken auf die Brust. »*Es tanzt ein Bi-Ba-Butzemann*«, sang Muriel auf der Straße. Sie spürte ihre Fähigkeiten im Schädel klackern, die Begriffe und Worte gegeneinanderstoßen und sich wie Bahngleise verschränken. Sie fühlte, wie sich die Worte verschlangen und die Buchstaben verknüpften, die Bs mit den Ps mit den Ks – um sich schlugen sie, ihre Schwänze verflochten sie, »Berechnung« wand sich durch ihren Schädel, »menschliche Natur« traf auf die Knochenhülle, auf Risse und Sagittalnähte, Kleinhirnzelt und Scheitelbein. *Es tanzt ein Bi-Ba-Butzemann in seinem Haus herum, und bumm, fall ich um.*

Neujahr.
    Miss Blutarmut ging zum Sozialamt. »Ich bin schwanger«, sagte sie. »Besorgen Sie mir eine Wohnung.«
    »Da brauchen wir eine Bestätigung.«
    »Ich bestätige es Ihnen. Ich sage es Ihnen doch, oder?«
    »Eine medizinische Bestätigung.«
    »Oh, verstehe. Was, wenn ich einen älteren Angehörigen habe, um den ich mich kümmern muss?«

»Wollen Sie damit sagen, dass Sie einen älteren Angehörigen haben, um den Sie sich kümmern müssen?«

»Was, wenn, sage ich.«

»Und schwanger sind Sie auch?«

»Hören Sie, Ihnen hat jemand einen Tipp gegeben, richtig? Sie sind gekommen und haben sich meine Bettwäsche angesehen. Sie haben gesagt, ich ginge mit einem Riesen, und wenn ich einen Mann hätte, könnte ich doch schwanger sein. Wofür hat man einen Mann?«

Die Frau legte ihren Bleistift hin. »Laut unserem Büro in Rotherham haben Sie auch dort Unterstützung beantragt, eine falsche Adresse angegeben und behauptet, Sie hießen Lady Margaret Hall. Ihnen ist doch klar, dass wir Sie wegen versuchten Betrugs anzeigen könnten?«

»Angenommen, ich brächte Ihnen ein Baby«, sagte Miss Blutarmut. »Würden Sie dann zahlen?«

Muriel lehnte sich über Mrs Sidney. »Gelbe?«, wollte sie wissen. Sie schüttelte das Fläschchen und hielt es verlockend außer Reichweite. Mrs Sidney krächzte leise. Ihre Züge waren bereits gezeichnet, leichenhaft. Muriel schraubte den Deckel herunter und ließ die Tabletten in ihre Hand kullern. »Mund auf«, sagte sie. Mrs Sidneys Kiefer bebten, sie öffnete die Lippen. Muriel steckte ihr die Tabletten in den Mund, eine nach der anderen, und gab zwischendurch, wenn ihr danach war, noch ein paar aus den anderen Fläschchen dazu. Es dauerte lange. Sie hielt Mrs Sidney den Mund zu, um sicherzugehen, dass sie die Pillen schluckte. So hatte sie es in Fulmers Moor gesehen.

Sylvia war beim Treffen der Kanalsäuberungs-Kooperative, Florence bei der Arbeit. Lizzie Blank war allein im Haus, so sehr trauten sie ihr. Sie überließ die alte Frau sich selbst und ging nach nebenan das Bad putzen. Anschließend legte sie in Sylvias Wohnzimmer eine Stunde lang die Füße hoch, las Zeitschriften und verspeiste die Karamell-Toffees, die sie mitgebracht hatte. Als sie zurück nach nebenan kam, um nach Mrs Sidney zu sehen, atmete die alte Frau noch, und so zog sie ihr das Kissen unter dem Kopf weg und drückte es ihr aufs Gesicht, bis sie sicher war, dass die alte Mrs Sidney ihr Leben ausgehaucht hatte.

Als sie nach unten ging, war ihr durchaus bewusst, dass sie der Familie durch die Beseitigung von Mrs Sidney eher half, als dass sie es ihr schwerer machte. Der Verfall des Familienlebens und des Hauses nahm seinen Lauf, aber vielleicht brauchte es sie dafür gar nicht. Lizzie hatte nicht dafür gesorgt, dass Jim Ryan Suzanne schwängerte. Das Leben ordnet sich selbst, für gewöhnlich zum Schlimmsten, und der Zufall ist alles andere als blind. Er hat so viele Augen, wie Fliegen auf der Mauer sitzen.

Aber selbst wenn der Tod die Familie auf lange Sicht nicht weiter zerrüttete, hatte sie der Versuchung nicht widerstehen können. Sie wollte die Gesichter sehen. Sie musste sehen, wie sie starke Gefühle zeigten, um sie nachahmen zu können. Sie brauchte Grimassenfutter.

Lizzie hatte ihren Ausdruck neu gefasst und machte sich eine Tasse Kaffee, als Suzanne hereinkam und sich zu ihr setzte. »Willst du auch eine?«, sagte Lizzie. »Wie geht es?«

»Ich bleibe, bis es geboren ist«, sagte Suzanne. »Wenn es da ist, ziehe ich aus.«

»Kommst du zu mir?« Ihr Ton war heiter, aber es machte ihr Sorgen. Sie sah mögliche Hindernisse. Wenn Suzanne in Mr K.s Haus kam, würde die arme Mrs Wilmot ausziehen müssen, und sie konnte Crisp ihre persönlichen Sachen nicht anvertrauen. Vielleicht verkaufte er sie und gab das Geld den Armen. »Warum bleibst du nicht erst noch zu Hause?«, redete sie ihr zu. »Nur für ein, zwei Wochen, und gibst uns allen die Möglichkeit, das Baby kennenzulernen.«

»Nein, ich ziehe zu Edwina. Oder vielleicht zu Sean. Oder ich gehe wieder nach Manchester in das besetzte Haus, von dem ich erzählt habe, nur dass sie da jetzt großen Ärger mit der Polizei haben, und vielleicht müssen sie raus. Ich weiß nicht, wo ich sein werde. Kann ich deine Adresse benutzen?«

»In Ordnung.«

»Wenn ich herumziehe, können sie meine Sozialhilfe zu dir schicken, und ich kann Jim die Adresse geben, weil es in dem besetzten Haus kein Telefon gibt. Wenn der dann was von mir will, kann er dir schreiben, und du bewahrst den Brief für mich auf, ja?« Ihr Blick flatterte in die Ferne. »Er wird sich melden wollen, oder? Denkst du nicht? Er wird doch das Baby sehen wollen?«

»Oh, ja«, sagte Lizzie. »Das wird ihn interessieren. Es findet sich alles, du wirst es sehen.«

»Okay, du bewahrst also meine Post auf, die kommt. Ich traue Mum nicht, dass sie die Briefe an mich weitergibt.«

»Ich könnte für dich auch auf das Baby aufpassen«, sagte Lizzie. »Das kann ich, weißt du. Es würde mir nichts ausmachen, wenn du was zu tun hast. Oder abends mal rauswillst. Das muss zwischendurch mal sein, wenn du die Geburt erst überstanden hast. Du könntest mit Jim in einen Club gehen.«

»Ich wusste, dass du mir helfen würdest«, sagte Suzanne gerührt. »Das mag ich so an dir, Lizzie, du bist ein wirklicher Mensch. Du machst den Leuten keine leeren Versprechungen.« Betrübt stand Suzanne auf, um zurück nach oben zu gehen, den Kaffeebecher in der Hand. »Ich sollte den eigentlich nicht trinken«, sagte sie, »der schlägt mir auf die Verdauung.« Sie war hochschwanger, bald schon würde sie sich beim Gehen nach hinten lehnen müssen. Die Dinge finden sich, dachte Muriel. Ich kriege meinen Wechselbalg zurück, dann bin ich eine Mutter und lebe ein erfülltes Leben. Dann verschwinde ich hier. Es gibt ein Signal, und ich gehe. Sie glaubte an Signale. Signale waren eine gute Sache.

»Komm in unsere Bude, Kari«, sagte Alistair.

»Warum?«

»Ich zeig dir was.«

»Was?«

»Weiß nicht. 'n Skelett.«

»Nä?«, sagte Kari ungläubig.

»Ehrlich.«

»Wo habt ihr das denn her?«

»Aus'm Kanal. Claire hat's gefunden. Mit ihren Pfadfinder-Kumpeln.«

»Wann?«

»Letzten Samstag.«

»Richtig groß?«

»Nee. Klein.«

»Ein Mord«, sagte Kari. »Du lässt mich gucken, ja?«

»Komm in unsere Bude.«

»Was willst du dafür?«, fragte Kari argwöhnisch.

»Bring uns was Uhu mit.«

»Nein.«

»Ach, komm. Du gehst in deiner Schuluniform bei Fletcher's rein und sagst, du musst was kleben, für 'n Projekt.«

»Vielleicht.«

»Und noch was, Kari. Klau uns 'n paar Wäscheklammern.«

»Wofür?«

»Sherwood iss 'n Rasta, dem fallen die Zöpfe in 'nen Kleber.«

»Soll er sich selbst klaun.«

»Seine Mum wäscht nicht.« Er machte eine Pause. »Ehrlich, Kari, hol uns den Kleber. Das Skelett kannst du mithaben.«

Kari schwankte. »Also gut«, sagte sie. »Wie groß soll die Tube denn sein?«

Als Sylvia von ihrem Treffen zurückkam, ging sie zu Florence und gleich hoch in die erste Etage. Sie steckte den Kopf durch die Tür und sah das Kissen auf Mrs Sidneys Brust liegen. Ihr erster Impuls war, die Tür wieder zuzumachen und so zu tun, als hätte sie nichts gesehen. Sollte Colin sie doch finden, schließlich war es seine Mutter, die ganz offenbar tot war, und seine Schwester, die das bewerkstelligt haben musste. Sylvia war nicht ohne Feingefühl, und sie glaubte nicht, dass sich ein Außenstehender, selbst ein Ehepartner, in derart intime Familienangelegenheiten einmischen sollte.

Aber sie schob ihre Skrupel beiseite, traute sie Colins gesundem Menschenverstand doch nicht. Sie betrat den Raum, brachte das Kissen in eine weniger eindeutige Position und legte den Handrücken auf Mrs Sidneys Wange. Es bestand kein großer Zweifel an dem, was hier geschehen war, wobei es sich dem äußeren Anschein nach kaum sagen ließ. Die Züge der Toten waren nicht verzerrt, einen Kampf hatte es nicht gegeben. Sie öffnete den Schrank und schob das Kissen auf einen Stapel zusammengelegter Wolldecken ins oberste Fach. Die Schranktür knarrte, Kampfergeruch zog in den Raum. Sylvia verspürte den Wunsch, das Fenster zu öffnen, doch es regnete heftig, und vielleicht war es nicht respektvoll. Was sie entdeckt hatte, war eine persönliche Befriedigung für sie. Sie wusste, was geschehen war, und Florence würde wissen, dass sie es wusste. Wenn Flo also in Zukunft frömmelte, würde Sylvia einen Blick für sie haben. Das Gleichgewicht des Schreckens in der Familie verschob sich zu ihren Gunsten, und es überraschte sie nicht, herauszufinden, wozu Florence in der Lage war. Ich an ihrer Stelle, dachte sie, hätte meine Absichten nicht so klar erkennen lassen. Sie berührte Mutters Wange ein weiteres Mal und fragte sich, wie lange sie wohl schon tot war. Florence musste in ihrer Teepause hergekommen sein. Sie ging nach unten, um Dr. Rudge anzurufen, damit er kam und den Totenschein ausstellte. Der Regen wurde zu Graupel.

Das allerdings muss man Florence lassen, sagte sie später zu Colin (und er stimmte ihr zu), ich meine, wie sie sich mit der Hand an die Kehle gefahren ist, mit der Faust gegen den Türrahmen geschlagen hat und wie ihr das Blut aus den geröteten Zügen gewichen ist. Aber vielleicht war es ja nicht gespielt, angesichts von Dr. Rudge und seinem sardonischen Ausdruck, als er aufs Nachtschränkchen sah und die leeren Pillenfläschchen mit dem Zeigefinger von den übrigen trennte. Die waren Sylvia gar nicht aufgefallen. Das sprach für einen gewissen Vorsatz, dachte sie. Sie fing Colins Bick auf und zog bedeutungsvoll die Mundwinkel herunter.

»Aber ich habe sie ihr nicht gegeben!« Florence war gut darin, die empörte Unschuld zu spielen. Die vortretenden Augen, das zinnfarbene Gesicht. »Sie muss sie sich selbst genommen haben.«

»Verstehe«, sagte Dr. Rudge. »Und Sie haben die Fläschchen nur aufgeschraubt in ihrer Reichweite stehen lassen? Wir werfen Ihnen nicht vor, sie erstickt zu haben, Miss Sidney, wir sagen nicht, dass Sie die Tabletten eine nach der anderen in sie hineingezwungen haben. Wir wissen doch, dass sie die gelben gerne mochte, habe ich recht?«

»Aber ich habe nichts getan! Ich war immer vorsichtig mit ihrer Medizin!«

»Kommen Sie«, sagte der Arzt lächelnd, »wenn ich die Sache weiterverfolgen wollte, würden sich Ihre Nachbarn sicher an die Szene erinnern, die Sie mir auf der Straße gemacht haben.«

»Was war mit Lizzie?«, jammerte Florence. »Warum hat sie sich nicht um sie gekümmert? Sie war in ihrer Obhut!«

»Jetzt lenken Sie ab, Miss Sidney, wenn ich das so ausdrücken darf.«

»Soll ich den Bestatter anrufen?«, fragte Sylvia. »Ach, komm, Flo, wir wissen alle, dass du es warst.«

»Trotz allem«, sagte Dr. Rudge, »ich nenne mich einen mitfühlenden Menschen, und es ist nicht das erste Mal in meiner ärztlichen Praxis, dass ein verzweifelter Verwandter einen alten Menschen, wie wir es nennen, von seinen Leiden erlöst hat. In Ihrem Fall jedoch, Miss Sidney, fühle ich mich verpflichtet zu sagen, dass es schon ziemlich befremdend ist, wie Sie die Schuld einer Pflegekraft zuschieben wollen.«

»Befremdend?«, sagte Colin. »Abscheulich ist es. Ich will hier keine moralischen Verurteilungen vornehmen, Florence, aber ernsthaft, du hättest uns sagen sollen, was du vorhattest.«

»Wir hoffen immer«, sagte Dr. Rudge gereizt, »dergleichen Dinge nicht offen diskutieren zu müssen.«

»Zeigt mich an!«, sagte Florence. »Holt die Polizei! Setzt mich auf die Anklagebank!«

»Jetzt sei nicht so melodramatisch«, sagte Sylvia. »Du beschämst uns alle. Überleg doch, Colin, ich kann jetzt Lizzies Stunden reduzieren, abends wieder aus dem Haus und mich aktiver am Kanalprojekt beteiligen.«

»Wird es keine Untersuchung geben?«, fragte Colin.

»Nicht notwendigerweise«, sagte der Arzt.

»Aber natürlich muss es eine Untersuchung geben«, sagte Florence. »Ich will meinen Namen reingewaschen haben.« Sie sah ihren Bruder an, ihre Schwägerin und den Doktor, deren Gesichter verschlossen, selbstgefällig und diskret ausdruckslos waren. »Was werden die Nachbarn sagen?«, fragte sie. »Sie werden sagen, dass ich es war. Sie werden reden, die ganze Arlington Road hinauf.«

»Besser die Arlington Road hinauf als in den *News of the World*«, sagte Colin. Er ging nach unten. Eine Mörderin, dachte er.

Im neuen Jahr wurde es kalt, und Colin musste nach Schulanfang jeden Morgen um Viertel vor acht den frischen Schnee aus der Einfahrt räumen. Autos wurden am Straßenrand zurückgelassen, Rohre froren ein und platzten, und Schnee und Graupel wirbelten über die Autobahn. Die schwarzen Äste der Bäume entlang der Avenue bogen sich unter der Last des Winters, und dann taute es, und die Gossen füllten sich mit eisigen Wasserfluten.

Gegen Ende Februar kam Suzannes Baby zur Welt, ein Mädchen. Von Jim Ryan hörte sie nichts. Als ihr Vater und ihre Mutter sie abends im Krankenhaus besuchten, drehte sie das Gesicht weg und starrte die Wand an. Das Baby, Gemma, schlief neben ihrem Bett in einer Art Plastikblase. Suzanne stellte sich vor, wie sie zum Haus der Ryans ging oder in die Bank und das Baby auf Jims Schreibtisch legte, zwischen Auszüge und Büroklammern.

»Wenn die Leute sagen, sie wollen ein Kind«, erklärte Colin, »wenn die Leute sagen, was Jim dir gesagt hat, meinen sie es womöglich im übertragenen Sinn. Was sie tatsächlich wollen, ist eine zweite Chance.«

»Sie hat eben nicht gedacht, dass er es im übertragenen Sinn meinte«, sagte Sylvia. »Sie sah sich schon neben ihm zum Altar gehen. Ganz real.«

»Ich dachte, Mädchen träumten heute nicht mehr von ihrer Hochzeit«, sagte Colin. »Ich dachte, die Welt hätte sich geändert.«

»O nein.« Sylvia betrachtete das Baby, das wirre schwarze Haar und das formlose Unterwassergesicht. Ihr Ausdruck wurde weicher. »Ich liebe Babys«, sagte sie. »Das habe ich schon immer.«

»Ich nicht«, sagte Suzanne. »Ich fühle nichts.« Ihre Mutter tätschelte ihr die Hand. Suzanne zog den Arm weg. »Warum sollten Leute keine zweite Chance bekommen?«, sagte sie.

»Ich weiß es nicht«, sagte Colin, »es ist heute einfach so. In den Siebzigern, da ging es noch. Vor zehn Jahren. Heute machen alle die Schotten dicht. Schluss, aus.«

»Du könntest das Baby zur Adoption freigeben«, sagte Sylvia. »Das heißt, wir könnten es adoptieren. Ich würde es tun.«

»Hält dich wirklich nichts auf?«, sagte Colin. Er sah sie von der Seite an. Sie wollte also noch bleiben.

»Du musst dir dein Leben erst noch einrichten«, sagte Sylvia zu ihrer Tochter. »Du hast einen Fehler gemacht, aber du musst nicht endlos dafür zahlen.«

»Natürlich muss sie das«, sagte Colin. »Das müssen alle. Frag Jim.«

Sylvia sah ihn ungerührt an. »Ich weiß, warum du so bitter bist«, sagte sie. »Ich kenne die Einzelheiten nicht, aber das Wesentliche, und ich denke wirklich, dass es an der Zeit ist, dass du erwachsen wirst.« Sie sah Suzanne an. »Hör nicht auf deinen Vater. Ich wäre mehr als bereit, dir zu helfen. Du könntest deine Ausbildung beenden.« Sie versuchte ihrer Tochter gut zuzureden und ihr das Baby abzuschwatzen. »Es ist das Wenigste, was wir tun können.«

Suzanne wandte sich wieder ab. »Ich gebe sie euch nie«, sagte sie. »Gott weiß, was ihr mit ihr machen würdet. Ich komme nicht zurück nach Hause.«

»Verstehe.« Sylvia trat ans Fenster, die Hände tief in den Taschen ihrer Jacke. Sie blickte hinunter auf den Krankenhausparkplatz und saugte an ihrer Lippe. »Dann gib uns deine Adresse. Bei Edwina – oder wo immer.«

»Holt sie euch von Lizzie Blank«, sagte Suzanne.

Als Colin nach Hause kam, wartete ein Paket auf ihn. Es war in braunes Papier gewickelt und darauf stand: »Für Opa. Von Alistair und Ostin.«

»Meine Güte«, sagte Colin, »ein Geschenk.« Er nahm es, hielt sein Ohr daran und schüttelte.

»Du bist kindisch«, sagte Sylvia. Colin setzte sich mit dem Paket aufs Sofa und begann an der Schnur zu nesteln. »Die Rechnung vom Bestatter ist gekommen«, sagte sie.

»Ich habe sie gesehen. Sie ist zu hoch.«

»Das ist nichts, worum man feilscht.«

»Ich wüsste nicht, was dagegensprache. Sie werden sie schon nicht wieder ausbuddeln, oder?«

»Gib sie Florence«, schlug Sylvia vor. »Nur wegen ihr haben wir sie bekommen.«

»Wenn ich ihr das sage, trifft sie der Schlag.«

»Soll er doch.«

»Dann müssen wir auch noch für ihre Beerdigung zahlen.«

»Gut, sag nichts. Verlier kein Wort darüber, leg sie ihr einfach diskret auf den Telefontisch.«

»Wie eine Visitenkarte.«

»Sie wird schon wissen, was es ist. Willst du eine Schere?«

»Ja, bitte.«

»Warum gehst du dann nicht und holst dir eine?«

»Ich finde keine.«

»Du hast ja gar nicht geguckt.«

»Es wäre sinnlos. Ich kann die Schere nie finden. Das ist eine der ewigen Wahrheiten, etwas, woran man sich in der Launenhaftigkeit des täglichen Lebens halten kann.«

»Es schafft mich«, sagte Sylvia, »wenn du so unerbittlich albern bist.«

Sie erhob sich mit einem deutlich angestrengten Ächzen auf die Beine und ging in die Küche. Es gefiel ihr, dass sie ihn »albern« genannt hatte. Das traf es doch letztlich? Sie wühlte in der Schublade herum und dachte an Suzanne, an Colin, seine zehn Jahre zurückliegende Affäre und die Rechnung für die Beerdigung. Es war geschmacklos von Colin gewesen, von Salutschüssen und Staatsbegräbnissen zu reden, aber sie wusste, dass er damit nur seinen Schock hatte überspielen wollen, seinen Schock darüber, zu was die Menschen fähig waren. Sylvia hatte zur heulenden Florence neben Colin in der Kirchenbank hinübergesehen und gedacht: Wie kann sie nur? Es war rührend, wie Francis, der nicht wirklich an ein Leben nach dem Tod glaubte, seinen natürlichen Kampfgeist unterdrückt und tröstende, angemessene Worte gefunden hatte. Sie, Sylvia, hatte den starken Drang verspürt, ihn in die Umstände einzuweihen, dem aber widerstanden. Ganz sicher würde er einer Sterbehilfe aus Barmherzigkeit zustimmen, aber Mutter hatte nicht sterben wollen. Sie war durchaus glücklich gewesen mit ihren königlichen Pflichten. Sylvia begriff nicht, wie Florence so herzlos hatte sein können, und das allein wegen ihrer Karriere beim Sozialamt. Aber sie wusste auch, was ihr eigener erster Gedanke gewesen war: keine Rennerei mehr die Treppe rauf und runter, rauf und runter. Das half zwar beim Abnehmen, verbrannte sechs Kalorien die Minute, aber es erschöpfte einen auch.

Aber was würde Francis dazu sagen? Er würde sich damit quälen wollen, wenn sie Hermiones Mutter inkontinent in ihrem Gästezimmer liegen hätten. Er würde mit seinem Gewissen ringen wollen. So wäre es richtig. Sie hatte nicht mit ihrem Gewissen zu ringen. Sie war nicht mal sicher, ob sie eines hatte. Das war eher etwas, wovon Colin sprach, und wer wusste, ob Francis' Gerede mit den Jahren nicht genauso nervtötend wie Colins wurde? So waren die Männer nun mal, kaum ein Sinn fürs Praktische. Wahrscheinlich war sie nicht gut genug für Francis, er würde sie für unterbelichtet halten. Nachdem Dr. Rudge sein Okay gegeben hatte, war sie zurück nach unten gegangen und hatte die Elliot Bros, Bestatter, Aufbahrung mit 24-Stunden-Service, angerufen. Dabei hatte sie sich geistig die Hände gewaschen und allein daran gedacht, was Suzanne mit ihrem dicken Bauch zur Beerdigung anziehen sollte. Sie nahm die Schere aus der Schublade. Ich habe nicht zu viel Fantasie, dachte sie. Gott sei Dank.

»Hier«, sagte sie, als sie zurück ins Wohnzimmer kam und ihrem Mann die Schere gab. Er hatte das Paket bereits halb aufbekommen und öffnete jetzt auch die Schachtel unter dem Papier.

»Großer Gott«, sagte er. »Ein Phrenologie-Kopf. So einen habe ich schon immer gewollt.«

Er holte ihn heraus und stellte ihn auf den Kaffeetisch, kniete sich davor und fuhr mit dem Finger die Linien entlang: der Sitz des Ehelebens, der Sitz des Selbstvertrauens. »Ich frage mich, wo sie den herhaben. Ist wahrscheinlich geklaut. Wobei du so was nicht bei Woolworth kriegst, da werden sie sich schon Mühe haben geben müssen.«

»Das ist nicht witzig.«

»Oh, da gibt es schlimmere Vergehen in der Familie.«

»Ich mag das nicht, das Ding ist unheimlich.«

»Der Sitz der Fortpflanzungsfähigkeit«, sagte Colin. »Komm mal her, Sylvia, lass mich mal deinen Kopf befühlen.« Er legte seine Hand auf ihre Stirn und drückte.

»Hör auf«, schimpfte sie wütend. »Mein Gott, Colin, du lässt dich so leicht ablenken. Deine Tochter liegt im Krankenhaus und droht damit, zu Hause auszuziehen, dein Sohn ist ein Straftäter, und du tust mit Spielzeugen herum.«

»Das ist kein Spielzeug, und Suzanne hat gerade ein Kind bekommen, wo sonst sollte sie also sein? Wobei, wenn ich es richtig verstehe, ist sie doch sowieso längst ausgezogen.« Er drehte den Kopf. »Der Sitz der Streitlust.«

»Dazu ist es reiner Unsinn«, sagte Sylvia. »Und verrufen.«

»Oh, ich weiß nicht.« Colin befühlte seinen Schädel über dem linken Ohr. »Die Möglichkeiten zur Selbsterkenntnis sind so begrenzt. Es hilft nicht, dogmatisch zu sein. Ich frage mich, was ich herausfände, wenn ich Florence' Unebenheiten studieren würde.«

»Das möchte ich lieber nicht wissen. Nicht noch mehr, als ich auch so schon weiß.«

»›Wo Nichtwissen ein Segen ist, ist Weisheit Aberwitz.‹«

»Noch ein Zitat«, sagte Sylvia. »Mit dir ist es, als hätten wir jeden Tag Weihnachten. Da kommen ein Sinnspruch und ein dummer Witz nach dem anderen, Blechflöten und billige Kinkerlitzchen, und was ist das Ende vom Lied? Der ganze Müll liegt unterm Tisch, und ich kann ihn wegschaffen.«

Er antwortete nicht. Überrascht von der beredten Flüssigkeit ihres Ausbruchs saß er auf dem Sofa und starrte mit entrüstet großen Augen auf den Phrenologie-Kopf. Sylvia ging in die Küche, und er hörte die Kühlschranktür und das Klacken von Gläsern. Sie kam zurück ins Zimmer und suchte im Barfach herum, ohne ihn weiter zu beachten.

»Oh, trinken wir wieder?«, sagte er.

»Ja. Nach der Geschichte mit Suzanne brauche ich einen. Hast du je so etwas Undankbares gehört? Was soll ich ihr denn noch anbieten?«

»Schenk mir auch einen ein.« Er klang elend.

»Ich nehme einen Wodka.«

»Das ist okay. Aber kipp nicht irgendwas Dummes rein.«

Ihre Stimme klang aus der Küche herüber. »Was nennst du ›was Dummes?‹« Das Telefon klingelte. Sylvia kam zurückgelaufen, stellte die Gläser ab und griff nach dem Hörer. Sie dachte, es sei Suzanne,

die ihre Meinung geändert hätte. Er sah, wie sich ihr Rücken ver-
steifte. »Ja«, sagte sie vorsichtig. »Ja, so ist es. Ja, das ist er.« Sie nahm
den Hörer herunter und drückte ihn sich gegen die linke Brust. »Es
ist Mrs Ryan. Sie möchte wissen, ob sie mit dir sprechen kann. Wenn
es dir angenehm ist.«

Colin beugte sich vor und nahm den Kopf. Die Keramikknochen
fühlten sich kühl und fest an. »Meint sie das sarkastisch?«, fragte er.

»Einen Augenblick«, sagte sie in den Hörer. Und zu ihm: »Was?«

»Wenn sie sagt, falls es mir angenehm sei? Ich meine, was hat das
mit angenehm zu tun?«

»Einen Moment noch, Mrs Ryan.« Sylvia legte die Hand über
die Sprechmuschel. »Sprichst du jetzt mit ihr oder nicht?«

»Ich meine, das ist ein ziemlich leeres Gerede, ob es angenehm
ist«, sagte er. »Nach zehn Jahren. Sie wusste, wo ich war, die ganzen
letzten zehn Jahre.«

»Wie meinst du das?«

»Ich meine, ich war hier, oder? In der Buckingham Avenue. Wo
war sie? Das weiß Gott allein.«

»Du hättest es herausfinden können«, sagte Sylvia. »Ich wage zu
sagen, dass das nicht über deine Fähigkeiten gegangen wäre. Du hättest Erkundigungen einziehen können.«

»Oh, das hätte ich.« Er drehte den Kopf und linste hinein. »Aber
sie hätten zu etwas führen können, und dann hätte ich reagieren
müssen. Wo wäre ich dann heute?«

»Mrs Ryan«, sagte Sylvia. »Ich glaube, er möchte nicht mit Ihnen sprechen.« Es entstand eine Pause. »Sie sagt, das wolle sie von
dir hören.« Sie hielt ihm den Hörer hin. »Ich gehe hinaus, wenn du
magst.«

Er schüttelte den Kopf.

»Er schüttelt den Kopf«, sagte Sylvia.

»Ach, Himmel noch mal.« Colin knallte den Kopf auf den Tisch.
»Es gibt nichts zu sagen. Da ist nichts mehr. Es war ein Irrglaube.«

Sylvia beugte den Kopf über den Hörer und wiederholte die

Mitteilung wie eine vertrauensvolle Sekretärin. Sie lauschte. »Ich werde es ihm sagen.« Sie legte den Hörer sanft auf die Gabel und betrachtete ihn ein Weile, als dächte sie, dass es wieder klingeln könnte. »Sie sagt, ich solle dir sagen, das ist genau das, was sie angenommen hat.«

Er wusste, so sorgfältig, wie sie den Satz wiederholte, mussten es exakt Isabels Worte sein. Und er wusste auch, dass es die letzten waren, die sie je an ihn richten würde, direkt oder indirekt. Die allerletzten. »Trink«, sagte Sylvia. »Und es stört mich nicht, wenn du eine Zigarette rauchst. Ich weiß, du hast welche in der Jackentasche.«

»Ich bin überwältigt«, sagte er.

Er erhob sich aus seiner seltsamen, über den niedrigen Tisch gebeugten Position und setzte sich an ein Ende des langen Sofas. Sylvia setzte sich ans andere. Sie schlug die Beine übereinander, als rechnete sie damit, eine ganze Weile so sitzen zu bleiben. Beide sahen starr vor sich hin wie zwei Passagiere in einem Wartesaal am Flughafen, die fürchten, dass ihre Reise lange genug sein wird, um sich kennenzulernen.

Sylvia erschauderte. »Die Heizung hat sich wieder ausgeschaltet«, sagte sie.

»Da stimmt was mit der Zeitschaltuhr nicht. Ich nehme an, Alistair hat die Zapfen verstellt.«

»Das muss er dann aber mit einer Art Fernbedienung gemacht haben, er war schon seit Tagen nicht mehr hier.«

»Ich habe ihn auch nicht gesehen.«

Ihre Stimmen klangen bewusst neutral und stumpf. Höfliche Menschen, die sich in ein Gespräch tasteten, zufällig auf engem Raum zusammengedrängt, weil sie eine Reise zu unternehmen hatten.

»Manchmal würde ich am liebsten davonlaufen«, sagte Sylvia. »Wenn die Kinder es können, warum dann nicht die Eltern? Dieses Haus macht mich fertig.«

»Alles scheint kaputtzugehen.«

»Weißt du, dass die Waschmaschine jetzt ganz hin ist? Das Einzige, was wir tun können, ist gehen und das alles hinter uns lassen. Es ist so wie, wie sagt man? Das Haus Usher.«

»Das Haus von Atreus«, sagte Colin. »Na, das ist ein Zufall, du isst den Kuchen, und zufällig sind deine Kinder drin.«

Sylvia ging auf ihn los: »Du tust es schon wieder.«

»Du hast damit angefangen, mit dem Haus Usher. Ich füge dem nur etwas hinzu.«

Sylvia sprang auf und lief mit wutverzerrtem Gesicht aus dem Zimmer. Erschrocken rannte er hinterher. Am Fuß der Treppe holte er sie ein, umfing ihre Taille und schwang sie herum. Die kleine Anstrengung brachte ihn bereits außer Atem, beim Squash würde er dieser Tage kaum etwas ausrichten können. Sylvia wehrte sich, er hob sie fast von den Füßen und setzte sie auf die dritte Stufe. »Bleib da«, sagte er. »Lass uns das ausfechten. Wenn wir das jetzt nicht klären, tun wir es nie.« Er ergriff ihr linkes Handgelenk und setzte sich neben sie. Es war eng auf der Stufe. Sylvia war zuletzt wieder in die Breite gegangen. Beide waren rot im Gesicht, die Aufregung und die kurze Anstrengung hatten ihnen den Atem genommen.

»Du kennst den *Untergang des Hauses Usher*?«, sagte Sylvia, als sie sich wieder erholt hatte. »Ich hab's im Fernsehen gesehen. Aber das hier bei uns ist besser als im Fernsehen.«

»Keine Lizenzgebühren, nur die Hypothekenraten. Und keine Werbung zwischendurch.«

»Manchmal bin ich froh über eine Unterbrechung.«

»Hast du mein Foto weggeworfen?«, sagte Colin.

»Ja.«

»Ich nehme an, du dachtest, es wäre zu meinem Besten.«

»Nein, ich hab's für mich getan.«

»Tausend Dank.«

»Das war sie, richtig? Es ist alles dieselbe Frau.«

»Ja, das habe ich auch oft gedacht.«

»Ich bin nicht blöd«, sagte Sylvia. »Ich kann zwei und zwei zusammenzählen.«

»Ich wüsste nicht, wie.«

»Ich habe meine Quellen.«

»Du hast nie was gesagt.«

»Was hätte das geändert?«

»Und dafür«, sagte er, »zehn Jahre geistige Qualen.«

»Das kann nicht sein. Nicht durchgängig zehn Jahre. Da muss es auch gute Zeiten gegeben haben.«

»Sie ist Alkoholikerin. Ihr Mann hat es mir erzählt.«

»Das tut mir leid.«

»*C'est la vie*«, sagte Colin. »Ich habe sie aus der Bank kommen sehen. Ich dachte, sie wäre eine Sinnestäuschung, eine Art Fata Morgana. Also habe ich nichts getan. Alles hat seine Zeit, doch wenn die vorbei ist, solltest du deine Zelte abbrechen und das Lagerfeuer austreten. Dein Leben wieder aufnehmen. Du warst zu lange weg.« Er hielt inne. »Ich habe nachgedacht … Ich muss dir etwas sagen.«

»Ja?«

»Wenn du wirklich wegwillst … Erinnerst du dich an Frank O'Dwyer?«

»Könnte ich den vergessen?« Sorge und Abscheu erfüllten Sylvias Gesichtsausdruck. Frank war ein alter Kollege von Colin, dessen trunksüchtige Gesellschaft sie nie gemocht hatte. »Was ist mit ihm? Ich dachte, du hast ihn nicht mehr gesehen, seit er in die Schulbehörde gewechselt ist?«

»Nur gelegentlich. Ich meine, die Schulberater kommen nicht so oft. Sie könnten sich bei den Kindern ja mit was anstecken.«

»Und?«

»Er hatte einen Unfall. Letzte Woche war er in der Forty-Martyrs-Gesamtschule und hat im Büro wohl etwas Whisky getrunken. Du weißt, wie die Brüder sind, sehr gastfreundlich. Auf jeden Fall konnten sie ihn nicht finden und dachten, er wäre bereits wieder gefahren, doch dann kam Bruder Ambrose in die Turnhalle. Er war an den Geräten gewesen, weißt du, am Trapez hin- und hergeschwungen und hatte die Füße in die Ringe gesteckt, die an der Decke hängen. Hat sich beide Beine gebrochen.«

»Oh, das sollte ich nicht«, sagte Sylvia und drückte sich die Hand auf den Mund. »O wie schrecklich, über das Unglück anderer Leute zu lachen.«

»Jedenfalls hat das das Fass zum Überlaufen gebracht. Er war schon mehrfach verwarnt worden, und jetzt haben sie ihn in Rente geschickt. Die Sache ist die, wenn du bereit wärst umzuziehen, könnte ich seinen Job bekommen.«

»Bist du sicher?«

»Es ist nicht offiziell. Er muss ausgeschrieben werden, aber ich denke, das kriege ich hin. Alle sagen es. Und sie wollen den Posten schnell neu besetzen, für September schon.«

»Ob ich umziehen will, Colin? Ich kann dir gar nicht sagen, wie sehr.«

»Vor zwei Stunden wolltest du noch ein Baby adoptieren.«

»Ich will umziehen.«

»Wir könnten uns nach einem Haus umsehen.«

»Ab September? Das sind noch Monate. Soweit kann ich nicht denken, da reicht meine Fantasie nicht. Dann ist Gemma sieben Monate alt, das ist eine andere Welt. Ich kann mir nicht vorstellen, es hier noch so lange auszuhalten. Irgendwas Schreckliches wird passieren.«

»Was zum Beispiel?«

»Zum Beispiel, dass du deine Meinung über die Frau änderst. Du rufst sie an. Wahrscheinlich überlegst du jetzt schon, sie anzurufen, und du sagst das alles nur, um mich von der Fährte abzubringen.«

Er drückte ihre Hand. »Das tut weh«, sagte sie.

»Hol das Buch. Das Telefonbuch.«

»Was?«

»Such ein paar Makler heraus und ruf sie gleich morgen früh als Erstes an. Lass es uns tun, Sylvia, schnell. Frag sie nach einem schönen Haus, vier Zimmer, Claire und Karen können sich eins teilen, modern, große Fenster, viel Licht, nichts mit Vergangenheit. Ein hübsches, billiges Haus wie unser altes, mit allen eingebauten Schwächen.«

»Die Häuser sind schon okay, Colin. Wir sind die mit den Schwächen.«

»Nicht mehr. Ich meine es ernst. Ich plane das.« Er machte eine Pause und staunte. Es ist so leicht, wenn du erst mal anfängst. Der Schwung reißt dich mit. »Sobald wir ein Haus finden, ziehen wir um. Ich werde zwar noch bis zu den Sommerferien in der Schule bleiben müssen, aber ich kann pendeln. Ich nehme die neue Verbindungsstraße. Ich brauche nicht mehr als eine halbe Stunde, wenn überhaupt.«

»Denkst du wirklich, wir sollten das tun? Einfach auf und davon? Warum hast du noch nie etwas in der Richtung gesagt?«

»Ich hab drauf gewartet, dass Frank sich die Beine bricht. Als eine Art *deus ex machina*«, sagte er. »So einen sollte jedes Haus haben.«

»Das wär's also?« Sie sagte das mit hoffnungsvoller Endgültigkeit. Ein Ausdruck von Erschöpfung überzog ihr Gesicht, es war schwierig, so komplizierte, ja widersprüchliche Gefühle unter einen Hut zu bringen. Colin sah zur immer noch vom Feuer in der Küche rußgeschwärzten Decke.

»Glaubst du, wir werden diese Bruchbude los?«

»Warum nicht? Ich meine, die Grundstruktur ist in Ordnung, sieht man mal vom Schimmel in Alistairs Zimmer ab. Wir werden die Wände abkratzen und überstreichen müssen, und in der Diele lassen wir das Licht aus, wenn Leute zur Besichtigung kommen. Dann fällt ihnen nichts auf. Dann denken sie, es ist einfach ein hübscher beiger Farbton. Das sieht man erst, wenn man die Wände komplett abwäscht. Dann wird's schlierig.«

»Das ist gewissenlos.«

»Sie bekommen, was sie sehen. Was sie nicht sehen, ist ihr Problem.«

»Dann ist es beschlossen. Holen wir jemanden, der uns eine Bewertung gibt.« Er nahm ihre Hand. »Und was ist mit Francis? Was wird der sagen?«

Sie sah auf ihre Knie. »Ich weiß nicht, was wird er sagen?«

»Ich dachte, zwischen euch wäre was.«

»Nicht wirklich.«

»Ich dachte irgendwann, er würde Hermione verlassen.«

»Hermione verlassen?«, sagte sie höhnisch. »Sie ist die Tochter eines Bischofs. Wobei, ich habe noch eine andere Seite von ihm kennengelernt. Als wir im Nachtasyl waren, habe ich dir das nicht erzählt? Da kommen diese beiden armen alten Männer herein und wollen Suppe. Nun, ich habe sie nicht erkannt, sie hatten Strumpfmützen auf. Es gab eine Kartoffel-Lauch-Suppe, und als Francis die beiden sah, lief er zu ihnen hin und sagte: »›Das sind die beiden Mistkerle, die mir diesen Ärger gemacht haben.‹« Er sagte, er habe sie dabei erwischt, wie sie in der Sakristei ein Feuerchen gemacht hätten. Er trat einen von ihnen ziemlich heftig, du kennst die Stiefel, die er trägt. ›Ich schäme mich‹, habe ich gesagt, ihnen war bestimmt kalt, du weißt, wie es im Februar ist, und er erwiderte: ›Man zündet keine Soutanen an.‹ Er sagte, es sei Brandstiftung gewesen, und er hat die Polizei gerufen.«

»Was ist mit ihnen passiert?«

»Sie sind festgenommen und in ein Heim gesteckt worden.«

»Da geht es ihnen wahrscheinlich besser.«

»O nein, Colin. Die werden eingesperrt.«

»Klar, ich verstehe, dass dich das enttäuscht. Weiß er, dass du ihn nicht mehr so …?«

»Ich denke schon.« Sylvia senkte den Kopf. Eine einzelne Träne lief ihr über die Wange, langsam und ganz für sich, und erzitterte an ihrem Mundwinkel. »Es ist ihm egal. Er hat andere Ambitionen.«

»Ach ja?«

»Es gibt da eine neue Diakonin. Julie.«

»Der Mann ist ein Schürzenjäger! Nun, mach dir nichts draus«, sagte Colin fröhlich. »Vergiss es. Ihr zwei habt ein paar gute Dinge für die Gemeinde getan, was mehr ist, als Isabel Ryan und ich je sagen könnten. Theoretisch waren wir gut, aber praktisch haben wir niemandem auch nur so viel geholfen. Wie geht es mit der Kanalsäuberung?«

»Oh, das wird wunderbar.« Sie schniefte und wischte sich mit dem Handrücken über das Gesicht. »Wir richten einen Naturpfad ein. Und dann sage ich dir noch was über Francis. Er hat eine Fettfalte hinter dem Ohr.«

»Was?«

»Das heißt, er wird einen Herzinfarkt bekommen. Männer mit Bäuchen und Falten hinter den Ohren, die sind gefährdet. Das habe ich gelesen.«

»Im *Beano*?«

»Nein, es stimmt.«

»Habe ich auch eine?«

»Ich glaube nicht. Ich weiß allerdings nicht, ob ich an der richtigen Stelle suche.«

»Wenigstens weiß ich jetzt, warum du immer die Seite meines Kopfes anstarrst.«

»Es gibt da diese neue Diät, von der ich gehört habe. Die ersten beiden Tage isst du nur Äpfel. Egal, welche Sorte, aber du darfst sie nicht vermischen. Wenn du zum Frühstück einen Golden Delicious isst, kannst du keinen Cox zum Mittagessen nehmen. Dann gibt es zwei Tage lang nur Käse, aber wenn du zum Frühstück Edamer isst, musst du …«

»Nein«, sagte Colin kopfschüttelnd. »Nein, ich glaube nicht.«

»Ich glaub's irgendwie auch nicht. Ich werde einfach dick.«

»Das wäre erholsam.«

»Mrs Ryan war nicht dick, oder?«

»Haut und Knochen.«

»Colin?«

»Ja?«

»Denkst du, vier Zimmer sind genug?«

»Ich rechne damit, dass Alistair früher oder später in ein Heim kommt. Ich denke, das ist nicht zu weit hergeholt.«

»Was, wenn Suzanne beschließt, doch nach Hause zu kommen? Ach, weißt du, ich kann es mir nicht vergeben, dass ich sie nicht zu einer Abtreibung überredet habe. Als ich Gemma sah, dachte ich ... nun, sie ist ein hübsches kleines Ding, wer würde sie nicht haben wollen? Und wenn Suzanne will ...«

»Sie wird nicht nach Hause kommen. Sie hat es dir gesagt, sie führt jetzt ihr eigenes Leben. Genau wie Alistair, der wird ebenfalls bald weg sein, wohin auch immer. Sie sind fast erwachsen, Sylvia. Dieser Teil unseres Lebens ist vorbei. Und die anderen beiden sind auch weg, ehe du dichs versiehst. Ihnen gehört die Zukunft.«

»Und wir haben keine?«

»Es gibt Schlimmeres als keine Zukunft.« Er legte ihr den Arm um die Schultern und drückte sie an sich. »Kopf hoch. Der Trubel ist vorbei. Uns passiert nichts mehr.«

Am nächsten Tag, als Lizzie Blank zum Putzen kam, fand sie Colins Geschenk auf dem Kaffeetisch. Sie betrachtete es lange, ohne es zu berühren, kniete sich davor, wie Colin es getan hatte, und fuhr mit dem Finger um die einzelnen Bereiche. Die habe ich, dachte sie. Alle zusammen. Ich habe alles, bis auf Nachwuchs. Vorsichtig hob sie den Kopf an, staubte ihn ab, obwohl er nicht abgestaubt werden musste, und stellte ihn mitten auf den Tisch. Sie war absolut sicher, dass er das Signal war, auf das sie gewartet hatte. Zuletzt hatte sie diesen Kopf in Sholtos Laden gesehen, und dass er jetzt hier stand, musste etwas bedeuten. Es war ein geheimnisvoller Ortswechsel, dem andere folgen würden.

Sylvia kam nach unten. Sie war noch im Bademantel, lächelte still vor sich hin und summte leise, als sie die Küche betrat. Lizzie folgte ihr.

»Da ist Mr Sidney wohl schnell noch mal drübergestiegen, oder?«, wollte sie wissen.

»Lizzie!« Sylvia starrte sie an. »Hören Sie auf, oder ich muss Ihnen kündigen. Es kann nicht sein, dass die Kinder Sie so reden hören.«

»Die kleinen Lämmchen«, sagte Lizzie sarkastisch. »›Sie so reden hören!‹ Jetzt werden wir aber ziemlich hochnäsig, wie?«

Sylvia sah ihre Putzhilfe mit kaum verborgener Abneigung an. Seit dem Vorfall mit dem Foto war sie immer vertraulicher und bissiger geworden, drückte sich ganz eindeutig vor der Arbeit und behauptete, die Probleme mit den Elektrogeräten machten das Putzen praktisch unmöglich. Im Übrigen sei sie müde und ausgelaugt. Bis auf die Knochen. Von denen kaum was zu sehen ist, dachte Sylvia, ihr weißes, ungesund aussehendes Fleisch quoll unter den Kleiderrändern hervor. Masse hatte sie genug.

»Ich will ehrlich mit Ihnen sein, Lizzie«, sagte sie, »ich glaube an ehrliche Worte.«

»Ach ja?«

»Ich mag Sie nicht, Lizzie. Sie haben etwas an sich, das ich noch nie gemocht habe, und ich nehme es Ihnen übel, dass Sie sich in die Sache mit unserer Tochter einmischen. Ich habe Sie trotzdem behalten, weil Sie mit Colins Mutter wie gottgesandt für uns waren. Das streite ich nicht ab, und ich stelle Ihnen ein Zeugnis aus, das sich sehen lassen kann.«

»Und jetzt werfen Sie mich raus?«, sagte die Frau verdrossen.

»Wir brauchen Sie nicht mehr. Wir ziehen bald um.«

»Ich kann auch woandershin fahren.«

»Nicht so weit.«

Lizzie hob den Kopf. »Das Haus steht dann leer?«

»Es wird verkauft. Sobald wir etwas anderes finden, sind wir weg.«

»Nun, ich erspare Ihnen den Ärger, mich zu feuern, Mrs Sidney, Madam. Ich wollte sowieso kündigen. Ich finde, Sie stinken.«

»Das mag ja sein«, sagte Sylvia gefasst.

»Und machen Sie sich keine Sorgen, dass ich Florence verrate. Ich werde mir den Mund nicht schmutzig machen. Ich hätte vielleicht was gesagt, wenn's die Todesstrafe noch gäbe. Wenn ich denken täte, dass sie aufgeknüpft würde, bis sie tot wäre.«

»Sie Ungeheuer«, brach es da aus Sylvia heraus. »Raus aus meinem Haus.«

»Aus Ihrem Haus? Nicht mehr lange.«

»Und geben Sie mir die Adresse meiner Tochter, bevor Sie gehen. Ihre Adresse, meine ich, sonst habe ich nichts von ihr, und ich schicke Ihnen Ihren Lohn hin.«

»Den hätte ich lieber in bar.«

»Da bin ich sicher, aber ich habe nicht so viel im Haus. Sie werden sich gedulden müssen. Ich zahle noch diese Woche.«

»Stürzen Sie sich nicht in den Ruin.«

»Wenn Sie jetzt nicht gehen«, sagte Sylvia, »vergesse ich mich. Hier, schreiben Sie die Adresse auf.« Sie stieß Lizzie den Block hin, den sie für ihre Einkaufslisten benutzte, dazu einen kurzen Bleistiftstummel. »Sie ist nicht bei Ihnen, oder? Suzanne?«

»Ich hab sie nicht gesehen.« Lizzie beugte sich über die Arbeitsfläche und griff unbeholfen nach dem Bleistift.

»Wenn Sie sie sehen, sagen Sie ihr, sie soll nach Hause kommen. Ich ertrage es nicht, meine Kinder zu verlieren.«

»Sie sind 'ne echte Schmalzbacke.« Lizzie sah sie an und schob die Lippen vor. »So, genau so gucken Sie immer.«

»Wie können Sie sich herausnehmen, mich nachzumachen?«

»Ich hab Ihre alten Fotos gesehen. Deshalb.«

»Was? Sie haben in meinen Schubladen herumspioniert?«

»Seitdem ist 'ne Menge Wasser unter der Brücke durch, Mrs S.«

»Das bringt das Fass zum Überlaufen. Beeilen Sie sich und dann gehen Sie.«

Umständlich schrieb Lizzie Mr Kowalskis Adresse auf, in wackligen, mühevollen Großbuchstaben, und schob den Zettel Sylvia hin. »Da.«

»Sie können ja kaum schreiben.« Sylvia nahm die Adresse und betrachtete sie erstaunt. »Wer hat denn Ihre Bewerbung geschrieben? Ich habe doch einen Brief bekommen.«

»Mein Vermieter hat den geschrieben. Ob ich schreiben könnte, haben Sie nicht gefragt.«

»Sie haben sich unter Vortäuschung falscher Tatsachen hier eingeschlichen.«

»Wenn Sie meinen«, sagte Lizzie grimmig, nahm ihren Mantel vom Haken und zog ihn an.

»Sie können hinten raus«, sagte Sylvia. »Das tun Sie immer.«

»Pardon, Mrs Sidney. Heute mal vorne.«

Auf dem Weg durch die Diele sah sie nach oben. Die Türen waren alle zu, der Treppenabsatz dunkel. Das Fass zum Überlaufen, dachte sie. Fall'n sie in den Sumpf, machen die Sidneys plumps.

Isabel Ryan hantierte in ihrer Küche herum. Sie war noch im Bademantel, obwohl es schon fast Mittag war. Das macht nichts, dachte sie, den kann ich auch noch um vier Uhr nachmittags anhaben oder abends um acht. Dann ist es sowieso Zeit, ihn wieder anzuziehen und ins Bett zu gehen. War ich überhaupt im Bett?, überlegte sie. Es war sehr kalt im Haus, was sie jedoch kaum bemerkte, da sie sich nicht darum kümmerte, was ihr Körper brauchte, er führte sein eigenes Leben. Sie konnte sich nicht erinnern, wie lange es her war, dass sie Sylvia Sidney angerufen hatte. Eine Nacht, zwei oder viele mehr. In einem Nebel aus Gram und Übelkeit hielt sie sich am Rand der Küchenspüle fest und schwankte leicht hin und her.

Vielleicht hätte sie hartnäckiger sein sollen. Die Frau hatte steif und gefährlich geklungen, als wollte sie sich durch die Kabel winden und ihr etwas antun. Was hatte sie gedacht? Dass sie anrief, um Colin für sich zurückzufordern? Nach all den Jahren? Es musste so geklungen haben. Dabei hatte sie nur etwas wissen wollen. Wie ging es dem Kind?

Ist es ein natürliches, normales Kind, fragte sie sich, das wie Jim aussieht? Oder wie seine Mutter? Oder war es doch von einem anderen, und sie fanden's raus? Sie fuhr sich mit der Hand über den Körper. Wenn das die Lösung war, würde sie es früh genug erfahren, um es in ihr Manuskript aufzunehmen? Es musste schnell fertig werden, denn sie hatte bald kein Schreibmaschinenpapier mehr und konnte keins kaufen, wenn sie nicht nüchtern war. Und falls sie je nüchtern wurde, war nicht zu sagen, was sie dann herausfand. Endlos würde es werden. Vielleicht fand sie sogar heraus, ob sie schwanger war oder nicht. Würde Jim bei ihr bleiben, jetzt, wo da diese geheimnisvolle Schwellung in ihr war? Er hatte es nicht gesagt.

Sie spürte einen Entschluss in sich reifen, ein weiteres fremdes Wachstum in sich, das sie nicht unter Kontrolle hatte. Ich werde ein paar Sachen zusammensuchen, dachte sie, auch wenn ich eine Stunde oder so dafür brauche. Ich werde aus dem Haus gehen und mich in mein Auto setzen, selbst auf die Gefahr hin, dass ich es zu Schrott fahre. Ich werde nach oben gehen und den Brief finden, den Miss Suzanne Sidney meinem Mann geschrieben hat. Ich nehme die Adresse, suche sie auf meinem Stadtplan, zerreiße den Brief in kleine Schnipsel und spüle ihn das Klo hinunter. Dann fahre ich hin und sehe sie mir an. Ich warte vor ihrem Haus und sehe, wie sie kommt und geht. Ich sehe einfach zu und zeige mich nur, indem ich die Straße hinuntergehe. Dann wird sie sehen, was es heißt, Jims Frau zu sein. Sie wird von meinem Beispiel lernen, und ich von ihr.

Oder ich verliere alles, dachte sie. Jim Ryan, Colin Sidney und auch mein Whiskyglas.

Einen guten Kilometer von der Buckingham Avenue entfernt, beidseitig von einer engen, kaum befahrenen Seitenstraße namens Turner's Lane, lag ein Stück offenes Land. Es war überraschend, dass da noch nicht gebaut worden war, aber die Anwohner der Lauderdale Road, deren Gärten an das Gelände angrenzten, betrachteten es als eine Annehmlichkeit und waren mit großer Energie gegen die verschiedenen Nutzungspläne angegangen, die über die Jahre entwickelt worden waren, und so lag alles, seit sie sich erinnern konnten, unverändert da, ein paar Morgen Grasland, mit stehenden, morastigen Tümpeln und kleinen dornigen Dickichten. Die Anwohner betraten das Land nie, auf drei Seiten standen Häuser, auf einer lag der alte Kanal. Sie überließen es streunenden Hunden und Katzen, alten Exhibitionisten, durchziehenden Kaninchen und Füchsen. Und ihren Kindern.

In einem dieser dornigen Dickichte hatten Alistair und seine Freunde sich ihre Bude gebaut. Als sie ins Schulabgangsalter kamen und es Winter wurde, hatten sie gedacht, drüber hinausgewachsen zu sein, aber zu Hause kamen sie nicht zurecht und stellten fest, mehr denn je einen Unterschlupf zu brauchen. Ihre Bude hatte einen Lehmboden, sauber gefegt und festgestampft, und über ihnen hingen verflochtene Äste, die fast so dicht waren wie ein Zelt. Aufrecht stehen konnte man nicht, sondern musste sich gebückt halten. Die Dornen hinterließen lange rosa Kratzer und Stiche, die sich mitunter entzündeten, aber Sherwood hatte einen Erste-Hilfe-Kasten geklaut, das ging also. Dichtes Unterholz schützte sie vor Beobachtung, im Frühling, meinte Austin, würden sie praktisch unsichtbar. Wenn es jetzt noch Videospiele gäbe, wäre das Ganze perfekt.

Viele glückliche Stunden hatten sie dort schon verbracht und mit dem von den Pfadfindern im Kanal gefundenen Skelett gespielt.

»Sie wollen ihr Karate-Abzeichen machen«, sagte Austin. »Dann hätten sie's vor uns schützen können.«

»Kari denkt sowieso, es ist ein Kaninchen«, sagte Alistair. »Sie hat Biologie. Stimmt's, Pickelgesicht?«

»Nee«, sagte Austin. »Das is 'n Mensch.«

»Könnte eine Mischung sein.«

»Eine Schimäre«, sagte Karen.

»Eine was?«

»Eine Schimäre. Was Doppeltes. Ein bisschen was von dem und ein bisschen was von dem. Ein Monster. So was wie zwei in einem.«

»Ja«, sagte Austin verständig. »Das könnte sein.«

Seit Weihnachten beschäftigten sie sich damit, die Knochen in eine vernünftige Anordnung zu bringen, und an einem sonnenlosen Nachmittag nach den Zwischenzeugnissen waren sie gerade wieder dabei, als sie das Geräusch von knackendem Holz und Gebüsch vor einer bevorstehenden Invasion warnte.

»Gott, das ist mein Dad«, sagte Austin. »Keiner sonst hat solche Stiefel. Schnell, Furunkel-Kopf, pack die Knochen zurück in den Karton.«

Karen sprang auf und begann die Knochen in die Tesco-Kiste zu schaufeln, in der sie sie zwischen den Puzzlestunden aufbewahrten. Das Krachen und Knacken kam näher, unterbrochen nur vom Fluchen und Schimpfen einer machtvollen männlichen Stimme. »Das ist mein Dad«, zischte Austin. »Schnell, weg damit. Ich mach mich dünn. Der Mann ist scheiß gewalttätig. Der tritt dich zum Krüppel.«

Schwerer Atem sagte ihnen, dass der Eindringling gleich da sein musste. Austin floh zusammengekrümmt durch den Hinterausgang. Karen schob ihm die Kiste hinterher und zog die biegsamen Zweige und Äste vor das Loch, um seine Flucht zu verbergen. Ihre Hände bluteten, trotzdem fiel sie auf die Knie, schaufelte totes Laub auf einen Haufen und schob es vor das Schlupfloch. Bevor sie wieder auf den Beinen war, kam der Eindringling herein, und es war nicht Reverend Teller, sondern ein wilder, junger Bursche, bullig, mit Stoppelhaaren und Stiefeln, ganz ähnlich wie die des Pfarrers. Um die Handgelenke trug er Lederriemen.

»Gott«, keuchte Alistair. Er nahm den Kerl in den Blick und sah, dass sie keine Chance hatten. Sie waren seiner Gnade ausgeliefert. Mach was, Pickel, dachte er, lenk ihn ab, biet ihm deinen Körper an. »Wir haben nichts Schlimmes gemacht, Mister«, sagte er mit jammernder Stimme. »Schlagen Sie uns nicht, wir gehen friedlich, echt.« Karen, immer noch auf den Knien, hielt die mit kleinen Blutstropfen bedeckten Hände hoch.

Die mächtige Brust des Burschen hob und senkte sich. Er streckte die Hand aus, packte Alistair vorne bei seiner Reißverschlussjacke und hielt ihn vor sich hin, Schädel an Schädel.

»Wo ist der verdammte Austin?«, wollte der Kerl wissen.

»Nie gesehen«, sagte Alistair mutig. »Wer bist du? Arrh, lass mich los, das tut weh.«

»Ich«, sagte der Kerl. Er atmete Alistair in sein rundes Plastilin-Gesicht. »Ich bin sein verdammter Bewährungshelfer.«

Einen Monat später, Austin war eingebuchtet worden, Einbruch, Hehlerei, trafen sich die Reste der Bande, um ihr Problem zu besprechen. Sie mussten sich damit abfinden, dass ihre Bude nicht länger sicher war. Wenn sie ihr Skelett behalten wollten, mussten sie einen sichereren Ort dafür finden.

»Bei uns zu Hause geht es nicht«, sagte Karen. »Wir ziehen um. Aber sowieso, wenn da eine Kiste steht, guckt Mum sofort rein.«

Alistair überlegte. »Wenn es deine ist«, sagte er nach einiger Anstrengung.

»Wenn es deine wär, auch.«

»Bei mir geht es auch nicht«, sagte Sherwood. »Meine Mammy würde die Knochen gleich versetzen.«

»Nää, du kannst doch kein Skelett versetzen.«

»Sie versetzt alles. Oder, Freitagabend, Eintopf, Curry mit Knochen, hmm-hmm, köstlich, altes Familienrezept aus Montego Bay.«

»Du Rasta-Penner«, murmelte Alistair. »Deine Mammy geht zur Pommes-Bude, hab ich doch gesehen.«

Karen kicherte. »Ich wette, Lizzie Blank würde Knocheneintopf essen. Als Claire ihr Kochabzeichen gemacht hat, hat sie alles verdrückt, und einiges davon war sooo eklig.«

»Ich wünschte, du hieltest den Mund«, maulte Alistair. »Lass mir was Ruhe, während ich nachdenke.« Er ging in die Hocke, vergrub den Kopf zwischen den Händen und hatte plötzlich einen Geistesblitz. »Ich hab's«, sagte er. »Wie verdammt genial.«

»Was? Was meinst du?«

»Hört zu, ihr kennt meine Leute, ihr wisst, was sie tun. Huren rum, schicken alte Ladys ins Jenseits, nehmen geklaute Sachen an. Aber was tun sie nicht? Sie gehen nicht an die Post von anderen.«

»Wie meinst du das?«

»Angenommen, da kommt ein Brief, adressiert an meinen Dad. Mum will ihn aufmachen, sie ist versucht, sie befühlt ihn, um zu sehen, was drin ist, aber wirklich reingucken tut sie nicht, o nein, da würde sie sich schämen. Erst wenn er nach Hause gekommen ist und ihn gelesen hat, beschafft sie ihn sich und liest ihn auch, aber das ist was anderes, wie sie meint.« Er klopfte sich gegen den Kopf. »Das ist Psychologie, Sherwood.«

»Und?«

»Und Lizzie Blank.«

»Wir hatten diese Putze«, erklärte Karen. »Aber sie ist weg.«

»Wir gehen zu Fletcher's, lassen was braunes Papier und 'ne Schnur mitgehen und machen ein nettes Paket aus den Knochen. Dann schreiben wir ihren Namen drauf und unsere Adresse und legen es bei uns in die Diele. Als wär's mit der Post gekommen. Da geht keiner ran.«

»Aber wenn sie kommt?«, sagte Sherwood. »Dann nimmt sie's mit und macht es auf. Manno!«

»Sie nimmt's nicht mit, Dumpfbacke, weil sie nicht mehr kommt, oder? Sie kommt nie wieder.«

»Was ist, wenn wir umziehen?«

»Das is noch Wochen hin. Monate.«

»Aber Mum könnte es wegwerfen.«

»Hör zu, ich kann nicht alles auf einmal lösen, gib uns 'ne Chance. Die Brücke überqueren wir, wenn wir hinkommen.«

»Das könnte gehen«, sagte Karen vorsichtig.

»Könnten es probieren, Mann«, sagte Sherwood.

Alistair tippte sich auf die Brust. »Den Nobelpreis für mich, weil ich ein schlaues Kerlchen bin.«

»Haben Sie die Nachrichten heute Morgen gehört?«, fragte Miss Blutarmut.

Sehr unwahrscheinlich. Mr K. hob ängstlich den Blick, und sein Kinn sackte leicht weg. Aus seinem Radio kam nichts als ein seltsames Piepsen und Knistern. Und Polizeimeldungen. Selbst wenn er das Big-Band-Special einstellte, waren sie beim nächsten Einschalten wieder da.

»Das ist dieser Mann«, fuhr Miss Blutarmut fort und setzte sich neben den Herd. »Dieser Mann, der seine Frau umgebracht hat. Er fährt durch die Gegend und tut so, als wär er woanders …«

»Ein Alias, ist ein Ausdruck«, sagte Mr K.

»Dann ist er zum Lake District und hat ihre Leiche da versenkt. Es vergehen zehn Jahre, und er denkt, er ist damit durchgekommen. Und dann … Raten Sie mal.«

»Aber ich kann nicht raten«, sagte Mr K. »Geheimer Mord kommt ans Licht?«

»Da kommt die Polizei und sucht nach einer komplett anderen Leiche, und was findet sie? Die Frau von diesem Kerl, bestens erhalten, noch so wie beim Versenken. Wär er mit seinem Boot zehn Meter weiter rausgerudert, wär sie im tiefsten Teil des Sees versunken, und sie hätten nie was gefunden.«

»Weil ein Nagel fehlt, geht der Schuh verloren«, sagte Mr K.

»Das weiß ich nicht, aber jetzt sitzt er im Knast. Schrecklich, oder? Was meinen Sie, Mrs Wilmot?«

Aber Mrs Wilmot war verschwunden, sie schien sich aufgelöst zu haben und in der Wand aufgegangen zu sein.

Als Sylvia zwei Tage später ins Haus kam, wäre sie in der Diele fast über eine große Kiste gestolpert. »Verdammt, was ist das?«, sagte sie und tastete auf dem Boden nach den Briefen, die sie hatte fallen lassen. »Karen, bist du da? Was ist das?«

Karen kam aus der Küche und aß einen Schokokeks. »Keine Ahnung«, sagte sie. »Hat ein Mann gebracht.«

»Was für ein Mann?«

»Keine Ahnung.« Sie zuckte mit den Schultern. »Ein Postbote?«

»Mach mal das Licht an.«

»Die Birne ist wieder kaputt.«

»Dieses verdammte Haus.« Sylvia beugte sich vor und studierte das Paket. »Ich sehe keine Briefmarke. Ist an Lizzie adressiert, stell dir vor.«

»Vielleicht war's ein Freund von ihr«, sagte Karen vorsichtig. »Dieser Mann.«

»Also was soll das, dass sie sich ihre Post hierher schicken lässt? Es fuchst mich, wenn ich denke, dass sie Leuten unsere Adresse gegeben hat. Wobei, wenn sie denkt, dass ich ihr hinterherlaufe, hat sie sich geschnitten. Sie kann kommen und es abholen. Ich rufe sie an.«

»Oh, die Mühe würde ich mir nicht machen«, sagte Karen. »Es ist wahrscheinlich nichts.«

»Es ist ein großes Paket. Was wohl drin ist?« Sylvia nahm es in beide Hände. »Schwer ist es nicht.« Sie schüttelte es. »Rappelt ein bisschen.«

»Hat sie wahrscheinlich irgendwo bestellt«, sagte Karen.

»Wahrscheinlich. Irgendein Cowboy-Outfit. Haben nicht mal gedruckte Etiketten.«

»Du weißt doch, wie das geht«, sagte Karen. »Du bestellst was, und es kommt erst Wochen später, wenn du es längst vergessen hast.«

»Oder was Unverlangtes«, sagte Sylvia. »Das muss sie nicht zurückschicken. Ich sage ihr, was für Rechte sie hat.«

»Die Mühe würde ich mir nicht machen.«

»Aber das muss ich, natürlich. Ich hab doch ihre Nummer.«

Karen sank der Mut. Daran hatten sie nicht gedacht. Für sie war es ein Fall von »Aus den Augen, aus dem Sinn« gewesen, und sie hatten nicht damit gerechnet, Lizzie je wiederzusehen, schon gar nicht, dass Sylvia sie aufspüren könnte. Sie musste das Thema wechseln. »Was ist in der Post?«, fragte Karen listig.

»Die ist vom Anwalt. Komm in die Küche, da kann ich besser sehen.« Kari folgte ihr. Sylvia las und drehte sich zu ihr um. Ihr Gesicht leuchtete. »Wir haben es«, sagte sie. »Wir können umziehen. Es ist bezugsfertig.«

»Wann?«

»Für mich kann es nicht bald genug sein. Dein Vater nimmt einen Überbrückungskredit auf. Wahrscheinlich stürzt uns das in den Ruin, aber ich kann es nicht erwarten.« Sie setzte sich auf einen Stuhl und schien dann plötzlich ernüchtert, das Lächeln schwand von ihrem Gesicht. »Nur was ist mit Suzanne? Ich will hier nicht weg und sie einfach so zurücklassen. Sie ist meine Tochter, ich liebe sie. Und das Baby, ich habe Gemma seit dem Krankenhaus nicht gesehen. Es ist so grausam von Suzanne, den Kontakt einfach abzubrechen und nicht mal anzurufen und zu sagen, ob alles in Ordnung ist.«

»Mach dir nichts draus, Mum. Du hast ja noch mich.«

»Ja«, sagte Sylvia ohne große Begeisterung. Sie öffnete ihre Tasche und holte ihr Adressbuch heraus. Ein loser Zettel lag darin.

»Hier habe ich Lizzies Nummer«, sagte sie. »Ich kann sie fragen, ob sie von Suzanne gehört hat. Das ist schon was, wenn man so eine anrufen muss, um etwas über sein eigenes Enkelkind zu erfahren. Napier Street 56. Komisch, das hätte mir auffallen sollen. Ich dachte, sie wohnt in der Eugene Terrace, über dem indischen Laden.«

»Vielleicht haben die sie auf die Straße gesetzt.«

»Das würde mich nicht überraschen, Karen. Musst du eigentlich jede Packung Kekse vertilgen, die ins Haus kommt? Ist es da ein Wunder, dass du Pickel kriegst?«

Bald war Ostern. Immer wieder klingelte das Telefon in Mr Kowalskis Diele. Manchmal ignorierte er es, manchmal drohte er ihm mit der Faust, dass er das Kabel aus der Wand reißen werde. Was war dieses Ding anderes als ein Werkzeug für Verbrecher und eine Quelle von Krankheiten? Manchmal nahm er den Hörer ab und bellte in einer seiner vielen Sprachen in ihn hinein.

Muriel fing den Postboten ab. Da kam wieder ein Brief für Miss Blank. Sie öffnete ihn. Mrs Sidney hat abfällige Bemerkungen über meine Schrift gemacht, aber lesen kann ich ausgezeichnet.

Liebe Lizzie,
als ich deine Nummer angerufen habe, ist da dieser Mann mit einem Akzent rangegangen. Ich habe ihn nicht verstanden, also schreibe ich. Ich bin bei meiner Freundin Edwina, und das hier ist ihre Adresse, aber gib sie nicht meiner Mutter. Kannst du am nächsten Mittwoch auf Gemma aufpassen? Ruf an und sag, ob es geht. Sie macht keine Probleme, sie schläft viel. Wir fahren alle nach Manchester, wegen dem besetzten Haus, weil es so aussieht, als könnten wir wieder rein. Sean hat den Strom wieder angeschlossen, und wir haben diesen Geophysiker kennengelernt, der viele Installationen macht, in Schwarzarbeit. Ich will Gemma nicht mitnehmen, weil es so kalt ist, du weißt, wie der April ist, der übelste Monat, und deshalb hoffe ich, du kannst. Ich komme am späten Nachmittag zurück und kann dich bezahlen.
Alles Liebe, Suzanne

Ein Zettel mit Edwinas Adresse und Telefonnummer lag dabei. »Es fällt einem in den Schoß«, sagte Mrs Wilmot zu ihrem Vermieter.

»Was?«, antwortete Mr K. Er war dieser Tage nervös.

»Nichts, ich meine, eine Gelegenheit bietet sich. Das ist eine Redensart, Mr K.«

»Sie arme, alte Mrs Wilmot«, sagte Mr K. sorgenvoll. »Wenn das Schiff sinkt, werden wir ertrinkende Ratten sein. Sie, ich, Miss Blutarmut, wir alle gehen unter im Wrack meines Geschicks, es sei denn, unsere gesegnete Lady lächelt uns zu. Das«, fügte er mit einiger Befriedigung hinzu, »sind auch Redensarten.«

»Nun, ich hoffe, Sie beten Ihre Litanei«, sagte Mrs Wilmot. »'türlich kenne ich keine. Ich bin Methodistin.«

»Wir brauchen mehr als Gebete, wir brauchen Revolver«, sagte Mr K. »Fallen, Molotowcocktails. Sehen Sie die neue Frau auf der Straße? Die aus dem Auto guckt? Immer gucken, gucken, wer kommt und geht. Immer stumm, stumm, stumm wie Grab.«

»Bleiben Sie ganz ruhig«, sagte Mrs Wilmot. »Sie lassen mich erschaudern mit Ihren Prognostiken.«

»Bald werde ich dreinschlagen«, versprach Mr K. »Ich ertrage den Schmerz der Gedanken nicht länger. Mein Nerv ist so hoch verdreht …« Er nahm eine Gabel vom Küchentisch, eine von zweien, die er besaß, nahm sie in beide Hände und verdrehte sie, bis der Griff verdrillt war und die Zinken zur Seite standen. »So«, sagte er. Schweiß trat ihm auf die Stirn. »So.«

Er fühlte sich fast schon übermütig im heftigen Frühlingswetter. Ausnahmsweise einmal schienen sich die Dinge in seinem Sinne zu entwickeln. Seine Anstellung war bestätigt, und er zählte die Wochen bis zu den Sommerferien. Er hatte Frank gute Besserung gewünscht und ihm eine Karte und einen Obstkorb geschickt. Seine Kollegen meinten, er sei genau der richtige Mann für Franks Job, und er wusste, es stimmte. Er umarmte sich innerlich, wenn er morgens in die Schule fuhr. Keine Shillings mehr und keine Pence, kein Moos, die Schule war er los. Keine Geografie mehr und keine Mathe, er war raus, aus die Maus. An seinem letzten Tag würde er nach Hause fahren, jede einzelne seiner Taschen auf links ziehen, den Kreidestaub für immer herausblasen und nie wieder hineinlassen. Kein Stück Kreide mehr anfassen und keinen Schulcomputer mehr einschalten. Nie wieder würde er eine Klasse betreten, höchstens als strikter Zuschauer. Seine neue Arbeit würde er ernst nehmen, kein einfacher Kinderaufpasser mehr sein und seine Kollegen, die alten wie die neuen, mit seinem verbindlichen, überlegten und praktischen Rat beeindrucken. Der Geschichts-Betreuer würde er sein, überall im County den besten Platz im Lehrerzimmer bekommen und mit einem unterwürfigen Bruder Ambrose Single Malts genießen, wenn auch nicht zu viele.

Natürlich war bis dahin noch für etliche Wochen was durchzustehen, aber in ein paar Tagen würden sie umziehen, und damit war er, wenigstens zum Teil, befreit. Befreit von Florence mit ihren ermüdenden Beteuerungen, dass sie unschuldig sei, keinen Moment lang ließ sie von dem Thema ab. Befreit von zehn Jahren Buckingham Avenue. Mit einem Schlag würde er seine Frau von der Kanalsäuberung loslösen, seinen Sohn von seiner Bande und seine jüngste Tochter von den Pfadfindern. Und wer weiß, vielleicht tat die Luftveränderung ja auch Karens Pickeln gut? Ob Suzanne nun zurückkam oder nicht, die Überlebenden würden sich ohne Zweifel eine neue Art Leben aufbauen.

Sylvia machte sich gut, dachte er. Sie schien zufrieden, wickelte das verbliebene Geschirr in Zeitungspapier und legte Listen mit ihren Besitztümern an. Sie war zu beschäftigt, um die Vergangenheit noch mal aufzuwühlen. Das Telefon blieb stumm. Oder es klingelte, aber nicht für ihn.

Es wurde Mittwoch. Muriel hatte den Wecker gestellt, aber sie wurde ohne ihn wach und stellte ihn aus. Es war noch früh. Wie in alten Zeiten. Als stünde Mutter über ihr und schüttelte sie.

Sie zog die Decke ans Kinn, lag da und dachte nach. Emmanuel hatte es ihr erklärt, oder zumindest versucht, bevor sie ihn nach Fulmers Moor zurückbrachten. Das ungetaufte Kind ist das Haus des Teufels, und war es nicht der Teufel persönlich, den Mutter gefürchtet hatte, wie er sich oben an der Treppe umdrehte und zu ihnen heruntersah? Die Taufe treibt den Teufel aus, das Kind wird zufrieden und dick. Das schlechte Kind, das du dem Kanal übergibst, und das gute, das du zurückbekommst, ist dasselbe, aber der Teufel ist raus und Gott ist drin. Das kann einen großen Unterschied bedeuten. Es ist eine Taufe, ein bisschen drastischer und risikoreicher als das, was es in der Kirche gibt, aber manche Babys sind eben schwierige Fälle.

Natürlich war das reine Theorie. Zudem hing Crisp gerade an der Flasche. »Wann kommt die Wiederauferstehung, die du versprichst?«, fragte sie ihn. »Ostern natürlich.« Und so war es. Auf die paar Tage kam es nicht an.

Jetzt, bevor Jim aufstand, war das Haus sehr ruhig. Isabel packte ihr Päckchen. Das Manuskript war ziemlich dick geraten. In einen Umschlag passte es nicht. Seltsam, dass ein Versagen so viel Raum einnehmen konnte, dass Dummheit und Unfähigkeit so viel Porto verlangten. Und die Erzählung zu Ende zu bringen, hatte ihr nicht die Erleichterung verschafft, auf die sie gehofft hatte. Je mehr sie schrieb, desto unklarer wurde alles. Was für Fingerzeige hatte sie in dem Abendkurs bekommen, in dem sie Colin kennengelernt hatte? Das war so unklar wie alles andere auch, bis heute wurden sämtliche Geschehnisse ihres Lebens von der Angst und der Übelkeit im Gästezimmer der Axons vernebelt und verwirrt. Die seltsame Masse unter ihren Kleidern seufzte sanft, rührte sich und beruhigte sich wieder.

Sie saß am Küchentisch und fummelte mit ihrer Schnur herum. Auf eine Weise war sie froh, dass sie alles aufgeschrieben hatte. Was immer geschah, es war eine Art Zeugnis. Heute wollte sie Suzanne suchen, ganz sicher, wollte ihre flüchtige Beobachtung aufgeben und an ihre Tür klopfen, sie aufspüren und reden. Suzanne würde ihr nichts tun, sie konnte sie nicht umbringen, oder? Warum hatte sie nur so eine Angst? Besser, sie nahm einen kleinen Drink ein, ein kleines Gläschen Whisky, um sich zu beruhigen. Sie adressierte ihr Päckchen. Sie würde es vorher zur Post bringen.

Waren sie beim *Sunday Enquirer* in der Lage, es zu begreifen? Drucken würden sie es auf jeden Fall. Würden sie Beweise wollen, Indizien? Natürlich gab es die Akte, die Akte über Muriel Axon. Die hatte sie behalten. Es war leichter gewesen, für ihr Verschwinden einzustehen als für ihren Inhalt. Wie die Geschichte ausgegangen war, stand allerdings nicht in den Unterlagen. Die alte Frau war zu Tode gekommen, das Baby auch. Die Mutter wurde weggeschlossen, ein unbekannter, anonymer Mensch, konnte man das so sagen? Es schien nicht richtig. Isabels Hand zitterte, als sie sich ein Glas einschenkte. »Viele Jahre später«, sagte sie, »kamen die Fakten des Falles ans Licht.«

Vielleicht ergab das alles für den Leser keinen Sinn. Aber darum ging es ihr auch nicht.

Sie stellte sich ihr Päckchen vor, wie es in einem Transporter die Fleet Street entlangfuhr. Sie stellte sich die Journalisten im Büro des *Enquirer* vor, wie sie ihr Päckchen aufmachten. Wenn die Leute in der Stadt fortan mit dem Finger auf sie zeigten, würden sie einen Grund dafür haben. Wenn sie über sie redeten, würden sie etwas zu sagen haben. Als sie ihr Glas betrachtete, sah sie, dass sie sich weit mehr als gewollt eingeschenkt hatte. Sie schüttete nichts zurück.

Es schlug sieben. Jim ließ sich ein Bad ein. Der Tag fing an. Sie sah ihr weißes Gesicht im dunklen Küchenfenster, spitz, verzerrt, mit formlosen, schwimmenden Augen.

Und jetzt war Muriel aus dem Bett, auf den Beinen, und betrachtete sich im Spiegel des Toilettentischs, den vorsichtig verschlossenen Ausdruck, die hängenden Lider. Sie streckte die Hand aus und nahm Lizzies Perücke von ihrem Ständer. Ihre hochhackigen Stiefel waren unter dem Bett, die Leopardenfelljacke im Schrank. Es würde das letzte Mal sein, dass sie die Sachen brauchte.

Miss Blutarmut kam von der Straße herein, mit klappernden Zähnen. »Diese Frau«, beschwerte sie sich in der Küche. »Sie ist es, wissen Sie, Mr K., die mit dem hohlen Gesicht. Die vom Sozialamt werden schlimmer und schlimmer. Ich weiß, dass sie mich beobachtet, aber sie hat nie was getan. Ich ging zum Briefkasten, um mit meinem Antrag die erste Leerung zu erwischen, und da stand sie und drückte ein dickes Päckchen durch den Schlitz. Das war so ein Schreck, ich sage es Ihnen. Ich hatte sie noch nie außerhalb von ihrem Auto gesehen.«

»Und? Was hat sie getan?«, fragte Mr K. ängstlich. So früh am Morgen, Besorgnis noch vor seinen Haferflocken.

»Sie hat mich festgehalten und mir in den Arm gekniffen. Sie sagt: Wo ist das Baby? Ich sage: Welches Baby? Ich sage: Ich wünschte, ich hätte eins, dann würde ich eine andere Wohnung kriegen. Sie sagt: Versuch mir nichts vorzumachen, Suzanne. Suzanne? Wer ist das?«

»Verwandt mit dieser Blank. Ohne Zweifel«, sagte Mr Kowalski höhnisch. »Verwandt mit den Schnüfflerern, dem Riesen mit dem Brot an dem Tag. Ständig ruft diese Frau an, fragt nach Blank. Ich versuche alles, singe in den Hörer, mache unanständige Geräusche.«

»Haben Sie es schon damit versucht, den Hörer neben das Telefon zu legen?«

»Aber meine Teure, wie soll ich ihren Tricks folgen? Nein, wir müssen uns stellen, Blutarmut, unsere Nummer ist bekannt. Die Frau, die Sie belästigt, sie ist die, die so aussieht … so, mit starrenden Augen, der Ghul?«

»Genau die. Die Blasse.«

Mr K. erschauderte. »Haben Sie Wilmot gesehen?«, fragte er.

»Nicht heute Morgen.«

»Sie muss ihre Befehle haben. Es ist eine Belagerung. Bitte bis auf Weiteres oben bleiben.«

»Ich geh da nicht mehr raus. Die Frau ist durchgeknallt. Sie können einen beleidigen, aber sie dürfen einem nicht in den Arm kneifen. Sie verwechseln meine Identität. Ich verklage sie.« Miss Blutarmut eilte davon und rieb sich den schmerzenden Arm. »Es gibt Gerichte.«

Allein für sich, ging Mr Kowalski in die Diele, schob die schweren Riegel der Haustür vor und schloss sich in der Küche ein. Fünf Minuten später kam Lizzie Blank die Treppe herunter, in ihren Stiefeln. Ausnahmsweise einmal machte sie sich nicht die Mühe, ihm Angst einzujagen. Er wurde ein wenig unberechenbar, hatte sie das Gefühl. Wenn man sich fest genug gegen das Innere der Tür lehnte, konnte man die Riegel ohne Lärm öffnen. Das tat sie und trat in ihrem Putz hinaus auf die Straße.

Mr K. kippte eine Schütte Kohlen in den Herd. Warum es sich nicht gemütlich machen? Ich könnte mir ein deftiges Frühstück gönnen, überlegte er, nur dass er sich nicht um die dafür notwendigen Dinge gekümmert hatte. Er hatte einfach nicht den Mumm dafür. Ihm wurde schlecht, wenn er ans Sterben dachte. Schlecht und kalt. Ich werde alles bis zum Letzten verteidigen: Heim und Herd.

Zwischen den verschlissenen Kissen seines Sessels beim Feuer steckte sein Buch mit den Redensarten. Er nahm seinen Stift und wurde von einem so heftigen Ansturm der Gefühle überwältigt, dass seine Hand zu zittern begann, er Buch und Stift weglegen und sich erst erholen musste. All die Schrecken der letzten Monate lebten wieder auf. Die Stimmen der fremden Frauen, die schweren Schritte oben. Die Schläge auf der Straße, die blonde Betrügerin auf seiner eigenen Treppe, der Riese, wie er um die Ecke humpelte. Nach und nach beruhigte er sich wieder, doch seine Hand zitterte noch immer, als er den Stift ergriff und schrieb: »Vorhang, Schwanengesang, Endstation: Das letzte Kapitel.«

KAPITEL 9

Es war ein wilder, stürmischer Tag, graue Wolken wälzten sich dahin. Regentropfen im Wind, vereinzelte Sonnenstrahlen. Muriel hätte ihren Schirm aufgespannt, aber sie konnte nicht beides tragen, den Schirm und den Karton.

Die kleine Gemma schlief, als sie in Edwinas Wohnung kam. Den Karton hatte Muriel neben der Treppe zur Haustür stehen lassen, war hochgegangen und hatte geklingelt. Die Wohnungsbesitzerin war nicht zu sehen, aber Suzanne war da. Sie wartete auf sie, in ihren Stiefeln und einem dicken Pullover, aufbruchsbereit.

»Da bist du ja, Lizzie, hallo. Sie schläft.«

»Das ist gut. Und wie geht's dir, Küken?«

»Oh, mir geht's gut«, sagte Suzanne. Als sie sich das letzte Mal gesehen hatten, war sie hochschwanger gewesen, jetzt sah sie blass aus, hohläugig und innerlich zusammengefallen. Die Wohnung, zwei Zimmer, war schmutzig und heruntergekommen, eine Art Elendsquartier. Es gab ein Stück zerfaserten Teppich, sonst nackte Dielen. Die Fenster waren gesprungen und mit Klebeband bedeckt. Matratzen lagen auf dem Boden, irgendwo tropfte ein Wasserhahn. Tropf, tropf. Suzannes Besitztümer lagen auf einem Haufen hinter der Tür, ein Rucksack, ein Schlafsack und ein Karton mit Babysachen. Ihr Gesicht wirkte blutunterlaufen, als hätte sie nicht geschlafen.

»Hast du von Jim gehört?«

Suzanne schüttelte den Kopf. Sie schob sich das Haar aus den Augen. »Das hier sind ihre Sachen«, sagte sie und gab Lizzie eine Plastiktragetasche. »Ihr Fläschchen und alles. Einmalwindeln, und crem sie ein, wenn du die Windel wechselst, sie kriegt sonst einen Ausschlag. Du kannst sie füttern, wenn sie aufwacht.«

»Wie siehst du es?«, sagte Muriel plötzlich. »Wie weißt du, was du machen musst?«

»Das wird von selbst klar. Es ist nicht das Geheimnis, das die Leute daraus machen.«

»Es ist kalt hier.«

»In dem besetzten Haus sollte es wärmer sein. Ich hoffe, es ist okay. Ich nehme auf gut Glück schon mal den Großteil meiner Sachen mit. Ich hole Gemma um sechs. Geht das?«

»Da bin ich mit ihr wieder hier.«

»Oh, verstehe. Natürlich könntest du mit ihr auch hier bleiben ...«, sie sah sich zweifelnd um, »aber es ist etwas deprimierend.«

»Bei mir ist es besser«, sagte Muriel. »Und es ist ein kleiner Ausflug für sie.«

»Ich glaube nicht, dass sie alt genug ist, um einen Ausflug zu genießen.«

»Aber die frische Luft tut ihr gut. Wo ist sie?«

Suzanne ging in das andere Zimmer und kam mit einem eingewickelten Bündel zurück. Sie küsste den flaumigen Kopf des Babys und zog die Kapuze um das Gesicht. »So bleibt sie schön warm«, sagte sie. »Schaffst du's? Sie ist schwerer, als du denkst. Moment, ich wickle ihre Decke noch um sie. So. Okay?«

»Okay. Viel Glück.«

»Danke, Lizzie. Ich bezahle heute Abend. Bis dann.«

Sie folgte ihnen zur Treppe. Ein starker Luftzug pfiff unter den Türen entlang des Flurs her. Suzanne verschränkte die Arme vor der Brust. Sie wirkte besorgt.

»Bist du sicher, dass du zurechtkommst?«

»Kein Problem.« Muriel dachte, sie würde ihnen folgen, direkt hinter ihnen bleiben, bis sie die Straße hinunter waren, doch dann blieb Suzanne oben an der teppichlosen Treppe stehen und ließ sie allein vorausgehen. Muriel wartete, ging hinunter und zog mit dem Fuß die Eingangstür hinter sich zu, die mit einem Poltern ins Schloss fiel. Es gab einen winzigen Vorbau, nicht verglast, das Holz morsch.

Ihr Karton stand noch da, wo sie ihn zurückgelassen hatte, der Boden war leicht feucht. Sie bückte sich und legte das Baby hinein. Gemma in ihrer flauschigen Polsterung war ein größeres Bündel, als sie gedacht hatte. Sie schlief und träumte. Muriel konnte sehen, wie sich die Augen unter der zarten Haut der Lider bewegten.

Sie hob den Karton hoch. Irgendwann auf dem Weg nach Hause würde Gemma sicher aufwachen, schreien und die Aufmerksamkeit der Leute auf sich ziehen. Deshalb war es besser, den Karton nicht zuzumachen, das sähe komisch aus. Richtig, Mutter hatte es getan, aber Muriels Kind hatte da auch schon nicht mehr geschrien und sich kaum noch, nur ganz leicht, bewegt, wie etwas, das unter der Erde rumorte. Wenn uns jemand aufhält, dachte sie, sage ich, ich sei seine Patentante. Sie trat auf die Straße.

Niemand hielt sie auf. Niemand beachtete sie, wie sie vorbeieilte, die massige, fleischige Frau voller Make-up in ihren hochhackigen Stiefeln und mit dem Karton von Pick'N'Save im Arm. Die untere Kante des Kartons grub sich ihr in die Brust. Sie trug keine Handschuhe, und ihre Nägel lagen wie Blutstropfen auf der Pappwand des Kartons. Die Städter liefen vorbei, in den Wind gebeugt, die Gesichter zusammengekniffen und die Kragen bis hoch über die Ohren gezogen. In den Betonkübeln beim Einkaufszentrum bogen sich die jungen Bäumchen in den Böen, und ihr halb gesprossenes Grün schlug durch die feuchte Luft. Schmutz und Scherben bedeckten den Bürgersteig, und die Styroporschachteln des Hamburger-Ladens kugelten die Straße herunter. Vögel flogen kreischend von einem Draht zum anderen.

Um zehn Uhr rief die Frau wieder an. Die Frau mit der harschen, fremden, drohenden Stimme. Sie fragte, ob Lizzie Blank da sei. Sie rufe jetzt schon zum dritten Mal an, sagte sie.

»Keine Blank hier«, sagte Mr K. »Sie sind einem Fehler verfallen.«

»Hören Sie«, sagte Sylvia, »wollen Sie ihr bitte sagen, dass ich ein Paket für sie habe?«

»Was ist Inhalt?«, sagte Mr K. grob. Hochexplosiv, dachte er.

»Wie soll ich wissen, was drin ist? Ich weiß nur, dass es seit Wochen in meiner Diele herumliegt. Sagen Sie ihr: Wenn sie es nicht sofort abholt, weiß ich nicht, wie sie es bekommen soll, denn ich ziehe heute aus. Das Haus wird verschlossen.«

Sie war eine unnachgiebige, starrköpfige Frau, der er nicht gern im Dunkeln begegnen würde. Es schien ein böser Fehler, ihr Opfer per Telefon darüber zu informieren, was kommen würde, aber zweifellos war sie wie er ein Veteran auf dem Feld der Intrige und Zerstörung und hatte wie er längst vergessen, auf welcher Seite sie stand. Irgendwer irgendwo würde den Anruf mitschneiden. Es stand überall in den Zeitungen, dass mitgehört werde. Früher oder später würde dieses Paket auftauchen, das Mysterium, die Höllenmaschine. Er würde bereit sein.

»Gut«, sagte Florence und richtete sich auf. »Kann ich sonst noch was für euch tun?« Sie nieste zweimal und putzte sich nüchtern die Nase.

Hinter dem Taschentuch kam ihr mürrisches, gramerfülltes Gesicht zum Vorschein. Sie nahm ihnen ihren Umzug übel und sprach davon, auch selbst zu verkaufen und sich eine Wohnung zu suchen. Colin konnte sich nicht vorstellen, dass sie das Viertel verließ, aber sie sagte, die Leute redeten über sie. Sie denke, dass sie Wind von der Sache bekommen hätten, mit Mutter, und wenn sie die Lauderdale Road hinuntergehe, sähen sich die Leute an, machten leise Bemerkungen, eilten in ihre Häuser und schlügen die Türen zu.

»Nein, ich denke, das war's«, sagte Colin. »Danke, Florence, es war lieb, dass du dir freigenommen hast. Ich glaube, draußen sind sie jetzt auch so weit.« Er ging zur Tür und sah auf die Straße. Die Umzugsleute sicherten gerade die hintere Tür des Möbelwagens. »Das war's tatsächlich«, sagte er.

Das Haus war leer, selbst die Teppiche nahmen sie mit. Sie seien mit dem Preis weit genug heruntergegangen, sagte Sylvia, da müssten sie denen nicht auch noch Teppiche und Vorhänge in den Rachen werfen. Die hellen Stellen an den Wänden ließen erkennen, wo ihre Bilder gehangen hatten. Knöpfe und kleine Münzen, die aus den Möbeln gekullert waren, lagen auf den Dielen, da hatte der neue Besitzer gleich was zu fegen. Oben standen sämtliche Türen offen, und ein ungewöhnlich weißes Licht lag auf dem Geländer des Treppenabsatzes. So, in diesem Zustand, rief das Haus ein heftiges Unbehagen in ihm hervor, wie eine alte, ausgezogene Frau. Er konnte es kaum erwarten, hier endlich wegzukommen.

Florence zog sich ihre Handschuhe an. »Ich gehe besser wieder ins Büro. Ich habe noch einen Termin mit einem Antragsteller.«

»Sei nicht zu hart zu ihm.«

»Zu ihr. Es ist eine Frau. Ich weiß nicht, warum du denkst, dass ich so ein Tyrann bin. Es ist das Geld des Steuerzahlers, weißt du. Tja, Colin … das war es also.«

»Ich hoffe, die Kinder sind keine zu große Plage, wenn sie aus der Schule kommen. Ich hole sie am Abend ab.«

»Sie sind ganz sicher eine Plage, aber damit habe ich mich abgefunden. Wo ist Alistair?«

»Wer weiß. Ich denke, er taucht schon wieder auf. Wie eine heimkehrende Ratte oder so.«

Einen Moment lang dachte er, sie wolle ihm die Hand geben. »Zehn Jahre lang haben wir nebeneinander gewohnt, Colin. Ich werde euch vermissen.«

»Wir dich auch.«

»Ich hoffe, ihr werdet sehr glücklich«, sagte sie förmlich und ging den Pfad hinunter.

Das hört sich an, als würden wir heiraten, dachte Colin und sah ihr hinterher. Es schmerzte immer noch, an Isabel zu denken, doch mit seiner neuen Entscheidungsstärke hatte er auch die Fähigkeit entwickelt, eine Art Fertigkeit, nicht mehr an sie zu denken. Die alten Obsessionen hatten ihre Kraft verloren und waren nur mehr kraftlose kleine Geister, deren Gespensterbilder gelegentlich noch kurz vorm Einschlafen in seine Gedanken drangen. Er war nicht mehr so verletzlich, im Wachzustand. Er war eben ein Mann, mit offenem Blick und verschlossenem Herzen. Wie drückte es doch die Premierministerin immer wieder aus? Es gibt keine Alternative. Und das war auch ein Trost.

Sylvia kam die Treppe herunter, ihre Schuhe klackerten über die nackten Stufen.

»Was für ein Tag!«, sagte sie. »Wir hätten uns einen mit schönerem Wetter aussuchen sollen.«

»Es könnte noch aufklaren, denke ich.«

»Hoffen wir darauf. Fertig?«

»Fertig.«

Sylvia blieb stehen und stieß mit dem Fuß gegen das Paket, das immer noch in der Diele lag. »Dieses verfluchte Ding«, sagte sie. »Was soll ich bloß damit machen?«

»Lass es hier.«

»Ich habe noch mal angerufen. Der, der da immer rangeht, ist ein Ausländer. Ich krieg keinen vernünftigen Satz aus ihm heraus.«

»Hast du die richtige Nummer?«

»Sie hat sie mir selbst gegeben. Die Adresse muss auf jeden Fall stimmen, schließlich habe ich ihren Lohn hingeschickt, und wenn sie den nicht gekriegt hätte, wäre sie sicher gleich wieder hergekommen.«

»Ich könnte es mitnehmen«, bot Colin an, »und unterwegs hinbringen.«

»Nein, das mache ich. Du folgst dem Möbelwagen. Hier.« Sie holte die Schlüssel des neuen Hauses aus ihrer Handtasche. Das Schildchen des Maklers hing noch dran. Sie gab sie ihm. »Du machst ihnen auf, und ich bringe das Paket mit dem Mini in der Napier Street vorbei und komme nach.«

»Aber ich weiß nicht, wo du die Möbel hinhaben willst.«

»Das macht nichts.« Sie lächelte. »Was immer ich heute entscheide, will ich nächste Woche sowieso wieder ändern, da bin ich sicher.

Also ab mit dir, ich komme gleich nach.« Sie küsste ihn auf die Wange.

Colin ging den Pfad hinunter und schwang den Schlüssel hin und her. »*My old man said follow the van*«, sang er, »*and don't dilly dally on the way.*« Er sprang in den Toyota, ließ den Motor an und trat aufs Gas, bereit für einen sportlichen Start. »*Off went the van with me home packed in …*« Er schoss vom Bordstein weg und winkte fröhlich, als er die Ecke erreichte, auch wenn seine Frau nicht länger zu sehen war.

Sie ließ die Haustür einen Spalt offen, sodass der böige Regen hereinblies, drehte um und ging den Flur hinunter. Noch ein letzter Rundgang, dachte sie. Aus der Küche wehte ihr der Geruch von Desinfektionsmittel entgegen. Sie hatte die Arbeitsflächen am Morgen noch mal gründlich abgeschrubbt und den Boden gewischt. Es machte viel Schmutz, wenn man einen Teppich herausriss, und die Käufer sollten sehen, dass sie auf ein sauberes Haus achtete.

Sie sah in die Schränke. Alles leer. Die Lebensmittel waren hinten im Auto. Im letzten Schrank, beim Beschlag, klebte ein roter Schmier. Tomatensoße, dachte sie. Die Kinder wieder, sie aßen und aßen und aßen. Sylvia zog den Bauch ein und sah sich um. Da war nichts, womit sie den Fleck wegwischen konnte, kein Lappen, nichts. Nicht mal ein Taschentuch hatte sie in der Tasche. Widerwillig schloss sie den Schrank und ließ die Küche hinter sich.

Seltsam, wie viel kleiner das Wohnzimmer ohne Möbel aussah. Eigentlich sollte man doch denken, dass es andersherum wäre. Auf dem Kaminsims stand Colins Kopf. Sehr zu seiner und Alistairs Entrüstung hatte sie darauf bestanden, ihn zurückzulassen. So ein schreckliches Ding, dachte sie, mit diesen blinden weißen Augen. Sie ging hinüber, berührte die Nase und die kalten Lippen. Das Porzellan hatte einen gelblichen Ton und war am Fuß unten rissig. Der Sitz der Menschlichkeit. Der Sitz der Hoffnung.

Sie ging nach oben und überprüfte die Schlafzimmer, öffnete die

Türen der Einbauschränke und zog die Schubladen heraus. In Alistairs Zimmer trat sie einen Moment lang ans Fenster und sah in den nasskalten Garten hinaus. Das graue Astgewirr am Zaun wurde im Sommer zu einem undurchdringlichen grünen Dickicht. Sie legte die Hand flach auf die Wand, die sich klamm anfühlte, von einem Pilz war jedoch nichts mehr zu sehen. Das hatte Colin gut gemacht. Vielleicht gab es ja noch Hoffnung für ihn. Der Pilz würde zwar wieder wachsen, aber das war das Problem der neuen Besitzer.

Die Sonne kämpfte sich hinter den Wolken hervor, als sie Alistairs Zimmer verließ, und schien durch das schmale Fenster auf den Treppenabsatz. Das Licht machte alles schlimmer, die Flecken auf der Tapete, die Risse in den Dielen, selbst die Pinselstriche auf dem Holz. Es war eine harte, bleichende Aprilsonne. Sylvia zögerte, drehte sich noch einmal um, zog Alistairs Tür und dann auch die anderen zu. Das Gesicht halb verschattet ging sie zurück nach unten, nahm das Paket und war aufs Neue überrascht, wie leicht es war. »*Lost me way und don't know where to roam ...*«, summte sie. Die Haustür fiel hinter ihr ins Schloss. Sie holte den Schlüssel aus ihrer Tasche und warf ihn in den Briefkasten.

Kaum, dass Muriel um die Ecke bog (sie spürte, wie sich das Baby im Karton bewegte), sah sie den Wagen am Bordstein stehen. Hallo, dachte sie, Miss Isabel Field. Sie parkte ein paar Häuser entfernt auf der anderen Straßenseite und beobachtete Mr K.s Gartentor. Muriel sah das erhobene weiße Oval ihres Gesichts, dann fiel Sonnenlicht auf die Windschutzscheibe und machte es unsichtbar.

Miss Field war niemand, der das Leben verstand. Sie hatte nicht kapiert, wie die Dinge liefen, vor zehn Jahren schon nicht, als Muriel und Mutter praktisch vor ihrer Nase zum Kanal getappt waren. Muriel verspürte den Drang, die Straße zu überqueren, den Karton in den Armen, und einen kleinen Schwatz zu halten.

Aber sie musste sich beeilen. Sie musste zurück nach oben und in ihre eigenen Kleider wechseln. Sie konnte das Baby nicht in Lizzies weißen Stiefeln zum Kanal bringen, das wäre unpassend. Und im Übrigen, warum sollte der Wechselbalg hervorkommen, wenn er seine Mutter nicht erkannte?

Sie trat durchs Tor und sah in ihrer Vorstellung, wie sich das trübe Wasser teilte und das Menschenbaby darin versank. Sie warf einen Blick auf Gemma. Schade, dachte sie, die Kleine könnte einem ans Herz wachsen. Langsam, grünes Kraut hinter sich herziehend, kam ihr eigenes, skelettartiges Kind ans Ufer geschwommen. »Die Wiederauferstehung ist ein Faktum«, flüsterte sie und zog das Kind aus dem Wasser, steif, aber nicht vor Kälte. Mit feuchten, knochigen Fingern griff der Wechselbalg nach ihrem Gesicht.

Sie steckte gerade den Schlüssel ins Schloss, als sie eilige Schritte hinter sich hörte; sie drehte sich um und hielt den Karton zwischen sich und ihre Verfolgerin.

»Was ist das?«, wollte Miss Field wissen und warf einen Blick in den Karton.

»Das ist die kleine Gemma«, sagte Muriel ruhig. »Die kleine Gemma Ryan.«

»Und wer zum Teufel sind Sie?«

»Nur der Babysitter.«

»Wo ist Suzanne?«

»Oben.« Sie nickte zur Tür hin. »Kommen Sie mit?« Isabel folgte ihr nach drinnen und ließ die Haustür einen Spalt offen. Muriel stellte den Karton auf den kleinen Dielentisch. Es war sonst niemand da. Die Türen waren alle geschlossen. Isabel sah das Kind an. »Sie ähnelt niemandem«, sagte sie. »Es ist einfach nur ein Baby. Warum liegt sie in einem Karton?«

»Fragen Sie ihre Mutter.« Muriel führte sie die Treppe hinauf.

Draußen kroch der Mini über die Napier Street. Es hatte wieder angefangen zu regnen, ziemlich stark, und man sah kaum etwas. Hier muss es irgendwo sein, dachte Sylvia, fuhr rechts ran und nahm das Paket vom Beifahrersitz. Sie schloss das Auto nicht ab. Ich bin in einer Minute wieder da, dachte sie. Da ist es, Nummer 54, Nummer 56. Ich könnte es vor die Tür stellen, aber da war es nass, und der Regen würde das Paket aufweichen. Die Tür war nicht zu, und sie drückte sie weiter auf und sah hinein. Ihre Neugier gewann die Oberhand, und sie reckte den Kopf nach drinnen. »Hallo, ist jemand zu Hause?« Jetzt bin ich schon so weit gefahren, da kann ich es auch richtig abgeben. Sie trat ins Haus und zog die Tür hinter sich zu.

In der Diele, auf einem kleinen Tisch, stand ein weiterer Karton. Sylvia sah hinein, und zu ihrem Erstaunen lag darin ein Baby, ein winziges, eingewickeltes Baby mit einer gesunden rosa Haut. Sylvia sah es an, und es gähnte und blinzelte und streckte ein Händchen nach ihr aus. Sie stellte das Paket vor sich auf den Boden und beugte sich über das kleine Menschenkind. Es schien ein wohlversorgtes kleines Ding, glücklich und drall, aber was machte es in einem Pappkarton? Die sich vorreckenden, greifenden Fingerchen verfingen sich in den groben Maschen der Decke. Sanft und kundig befreite Sylvia sie, richtete sich auf und sah sich um. Zu hören war nichts. Sie wurde unruhig und stieg die Treppe hinauf. »Hallo!«, rief sie. »Lizzie? Sind Sie da?«

Aber Lizzie war nicht mehr da. Im ersten Stock hatte sie gewartet, dass Miss Field zu ihr aufschloss. Es war Mr K.s Stockwerk, doch abgesehen von seinem Schlafzimmer waren die Räume leer und verschlossen. Natürlich hatte Muriel einen Schlüssel – und den immer dabei.

»Wo ist sie?«, fragte Isabel, die jetzt ebenfalls die oberste Stufe erreichte. »Sie können mich zu ihr bringen, ich tu ihr nichts. Ich will nur wissen, wo wir stehen.« Muriel roch den Whisky in ihrem Atem.

Sie schloss die Tür auf, und sie traten ein. Ein klammer Geruch des Verfalls schlug ihnen entgegen. Durch das schmale, nackte Fenster sah man auf eine Ziegelwand. Die Tapete pellte von den Wänden, und in einer Ecke hing ein Spinnennetz. Miss Field drehte sich um, die Augen plötzlich voll hellem Entsetzen, dem einzigen Licht im Raum. Muriel hob die Hand und zog sich die Perücke herunter. Miss Field schrie.

Sylvia blieb wie angewurzelt stehen. *Was war das?* Mir gefällt das nicht, dachte sie. Ein Baby in einem Pappkarton, und da oben schrie eine Frau, vielleicht geschlagen von ihrem Mann. Wer immer diese Leute waren, das hier war ganz sicher ein Fall für das Sozialamt, wenn nicht für die Polizei. Sie holte tief Luft und lief in den ersten Stock, blieb auf dem Treppenabsatz stehen und sah sich um. Ein ziemlich großes Haus, dachte sie, größer, als es von außen aussieht. Und völlig verdreckt. Woher war der Lärm gekommen? Da fühlte sie, wie sie von hinten gepackt wurde. Ein kräftiger Arm schloss sich um ihre Kehle, und ihr Angreifer zog sie rückwärts weg. Ihre Beine knickten ein, sie trat nach hinten aus und krallte sich in den sie festhaltenden Arm, doch ihr wurde die Luft abgedrückt, und sie war ganz schwach vor Schreck. Und irgendwo schrie immer noch diese Frau. Eine Tür wurde aufgestoßen und sie hindurchgeschoben. Ein Schlag zwischen die Schulterblätter ließ sie nach vorne stürzen. Sie landete auf allen vieren vor den Füßen der Schreienden, hörte, wie die Tür geschlossen wurde, und hob den Kopf. »Hallo, Mrs Ryan«, sagte sie. »Was machen Sie denn hier?« Sie sah sofort, dass Mrs Ryan in anderen Umständen war. Das alles überraschte sie natürlich, dennoch war sie nicht so erstaunt, wie sie es hätte sein können. Sie hatte das Gefühl, Jahre unterwegs gewesen zu sein, um schließlich hier zu landen. Als sich der Schlüssel im Schloss hinter ihr umdrehte, wusste sie, dass sie endlich angekommen war.

Als die Frau zu schreien aufgehört hatte und es im Haus wieder still geworden war, verließ Miss Blutarmut ihr Zimmer und ging nach unten. Wenn Mr K. jemanden umgebracht hatte, und sie sah, dass sich die Dinge in diese Richtung entwickelten, würde sie einfach sagen, dass sie von nichts eine Ahnung habe. Aber sie würde nicht da sein, noch einmal: nicht da sein, wenn diese Frau kam und wieder ihre Bettwäsche inspizieren wollte. Auf dem Weg durch die Diele schlüpfte sie in ihren Regenmantel und fragte sich, ob die arme Mrs Wilmot wohl was dagegen hätte, wenn sie sich ihren zusammenschiebbaren kleinen Schirm vom Ständer neben der Tür auslieh.

Was ist denn das?, sagte sie zu sich. Noch eine Lieferung für Mr K.? Die kleine Gemma fing an zu schreien, als sich noch ein fremdes Gesicht über sie beugte. Miss Blutarmut machte große Augen, griff in den Karton und holte das Baby heraus. Sie hielt den gut eingepackten Kopf an ihre Wange, wiegte das Bündel hin und her und ließ tröstende Geräusche aus ihrer Kehle aufsteigen. »Weine nicht, mein Süßes«, sagte sie. »Was machst du denn in einem Pappkarton? Haben sie dich ganz allein gelassen? Mach dir nichts draus, weine nicht, mein Schatz. Wir zwei, wir gehen jetzt aufs Wohnungsamt.«

Sie warf den leeren Karton auf den Boden, wickelte das Baby in seine Decke, hob es an die Schulter und war auch schon durch die Tür. Es nieselte noch, aber der Wind hatte sich gelegt. Miss Blutarmut war in Hochstimmung und voller Trotz. Von den Lippen würden ihr die Leute die Worte ablesen, dafür wollte sie sorgen. Tiefrote Flecken leuchteten auf ihren Wangen auf. Sie überquerte die Straße, gluckte dem Baby ins Ohr und beschleunigte ihren Schritt, beim Briefkasten bog sie um die Ecke. Und da war sie, die Frau, die sie suchte, ja, da ist sie, dachte sie, die fette alte Wachtel, Miss Sidney vom Sozialamt, die Schnüfflerin mit ihrem schwarzen Schirm, die allen in die Fenster starrt, wenn sie die Straße heraufkommt.

»Hallo!«, rief sie. »Wollen Sie zu mir? Ich hab Ihnen doch gesagt, dass ich ein Baby habe, oder? Wer ist jetzt die Lügnerin?« Miss Sidney blieb stehen und starrte sie an.

Als das Babyschreien aufhörte, kam Mr Kowalski aus der Küche. Es war ein Trick, da hatte er keinen Zweifel, eine Tonbandaufnahme, der Versuch, ihn hervorzulocken mit diesem Ruf aus der Vergangenheit, dem Wimmern der Babys in den ausgebrannten Ruinen, die Mütter blutend auf den Straßen der Stadt.

Das Paket war das Erste, was er sah. Er hob es auf, stellte es auf den Tisch und las die Adresse: An Lizzie Blank, 2 Buckingham Avenue. Das Haus war vor Langem seiner Kontrolle entglitten. Die Türen abzuschließen blieb ohne Wirkung, das wusste er jetzt. Von oben hörte er erhobene Stimmen, die Stimmen fremder Frauen. Ich bin zum Äußersten entschlossen für die arme Mrs Wilmot, dachte er. Krümmt ihr kein Haar auf dem alten, grauen Kopf. Er schüttelte das Paket. »Neugier ist der Katze Tod« ist eine Redensart. Er berührte die metallene Ausbuchtung seiner Luger tief in der Hosentasche. Er konnte sie riechen und wusste, er war ein Profi. Er hatte alle Brücken hinter sich abgebrochen und nichts mehr zu verlieren. Er riss das Packpapier ein.

Muriel zog ihre Stiefel an, Muriels eigene Stiefel, stabil und mit dicker Sohle, bereit für den Matsch auf Turner's Fields. Sie steckte die Arme in ihren schweren Wollmantel und verknotete den karierten Schal unter dem Kinn. Im ganzen Haus, im leeren Zimmer, in dem die Frauen eingesperrt waren, und in der Küche, wo Mr Kowalski seine Pistole lud, konnten sie ihre Füße die Treppe hinunterstampfen hören. Eins, zwei, eins, zwei. Der Schrecken kommt über die Stadt.

Und jetzt der kleine Wurm. Vom Fuß der Treppe sah sie hinüber und sperrte den Mund auf. Der kleine Schatz hatte sich verändert, und das bis zur Unkenntlichkeit. Auf dem Dielentisch, süß, ordentlich und perfekt angeordnet, lag ein Skelett. Zart und winzig und mit geschickter, wissender Hand zusammengesetzt. Wenn es nur eine ungerade Zahl Finger gab und der Schädel etwas Tierisches hatte, bemerkte sie es nicht. Sie hatte nie einen Menschen geöffnet, um die Knochen in ihm zu studieren. Mit dem Zeigefinger berührte sie die leeren Rippen. Sie erschauderte. Knochen konnten bekleidet werden. Es war ein wundersamer Austausch und eine gesparte Stunde ihrer wertvollen Zeit. Einen nach dem anderen nahm sie die kleinen Knochen und legte sie ordentlich zurück in den Karton, und erst als sie damit fertig war, fiel ihr auf, dass es nicht der Karton war, in dem sie Gemma hergebracht hatte. Es war ein anderer, mit einem ihrer Namen darauf: »An Lizzie Blank«, stand da von Gottes Hand geschrieben.

Ich bin als Erster hier, dachte Colin und bog in seine neue Einfahrt. In meinem neuen Heim mit Zehn-Jahres-Garantie, einem Wohnbereich auf zwei Ebenen und freiem Ausblick nach hinten. Das kleine Grundstück war hoch gelegen, über einem Golfplatz, der nur durch den Regen und einen Gürtel junger Bäume verdeckt wurde.

Sie hätten die Autobahn nehmen sollen, dachte er, tastete nach dem Schlüssel und bereitete sich darauf vor, im Laufschritt zur Tür zu eilen. Sie werden sich im Verkehrschaos an der Brücke festgefahren haben, ich hätte ihnen von der Baustelle erzählen sollen. Er sah auf die Uhr. Eine halbe Stunde, nicht schlecht. Er betrat das leere Haus. Nun, da habt ihr aber getrödelt, wie?, würde er den Männern sagen, wenn sie kamen. Er fragte sich, ob Sylvia schlau genug war, die Autobahn zu nehmen. Lächelnd ging er durch die Küche, um den Strom einzuschalten.

Muriel war zu Hause. Endlich wieder zu Hause in der Buckingham Avenue. Den Karton in Händen wanderte sie durch die leeren Räume. Die Sidneys waren weg, und das Haus fand zurück zu sich selbst. Ihr Aufenthalt hier war vorübergehend gewesen, nicht mehr als ein Augenblick, eine Erinnerung, die verlosch, kaum, dass sich die Tür hinter ihnen geschlossen hatte. Düsternis sammelte sich und hing in Klumpen von der Decke, die Luft selbst verdickte sich, und der

Boden verströmte den kalten, geheimen Geruch von Erde. Sie würde sich ein paar Minuten gönnen und es genießen. Dann würde sie nach oben gehen, ins Gästezimmer, sich setzen, die Knochen anordnen und warten.

Mr Kowalski stieg die Treppe hinauf. Er hörte sie, schnatternd, die Stimmen am Rand der Hysterie. Die Telefonstimme war eine von ihnen, die andere war ein Ghul.

Stunden schienen vergangen zu sein. Die beiden Frauen hörten, wie sich ein Schlüssel im Schloss drehte. Sie rückten zusammen, sich gegenseitig haltend. Ein gedrungener, unrasierter Kerl trat vor sie, schrie etwas auf Rumänisch und wedelte mit einer Pistole. Er drängte sie auseinander. Sie gehorchten, mit großen Augen, und leckten sich angstvoll die trockenen Lippen. Mr K. richtete die Pistole auf Sylvia. Sie hob den Kopf und blitzte ihn an, als sie rückwärts gegen die Wand fiel. Er schwang zu Isabel. Sie hielt die Fäuste neben dem Körper geballt, angespannt auf die Explosion wartend. »Ich kenne einen Ausdruck«, sagte er. »Eene, meene, muh ...« Und gemeinsam schrien die Ladies.

Die Möbel waren alle aufgestellt und am Platz. Nun, wie Sylvia gesagt hatte, würden sie nächste Woche schon wieder umgestellt werden. Wenn er den Wasserkessel fände, könnte er vielleicht einen Kaffee kochen. Sie hatten am Abend zuvor schon eine Menge Sachen gebracht. Wieder sah er auf die Uhr. Wo zum Teufel steckte sie nur? Am Ende hatte sie die Autobahn doch nicht genommen. Unmöglich.

Er betrachtete die Kisten und Umzugskartons im Wohnzimmer. Wo anfangen? Er wünschte, dass sie käme. Hatte der Mini wieder aufgegeben? Bei nassem Wetter machte er oft Probleme. Francis meinte, es sei der Kühler, aber was wusste ein verdammter Pfarrer schon? »*You can't trust these Specials like an old-time copper ...*«, sang er. Das Telefon klingelte.

Argwöhnisch, denn er erwartete keinen Anruf (und doch auch irgendwie immer einen), hob Colin den Kopf und lauschte. Wo war das Telefon? Er folgte dem Geräusch. *»When you can't find your way home«*, sang er. In der Küche. An der Wand. Sehr modisch. »Hallo?« Er musste die Nummer von der Wählscheibe ablesen. »Fünf-eins-zwei-acht-sechs?«

Keine Antwort, nur ein Atemgeräusch, ruhig und stetig.

»Sylvia, bist du das?« Keine Antwort. Er seufzte ungeduldig. »Wenn Sie die Broadbents sprechen wollen, die sind ausgezogen, gestern. Ich habe ihre Adresse irgendwo, ich kann sie Ihnen geben, wenn Sie später noch mal anrufen.« Dämliche Verkäufer – warum hatten sie ihre neue Nummer nicht aufgeschrieben, so wie er? Er hielt inne. »Wer ist denn da?«

Er spürte, wie sich die Härchen in seinem Nacken aufstellten. Er hatte das immer für eine bloße Redensart gehalten. Es prickelte. Die Verbindung bestand, ein bedeutungsloses Summen, ein Knistern. »Mr Sidney?«

Das war keine Stimme, die er kannte. Sie schien von weit weg zu kommen und rührte in seiner Erinnerung an etwas böse Vertrautes, eine alte Gewohnheit, ein altes Verbrechen. Wieder dieses Atmen, schwerer jetzt, fast mühsam, heiser. Erst schien es, als würde der Anrufer ein Lachen herunterschlucken, ein hämisches, lange unterdrücktes Lachen, doch dann änderte sich der Klang, als sei der Heiterkeit ein Ende gesetzt worden, durch eine Hand an der Kehle. Was konnte er tun, allein im kalten, leeren Haus? Er drehte den Kopf, zog die Schultern hoch, als hätte er das Gefühl, dass die Wände auf ihn zurückten, die matte Farbe, die Pinnwand aus Kork, alles kam näher. Doch da war noch etwas zu hören: ein Singen, aber waren das menschliche Stimmen?, ein gedämpftes, anwachsendes Tosen. Gab da jemand eine Party? Er konnte das Klirren von Kristall hören, das Knallen von Korken, den taktvollen, festen Druck von Fleisch auf Fleisch. Trauerte da jemand? War jemand gestorben? Colin lauschte, den Mund leicht geöffnet, die Hand fest um den Hörer gelegt: das Glucksen, das Keuchen, das Kichern, das Kämpfen um Luft. Er konnte nicht mehr sicher sagen, was er hörte, endloses Jubilieren, körperlichen Schaden. Der Akt des Lachens, die Kunst des Sterbens. Regen schlug gegen die vorhanglosen Fenster. Der Wind zog an, und es wurde, es war doch erst Nachmittag, bereits ziemlich dunkel.